BERNHARD JAUMANN

BANKSY UND DER BLINDE FLECK

EIN FALL DER KUNSTDETEKTEI VON SCHLEEWITZ

Galiani Berlin

Aus Verantwortung für die Umwelt hat sich der GALIANI VERLAG zu einer nachhaltigen Buchproduktion verpflichtet. Der bewusste Umgang mit unseren Ressourcen, der Schutz unseres Klimas und der Natur gehören zu unseren obersten Unternehmenszielen.

Gemeinsam mit unseren Partnern und Lieferanten setzen wir uns für eine klimaneutrale Buchproduktion ein, die den Erwerb von Klimazertifikaten zur Kompensation des CO_2-Ausstoßes einschließt.

Weitere Informationen finden Sie unter:
www.klimaneutralerverlag.de

1. Auflage 2023

Verlag Galiani Berlin
© 2023, Verlag Kiepenheuer & Witsch, Köln
Umschlaggestaltung Lisa Neuhalfen, Berlin
Covermotiv Banksy, »Flower Thrower«
Lektorat Wolfgang Hörner
Gesetzt aus der Minion von Robert Slimbach und der Bourton von Kimmy Kirkwood
Satz Buch-Werkstatt GmbH, Bad Aibling
Druck und Bindung GGP Media GmbH, Pößneck
ISBN 978-3-86971-273-4

Weitere Informationen zu unserem Programm finden Sie unter: *www.galiani.de*

BERNHARD JAUMANN

**BANKSY UND DER
BLINDE FLECK**

1

Wann sich die ersten Ratten aus ihrer verborgenen Welt hervorgewagt hatten, war im Nachhinein kaum mehr festzustellen. Bevor sich der *Münchner Anzeiger* auf die Geschichte stürzte, hatte Klara Ivanovic jedenfalls eine selbst gesehen. Das war Anfang Januar gewesen, vielleicht am dritten oder vierten, als sie vom Büro der Kunstdetektei von Schleewitz zu ihrer Haidhausener Wohnung fuhr. Am Rosenheimer Platz stieg sie aus dem S-Bahn-Schacht, zog den Kragen ihres Wintermantels hoch und verfluchte den Schneeregen, der die Straßenbeleuchtung ungefähr so grau wirken ließ, wie ihre Stimmung war. Im Büro hatten die Kollegen genervt, und nun stand ihr ein voraussehbar anstrengender Abend mit ihrem Vater bevor. Zu allem Überfluss klemmte ihr Schirm. Um ihn zu öffnen, bevor sie völlig durchnässt war, trat sie in den Durchgang zum Innenhof des Deloitte-Bürokomplexes. Da fiel ihr Blick auf die Ratte.

Sie stand keine fünf Meter entfernt auf ihren Hinterbeinen. Ein dunkelgraues Riesenvieh, mehr als einen halben Meter groß, den leicht hochgereckten Schwanz nicht mitgerechnet. Die spitze Schnauze war heller, genau wie die fast grotesk abstehenden Barthaare. Die Ratte hatte den Kopf zur Seite gewandt, so als ob sie hinten im Innenhof ein verdächtiges Geräusch gehört hätte und nun wittern musste, ob wirklich

Gefahr drohte. Die Vorderpfoten hatte sie vom Körper weggestreckt. Die linke war so gedreht, dass Klara den Fußballen und die Unterseite der Zehen erkennen konnte. Sie waren blutrot.

Vier fingerartig abgespreizte Zehen. Dass die fünfte Zehe bei Ratten verkümmert und praktisch nicht wahrnehmbar war, hatte Klara erst später nachgelesen. Ihr wäre wohl auch gar nicht aufgefallen, dass es sich nur um vier Zehen handelte, wenn nicht ein blutiger Pfotenabdruck an der Mauer neben der Ratte geprangt hätte. Er zeigte die roten Fingerglieder und darunter die etwas verschmierte Spur des Ballens, aus dem zwei Blutrinnsale nach unten liefen. Als hätte sich die Ratte gegen die Wand gestützt, nachdem sie verstümmelt worden war. Nachdem ihr ein Teil der Pfote von einem Schlageisen abgerissen oder von einem Konkurrenten abgebissen worden war.

Klara ging näher heran, auch wenn sie die Szene ziemlich abstoßend fand. Alles, was Blut darstellen sollte, war mit einem Pinsel auf die Granitplatten der Hausmauer aufgetragen worden. Die Ratte dagegen hatte jemand mit Hilfe einer Schablone aufgesprüht und nachträglich mit einigen Schattierungen akzentuiert, so dass das Fell des Tiers plastisch wirkte. Wie lange es wohl dauerte, bis ein solches Graffito fertiggestellt war? Es schien nicht so, als habe der Sprayer sonderlich hastig gearbeitet, obwohl die Stelle vom belebten Rosenheimer Platz aus einsehbar war. Er musste spätnachts unterwegs gewesen sein. Oder schauten die Passanten geflissentlich weg, wenn sich einer selbstbewusst genug an seine illegale Arbeit machte?

Vielleicht war er auch gar nicht fertig geworden. Man fragte sich als Betrachter doch zum Beispiel, wieso die Ratte eine blutüberströmte Pfote hatte. Wer oder was hatte sie verwundet? Warum wurde das auf so drastische Art an der

Mauer dokumentiert? Darauf lieferte das Stencil keine Antwort, nicht einmal andeutungsweise. Und auch der misstrauische Blick des Tiers in die entgegengesetzte Richtung fand keinen Zielpunkt, der irgendwie Sinn machte. Im Hof gab es nur dunkle Bürofenster, nass glänzende Bodenplatten, einen vor sich hin kümmernden, winterlich kahlen Baum, vor dem ein SUV parkte, und ein paar modernistische Beleuchtungssäulen, durch deren Licht der Regen schnürte. Klara rüttelte am Schließmechanismus ihres Schirms, doch das Ding öffnete sich einfach nicht. Dann eben nicht. Sie machte sich auf den Heimweg.

Ein paar Tage später schaute sie noch einmal vorbei, ohne genau zu wissen, warum. Dass das Graffito überstrichen worden war, überraschte sie nicht. Ein global agierendes Finanzberatungsunternehmen wie Deloitte hatte die Finger in so vielen schmutzigen Geschäften, dass wenigstens die Fassade blitzblank erscheinen musste. Wahrscheinlich hatte der Hausmeister zeitnah eine entsprechende Order erhalten. Sehr sauber gearbeitet hatte er allerdings nicht. Die Ratte war zwar unter einem metallgrauen Anstrich verschwunden, doch wenn man wusste, wo man zu suchen hatte, sah man den roten Pfotenabdruck noch leicht durchschimmern. Ähnlich einem Blutfleck, der immer noch in den tiefen Schichten des Gewebes zu erahnen ist, obwohl man ihn mehrfach aus einem Pullover herauszuwaschen versucht hat. Auch wenn Klara das Graffito nicht gerade für ein großes Kunstwerk gehalten hatte, empfand sie eine gewisse Befriedigung, dass es nicht völlig spurlos beseitigt worden war.

Wie sich herausstellen sollte, war die Ratte vom Rosenheimer Platz nicht die einzige in München, und einige davon überlebten lange genug an irgendwelchen Hauswänden, Fabrikmauern und Wartehäuschen, um einem breiteren Kreis von Menschen und auch der Lokalredaktion des *Münchner Anzeigers* aufzufallen. Ob es am Mangel an relevanten Themen lag oder ob der professionelle Instinkt gebot, gleich mit einer halben Zeitungsseite darauf einzugehen, wusste Klara nicht. Aufhänger war ein Rattengraffito in der Balanstraße, und schlagzeilenträchtig war die Vermutung, die damit verbunden war und schon im Titel des Artikels bündig formuliert wurde: *Banksy in München?*

Die Autorin, eine gewisse Lydia Sommer, formulierte zwar mit leicht ironischem Unterton, referierte aber ausführlich die Ansicht einiger Anwohner, dass der britische Streetartkünstler Banksy für das Graffito verantwortlich sei. Sie unterfütterte die These mit einigen Zusatzinformationen. Banksy sei nicht nur in England, sondern auch in Palästina, New York, Berlin, Paris, Venedig und x anderen Orten auf der ganzen Welt künstlerisch tätig geworden. Warum nicht auch in München? Eines seiner Hauptmotive sei bekanntermaßen eine Ratte, die trotz unterschiedlicher Ausprägung und Ausstattung immer eindeutig als Banksy-Ratte zu identifizieren sei. Und gleiche nicht die Balanstraßenratte den bekannten Vorbildern stilistisch bis ins letzte Barthaar?

Schon in der nächsten Ausgabe der Zeitung konnte jeder Leser diese These anhand zweier Abbildungen überprüfen. Eine von Banksy selbst auf seinem Instagramkanal verifizierte Ratte schaute etwas verwundert auf ihr Gegenüber, das diesmal nicht die Balanstraßenratte war, sondern – wie der nebenstehende Text verriet – an der Gerner Brücke über den Nymphenburger Kanal abfotografiert worden war. Sie stand aufrecht am Fuß der Brücke, breitete die Vorderbeine aus und hatte rote, verweinte Augen, die der Banksy-Ratte fehlten. Ansonsten war eine gewisse Ähnlichkeit in der Tat nicht zu leugnen.

»Ja, und?«, fragte Rupert von Schleewitz, dem Klara die Seite des *Münchner Anzeigers* über den Schreibtisch hinweg zugeschoben hatte. Er hatte den Artikel bis zum Ende gelesen, aber vielleicht nur, weil ihn das von seiner aktuellen Beschäftigung, einem Einspruch gegen den Steuerbescheid des Finanzamts, ablenkte. Seit die Geschäfte der Kunstdetektei von Schleewitz nicht mehr so gut liefen, dass man sich einen Steuerberater leisten konnte, musste man das selbst erledigen. Klara war für kunsthistorische Fragen zuständig, und Max Müller, der einzige andere Mitarbeiter, hatte zwar einige Qualitäten, doch Expertise in finanziellen Dingen gehörte eindeutig nicht dazu. So blieb die ungeliebte Arbeit an Rupert als Inhaber und Chef der Detektei hängen.

»Das sind Stencils«, sagte Rupert. Er tippte kurz auf seinem Laptop herum. »Die Rattenschablonen kann sich jeder Idiot bei Amazon kaufen, für … warte mal … ab 5,13 Euro aufwärts, je nach Größe.«

Und wenn man nicht zwei linke Hände hatte, konnte man sich nach solchen Vorbildern auch leicht veränderte Schablonen zurechtschneiden, die ziemlich echt wirkende Ergebnisse hervorbrachten. Klara gab Rupert recht. Auch Max, der sich sonst für unwahrscheinlich klingende Theorien schnell begeistern ließ, verwendete zumindest einen relativierenden Konjunktiv, als er sagte: »Eine irre Sache wäre das schon: Banksy, der nachts am Nymphenburger Kanal herumturnt!«

»Bevor er dann zu seinem Wohnblock in der Balanstraße zurückkehrt, wo er in einer Zweizimmertraumwohnung seinen künstlerischen Lebensmittelpunkt gefunden hat?«, fragte Rupert. »Wir sind in München, Max, und das ist nun mal nicht der Nabel der Welt.«

Die Lokalredakteure des *Münchner Anzeigers* sahen das naturgemäß etwas anders und schlachteten in den folgenden

Tagen die Banksy-Geschichte weiter aus. Ein Kunstpädagogikprofessor und ein bekannter Münchner Graffitiveteran kamen zu Wort und zu völlig konträren Erkenntnissen bezüglich der möglichen Autorenschaft des englischen Streetartkünstlers. Hintergrundberichte zu Banksys Karriere ergänzten die aktuelle Berichterstattung. Im Mittelpunkt stand dabei seine ungeklärte Identität. Dass niemand wusste, wer sich hinter dem Pseudonym verbarg, hatte schon in der Vergangenheit zu wilden Spekulationen geführt und wurde nun zum unausgesprochenen Argument für die Authentizität der Münchner Graffiti. Denn wenn Banksy jeder sein konnte, dann konnte er auch überall tätig werden.

All das geschah unter reger Anteilnahme des Publikums, was die schnell steigende Zahl von Leserbriefen und Onlinekommentaren bewies. Die innerstädtische Pressekonkurrenz vom *Süddeutschen Kurier* und vom *Abendboten* konnte nicht umhin, auf den Zug aufzuspringen. Wahrscheinlich aus Neid, zu spät eingestiegen zu sein, gaben die beiden Blätter dem Thema aber deutlich weniger Raum und versuchten, sich als seriöse Alternativen darzustellen. Dass kein Beweis für eine Anwesenheit Banksys in München existierte, war zwar richtig, lockte aber niemanden hinter dem Ofen hervor. So blieb der *Münchner Anzeiger* das unangefochtene Zentrum der Banksy-Diskussion, und das schlachtete die Redaktion auch weidlich aus. Sie rief die verehrten Münchnerinnen und Münchner zur Mitarbeit auf und würdigte jedes bisher unbekannte Rattengraffito, das ihr von der Leserschaft gemeldet wurde. Eine Woche nach dem ersten Bericht zählte man schon zehn einschlägige Kunstwerke in verschiedenen Stadtteilen von Pasing bis Riem.

Die Münchner Polizei befürchtete wohl, dass das erst der Anfang einer unerwünschten Welle sein könnte, und sah sich in Person ihres Pressesprechers bemüßigt, auf die rechtlichen Folgen illegalen Graffitisprühens hinzuweisen. Sachbeschädigung begehe nach Paragraph 303 des Strafgesetzbuchs, wer unbefugt das Erscheinungsbild einer fremden Sache nicht nur unerheblich und nicht nur vorübergehend verändere. Dies könne mit Freiheitsstrafen bis zu zwei Jahren geahndet und auch teuer werden, da sich der Geschädigte die Kosten für die Beseitigung des Graffito vom Täter erstatten lassen könne. Die Reaktionen auf die polizeiliche Ermahnung waren zwiespältig. In den Onlinekommentaren verteidigte eine knappe Mehrheit inbrünstig die Freiheit der Kunst, während der Rest genauso entschieden die Meinung vertrat, dass Vandalismus mit Kunst gar nichts zu tun habe.

Über letztere Fraktion war niemand so erbost wie Klaras Vater. Banksy hin oder her, das interessiere ihn wenig, aber dass jeder ahnungslose Depp sich anmaße, Kunst definieren zu wollen, sei eine bodenlose Frechheit. Er als Künstler mische sich doch auch nicht ein, wenn es um Techniken der Schlangenbeschwörung oder die kostengünstigste Herstellung von Halbleitern gehe. Und dieser angebliche Gegensatz existiere natürlich nicht. Kunst sei immer auch Vandalismus, ein Schaffensprozess ohne Zerstörungsimpuls sei seit mindestens hundert Jahren nicht mehr denkbar, schon weil wahre Kunst scheinbare Gewissheiten und eingeschliffene Wahrnehmungsweisen zertrümmern müsse. Ach was, zertrümmern. Pulverisieren müsse sie den Alltagsscheiß, zernichten. Dafür sei jedes Mittel recht, so wahr er Ivanovic heiße.

Dass ihm Konventionen und Vorschriften egal waren, hatte er bei seinen eigenen Kunstprojekten in der Vergangenheit eindrücklich bewiesen. Doch das war vorbei, Alter und Krankheit forderten ihren Tribut. Was er körperlich nicht mehr zuwege brachte, versuchte er inzwischen durch vermehrte Verbalradikalität auszugleichen. Freundlicher formuliert, konnte man ihn als ziemlich meinungsstark bezeichnen. Immerhin war er noch klar im Kopf und an Gott und der Welt interessiert. Dafür war Klara durchaus dankbar, auch wenn ihr Vater sie oft genug mehr forderte, als ihr lieb war.

Zugespitzt hatte sich das, seit er bei ihr wohnte. Seine Haushälterin und Pflegerin war zurück nach Polen gegangen, und da Klara auf die Schnelle keinen Ersatz hatte finden können, den ihr Vater akzeptiert hätte, holte sie ihn für eine Übergangszeit zu sich nach München. Die Alternative hätte darin bestanden, jeden Tag die sechzig Kilometer zu seinem Bauernhof in Berbling hinauszufahren, aber das konnte sie noch weniger leisten, als sich mit ihrem Vater zusammenzuraufen. Er hatte ihr Gästezimmer bezogen, machte nach der morgendlichen Zeitungslektüre regelmäßig einen Spaziergang und kannte nach einer Woche mehr Anwohner ihres Viertels, als Klara in den letzten Jahren kennengelernt hatte. Offensichtlich fühlte er sich wohl, was ihn aber nicht daran hinderte, sich andauernd über Stadt und Leute zu echauffieren. Am liebsten stellte er in langen Monologen deren Banausentum bloß, und dafür bot ihm die im *Münchner Anzeiger* breitgetretene Banksy-Geschichte einen willkommenen Anlass.

»Ratten«, sagte er, »Ratten waren als Streetartmotiv vielleicht in den 1980er-Jahren originell, als Blek le Rat mit seinen ersten Stencils Paris verschönerte. Banksy hat ihm die Idee einfach geklaut. Epigonentum schimpft sich so etwas. Dass er seine Ratten etwas süßlicher ausführte, macht die Sache nicht besser. Und schon gar nicht, dass er damit auch noch Erfolg hatte. Geschieht ihm recht, dass jetzt er kopiert wird, aber das ändert nichts am Grundsätzlichen: Wenn einer von Banksy klaut, was der von Blek le Rat geklaut hat, ohne die geringste eigene Idee beizusteuern, was soll daran bitte schön Kunst sein?«

»Du glaubst also nicht, dass Banksy hier gearbeitet hat?«, fragte Klara.

»Niemals. Und selbst wenn, wäre es immer noch bloß belangloses Zeug.«

Als Klara im Büro davon erzählte, widersprach überraschenderweise Max. Natürlich komme es darauf an, wer etwas geschaffen habe. Zumindest in der realen Welt. Man solle sich nur den *Salvator Mundi* anschauen, den einer dieser saudischen Prinzen für 450 Millionen US-Dollar ersteigert habe, bloß weil das Bild plötzlich als eigenhändiges Werk von Leonardo da Vinci angesehen wurde. Ein paar Jahrzehnte vorher sei es für fünfundvierzig britische Pfund zu haben gewesen. Als wertvolle Kunst gelte nun mal, was ein anerkannter Künstler fabriziere, und ein solcher sei Banksy inzwischen zweifelsohne.

»Was meinst du dazu, Rupert?«, fragte Klara.

»Ich meine, dass irgendwer dem Finanzamt mal eine Bombe ins Haus schicken sollte«, sagte Rupert.

Er war schon seit Längerem nicht besonders gut drauf, und diese Rattengraffiti mussten ihn ja nicht interessieren. Die Berichterstattung im *Münchner Anzeiger* zu verfolgen, war auch für Klara bis dahin nur ein mehr oder weniger amüsanter Zeitvertreib. Das änderte sich erst, als die Kunstdetektei von Schleewitz wenige Tage später beruflich mit den angeblichen Banksy-Werken konfrontiert wurde.

Das Feuer bricht im Treppenhaus zwischen dem zweiten und dritten Stock aus. Eine dort gelagerte Matratze gerät in Brand, wie seltsamerweise schon einmal zwei Jahre zuvor. Damals kam niemand zu Schaden, doch diesmal greift das Feuer auf die hölzerne Treppe über und breitet sich schnell aus. Es entwickelt sich starker Qualm, der bei elf Personen zu Rauchvergiftungen führt. Aber das ist nichts im Vergleich zum Inferno im fünften Stock. Wie durch einen Kamin lodern die Flammen im Treppenhaus nach oben und erzeugen in der Dachgeschosswohnung eine Hitze von etwa 660 Grad.

Manche sprechen von einem Schicksalsschlag.

Die Ursache für den Matratzenbrand ist bislang ungeklärt. Ein technischer Defekt ist unwahrscheinlich, Fahrlässigkeit ist denkbar, Brandstiftung eines Bewohners kann nicht ausgeschlossen werden, da die Empörung über die Zustände im Haus groß war. Unmittelbar Tatverdächtige sind nicht bekannt, wohl aber die Umstände, die den Brand zur Katastrophe werden ließen.

Der fünfte Stock ist zum Treppenhaus hin mit einer Brandschutztür gesichert. Die hätte nach Einschätzung der Ermittler die Flammen für dreißig Minuten aufhalten und der Feuerwehr die Rettung der in der Wohnung befindlichen Personen ermöglichen können. Doch die Tür steht offen. So finden die Einsatzkräfte nur drei verkohlte Leichen vor. Im vergeblichen Bemühen, seine jüngere Tochter zu schützen, hat sich der Vater über sie gebeugt. Die Überreste ihrer Schwester liegen ein paar Meter weiter im Flur.

Viele sprechen von einer Tragödie.

Keiner der Hausbewohner kann sich erinnern, die Brandschutztür je geschlossen gesehen zu haben. Das verhindert schon die Sitzbank, die seit Jahren vor ihr steht. Einen Hinweis, die Tür nicht offen stehen zu lassen, gibt es nicht, und selbst wenn es ihn gegeben hätte, hätten die meist osteuropäischen Mieter ihn wohl kaum verstanden. Der Hausmeister, der die Kontrollen unterließ, und der Hausbesitzer, der für die Verkehrssicherheit im Gebäude verantwortlich ist, lehnen jede Verantwortung ab.

Ein paar wenige halten das für fahrlässige Tötung durch Unterlassen.

Der Dachboden des hundertfünfzig Jahre alten Hauses war schon vor Jahrzehnten zu einer Wohnung umgebaut worden. Die fünf Zimmer der Wohnung werden aber aus Gründen der Profitmaximierung einzeln vermietet. Für ein zwölf Quadratmeter großes Zimmer ohne Küche sind fünfhundert Euro zu bezahlen. Es gibt für nominell zehn Personen eine Etagendusche und zwei Toiletten, eine für Frauen, eine für Männer. Im ganzen Haus sind zum Zeitpunkt des Brandes siebenundneunzig Bewohner gemeldet. Die hygienischen Verhältnisse sind katastrophal, die Mieter wechseln ständig, eine Hausgemeinschaft, die den Namen verdient, existiert nicht.

Keiner fordert deswegen gerichtliche Schritte.

Die fünf Zimmer im Dachgeschoss waren nie genehmigt, wurden aber geduldet, sagt der Brandsachverständige des TÜV. Das Bauamt habe überdies vor Jahren bemängelt, dass nicht alle Wohnungen von der Feuerwehr erreichbar seien. Die Behörde gab sich aber mit der Montage einer Fluchtleiter im Innenhof zufrieden, die aus unerfindlichen Gründen sieben Meter über dem Boden endet und für dramatische Szenen bei der Evakuierung sorgt.

Das demselben Besitzer gehörige Hinterhaus soll nun zeitnah auf bauliche Mängel brandschutztechnischer Art untersucht werden. Falls dabei eine Gefahr für Leben und Gesundheit festgestellt werde, will der Vermieter unverzüglich von seinem dadurch begründeten Sonderkündigungsrecht Gebrauch machen. Im Zuge der nötigen Renovierung werde er auch den Wohnwert der Immobilie entscheidend verbessern. Statt wucherisch Schlafplätze zu vermieten, kann er dann schweineteure Luxuswohnungen mit Sicherheitsvorkehrungen vom Feinsten anbieten.

*Zwischen sechzig und hundert der jetzigen Bewohner, vor-
nehmlich aus Bulgarien, werden allerdings von einem Tag auf
den anderen ohne Wohnung dastehen. Der Vermieter rät ihnen
prophylaktisch, sich schon mal bei der Obdachlosenunterkunft
in der Bayernkaserne um einen Platz anzustellen. Immerhin
sind sie nicht bei lebendigem Leib geröstet worden.*

*Doch wann fragt sich mal einer, ob immer die Opfer Opfer
sein müssen?*

Girl with Balloon zeigt ein junges Mädchen, das ihre Hand einem herzförmig gestalteten Luftballon hinterherstreckt, der
vom Wind davongetragen wird. Ob es den knallroten Ballon
absichtlich auf die Reise geschickt hat oder nach ihrem versehentlich losgelassenen Besitz greift, ist nicht eindeutig zu
erkennen. Banksy sprühte das Stencil erstmals 2002 an den
Südaufgang zur Waterloo Bridge und danach noch mehrmals
in verschiedenen Stadtteilen Londons. Keines dieser Graffiti
ist heute noch am ursprünglichen Platz zu sehen. Das letzte
wurde im Februar 2014 von der Mauer eines Copyshops in
der Great Eastern Street entfernt und für eine halbe Million
Pfund zum Verkauf angeboten.

In den vergangenen zwei Jahrzehnten griff Banksy das
Motiv immer wieder auf, wenn auch meist mit Variatio-
nen, die auf aktuelle politische Ereignisse eingingen und den
Ort ihrer Realisierung berücksichtigten. So zum Beispiel
an den Grenzanlagen, mit denen die israelische Regierung
das Westjordanland abschottet. Auf einer acht Meter hohen Mauer schwebt dort das Mädchen an Ballons nach oben.
Und in einer Variante aus dem Jahr 2017 weist ein Mädchen
mit Kopftuch auf das Schicksal der syrischen Bürgerkriegs-
flüchtlinge hin.

Zur selben Zeit wurde das ursprüngliche *Girl with Balloon*

bei einer Umfrage zum beliebtesten Kunstwerk Großbritanniens gewählt. So verwundert es nicht, dass auch Druckversionen des Werks ihren Verkaufswert immens steigerten. Vor allem die erste, auf fünfundzwanzig signierte Exemplare begrenzte Auflage ist bei Sammlern heiß begehrt. Den Rekorderlös erzielte ein gerahmter Druck des Motivs aus dem Jahr 2006, der 2018 bei Sotheby's versteigert wurde. Für etwas mehr als eine Million Pfund wurde das Los einer anonymen Sammlerin zugeschlagen, doch das war erst der Anfang einer Geschichte, die durch die Weltpresse ging.

Natürlich hatte Rupert von Schleewitz das damals mitbekommen. Kaum war der Hammer im Auktionssaal gefallen, als sich *Girl with Balloon* ratternd in Bewegung setzte. Die Leinwand glitt nach unten, durch den unteren Teil des Rahmens hindurch, und kam in längs zerteilten Streifen wieder hervor. Ungefähr auf halbem Weg streikte der im Rahmen versteckte Schredder, so dass der rote Ballon noch auf der unversehrten Leinwand zu sehen war, während das Mädchen mit Ausnahme der Haarspitzen dem Zerstörungsmechanismus zum Opfer gefallen war. Einem Moment ungläubigen Staunens folgte der trockene Kommentar des Auktionators, man sei wohl gerade gebanksyt worden. Tatsächlich schien der unerkannt anwesende Künstler den Schredder per Fernbedienung in Gang gesetzt zu haben.

Der Skandal löste sich für alle Beteiligten schnell in Wohlgefallen auf. Sotheby's erklärte, dass man einer Weltpremiere beigewohnt habe. Von Zerstörung könne keine Rede sein, im Gegenteil sei zum ersten Mal während einer Auktion ein Kunstwerk live erschaffen worden. Der Künstler schloss sich faktisch dieser Meinung an, indem er das halb geschredderte Bild neu betitelte: Aus *Girl with Balloon* wurde *Love is in the Bin*. Die Liebe der neuen Besitzerin zu ihrer Erwerbung war trotz der Umbenennung keineswegs im Eimer. Sie trat von dem Geschäft nicht zurück, wohl weil sie sich überzeugen ließ, dass das weltweite Aufsehen den Wert des Werks weiter steigern würde. Drei Jahre später reichte sie es wieder bei Sotheby's ein. Diesmal verlief die Auktion ohne besondere Vorkommnisse, wenn man davon absah, dass sich der Verkaufspreis versechzehnfacht hatte.

Sechzehn Millionen Pfund entsprachen knapp neunzehn Millionen Euro. Ruperts Meinung nach war das der pure Wahnsinn, mochte das Werk auf noch so einzigartige Weise entstanden sein und mochte noch so sehr Banksy draufstehen. Im Grunde handelte es sich um ein recht kitschiges Motiv, das nicht gehaltvoller wurde, bloß weil es halb zerstört war. Aber Rupert würde den Kunstmarkt nicht ändern können. Das wollte er auch gar nicht, schließlich basierte seine eigene geschäftliche Existenz auf den Unsummen, die da im Spiel waren. Deswegen hatte er sich auch gleich über Banksy und speziell den Marktwert der *Girl-with-Balloon*-Werke informiert, als er den Anruf von Frau Zimmermann erhalten hatte.

Und nun standen Klara und er vor Frau Zimmermanns Domizil in Bogenhausen. Eine verdammt teure Wohngegend und eine Villa, die garantiert in irgendwelche Baudenkmallisten aufgenommen worden war. Das neobarocke Gebäude protzte mit reicher Stuckverzierung über dem Eingangsportal und am Giebel. Fenster und Schmuckelemente waren weiß abgesetzt, während der Korpus des Hauses blassrosa gestrichen war. Der herzförmige rote Luftballon, der zwischen zwei Fensterbrettern des ersten Stocks schwebte, hob sich deutlich davon ab. Von dem aufgesprühten Mädchen, das nach der Ballonschnur griff, waren nur der Kopf und ein ausgestreckter Arm sichtbar. Der Rest des Körpers schien von einer direkt darunterliegenden Fensteröffnung des Erdgeschosses verschluckt worden zu sein. Nur wenn man genau hinsah, erkannte man die schwarze Farbe auf der Fensterscheibe. Hier den Karton zum Sprühen anzulegen, musste schwierig gewesen sein, denn das Fenster war durch eng stehende senkrechte Gitterstäbe gesichert. Sie sorgten dafür, dass Kleid und Beine des Mädchens wie geschreddert wirkten.

»*Love is in the Bin*«, sagte Rupert. »Nur dass hier deutlich mehr zu sehen ist als bei dem Banksy nach der Auktion.«

»Trotzdem, ein eindeutiges Zitat, um nicht von Imitation zu sprechen«, sagte Klara. »Immerhin ist es einigermaßen kreativ an die baulichen Gegebenheiten angepasst worden.«

»Frau Ivanovic, meine kunsthistorisch versierteste Mitarbeiterin«, sagte Rupert. Dann fragte er zu Frau Zimmermann hin: »Haben Sie eine Ahnung, wann …?«

»Erst heute Nacht. Als ich am Morgen aus meinem Haus kam, hat mich fast der Schlag getroffen.« Frau Zimmermann zog sich mit der rechten Hand den Mantelkragen zu. Die eleganten schwarzen Wildlederhandschuhe wollten nicht recht zu dem Pelzmantel passen, der bis zu den Winterstiefeln hinabreichte.

Irgendwelchen braun-weiß gescheckten Tieren war dafür das Fell über die Ohren gezogen worden. Karakullämmern? Oder einem Dutzend Polarfüchsen im Sommerkleid? Natürlich könnte es auch ein gut gemachter Kunstpelz sein, Rupert kannte sich da nicht so aus. Allerdings traute er einer distinguierten Dame wie Frau Zimmermann eigentlich nicht zu, in einem Fake herumzulaufen. Was würden denn die Freundinnen beim Kaffeekränzchen dazu sagen? Rupert fragte: »Wollen Sie Strafanzeige erstatten?«

»Anzeige? Um Gottes willen, nein. Nicht, solange ich nicht weiß, von wem das Graffito ist.«

»Und das sollen wir herausfinden?« Rupert konnte sich spannendere Aufgaben vorstellen, doch man wurde eben nicht alle paar Wochen mit einem geklauten Caravaggio oder einem dubiosen Franz Marc konfrontiert.

»Es könnte doch wirklich von Banksy stammen«, sagte Frau Zimmermann.

Das könnte sein. Theoretisch. Praktisch brauchte die Detektei dringend einen gut bezahlten Auftrag. Einer bedürftigen Rentnerin würde Rupert zwar abraten, ihre Spargroschen für ein solches Vabanquespiel auszugeben, doch wer eine Villa in Bogenhausen sein Eigen nannte, war alles andere als arm. Von Rupert aus durfte die Dame ihr Vermögen verschleudern, wie sie wollte. Er entschloss sich, die Honorarforderung der Kundschaft anzupassen und zwanzig Euro auf den üblichen Satz aufzuschlagen. »Wir berechnen neunzig Euro pro Arbeitsstunde. Kein Grundhonorar, keine Spesen, keine versteckten Kosten, da ist alles enthalten.«

»Aber machen Sie sich nicht zu viele Hoffnungen«, sagte Klara.

»Halten Sie es für qualitativ zu schlecht? Nicht auf Banksys Höhe?«, fragte Frau Zimmermann.

»Schwer zu sagen. Von der Ausführung her ist ein Stencil kein großes Problem«, sagte Klara. »Schon gar nicht, wenn es Vorbilder hat.«

Frau Zimmermann nickte. »Wissen Sie, ich bin eigentlich ein misstrauischer Mensch. Ich glaube nicht alles, was in der Zeitung steht. Diese Rattengraffiti, Banksy in München, nun ja.«

»Das kann eine aufwendige Recherche werden, und wenn sich dann herausstellt, dass nur einem Siebzehnjährigen aus der Nachbarschaft langweilig war ...« Klara brach ab.

»Andererseits interessiere ich mich sehr für Gegenwartskunst, speziell für Streetartkünstler«, sagte Frau Zimmermann. »Ich sammle seit Jahren, Hambleton, C215, Above und andere. Ich hatte mich bereits mit dem Gedanken getragen, auch einen Banksy zu erwerben. Wenn jetzt einer sozusagen freiwillig zu mir nach Hause käme, wäre das schon sehr apart.«

Dass eine geschätzt sechzigjährige Villenbesitzerin mit Polarfuchsmantel Streetart sammelte, überraschte Rupert durchaus. Aber warum nicht, wenn sie es sich leisten konnte? Er hätte gleich einen runden Stundensatz von hundert Euro verlangen sollen.

»Ich will das jetzt wissen.« Frau Zimmermann blickte auf das Gitter vor der besprühten Fensterscheibe. »Ich engagiere Sie.«

»Abgemacht«, sagte Rupert. Frau Zimmermann bat, auf dem Laufenden gehalten zu werden, und verschwand in ihrer Villa. Klara schüttelte den Kopf. Auch Rupert hielt es für nahezu ausgeschlossen, dass Banksy hier am Werk gewesen war, aber Job war Job, und die Kunstdetektei von Schleewitz würde ihn nach besten Kräften ausführen. Ergebnisoffen. Und engagiert bis hin zur letzten, momentan ausgesprochen lustlos dreinschauenden Mitarbeiterin.

»Also frisch ans Werk, Frau Ivanovic«, sagte Rupert. »Wenn wir schon mal da sind.«

Als Erstes mussten die Anwohner befragt werden. Vor der Villa gab es keinen Vorgarten und keine Hecke, die Sichtschutz geboten hätte. Wer da auf Höhe des ersten Stocks ein Luftballonherz malen wollte, musste mit einer Hebebühne vorfahren oder seine Leiter direkt am Gehweg der Ismaninger Straße aufstellen. Selbst in tiefer Nacht sollte so eine Aktion samt An- und Abfahrt nicht unbemerkt geblieben sein.

»Willst du mal da drüben anfangen?« Rupert deutete zu

den fünfstöckigen Wohnhäusern auf der gegenüberliegenden Straßenseite hin.

»Ob ich will?«, fragte Klara zurück. Sie schien in ihrem Mäntelchen zu frieren.

»Sobald wir ein paar Millionen im Plus sind, schenke ich dir auch so einen Polarfuchspelz.«

»Das war Waschbär«, sagte Klara.

»Echt?«, fragte Rupert. »Wir machen uns trotzdem an die Arbeit, solange es noch hell ist. Du nimmst dir Hausnummer 68 vor, und ich beginne nebenan.«

Waschbären abzuhäuten, war politisch wahrscheinlich korrekter, als sich an Polarfüchse zu wagen, dachte er. Sie gehörten einer invasiven Art an, die in Europa nichts verloren hatte. Ein bisschen putziger als Ratten, aber genauso unerwünscht.

Die befragten Anwohner der Ismaninger Straße ließen sich im Wesentlichen in drei Kategorien einteilen. Die erste Gruppe hatte gar nichts bemerkt, noch nicht einmal, dass Frau Zimmermanns Haus verschönert worden war. Die zweite Gruppe hatte genauso wenig mitbekommen, was sie aber nicht daran hinderte, irgendeinen unliebsamen Nachbarn zu beschuldigen, dem diese wie jede andere Schweinerei zuzutrauen wäre. Und dann gab es noch die Senioren, die von ihren ums Erbe fürchtenden Kindern gut instruiert worden waren. Sie witterten eine perfide Abart des Enkeltricks und drohten mit der Polizei, falls Klara nicht augenblicklich verschwinden würde.

Nur ein einziger Nachbar fiel etwas aus der Reihe. Kaum hatte Klara beim Namensschild Moser geklingelt, riss ein Mann die Wohnungstür auf und zischte ihr zu, schnell hereinzukommen. Sie begann zu erklären, dass sie nur ein paar Informationen über das Graffito schräg gegenüber sammle, da griff der Mann sie schon am Arm und zog sie resolut nach innen. Er blickte sich um, nach schräg hinten, und schob gleichzeitig mit dem Ellenbogen die Tür zu. Wenn er ein Triebverbrecher ist, mit dem Knie in die Weichteile, dachte Klara, aber so wirkte der Typ eigentlich nicht. Es klang auch nicht besonders bedrohlich, als er sagte: »Es ist nur wegen Herrn Karl.«

»Herr Karl?«

»Der will raus«, sagte der Mann und wies zu einem Bild an der Flurwand. An der oberen Kante des Rahmens krallte sich ein knallgelber Wellensittich fest, der offensichtlich aus dem Käfig entkommen war. Dass sich vereinsamte alte Menschen einen zwitschernden Hausgenossen hielten, verstand Klara, doch bei einem Typen in ihrem Alter war das eher ungewöhnlich. Und der hier sah auch mehr nach Fitnesstrainer als nach Vogelflüsterer aus. Vielleicht war ihm sein Auftritt selbst etwas peinlich, denn die gespielte Verzweiflung, die er nun in seine Stimme legte, klang schon ziemlich ironisch. »Ich sage ihm immer wieder, dass es draußen eiskalt ist, dass es nichts zu fressen gibt und dass so ein instinktloses Tier wie er sowieso von der erstbesten Katze erwischt wird.«

»Er hört einfach nicht auf Sie?«, fragte Klara.

»Nein. Und er hat keine Ahnung, was gut für ihn ist. In der Hinsicht ähnelt er seinem Herrn. Na ja, ich glaube, eigentlich dem Großteil der Menschheit.«

Daran mochte etwas Wahres sein. Auch was sie selbst betraf, war Klara ein solcher Verdacht schon ab und zu gekommen. Aber wegen solcher Themen war sie nicht hier. Sie fragte: »Herr Moser, ist Ihnen zufällig gestern Nacht, wahrscheinlich in den frühen Morgenstunden, draußen auf der Straße etwas aufgefallen?«

»Schon.« Herr Moser nickte. Er musterte Klara von oben

bis unten. Erst jetzt schien er sie bewusst wahrzunehmen. »Ich sage es Ihnen gleich, aber vielleicht könnten Sie mir erst helfen, Herrn Karl einzufangen?«

»Meine letzte Großwildjagd ist schon eine Weile her.«

»Sie stellen sich einfach dahinten in den Weg und fuchteln mit den Armen, wenn Herr Karl vorbeiwill. Ich brauche Sie sozusagen als Vogelscheuche.«

»Danke für das Kompliment«, sagte Klara.

»Nein, so war das nicht gemeint. Ich wollte damit nicht sagen, dass Sie ...« Er brach ab, zupfte sich am Bart.

»Dass ich was?«, fragte Klara. Sie hatte noch nie verstanden, wie jemand an Bärten Gefallen finden konnte. Bei dem Typen hier sah es allerdings nicht ganz so schlimm aus wie bei anderen Männern, die meinten, auf Naturbursche machen zu müssen. Oder vielleicht war es eher so, dass er trotz des Vollbarts einigermaßen attraktiv wirkte.

»Ich nehme das böse Wort zurück und behaupte das Gegenteil, okay?« Er streckte Klara die Hand entgegen. »Ich heiße übrigens Kilian.«

»Klara Ivanovic.« Sie übersah seine ausgestreckte Hand. »Wo soll ich also herumfuchteln?«

Wie zu erwarten, machte sie sich als Vogelscheuche eher mittelprächtig, und Herr Karl kapierte natürlich nicht, dass sie nur sein Bestes wollten. Er krächzte empört und flatterte ein paarmal in Todesangst über Klaras Scheitel hinweg, bis sein Herr ihn auf der Garderobe zu fassen bekam. Das Köpfchen des Vogels schaute zwischen seinen Fingern hervor, als er ihn mit festem, aber auch vorsichtigem Griff zum Käfig trug. Die Gittertür schloss sich hinter Herrn Karl, und er hackte noch einmal nach der Hand, die ihn gerade losgelassen hatte.

»Irgendwann drehe ich dir den Hals um«, sagte Moser. Dann wandte er sich zu Klara um. »Danke.«

»Gern geschehen. Und was haben Sie nun gestern gesehen?«, fragte sie.

»Es war ziemlich genau halb vier. Ich schaue zufällig aus dem Fenster und sehe gerade noch, wie eine Person mit einem Rucksack und einer Klappleiter unterm Arm die Straße überquert und Richtung Cuvilliésstraße vorläuft. Da ist sie dann abgebogen und war verschwunden.«

Klara hätte es schon interessiert, wieso jemand wie Kilian Moser um halb vier Uhr morgens zufällig aus dem Fenster schaute, doch das ging sie nichts an. Sie fragte: »War es ein Mann?«

»Ich glaube schon.«

»Alt, jung, groß, klein?«

Moser zuckte mit den Achseln. »Ich sah ja nicht viel von ihm. Er war dunkel gekleidet und hatte eine Kapuze übergezogen.«

»War er allein?«

»Ich habe niemand anderen gesehen.«

»Das ist nicht gerade viel«, sagte Klara.

»Wenn Sie mir Ihre Telefonnummer geben, melde ich mich, falls mir noch etwas einfällt. So ähnlich klingt das doch immer in den Fernsehkrimis, oder?«

»Ich schaue keine Krimis«, sagte Klara. Mit so einer billigen Masche hatte es schon lange niemand mehr bei ihr versucht.

Auch Rupert konnte am nächsten Morgen keine hilfreiche Zeugenaussage vermelden. Das schien ihn jedoch nicht anzufechten. Dann müssten sie eben die Spur des Sprayers an den anderen Münchner Tatorten aufnehmen. Wie gerufen käme dabei die neueste Ausgabe des *Münchner Anzeigers*. Das Blatt hatte die auf ihrer Banksy-Hotline eingegangenen

Meldungen ausgewertet und einen großformatigen Lageplan aller vermeintlichen Banksy-Kunstwerke veröffentlicht. Neben zwei bisher unbekannten Rattenstencils waren darin auch Frau Zimmermanns *Love is in the Bin* sowie eine Version des *Flower Thrower* verzeichnet.

Tatorte, Spur aufnehmen. Für Klara klangen Ruperts Worte eine Nummer zu groß. Die wären bei Mord, Entführung oder schwerem Raub angemessen, doch nichts davon traf hier zu, und mit solchen Verbrechen umzugehen, war sowieso nicht die Aufgabe einer privaten Kunstdetektei. Graffiti zu sprühen, war zwar illegal, es als wirklich kriminelle Tat anzusehen, gelang Klara jedoch nicht so recht. Genauso wie sie zweifelte, ob man dabei von ernstzunehmender Kunst sprechen sollte. Ausnahmen mochte es geben, aber in der überwiegenden Mehrzahl der Fälle war Sprayen doch nur eine Freizeitbeschäftigung sich selbst suchender oder geltungsbedürftiger Jugendlicher. Klara schätzte, dass sich das auch bei den angeblichen Banksys bewahrheiten würde. War das so viel Aufhebens wert?

»Wenn jemand den Sprayer irgendwo beobachtet hätte, würde er sich damit wichtigmachen. Das würde sich der *Anzeiger* doch auf keinen Fall entgehen lassen«, sagte Klara. »Garniert mit einer möglichst detaillierten Beschreibung und der Bitte um sachdienliche Hinweise.«

»Ein wenig mehr Dankbarkeit bitte. Die zeigen uns immerhin, wo wir nachforschen müssen«, sagte Rupert und riss den Lageplan aus der Zeitung.

»Und wieso sollten wir dort mehr erfahren als die Reporter?«

»Wenn du eine bessere Idee hast, raus damit!«

Die beste Idee wäre, einen ordentlichen Auftrag an Land zu ziehen. Die nächstbeste, abzuwarten, bis der Sprayer von der Polizei einkassiert und als Linus B. oder Mehmet F. oder sonst wer identifiziert würde.

»Ist doch ein wunderbarer Tag heute«, sagte Rupert. »Zumindest ist das Wetter nicht ganz so grässlich wie gestern. Gerade richtig, um sich ein paar Graffiti anzuschauen und Volkes Stimme dazu zu hören.«

Vielleicht kalkulierte er insgeheim, wie viele Arbeitsstunden er Frau Zimmermann in Rechnung stellen konnte, vielleicht ging ihm auch das Herumsitzen im Büro auf die Nerven. Im Moment gab es wirklich nicht viel Sinnvolles zu tun, und auch wenn Klara die meist frustrierenden Erfahrungen von gestern noch in den Knochen saßen, bot ein Trip durch München wenigstens etwas Abwechslung. Und Rupert war sowieso nicht von seinem Vorhaben abzubringen. So machten sich beide ein paar Minuten später auf den Weg zu einem der neuen Rattengraffiti in der Dachauer Straße nahe dem Hauptbahnhof.

Die Gegend um den Tatort war von Billighotels, Imbissbuden, Callshops und Läden für den An- und Verkauf von Gold geprägt. Zwei Friseursalons und ein Geschäft für Bilderrahmen konnten als einigermaßen seriös durchgehen. Das Traditionskino *Gabriel,* das Klara zu Studentenzeiten ein paarmal besucht hatte, war geschlossen und stand leer. Nur die Spuren des demontierten Schriftzugs waren noch an der Fassade zu erkennen. Umrisse einer Schreibschrift, die den Charme der 1950er-Jahre versprühte. Die Spielhöllen ein Stück weiter nördlich schienen jedoch gut zu gedeihen. Über einer von ihnen versteckte sich der *Boobs Gentlemen's Club* hinter diskret rauchschwarz getönten Scheiben.

Aus der Reihe fiel der offensichtlich neu eröffnete Laden im Haus Nummer 24. Über den fast bodentiefen Schaufenstern erstreckte sich auf die ganze Breite des Anwesens ein

Schild, das ihn als *Gifft Flagship Store* auswies. Gifft mit zwei f, als könne man damit die an Zyankali erinnernden Assoziationen abschwächen. Zwischen zwei Fenstern des ersten Obergeschosses hatte ein nächtlicher Besucher mit seiner Spraydose allerdings explosivere Gefahren heraufbeschworen.

An der Oberkante des Firmenschilds klammerten sich die Hinterbeine einer aufgesprühten Ratte fest. Sie stand leicht gebückt, beugte sich vom mittleren Fenster weg und hielt in der ausgestreckten Pfote ein aufgeklapptes Sturmfeuerzeug. Daraus züngelte eine rote Flamme empor, der einzige Farbklecks in dem ansonsten schwarz-weiß gehaltenen Stencil. An der Flamme entzündete sich Funken sprühend das Endstück einer Lunte, die als gekringelte Linie über das Fenster führte und in einer kugelförmigen schwarzen Bombe endete. Ein halbmondförmiger heller Streifen verdeutlichte deren Rundung.

Das ganze Werk folgte einer konventionellen Comic-Ästhetik. Es fehlten nur noch Sprechblasen oder ein lautmalerisches »Zischhhh« neben der brennenden Lunte. Einzig der Gesichtsausdruck der Ratte widersprach dem Erwartbaren ein wenig. Statt hämisch zu grinsen oder bösartig das Maul zu verziehen, schaute sie unbeteiligt nach oben. Fast als hätte sie mit dem Entzünden der Bombe nichts zu tun und wäre in Gedanken bei etwas völlig anderem. Den Ratten, die Klara am Rosenheimer Platz und in den Zeitungsabbildungen gesehen hatte, glich sie von der Ausführung her so sehr, dass man vom selben Urheber ausgehen musste. Und ja, den Banksy-Ratten ähnelte sie ebenfalls.

»Der Sprayer muss hier auch eine Leiter benutzt haben«, sagte Rupert.

»Oder es war einer mit einem fliegenden Teppich«, sagte eine Frau neben ihm mit leicht kehligem Akzent. Eine Russ-

landdeutsche wahrscheinlich, auch wenn sie einen urbaye-
rischen Dackel an der Leine mitführte. Das Tier hatte einen
Hundemantel umgeschnallt, schaute mit treuen Augen zu
Klara auf und hob dann das Bein am Hinterreifen eines par-
kenden Autos.

»Sind Sie eine Nachbarin?«, fragte Rupert.

»Wir wohnen gleich da vorn.«

»Beobachtet haben Sie nichts, oder?« Rupert deutete auf
das Graffito hoch. Der Dackel pinkelte gegen die Radkappe.

»Nachts geh ich nicht aus dem Haus. Hier in der Gegend ist
mir zu viel ausländisches Gschwerl unterwegs. Bulgaren, Ru-
mänen und was weiß ich. Und jede Menge Araber. Deswegen
sag ich das ja mit dem fliegenden Teppich.«

Klara fragte sich, woher die Frau das Dialektwort Gschwerl
kannte. Und ob man dessen Verwendung plus die Verbrei-
tung gängiger Vorurteile als Beleg für eine gelungene Integ-
ration werten durfte.

»Sieht für mich gar nicht nach Tausendundeiner Nacht
aus«, sagte Rupert.

Die Frau zuckte mit den Achseln. Der Dackel zog an der
Leine, und das Frauchen setzte sich gehorsam Richtung Stigl-
maierplatz in Bewegung. »Ja, dir ist kalt, mein Liebling. Genug Gassi gegangen.«

»Volkes Stimme«, sagte Klara, als die Frau weit genug entfernt war. »Die wolltest du doch hören.«

»Ich frage mal im Laden nach«, sagte Rupert.

Neben dem Firmenlogo verkündete eine kleinere Inschrift, dass es sich bei *Gifft* um eine Marketing-App handelte. Die hatte wohl irgendetwas mit dem Gastronomiesek-
tor zu tun, wie ein Blick durch die Fenster nahelegte. Wieso
die Firma einen Flagship-Store in dieser Schmuddelecke der
Stadt brauchte, erschloss sich Klara nicht, aber sie musste ja

nicht alles verstehen. Es dauerte fünf Minuten, bis Rupert wieder herauskam und verkündete, dass das Graffito bereits vier Tage alt sei. Zeit genug, um die Neuigkeit bis zum letzten Nachbarn durchdringen zu lassen. Trotzdem sei den Angestellten bis heute niemand bekannt geworden, der das Attentat oder seine Vorbereitung beobachtet habe.

»Das Attentat?«, fragte Klara.

»Das war die Wortwahl der Frau da drinnen«, sagte Rupert. »Ob die Konkurrenz, Links- oder Rechtsterroristen dahintersteckten, mochte sie nicht entscheiden. Wer aber eine Bombe mit brennender Lunte an ein Geschäft male, drohe eindeutig mit Gewalt.«

»Und was sollte die Firma *Gifft* ins Visier einer Terrorgruppe bringen?«

»Vielleicht die Qualität ihrer Restaurantempfehlungen?«

»Sehr witzig«, sagte Klara. »Hast du das Thema Banksy angesprochen?«

Rupert nickte und sagte: »War ihr bis zu den Zeitungsberichten kein Begriff. Mit Kunst hätte so eine Schmiererei ihrer Meinung nach jedenfalls nichts zu tun.«

Letzterem konnte Klara bedingt zustimmen. Ansonsten war der Besuch hier ein einziger Fehlschlag. Keine Zeugen und nicht die Spur eines Hinweises auf den Sprayer. Bei den noch ausstehenden Graffiti würde das kaum anders ein. Der Tag versprach, einer der Sorte zu werden, an denen man besser im Bett geblieben wäre.

Max Müller hatte seine Hilfe angeboten, als Rupert und Klara am Morgen zu ihrer Vor-Ort-Recherche aufbrachen. Aber Rupert hatte gesagt, sie kämen auch zu zweit klar. Na, wenn sie meinten. Im Grunde konnte Max froh sein, dass er nicht draußen in der Kälte von Haustür zu Haustür ziehen musste.

Bloß klang der Auftrag, den er von Rupert erhalten hatte, eher nach Beschäftigungstherapie. Er solle mal recherchieren, wo Banksy sich in letzter Zeit aufgehalten habe und ob er überhaupt in München sein könne. Das war schnell erledigt. Die letzten Beiträge auf seinen Social-Media-Kanälen deuteten alle auf England hin, waren aber schon zwei Monate alt. Aktuelleres war im Internet nicht zu finden gewesen. Über Banksy selbst allerdings umso mehr.

Mysteriös, geheimnisumwoben, sagenumrankt, anonym, subversiv, scheu, schwer fassbar. Die Onlinejournalisten sparten nicht mit wohltönenden Adjektiven, wenn sie über ihn berichteten. In einem Beitrag war sogar von »Mister Nobody« die Rede, was Max unwillkürlich an einen alten Westernklamaukfilm erinnerte. Terence Hill in der Hauptrolle nannte sich darin »Nobody«, bloß damit am Schluss auf dem Grabstein des von ihm erledigten Revolverhelden ein zweideutiges »Niemand zog schneller als er« stehen konnte. Und existierte für das Niemand als Name nicht auch ein Vorbild in irgendeiner antiken Sage?

Egal. Banksy war sicher kein Niemand, ganz im Gegenteil. Über seine Bedeutung für die Gegenwartskunst hatte Klara sich sehr zurückhaltend geäußert, und da zu widersprechen, maßte sich Max nicht an, obwohl ihm einige der Werke durchaus gefielen. Vor allem die witzigen, wie zum Beispiel das, bei dem ein Dienstmädchen eine Hausecke hochhebt, um den Schmutz darunterzukehren. Dass man nicht Kunst studiert haben musste, um die Bilder zu verstehen, war in Max' Augen auch kein Nachteil.

In puncto Selbstvermarktung war Banksy unbestreitbar genial. Dass er die Öffentlichkeit nicht wissen ließ, wer sich hinter dem Pseudonym verbarg, machte natürlich neugierig. Die Geheimniskrämerei kam bei ihm aber nicht als bloße Attitüde daher. Er sprayte illegale Graffiti und hatte guten Grund, der Polizei seinen wahren Namen nicht zu verraten. Zumindest war das am Anfang seiner Karriere so gewesen, während heute wohl keiner über Sachbeschädigung klagen würde, dessen Eigentum von Banksy mit einem Stencil bedacht wurde. Trotzdem lüftete der Künstler seine Identität nicht und wahrte damit geschickt den Nimbus des Halbkriminellen. Er blieb seinen Ursprüngen treu, opponierte weiterhin gegen das Establishment und pfiff demonstrativ darauf, den Ruhm, den er sich erarbeitet hatte, offen einzuheimsen. Street Credibility nannte sich das wohl, und das faszinierte besonders diejenigen, die sich im wirklichen Leben mit Alarmanlagen und Überwachungskameras vor lichtscheuem Gesindel schützten.

Banksy, was sollte das eigentlich bedeuten? Im Internet fand Max ein paar Theorien, die alle nicht sonderlich überzeugten. Der Name sollte zum Beispiel vom englischen »Bang«, dem Comicausdruck für »Peng«, abgeleitet sein. Da Banksy in seiner Jugend als Fußballtorwart aktiv gewesen sein soll, könnte er einer anderen Meinung nach auch den Weltmeistertorhüter von 1966, Gordon Banks, gewürdigt haben. Am wahrscheinlichsten schien noch, dass sich der Name aus dem ursprünglichen Pseudonym Robin Banks entwickelt hatte, welches wiederum wegen des annähernden Gleichklangs mit »robbing banks«, also Banken ausrauben, attraktiv gewirkt habe.

Deutlich mehr Spekulationen existierten zu der Frage, wer sich hinter Banksy verbarg. Max holte sich einen Espresso aus der Kaffeemaschine, und da er sonst nichts zu tun hatte, begann er, eine Liste der irgendwann mal verdächtigten Personen anzulegen:

1 Robert Del Naja, der Frontmann der Band Massive
   Attack
2 Der Streetartkünstler King Robbo alias John Robert-
   son
3 Der weltbekannte Maler Damien Hirst
4 Paul Horner, der durch satirische Internetbeiträge
   bekannt wurde
5 Robin Gunningham, ein Künstler aus Banksys wahrscheinlicher Heimatstadt Bristol
6 Der Breakdancer Banxy
7 Ein Mitglied der Rockband Chumbawambaw
8 Der Möchtegernkünstler Thierry Guetta alias
   Mr. Brainwash, die Hauptfigur in Banksys Film »Exit
   through the gift shop«
9 Jamie Hewlett, Comiczeichner, Gründer der Band
   Gorillaz und Hauptaktionär von Banksys früherer
   Vermarktungsfirma Pictures On Walls
10 Ein gewisser Richard Pfeiffer, der in Manhattan auf
   frischer Tat verhaftet wurde
11 Eine nicht identifizierte blonde Frau, die in einem
   von Banksy erstellten Dokumentarfilm auftaucht
12 Gar keine Einzelperson, sondern eine Gruppe, zu der
   keiner, einer oder mehrere der Genannten zählen
   könnten

Das meiste davon war offensichtlicher Blödsinn. Nummer
zwei, King Robbo, starb 2014 und hätte aus dem Grab heraus
die vielen Banksy-Aktionen der folgenden Jahre durchfüh-
ren müssen. Paul Horner war nun auch schon seit fünf Jahren
tot und hatte überdies in Arizona gelebt, als Banksy in Europa sprühte. Ähnliches galt für Guetta, der sich lange Jahre
fern von Banksys Wirkungskreis, in Kalifornien, herumge-

trieben hatte, bevor er in dessen Film verwurstet wurde. Außerdem war er gebürtiger Franzose und entschieden talentlos, wie seine eigenen Arbeiten bewiesen. Damien Hirst hatte wahrscheinlich beim Mural *Keep it spotless* – das war das witzige mit der Hausecke – mit Banksy zusammengearbeitet, seine gut dokumentierten Aufenthaltsorte stimmten ansonsten aber ebenfalls nicht mit den Entstehungsorten der Werke von Banksy überein. Die Punkband Chumbawamba kam nur ins Gerede, weil Banksy einen ihrer Songs in einem Video verwendete, doch gegründet wurde sie 1982, als Banksy ungefähr acht Jahre alt gewesen sein dürfte. Der Breakdancer Banxy war einfach wegen der Namensähnlichkeit verwechselt worden, und die Anklage gegen Richard Pfeiffer wurde fallen gelassen, da er sich als Tourist herausstellte, der ein frisches Banksy-Werk bewundert hatte. Für die blonde Frau existierte gar kein Argument außer der Tatsache, dass Banksy vergleichsweise oft weibliche Figuren in seinen Graffiti verwendete. Das war Max dann doch zu wenig.

Übrig blieben die Nummern eins, fünf, neun und zwölf, wobei Letzteres, also die Gruppentheorie, eigentlich keine Lösung, sondern nur eine Verlagerung des Problems darstellte. Dass Banksy auf ein Team angewiesen war, verstand sich von selbst. Das galt nicht nur für die ganze Vermarktungs-, Zertifizierungs- und PR-Maschinerie, auch einige der aufwendigeren Aktionen konnten physisch und zeitlich gar nicht von einem Einzelkämpfer durchgeführt worden sein. Andere mochten dabei als Handlanger oder auch kreativ mitgewirkt haben, doch ohne Mastermind im Hintergrund war das kaum vorstellbar. Die Einheitlichkeit des Gesamtwerks ließ jedenfalls auf einen einzigen Kopf schließen, in dem sich das Banksy-Universum zumindest ursprünglich herausgebildet hatte. Und der gehörte eben der gesuchten Person.

Robert Del Naja, Robin Gunningham oder Jamie Hewlett? Halt, es gab noch eine vierte Möglichkeit. Es war zwar unwahrscheinlich, aber denkbar, dass noch niemand die wirkliche Identität Banksys ins Spiel gebracht hatte. Das gefiel Max fast am besten. Er stellte sich vor, wie ein mysteriöser, geheimnisumwobener, sagenumrankter Unbekannter nachts mit der Spraydose durch München zog und am Morgen erschöpft ins Bett der Airbnb-Wohnung fiel, die er von Bristol aus angemietet hatte. Vielleicht sogar unter seinem eigenen, in der Öffentlichkeit noch nie genannten Namen. Man müsste den Sprayer nur bei einer seiner Aktionen aufspüren und ihm unbemerkt auf dem Heimweg folgen. Dann wäre es ein Kinderspiel, Banksys wahre Identität herauszufinden. Immer vorausgesetzt, dass er für die Münchner Graffiti verantwortlich war.

Ach, richtig, ob das wahrscheinlich war, sollte Max herausfinden. Er konnte ja mal zu recherchieren versuchen, wo sich die drei übrig gebliebenen Kandidaten im Moment herumtrieben. Falls einer von ihnen nach Deutschland gereist sein sollte, wäre das einer genaueren Überprüfung wert. Max nippte an seinem Espresso. Der war kalt und schmeckte, wie abgestandener Kaffee eben schmeckt. Max schüttete ihn in das Waschbecken neben der Kaffeemaschine und setzte sich an den Computer. Dann googelte er nach den aktuellen Konzertdaten von Robert Del Najas Band Massive Attack.

Man hätte die verstrichene Zeit natürlich in Stunden und Minuten angeben können. Klara neigte inzwischen jedoch zu einer selbst erfundenen Maßeinheit namens Ratte. Eine Ratte bezeichnete die Zeit, die man benötigte, von einem gekennzeichneten Punkt auf der Karte des *Münchner Anzeigers* zum nächsten zu gelangen und dort zu verifizieren, dass niemand wusste, wer das jeweilige Graffito an die Hauswand gesprüht hatte. Der Mehrwert gegenüber den allgemein üblichen Kategorien bestand darin, dass eine Ratte nach Klaras Definition das subjektive Erleben des damit bezeichneten Zeitraums berücksichtigte und somit ein überwiegend quälendes Gefühl einschloss. Man konnte keine Ratte lang gemütlich einen guten Film ansehen, wohl aber sinnlos frierend durch München ziehen.

Immerhin schien Rupert drei Ratten später ein Einsehen zu haben. Er wollte nur noch den neuen *Flower Thrower* sehen, und dann wäre Schluss für heute. Ungünstigerweise war dieses Werk ganz im Norden Münchens angebracht worden, weit jenseits des Mittleren Rings. Das Taxi brauchte eine halbe Stunde, so dass sich Klara wenigstens einigermaßen aufgewärmt hatte, als sie in der Heidemannstraße ankamen. Die entpuppte sich als verkehrsreiche Durchgangsstraße, auch wenn nicht ersichtlich war, wieso die Leute da so fleißig hin und her fuhren.

Neben einer KFZ-Werkstätte fand sich Ruperts Objekt der Begierde. Es nannte sich *Ali Baba Imbiss,* bot »Döner Kebab, Cevapcici and more« an und war in einem mit Fenstern und Tür versehenen Metallcontainer untergebracht. Zur Straße hin diente eine niedrige Betonmauer mit darüberliegendem Brett als Sitzgelegenheit. Dass sie verwaist war, verwunderte angesichts der winterlichen Temperaturen nicht. Auf der Containerwand züngelten Flammen zwischen den Fenstern hinauf und ließen den darüber abgebildeten Dönerspieß sowie weitere kulinarische Highlights brutzeln. Eine Art Fototapete, kein Graffito.

Der *Flower Thrower* fand sich ums Eck, an der Tür des Imbisses. Soweit Klara auf den ersten Blick erkennen konnte, unterschied sich das Stencil nicht vom Original. Ein mit

Baseballkappe und bis zur Nase hochgezogenem Halstuch maskierter Straßenkämpfer war in einer Ausholbewegung abgebildet. Sein Oberkörper war nach hinten gebeugt, der linke Arm weit nach vorn ausgestreckt, während die rechte Hand das Wurfobjekt umklammerte. Wie bei Banksy war auch hier der erwartbare Pflasterstein durch einen Blumenstrauß ersetzt worden. Aus dem Papier, mit dem er umhüllt war, schauten rote, gelbe, violette und blaue Blüten hervor. Als schwarz-weißes Sprühbild mit wenigen, nachträglich angebrachten Farbtupfern glich es den bisher begutachteten Werken.

Einen gewaltbereiten Demonstrierenden mit einem Attribut längst historisch gewordener Love-and-peace-Hippies auszustatten, war kein sonderlich origineller Ansatz, doch Klara musste zugeben, dass das Stencil durchaus wirkte. Vielleicht sprach gerade die ikonische Verwendung der Motive den Betrachter an, oder es lag am geschickt ausgewählten Moment und an der gelungenen Dynamik der Szene. Befremdlich mutete allerdings die Zielrichtung des Blumenwurfs an. Es sah aus, als wolle der Mann seinen Strauß über Gehweg und Fahrradspur auf die Fahrbahn der Heidemannstraße hinauspfeffern. Love and peace für den Feierabendverkehr?

»Lust auf einen Döner?«, fragte Rupert und drückte die Klinke nach unten. Die Tür öffnete sich nach außen, zum Glück für den Mann, der drinnen auf dem Boden kniete. Er schaute kurz an Rupert hoch und richtete sich langsam auf, ohne ein zwischen den Händen gespanntes Maßband loszulassen. Anscheinend hatte er gerade den Türrahmen ausgemessen.

»'tschuldigung«, nuschelte Rupert.

»Achtundneunzig fünf«, sagte der Mann und wandte den

Kopf jemandem weiter hinten im Laden zu. »Standardmaß. Des is überhaupt koa Problem.«

Der Mann sprach breites Bayerisch, und die Stimme kam Klara bekannt vor. Das war doch … Die Cowboystiefel, aus denen zwei Röhren einer Motorradlederhose ragten, der überhaupt nicht dazu passende abgeschabte Bundeswehrparka und die Lederkappe über der weißen Mähne – auch das Outfit stimmte. Klara sagte: »Wenn das nicht der Toni von der Au ist.«

»Servus«, sagte der Toni, noch bevor er zu Klara herblickte. Er schien einen Moment zu brauchen, bis er sie einordnen konnte. Dann verzog sich sein Mund zu einem Grinsen. »Ja, da schau her, das Frollein Ivanovic.«

Der Toni, seines Zeichens Inhaber und einziger Mitarbeiter eines Hinterhofunternehmens in der Au, das sich dem An- und Verkauf von Kunstgemälden, antiquarischen Möbeln, alten Orden, Bierkrügen und diversem anderen Krempel widmete. Wenn er nicht gerade den Ermittlungen der Kunstdetektei von Schleewitz in die Quere kam oder mit Klaras Vater krumme Geschäfte verabredete.

Als hätte er Klaras Gedanken gelesen, fragte der Toni: »Und wie geht's dem Herrn Papa?«

»Er wird nicht jünger«, sagte Klara.

»Hauptsach, er schnauft noch. Sagst ihm toi, toi, toi von mir.« Der Toni streckte den rechten Daumen hoch. An zwei anderen Fingern glänzten dicke Goldringe. In der linken Hand hielt er das Maßband.

»Werde ich ausrichten«, sagte Klara.

»Perfekt«, sagte der Toni, und nach einer kurzen Pause: »Wollts euch einen Döner kaufen?«

Klara wollte das keineswegs. Rupert grundsätzlich wohl schon, aber wie sie selbst schien er sich momentan zu fragen, ob nicht auch den Toni etwas ganz anderes als der Hunger hierhergetrieben hatte. Dönerbuden gab es in der Stadtmitte schließlich genug. Rupert sagte: »Nach Ihnen.«

»Gehts nur vor.« Der Toni trat einen Schritt zurück und machte mit der Hand eine einladende Bewegung. »Ich brauch ein bisserl länger.«

»Nein, nein, Sie waren zuerst da.« Rupert begann, die Postkarten an der Containerwand zu studieren. Ansichten von türkischen Stränden, Grüße vom Plattensee, sogar eine nächtliche Skyline von New York war dabei.

»Ja dann.« Der Toni wickelte bedächtig das Maßband auf, steckte es in die Manteltasche und holte stattdessen ein gefaltetes Blatt Papier hervor. Mit dem wedelte er dem Mann hinter der Verkaufstheke zu. »Also, alles wie abgemacht. Ich besorg das Teil bis morgen. Wird picobello werden, da wirst schauen. Jetzt bräucht ich bloß noch deine Unterschrift, damit alles seine Ordnung hat, und dann bin ich auch schon weiter.«

Der Mann neben dem Dönerspieß schien kein Angestellter, sondern der zeichnungsberechtigte Eigentümer des Etablissements zu sein. Ali Baba selbst vermutlich. Er kratzte sich an der Stirn. »Die gleiche Tür? Und du baust sie ein?«

»Freilich«, sagte der Toni. Er legte das Papier auf die Theke und tippte auf eine Stelle ganz unten. »Da musst deinen Servus druntersetzen.«

Ali Baba wischte sich die Finger an seiner Schürze ab und begann, das Schriftstück zu lesen. Er schüttelte den Kopf und sagte: »Da steht aber nichts von der gleichen Tür, da steht nur: ›die Tür ersetzen‹.«

»Zefix«, sagte der Toni, »dann schreiben wir's halt noch rein. Gib her!«

»Sie wollen das Graffito kaufen?«, fragte Klara und ärgerte

sich im selben Moment über ihre Frage. Natürlich wollte er es kaufen. Sie hätte fragen müssen, warum, wieso und zu welchem Zweck.

»Wissen Sie denn, wer es gesprüht hat?«, fragte Rupert.

»Na, hab keinen Schimmer«, sagte der Toni und schrieb irgendetwas auf den Kaufvertrag. »Mir hat es halt gefallen.«

Das war lächerlich. Der Toni würde sich sicher keine Containertür übers Bett hängen. Er war aus demselben Grund wie Rupert und Klara hergekommen. Um einen möglichen Banksy zu begutachten. Klara fragte: »Geht es nicht eher ums Geschäft?«

Toni zuckte mit den Achseln. »Wahrscheinlich ist das Geschmier kein lumpiges Zehnerl wert.«

»Dreihundert Euro haben wir ausgemacht, und dabei bleibt es«, sagte Ali Baba. »Plus die Ersatztür.«

»Eh klar, Mann«, sagte der Toni in einem leicht genervten Tonfall. »Musst bloß unterschreiben, und schon ist es fix.«

Er war nicht der Typ, der mir nichts, dir nichts dreihundert Euro verpulverte. Andererseits stellte die Summe einen Klacks dar, wenn er dafür ein echtes Streetartkunstwerk von Banksy bekam. Noch dazu in einem zwar ungewöhnlichen, aber durchaus verkäuflichen Format. Dass Klara diese simple Rechnung begriffen hatte, musste auch dem Toni klar geworden sein. Jedenfalls fühlte er sich zu einer Erklärung bemüßigt. »Risikoinvestition, verstehst? Anders hast in meiner Branche heutzutag keine Chance nicht. Einmal geht's schief, das nächste Mal auch, und das dritte Mal klappt's. Schnell musst halt sein, und ein bisserl Instinkt braucht's natürlich auch.«

Instinkt, soso. Für wahrscheinlicher hielt Klara, dass er sich ahnungsloser stellte, als er war. Er würde heute Morgen nicht gerade mit Banksy gefrühstückt haben, doch von irgendwem hatte er irgendeinen Hinweis bekommen, der über die Berichterstattung des *Anzeigers* hinausging. Denn sonst wäre der Toni nicht so fix an den Stadtrand gefahren, um einem Imbissbesitzer eine Containertür abzuschwatzen.

Nach altem bayerischem Brauch dauert Weihnachten bis Mariä Lichtmess. Erst an diesem Festtag, also am 2. Februar, werden die Christbäume entsorgt, Krippen und Lichterschmuck bis zum nächsten Dezember eingemottet. Max war der Meinung, dass man eine solche Tradition nicht leichtfertig über den Haufen werfen sollte und dementsprechend mehr als genug Zeit habe, um …

»Erkläre das mal dem Tannenbaum«, sagte seine Frau Miriam. »Der streut schon seit Tagen seine Nadeln auf dem Wohnzimmerteppich aus.«

»Das ist eine Fichte«, sagte Max. Von ihm aus hätten sie ganz auf das Weihnachtsbrimborium verzichten können. Von wegen Familienfest. Monique war gar nicht aus England zurückgekommen, und seine jüngere Tochter Madeleine hatte sich am Heiligen Abend anderthalb Stunden lang durch das Minimalprogramm gequält, bevor sie zu ihrem Freund aufgebrochen war.

»Der Baum muss jedenfalls raus«, sagte Miriam.

»Das mach ich dann schon.« Im Moment war es denkbar ungünstig. Er studierte gerade einen *Daily-Mail*-Artikel vom Juli 2008. Das Boulevardblatt behauptete darin, in einer aufwendigen Recherche Robin Gunningham als Banksy identifiziert zu haben. Zumindest auf den ersten Blick sah die Beweisführung überzeugend aus.

»Deine Recherche läuft dir doch nicht weg«, sagte Miriam.

Der Christbaum lief auch nicht weg. Max verglich zwei Fotos, die in dem Bericht abgebildet waren. Das erste war 2004 auf Jamaika aufgenommen worden und galt als das einzig bekannte Bild, auf dem Banksys Gesicht erkennbar war. Das andere aus dem Jahr 1989 zeigte den sechzehnjährigen Schüler Robin Gunningham in der Bristol Cathedral School. Eine gewisse Ähnlichkeit ließ sich nicht verleugnen, doch dass es sich wirklich um dieselbe Person handelte, sprang nicht direkt ins Auge. Andererseits lagen fünfzehn Jahre zwischen den beiden Aufnahmen.

»Max?« Miriam stand hinter ihm und schaute ihm über die Schulter.

Diese Störungen waren der große Nachteil, wenn man zu Hause arbeitete. Immer gab es etwas ungeheuer Wichtiges zu erledigen, und zwar möglichst noch in derselben Sekunde. Obwohl, viel besser lief es im Büro auch nicht. Zwar standen dort keine Weihnachtsbäume herum, doch man konnte darauf wetten, dass Rupert gerade dann mit einem abwegigen Auftrag daherkam, wenn Max sich in einer Recherche festgebissen hatte. Niemand schien zu verstehen, wie elementar es war, kontinuierlich und konzentriert an einer Sache dranzubleiben. Nur dann merkte man, wann etwas nicht ganz koscher war, nur dann fielen einem die richtigen Fragen ein. Zum Beispiel die Frage, wieso die *Daily Mail* kein aktuelleres Foto von Gunningham aufgetrieben hatte, das sich mit dem von Banksy vergleichen ließe.

»Ma-ax?«

Miriam schien fest entschlossen, ihn weiterhin zu nerven. Wahrscheinlich würde sie gleich den Staubsauger einstecken, und wenn Max dann um Ruhe bitten würde, könnte sie vorwurfsvoll auf die Fichtennadeln hinweisen, die im ganzen Haus herumgetragen würden und die zwangsläufig sie beseitigen müsse, weil er, Max, ja weder dafür Zeit fände noch den Baum als Wurzel allen Übels entsorgen wolle. Darüber ließe sich eine halbe Stunde trefflich und mit ungewissem Ausgang diskutieren. Sicher wäre bloß, dass Max aus seinen Gedankengängen völlig herausgerissen wäre. Da konnte er genauso gut den Weihnachtskram wegräumen.

Max holte die Kartons aus dem Keller. Er wickelte die Krippenfiguren einzeln in Seidenpapier ein, begann dabei mit der umfangreichen Schafherde und resümierte in Gedanken, was ihn an der *Daily-Mail*-Recherche überzeugt hatte. Dass die Reporter an die Wählerverzeichnisse gelangt waren, machte Eindruck, aber vielleicht war das in England kein großes Problem. Jedenfalls konnten sie so nachweisen, dass Robin Gunningham und Banksy oft mit denselben Leuten zu tun hatten. Ein Luke Egan hatte 1998 mit Gunningham im selben Bristoler Haushalt gewohnt. Genau dieser Egan stellte später zusammen mit Banksy im Londoner Santa's Ghetto aus. Die Nachmieterin der beiden, Camilla Stacey, fand in dem Haus Graffiti und Entwürfe vor. Sie schwor Stein und Bein, dass Gunningham und Banksy identisch wären, während Luke Egan trotz der Sachbeweise weder den einen noch den anderen kennen wollte, sich dabei aber in Widersprüche verstrickte. Im Jahr 2000, als Banksy in London aktiv wurde, war Robin Gunningham in einer Wohnung in der Kingsland Road, East London, gemeldet, hier mit einem Mitbewohner namens Jamie Eastman. Der arbeitete beim Plattenlabel *Hombre,* für das wiederum Banksy nachweislich verschiedene Plattencover entwarf.

Strohsterne, Glaskugeln, runzlige rotbackige Äpfel. Leise rieselten die Nadeln, als Max den Christbaum seines Schmucks beraubte. Er fummelte die Wachsreste aus den Baumkerzenhaltern, und dabei fiel ihm das Wort Nebelkerze ein. Nebelkerzen zünden. Genau das hatten laut *Daily Mail* gerade die Menschen getan, die am besten Bescheid wissen mussten. So zum Beispiel Robin Gunninghams Eltern, die zu jenem Zeitpunkt schon getrennt lebten. Seine Mutter Pamela stritt den Reportern gegenüber ab, überhaupt einen Sohn zu haben, obwohl dessen Geburt am 28. Juli 1973 im Bristol Maternity Hospital offiziell belegt war. Der Vater sagte aus, dass Robin keineswegs Banksy sei, weigerte sich aber, einen Kontakt zu seinem Sohn herzustellen oder irgendeine Information über ihn zu liefern. Das wäre doch der einfachste Weg gewesen, um die angeblich falsche Hypothese zu entkräften.

Und Robin Gunningham selbst? Max schleppte die Kartons mit dem Weihnachtsschmuck in den Keller, stellte das Baumgerippe vorläufig im Vorgarten ab und beeilte sich, wieder an den Computer zu kommen. Robin Gunningham war seit spätestens 2003 unauffindbar und schien auch keine eindeutig zuzuordnenden Spuren hinterlassen zu haben. Wie die *Daily Mail* später enthüllte, sollte er 2006 in Las Vegas Joy Millward, eine englische Parlamentslobbyistin, geheiratet haben. Die Belege dafür waren allerdings spärlich. Weder gelang es den Enthüllungsjournalisten, mit ihr zu sprechen, noch konnten sie den aktuellen Wohnsitz des Paares ausfindig machen.

Zwei frühere Londoner Adressen Joy Millwards und die Gunningham zugeschriebene Wohnung in der Kingsland Road dienten allerdings Wissenschaftlern der Queen Mary University 2016 für eine Geoprofiling-Analyse, wie sie bei der Jagd auf Serienverbrecher angewandt wird. Sie setzten diese Punkte in Relation zu hundertvierzig Tatorten, an denen Banksy Streetartwerke hinterlassen hat. Die Analyse der Daten bewies, dass im Umkreis von fünfhundert Metern um die Orte, an denen sich Gunningham bevorzugt aufgehalten hat, eine signifikante Häufung von Banksy-Werken vorzufinden war. Per Algorithmus wurde eine achtzigprozentige Wahr-

scheinlichkeit errechnet, dass Banksy und Robin Gunningham identisch waren. Quod erat demonstrandum?

Nun, von achtzig Prozent zu hundert fehlte noch ein be-
trächtliches Stück. Für die geographischen Übereinstimmungen kamen auch andere Ursachen in Frage. Zum Beispiel
könnten die fraglichen Adressen rein zufällig in Gegenden
liegen, die für Graffitisprayer generell attraktiv waren. Sei es,
weil sie sich an eine bestimmte Szene wenden wollten oder
weil dort die Überwachung durch Kameras und Polizei laxer
als anderswo ausfiel. Trotzdem blieb Gunningham für Max
ein heißer Kandidat. Ihm fielen nur drei Gründe ein, warum
jemand untertauchte und sich von den eigenen Eltern verleugnen ließ: Robin Gunningham konnte ein Berufskrimineller auf der Flucht, ein Geheimagent im langjährigen Un-
dercovereinsatz oder eben Banksy sein.

Dass er seine Anonymität bis heute wahren konnte, grenzte
sowieso an ein Wunder. Es musste Dutzende Mitarbeiter geben, die ihm bei der Logistik halfen, seine Arbeit dokumentierten oder aus anderen Gründen regelmäßig mit ihm zu tun
hatten. Er reiste kontinuierlich über Landesgrenzen, hatte
Ausstellungen und einen Freizeitpark organisiert, hatte Filme
produziert und in Bethlehem ein Hotel eröffnet. Bei alldem
kam er mit offiziellen Stellen in Kontakt, denen gegenüber
er sich auch mal ausweisen musste. Wie wollte er denn ein
Flugticket kaufen, ohne seinen Namen zu nennen? Nein, eine
Menge Leute wusste, wer Banksy war, nur sagte es keiner. Erstaunlich, dass das auf die Dauer funktionierte.

Gut, Banksys engster Kreis mochte aus Solidarität schwei-
gen, und wer ihm geschäftlich verbunden war, profitierte von
der Geheimniskrämerei, denn auf ihr beruhte wesentlich der
kommerzielle Erfolg Banksys und seines Imperiums. Die
Medien konnten ebenfalls nur bedingt an einer Aufklärung

interessiert sein. Es ließ sich ja bloß weiterspekulieren, solange das Rätsel um seine Identität nicht zweifelsfrei gelöst war. Und wenn ein Blatt wie die *Daily Mail* doch auf einen kurzfristigen Scoop setzte, zündeten eben wieder ein paar Nebelkerzen: Ein angeblicher Versprecher eines bekannten DJs sollte belegen, dass Robert Del Naja Banksy sei. Ein anonymer Forensikexperte behauptete, Jamie Hewlett enttarnt zu haben. Ein Paul Horner schaffte es mit einem selbst inszenierten Scherz, als möglicher Banksy in die Schlagzeilen zu gelangen. Und schon gab es neben Gunningham wieder drei, vier, fünf andere, die in Frage kamen und die vermeintliche Gewissheit im Qualm der Spekulationen verschwinden ließen.

»Hast du super gemacht, Schatz«, sagte Miriam.

Nun ja, dachte Max, gerichtsfest ist das bisher nicht. Aber wenn er alles zusammenzählte, fiel es leicht, sich zwischen den möglichen Kandidaten zu entscheiden. Banksy hieß mit bürgerlichem Namen Robin Gunningham. Mit an Sicherheit grenzender Wahrscheinlichkeit.

»Jetzt musst du nur noch den Baum zum Grünabfall bringen«, sagte Miriam.

Wahrscheinlich hätte es gar nicht viel gebracht, noch einen Augenzeugen aufzutreiben. Eine konkretere Personenbeschreibung als die, die Klara aufgetan hatte, war kaum zu erwarten. Der oder die Täter hatten nachts gesprüht, waren wohl dunkel gekleidet gewesen und hatten die Kapuzen ihrer Hoodies über den Kopf gezogen. Um eine brauchbare Spur zu liefern, hätte schon jemand die Sprayer bei Anfahrt oder Flucht beobachten und sich das Kennzeichen ihres Fahrzeugs merken müssen. Das wäre mal Dusel gewesen. Hätte, wäre, davon konnte sich Rupert allerdings nichts kaufen. Es gab eben niemanden, der etwas Zielführendes gesehen hatte, und deswegen musste man die Sache anders anpacken.

Dass Banksy in München aktiv war, hatte Rupert von Anfang an für unwahrscheinlich gehalten, und diese Einschätzung verfestigte sich mit jedem Tag, an dem weitere Stencils auftauchten. Als ob sich ein internationaler Star ausgerechnet in München eine Nacht nach der anderen um die Ohren schlagen würde! Ruperts neue Strategie zielte deswegen auf die lokalen Graffitiaktivisten ab. Auf sanften Druck hin hatte sich Klara bereit erklärt, ein paar der Hotspots zu ermitteln und die dortigen Werke zu begutachten. Vielleicht ließ sich an Themen, Machart und Stil erkennen, wer für die Banksy-Nachahmungen in Frage kam.

Rupert selbst klemmte sich erst mal ans Telefon. Bei der Stadtverwaltung wurde er ein paarmal weitervermittelt, bis er im Kulturreferat eine auskunftsfreudige Dame am Apparat hatte. Wenn man ihr Glauben schenkte, herrschte zwischen der Stadt München und der Streetartbewegung eine so innige Beziehung, dass nicht die kleinste Spraydose dazwischenpasste. Schon die Tatsache, dass in München das Kulturreferat zuständig sei und nicht – wie in anderen Städten – das Sozialreferat oder das Ordnungsamt, belege die Wertschätzung dieser Kunstrichtung. Man fördere die Szene finanziell und organisatorisch, wo man könne, stelle den Künstlern Unterführungen und andere Freiflächen zur Verfügung. Dort erledige man sogar Vorarbeiten wie zum Beispiel Grundierungen, falls die Kollegen vom Baureferat gerade Kapazitäten hätten. Man biete in der Jugendarbeit Graffitiworkshops an, veranstalte Festivals wie die *SCALE WALL ART* und bringe dafür internationale Streetartkünstler nach München.

»Auch Banksy?«, fragte Rupert, als die Frau kurz Luft holte.

»Ach, Sie fragen wegen der aktuellen Rattenstencils? Wäre

eine irre Geschichte, wenn die tatsächlich von Banksy wären, aber wir wissen leider nur aus der Zeitung davon. Bei uns hat Banksy jedenfalls keine Reisekostenerstattung beantragt. Hat er ja auch nicht nötig. Aber ich halte es durchaus für möglich, dass er in München ist. Ich meine, wir hatten ja schon Axel Void, Os Gêmeos, Blek le Rat, Aryz und alles, was sonst noch Rang und Namen hat, hier bei uns. Man redet immer von New York, London und vielleicht noch Berlin, wenn es um Graffiti geht, doch da brauchen wir uns überhaupt nicht zu verstecken.«

München als Streetartmetropole, das war Rupert neu. Er fragte: »Und die einheimische Szene?«

»Wir haben auch internationale Stars, wie Loomit zum Beispiel. Und drunter ist ein breites Feld. Insgesamt dürften Pi mal Daumen an die zweihundert Künstler in München aktiv sein.«

»Wie komme ich an die ran?«

»Na ja, die meisten sind nicht sehr an Interviews interessiert, aber probieren Sie es mal in der *Färberei*.«

»Danke«, sagte Rupert und legte auf.

Die ehemalige Färberei in der Claude-Lorrain-Straße war eine Kultureinrichtung des Kreisjugendrings München-Stadt, die laut ihrer Website unter anderem die jährliche Graffitiaktion *ISART* an der Brudermühlbrücke veranstaltete. Rupert rief dort an und fragte, ob er schnell vorbeikommen könne. Worum es gehe? Eine Recherche zu Münchner Graffitikünstlern. Das Kulturreferat habe ihn an die *Färberei* verwiesen.

»Ja, unsere Leiterin, Frau Singer-Stevenkamp, kennt sich da bestens aus. Aber die ist gerade dienstlich unterwegs.«

»In Sachen Graffiti?«

»Wenn man so will. Einer unserer Jungs aus dem letzten Workshop hat Scheiße gebaut.«

»Hoffentlich nichts Ernstes?«

»Die Polizei hat ihn halt beim Sprayen erwischt.« Der Sozialarbeiter – oder was immer er war – schien das nicht für besonders tragisch zu halten. Auf Verschwiegenheit legte er offensichtlich auch keinen Wert.

Grund genug für Rupert, vom förmlichen Sie abzurücken. Vielleicht war unter Brüdern etwas Vertrauliches zu erfahren. »Weißt du Genaueres?«

»Wegen einer Hauswand hier in Untergiesing haben sie ihn einkassiert. Ich finde seine Pieces ja ziemlich cool, aber das ist dem Auge des Gesetzes egal. Seit es diese Sondereinheit gibt, wird gnadenlos Jagd auf die Jungs gemacht. Neun Bullen, die Tag und Nacht mit nichts anderem beschäftigt sind, kannst du dir das vorstellen? Als ob es nichts Wichtigeres zu tun gäbe.«

»Und was habt ihr damit zu tun?«, fragte Rupert.

»Gar nichts. Aber die Chefin fühlt sich halt verantwortlich. Und deswegen wollte sie zum Prozess gehen, ein wenig Händchen halten. Bildlich gesprochen.«

»Klar, verstehe ich«, sagte Rupert und kam dann zum Punkt. »Ich habe es bloß ziemlich eilig, müsste dringend mit dem einen oder anderen Graffitikünstler reden. Vielleicht kannst du mir ein paar Kontaktadressen durchgeben?«

»Nee, das geht nicht. Datenschutz und so.«

Na gut, dann musste Rupert halt direkt an die Leute ran. Noch während er sich verabschiedete, schaute er im Internet nach, wo er die Händchen haltende Frau Singer-Stevenkamp und ihren Graffitischützling finden konnte. Für Strafverfahren dieser Größenordnung war das Amtsgericht zuständig, in München dessen Zweigstelle in der Nymphenburger Straße. Rupert brach auf. Warum nicht zur Abwechslung eine Gerichtsverhandlung besuchen? Hier die Antigraffiti-Taskforce der Polizei, dort die Streetartbegeisterung des Kulturreferats. Mal sehen, auf welche Seite sich die Justiz schlug.

Als Rupert zwanzig Minuten später am Gericht ankam, musste er feststellen, dass das nicht so einfach war. Natürlich wusste er weder die Nummer des richtigen Sitzungssaals noch den Namen des Beschuldigten. Er hatte gedacht, es genüge, nach dem Graffitiprozess zu fragen, doch an der Pforte konnte oder wollte man ihm nicht weiterhelfen. Rupert blieb nichts übrig, als die Sitzungssäle abzuklappern und die vor den Türen aushängenden Anschläge zu studieren. Dort war neben dem Richter und dem Delinquenten auch die Art des verhandelten Vergehens angegeben. Nach diversen Körperverletzungen, Beleidigungen und Diebstählen fand er am Saal A 124 eine Sachbeschädigung vor, für die sich ein gewisser Adil Khafour zu verantworten hatte. Das konnte doch passen. Wenn die angegebene Uhrzeit eingehalten worden war, musste der Prozess vor einer halben Stunde begonnen haben.

Leise die Tür öffnen, entschuldigend lächeln und sich in die letzte Reihe setzen. Sobald er merkte, dass es nicht um Graffiti ging, in umgekehrter Reihenfolge wieder abhauen. Das war Ruperts Plan, doch kaum hatte er den Kopf durch die Tür gesteckt, unterbrach sich die Richterin mitten im Satz und fragte ihn, ob er der Herr Rubenbauer mit der Erschleichung von Leistungen sei.

»Äh, nein. Ich bin nur Besucher.«

»Die Verhandlung beginnt in etwa fünfzehn Minuten. Sobald wir fertig sind.«

»Ich wollte eigentlich hier bei dem Graffiti…«, sagte Rupert.

»Wir tagen nicht öffentlich«, sagte die Richterin vorn. »Jugendstrafverfahren. Wenn Sie jetzt bitte gehen würden.«

Rupert schloss die Tür. Immerhin hatte er erkennen können, dass außer den direkten Prozessbeteiligten niemand
im Saal war. Die Leiterin der *Färberei* hatte ihren Schützling
höchstens vor der Verhandlung betreut und war dann wahrscheinlich einen Kaffee trinken gegangen. Vielleicht wartete sie irgendwo draußen auf das Ende des Prozesses. Das
konnte Rupert natürlich auch tun, fünfzehn Minuten waren
ja keine Ewigkeit. Er setzte sich ein paar Meter weiter auf eine
Bank. Ein Mann im Lodenmantel erschien und drückte sich
vor der Tür von Saal A 124 herum. Ob das der Rubenbauer
war? Er sah so harmlos aus, wie man das von einem Leis-
tungserschleicher erwarten durfte. Bald kamen noch ein paar
Leute und ein Anwalt in Robe. Sie begrüßten einander, als
träfen sie sich regelmäßig einmal die Woche, und warteten
geduldig, bis sich die Tür des Gerichtssaals öffnete.

Zuerst erschien eine Anwältin, gefolgt von dem Jungen. Sie
wechselten ein paar Worte, die Rupert nicht verstand, und
gingen dann auseinander. Rupert folgte dem Jungen Richtung Ausgang und rief: »Adil?«

Der Junge blieb stehen und wandte sich um. Er war höchstens sechzehn Jahre alt, hatte noch fast kindliche Gesichts-
züge, die nicht recht zu dem messerscharfen Undercut passen wollten, in dem seine schwarzen Haare geschnitten
waren. Sein Oberkörper steckte in einer deutlich zu großen
Bomberjacke, darunter trug er schwarze Jeans und Sneakers.

»Wie lief's, Adil?«, fragte Rupert, als er ihn eingeholt hatte.

»Was geht Sie das an?«

»Na, komm schon, du bist doch schwer in Ordnung, haben
die aus der *Färberei* gesagt. Mehr als ein paar Sozialstunden
werden sie dir da nicht aufgebrummt haben.«

»Sind Sie vom Jugendamt?«

Sich dauernd mit schwer erziehbaren Jugendlichen herumschlagen zu müssen, das fehlte Rupert gerade noch. Er fragte: »Wieso?«

»Wegen der Sozialstunden. Die müssen mich irgendwo zuweisen.«

»Ach so, nein, das geht mich nichts an«, sagte Rupert. »Mich interessieren Graffiti und Streetart. Ich bräuchte jemanden, der sich in der Münchner Szene auskennt.«

Adil sah ihn an, als hätte Rupert sich gerade als Serientäter im Leistungserschleichen geoutet. Dann schüttelte er den Kopf und wandte sich ab.

»Mann, ich will doch bloß mit dir reden.«

»Ich aber nicht mit Ihnen.«

So schnell gab Rupert nicht auf. »Kennst du zufällig jemanden, der Rattenstencils macht?«

»Bist du ein Bulle, oder was?« Adil beschleunigte seine Schritte.

Auf dem Weg zur Pforte wich Rupert nicht von seiner Seite und quatschte weiter auf ihn ein. Sehe er vielleicht wie ein Bulle aus? Nein, mit denen habe er nichts zu tun. Ganz im Gegenteil, er gehöre zur privaten Konkurrenz. Hier sei seine Visitenkarte. Na gut, dann eben nicht. Die Kunstdetektei von Schleewitz schätze Streetart jedenfalls genauso wie der Kunde, für den sie gerade tätig sei. Es gehe um ein möglicherweise lukratives Geschäft, sozusagen eine Win-win-Situation für alle Beteiligten. Wenn man sich mal ein paar Minuten unterhalten könne, bei einem Kaffee oder von ihm aus auch bei einem Bier, dann würde er das genauer erklären.

Adil stieß die Glastür des Justizgebäudes auf.

»Ich brauche nur einen Tipp«, sagte Rupert. »Da könntest du dir einen Zehner verdienen.«

»Fuck you«, sagte Adil und sprintete über den Vorplatz davon.

52

Rupert blickte ihm hinterher. Wahrscheinlich wusste die kleine kriminelle Kröte sowieso nichts. Und außerdem gab es noch jede Menge anderer Sprayer in München, die er interviewen konnte.

Es schneite leicht, und Rupert zog den Reißverschluss seiner Jacke zu. Von der Leiterin des Kreisjugendrings in der *Färberei* war nichts zu sehen. Von wegen Händchen halten. Und auch sonst hatte anscheinend niemand auf den Jungen gewartet. Keine Freunde, keine Eltern.

Nach der Eröffnung einer modernen Anlage im Münchner Norden wurde der Rangierbahnhof München Ost nicht mehr benötigt. Die Richtungsgleise, der Ablaufberg, die Wagenreinigungsanlage und das Bahnbetriebswerk wurden in der Folge stillgelegt, doch nur teilweise zurückgebaut. Seither verfällt das Gelände. Schmächtige Bäume wachsen aus dem Schotter zwischen den Weichen, Graffiti blättern von halb zerfallenen Wänden, Dächer sind eingestürzt, die Scheiben der ehemaligen Rangierobermeisterei sind zerschlagen, und des Nachts werden wohl die Ratten durchs Unkraut huschen.

Das ist der erste und der letzte Eindruck, den Melike von Deutschland bekommt.

Am Rangierbahnhof ist nur die südliche Ein- und Ausfahrgruppe bis heute in Betrieb. Ihre fünfzehn Gleise werden genutzt, um dort zwischen Einsystem- und Mehrsystemlokomotiven zu wechseln, was für den Güterverkehr von und nach Italien nötig ist. Die aus dem Süden kommenden Güterzüge stehen dabei lange genug auf dem Abstellgleis, um bei blinden Passagieren die Hoffnung zu erwecken, endlich am Ziel zu sein. So auch bei den zwölf Menschen, die aus Nordkurdistan über das türkische Bursa nach Italien geflüchtet sind und sich zum Brenner durchgeschlagen haben. Dort schlitzten sie die Dachplane eines Waggonaufliegers auf, um sich ins Innere abzuseilen.

Unter ihnen ist die fünfzehnjährige Melike, die sich nichts mehr wünscht, als an der Universität zu studieren.

In München Ost klettern die Flüchtlinge durch den Spalt in der Plane aufs Dach des Waggons. Nun müssen sie nur noch ins Gleisbett springen, um im Gelobten Land anzukommen. Doch es geht tief hinab, tiefer als gedacht. Ein vierundzwanzigjähriger Mann umfasst Melikes Hand und auf der anderen Seite die ihres zwölfjährigen Bruders. Vielleicht flüstert er den beiden zu, dass es nur zwei Meter seien, dass sie es fast geschafft hätten, dass so ein Sprung doch eine Kleinigkeit sei für jemanden, der die Angriffe des türkischen Militärs überlebt habe. Dann richtet er sich auf, und sie springen gemeinsam.

Die Oberleitung hat eine Spannung von 15.000 Volt, fünfundsechzig Mal mehr als eine Steckdose zu Hause. Ob der Mann beim Absprung die Oberleitung berührt oder ob es sich um einen Stromüberschlag handelt, der mit einem Lichtbogen in seinen, in Melikes und in den Körper ihres Bruders fährt, ist müßig, weil es am furchtbaren Ergebnis nichts ändert. Mit schwersten Verbrennungen liegen drei junge Menschen neben dem Zug. Ein Triebfahrzeugführer, der das Geschehen beobachtet hat, schlägt Alarm. Nach dem Eintreffen der Rettungskräfte wird der Vierundzwanzigjährige vom Notarzt reanimiert. Dann werden alle drei ins Krankenhaus eingeliefert und ins künstliche Koma versetzt.

Auf der Intensivstation stirbt Melike.

Mit den Sanitätern rückt auch ein Großaufgebot von Bundes- und Landespolizei an. Die Beamten sehen es als ihre Aufgabe an, die sechs leicht verletzten Mitglieder der Flüchtlingsgruppe nach ihrer Erstversorgung festzusetzen. Drei weitere Kurden sind verschwunden. Da es sich mutmaßlich um illegale Immig-

ranten handelt, die eine abstrakte Gefahr für die Sicherheit der Bundesrepublik darstellen, wird unverzüglich eine Großfahndung eingeleitet. An ihr beteiligen sich auch zwei Hubschrauber, einer von der Fliegerstaffel der Bundespolizei in Oberschleißheim, einer vom ADAC. Sie knattern im Tiefflug über Trudering.

Man könnte sich fragen, ob die panisch Geflohenen vom Rotorenlärm an die Luftangriffe auf ihr Heimatdorf erinnert werden. Man könnte sich auch fragen, ob das Geld für den Hubschraubereinsatz nicht besser investiert gewesen wäre, wenn man den Kurden einen sicheren Flug zum Franz-Josef-Strauß-Airport spendiert hätte. Nicht zuletzt könnte man sich fragen, wie viele Menschen noch an der Festung Europa ihr Leben aushauchen werden.

Melike wird darauf keine Antwort mehr geben.

Die Donnersberger Brücke ist nicht nur einer der meistbefahrenen Straßenabschnitte Deutschlands, sondern auch einer der hässlichsten. Von oben hat man, soweit es Lärmschutzwände und Abgaswolken erlauben, wenigstens einen Blick auf die Bahngleise, so dass man sich mit ein bisschen Phantasie in ansprechendere Gegenden fortwünschen kann. Erbarmungslos trist ist dagegen der Raum unter der Brücke angelegt. Auf ein paar Hundert Metern stützen klotzige Pfeiler die vielspurige Auffahrt, während die Betonflächen dazwischen als eine PKW-Abstellhalde dienen, für die man die Bezeichnung Parkplatz nicht in den Mund nehmen will. Dass Stoßstange an Stoßstange grenzt, verstärkt die Trostlosigkeit nur. Der Verkehrslärm ringsum und das vielleicht bloß eingebildete Zittern der Brückenunterseite, wenn Lastwagen darüberrollten, riefen in Klara sofort klaustrophobische Gefühle hervor. Diesen Ort konnte man beim besten

Willen nicht mehr verunstalten. Kein Wunder, dass die Stadt das Grau der Pfeiler zur Übermalung freigegeben hatte. Aber ob das viel änderte?

Klara war nur hergekommen, weil sie Rupert zugesagt hatte, sich persönlich einen Überblick über die Szene zu verschaffen. Sie hatte im Museum of Urban and Contemporary Art begonnen, die dort ausgestellten Banksys besichtigt und im Bookshop einen einschlägigen Reiseführer für Münchner Streetart erstanden. Dessen Lektüre hätte eigentlich völlig ausgereicht, um einen lokalen Banksy-Imitator mit großer Wahrscheinlichkeit auszuschließen. Das Buch listete die wichtigsten Künstler und Orte auf, bot einen historischen Abriss und jede Menge Abbildungen aktueller und bereits verlorener Werke. Die Szene blühe, so der Autor Martin Arz, nur Stencils in der Art Banksys seien in der Stadt seit mehr als einem Jahrzehnt kaum mehr anzutreffen. Der letzte renommierte Schablonenkünstler namens Sucht habe sich anscheinend vor Längerem zur Ruhe gesetzt. Die von ihm gezeigten Werke erinnerten stilistisch durchaus an Banksy, ließen aber dessen gesellschaftskritische Themen vermissen. Vielleicht sollte man trotzdem nachforschen, wer Sucht war und was er heutzutage anstellte. Das wäre doch eine lohnende Aufgabe für Max.

In dem Streetartführer wurden verschiedene Besichtigungsrouten empfohlen, doch Klara wollte sich angesichts des ungemütlichen Wetters auf einen Hotspot beschränken. Hier an der Donnersberger Brücke war die größte Open-Air-Galerie der Stadt zu sehen, hier waren hauptsächlich Münchner Künstler am Werk gewesen. Klara drückte sich zwischen zwei geparkten Autos durch und ging langsam Richtung Süden.

Obwohl die Pieces an den Brückenpfeilern jeweils an die zwanzig Quadratmeter Fläche einnahmen, wirkten sie unter der erdrückenden Betondecke nicht sehr imposant. Ein paar von ihnen orientierten sich an abstrakter Farbflächenmalerei oder am kalligraphischen Stil, doch die überwiegende Zahl folgte eindeutig einer Manga-Ästhetik. Karikaturhaft verzerrte Gesichter und bewaffnete Fabelwesen tummelten sich in irrealen Welten, die gern unter Wasser lagen oder an überdimensionierte Schrottplätze erinnerten. Einige wenige Bilder wiesen mit Attributen wie Weißwürsten oder einem als Münchner Kindl verkleideten Teufel auf die bayerische Landeshauptstadt hin. Eindringlicher als die knallbunten Werke wirkten die Ton in Ton gehaltenen, bei denen Klara eine Vorliebe für Abschattierungen von Grün festzustellen meinte. Grasgrün, neongrün, flaschengrün, ampelgrün, giftgrün und was es sonst noch für Bezeichnungen geben mochte.

Ein Stencil war nirgends zu entdecken, und auch auf eine Seelenverwandtschaft zu Banksy wies nichts hin, bis Klara die Abschlussmauer zu den Bahngleisen hin fast erreicht hatte. Am letzten Pfeiler waren zwei Ratten abgebildet, die gerade einem Pappkarton entstiegen. Sie hatten weißliches Fell mit ein paar dunkleren Flecken, doch im Unterschied zu Banksys Ratten waren Ohren, Pfoten, Nasenspitze und Schwanz in einem ungesunden Rosa gehalten. Die aufrecht stehende Ratte hielt einen Farbroller in der rechten Vorderpfote. Sie schien bei ihrer Malaktion gerade ertappt worden zu sein, denn aus ihrem halb geöffneten Maul fiel eine angerauchte Zigarette, und die Baseballkappe sprang ihr vor Schreck in die Höhe. Seitlich schwebten etwas unmotiviert ein Stück Käse und eine Saugglocke für verstopfte Abflüsse an der Mauer. Die zweite Ratte schnupperte nach unten, auf die Signatur des Künstlers zu. In goldgelber Schrift hatte sich dort ein Mr. Woodland verewigt.

Trat man näher heran, erkannte man sorgfältig gezogene

und anscheinend nicht mehr korrigierte Umrisslinien, während an den Farbflächen mit mehreren Schichten, schnell gesprühten Schraffuren oder Kringeln gearbeitet worden war. Die Schatten, die von den Ratten und den Gegenständen scheinbar auf die Mauer geworfen wurden, sorgten für räumliche Tiefe. Der Lichteinfall kam schräg von links, orientierte sich also an den realen Raumverhältnissen. Von dort würde bei klarem Himmel die Nachmittagssonne unter dem Brückenrand durchscheinen. Das war überlegt gemacht, wenn auch nicht gerade revolutionär. Die Freskenmalerei hatte eine solche Einbeziehung des natürlichen Lichts seit ein paar Hundert Jahren im Repertoire. Vielleicht war dieser Mr. Woodland ja sogar kunsthistorisch vorgebildet.

Die wichtigere Frage war, ob er auch für die Graffiti verantwortlich sein könnte, die aktuell Schlagzeilen machten. Dagegen sprach die hier angewandte Technik des Freihandsprühens statt der Stencils. Das zentrale Motiv folgte zwar Banksy, der ebenfalls mit Pinseln ausgestattete Ratten realisiert hatte, unterschied sich jedoch stärker von seinen Vorbildern als die anderen in München aufgetauchten Werke. Bei Mr. Woodland fiel alles detailreicher, verspielter und näher am Comic aus. Schon allein diese riesigen rosafarbenen Ohren! Die von Klara in der Stadt besuchten Rattenstencils hatten dagegen nichts Witziges oder Ironisches an sich. Sie schienen bitterernst gemeint, schon allein wegen der Attribute von Blut und Gewalt, die hier gänzlich fehlten.

Klara machte ein paar Fotos und ging dann die Open-Air-Galerie in Richtung Norden zurück. Auch wenn sie nur Indizien vorweisen konnte, war sie sich sicher, dass Mr. Woodland nicht der gesuchte Mann war. Genauso wenig wie irgendein anderer der hier vertretenen Künstler. Mehr aus Pflichtbewusstsein musterte sie im Vorbeigehen die Brückenpfeilergraffiti. Wie es auch bei Leinwandbildern, Skulpturen und Installationen zu konstatieren ist, waren sie von unterschiedlicher Qualität. Banales stand neben Hintergründigem, Ausdrucksstarkes neben Unausgegorenem. Das war nicht anders zu erwarten gewesen. Klaras Problem lag eher darin, dass sie die Kunstform an sich nicht recht einordnen konnte. Wichtig war sicher die Ortsgebundenheit der Streetartwerke. Sie entzogen sich damit tendenziell der kommerziellen Verwertbarkeit, auch wenn ein Toni von der Au mit seiner Containertür das zu hintertreiben versuchte. In ihrer festen Positionierung glichen sie jedenfalls den Wandmalereien in alten Kirchen und Adelspalästen oder auch den heutigen Kunst-am-Bau-Projekten, zu denen die öffentliche Hand bei Neubauten verpflichtet war.

Allerdings waren Murals nicht unbedingt für die Ewigkeit gedacht. Wie am Münchner Viehhof und im Werksviertel wurden Mauerflächen oft erst dann den Sprayern überlassen, wenn die Gebäude leer standen und ihr Abriss schon beschlossen war. War Streetart also ein Zwischennutzungsphänomen? Ein zweiter, damit zusammenhängender Unterschied betraf das Verhältnis zwischen der Bewertung eines Orts und dem Kunstwerk. Die Fresken in der Sixtinischen Kapelle waren dort wegen der Heiligkeit des Umfelds entstanden und sollten diese würdigen, ja verstärken. Ähnliches galt für die repräsentative Kunst in Palästen, und auch Kunst am Bau sollte im besten Fall mit dem teuer errichteten Funktionsgebäude kommunizieren und es ästhetisch aufwerten. Streetart dagegen wurde, soweit sie offiziell geduldet war, in die für unbrauchbar befundenen Schmuddelecken einer Stadt verbannt. Im Grunde blieb ihr damit nicht einmal eine dekorative, sondern nur eine maskierende Funktion. Vergleichbar mit einer hübsch exotischen Decke, die man über einen zerschlissenen Polstersessel legt, bis man die Zeit findet, ihn zum Sperrmüll zu bringen. Musste das für einen Künstler nicht unbefriedigend sein, egal wie kreativ er seine Decke gewebt hatte?

Gegensteuern konnte ein Sprayer mit illegalen Aktionen, bei denen er sich selbst den idealen Ort für sein Werk aussuchte. Einen, zu dem er eine persönliche Beziehung hat, an dem seine Botschaft Sinn ergibt, den er künstlerisch kommentieren oder umdefinieren will. Neben der Gefahr, strafrechtlich belangt zu werden, beschwört ein solches Vorgehen aber weitere Nachteile herauf. So ist die Halbwertszeit des Kunstwerks noch deutlich geringer als bei der legalen Variante. Das hatte Klara bei der Ratte am Deloitte-Gebäude gesehen, und davon konnte auch Banksy ein Lied singen. In seinem Buch *Wall and Piece* notierte er bei vielen seiner Straßeninterventionen, wie lange es dauerte, bis sie wieder beseitigt waren. Manches existierte nur wenige Stunden, so dass der Schaffensakt wichtiger wurde als das kurzlebige Werk. Insofern wäre das Ganze eher der Gattung Performance zuzurechnen.

Du mit deinen idiotischen Etikettierungen, würde Klaras Vater dazu sagen, und auch sonst redest du nur Quatsch. Was interessiert die Kunst, ob etwas verboten ist oder nicht? Legal, illegal, scheißegal, damit hatten die Spontis damals ausnahmsweise recht.

Nein, hatten sie nicht. Klara musste sich nur hier unter der Donnersberger Brücke umsehen. Sogar die gut gemachten Werke wirkten an diesen Pfeilern irgendwie beliebig. Streetart musste vielleicht nicht zwangsläufig illegal sein, aber mit zugewiesenen Spielwiesen funktionierte sie einfach nicht. Der passende Ort war mindestens genauso wichtig wie das gesprayte Werk selbst. Klara bedauerte nun, sich an den

Fundstellen der Rattenstencils nur oberflächlich umgesehen zu haben. Doch das ließ sich ja korrigieren.

Als sie über die Treppe zur S-Bahn-Stammstrecke hinabstieg, klingelte ihr Handy. Frau Zimmermann fragte, ob es schon Erkenntnisse gebe.

»Wir sind dran«, sagte Klara, »aber Stand jetzt ...«

»Nun gut. Ich hoffe, Sie geben mir dann gleich Bescheid«, sagte Frau Zimmermann. »Ach, noch zwei Dinge: Bei mir hat sich ein Nachbar gemeldet, der den Sprayer angeblich in der Nacht beobachtet hat. Anscheinend hat er schon mit Ihnen gesprochen, doch jetzt ist ihm wohl noch etwas eingefallen. Er hat mich nach Ihrer Telefonnummer gefragt. Ich habe sie ihm nicht gegeben, weiß ja nicht, ob Ihnen das recht ist.«

Das musste Kilian Moser gewesen sein, der Mann mit der entschlossen wirkenden Wellensittichzupackhand. Klara sagte: »Danke, ich kann ihn ja mal kontaktieren. Und die zweite Sache?«

»Vielleicht sollten Sie wissen, dass ich ein Kaufangebot für mein *Love is in the Bin* erhalten habe. Es sei überhaupt kein Problem, eine Ziegelschicht samt Fenstergitter herauszumeißeln und alles schöner als zuvor wiederherzustellen. Ich habe natürlich abgelehnt. Wenn es ein Banksy ist, bleibt er, wenn nicht, lasse ich mir erst recht nicht die Hausfassade ruinieren.«

»Der Toni von der Au«, sagte Klara. Anscheinend hatte ihn der erfolgreiche Erwerb der Containertür zu einer größeren Einkaufstour angespornt.

»Genau. Der Mann hat mir mal ein Werk von Loomit vermittelt.«

»Ach, Sie kannten ihn schon?«

»Man läuft sich in Kunstkreisen ab und zu über den Weg«, sagte Frau Zimmermann. »Jedenfalls ist er vom Fach. Und sagen Sie selbst, hätte mir der Mann das Angebot gemacht, wenn mein Graffito nicht von Banksy wäre?«

»Zumindest glaubt er das.«

»Ja, und ich glaube es auch immer mehr. Ich werde zum Schutz eine Plexiglasscheibe darüber anbringen lassen, habe schon einen Kostenvoranschlag eingeholt.«

»Gute Idee«, sagte Klara. Zumindest konnte das nicht schaden, denn eine Beschädigung war nicht auszuschließen. Je mehr Aufmerksamkeit ein Graffito erregte, desto eher wurde es von missgünstigen Konkurrenten gecrosst. Normalerweise stellten aber die Hausbesitzer die größte Bedrohung für das Überleben eines Werks dar. Dass Frau Zimmermann es hüten und sichern würde, solange die Banksy-These nicht zweifelsfrei widerlegt war, musste dem Sprayer sehr zupasskommen. In dieser Hinsicht hatte er den idealen Ort gefunden. Klara fragte: »Haben Sie eine Ahnung, wieso der Sprayer gerade Ihr Haus ausgesucht hat?«

»Ich vermute, wegen der Gitter vor den Fenstern. Mit deren Hilfe konnte Banksy die Schredderästhetik von *Love is in the Bin* neu interpretieren. Das hat ihn wohl gereizt.«

Möglich, aber als Erklärung vielleicht nicht ganz ausreichend. Wenn Klara mal sehr viel Zeit übrig hatte, konnte sie ja zählen, wie viele Erdgeschossfenster in Bogenhausen vergittert waren. Bei der Gelegenheit könnte sie auch Herrn Kilian Moser einen Besuch abstatten. Mal hören, ob er wirklich noch etwas zu sagen hatte. Oder ob er sie nur hinlocken wollte, um gemeinsam das unvernünftige gelbe Vögelchen wieder einzufangen. Den Herrn Karl. Genau, so hieß er, der Wellensittich vom Kilian Moser.

2

Im *Münchner Anzeiger* war nur ein Standbild abgedruckt, doch es dauerte nicht lang, bis Max unter der Instagramadresse *@banksygoesmunich* das ganze Video gefunden hatte. Es hatte eine Länge von knapp drei Minuten und begann mit einer Nahaufnahme von zwei Händen, die sich blaue Gummihandschuhe überstreifen und ein paar Spraydosen in eine Tasche packen. Ein harter Schnitt zu einer neuen Einstellung: nachts, draußen, schlecht beleuchtete städtische Wohngegend. Untermalt von bayerischer Blasmusik, kommt ein heller Lieferwagen am Straßenrand zum Stehen. Die Fahrertür öffnet sich. Von dem aussteigenden Mann ist nur die untere Hälfte zu sehen, Sneakers, dunkle Arbeitshose und die an einer Hand baumelnde Tasche. Der Mann biegt in eine Hofeinfahrt ein. Im Licht einer Taschenlampe zeigt sich links ein Kellerabgang, rechts ein Garagentor, und über die Szene legt sich der Schriftzug *The Ultimate Munich Experience*.

Eine Hand schüttelt eine Spraydose, und dann wechselt die Abspielgeschwindigkeit. Im Zeitraffer wird gezeigt, wie ein gelochter Karton auf die Holzbretter des Garagentors geklebt und schwarz besprüht wird. Ein zweiter Karton folgt, wird abgerissen, fällt zu Boden, ein dritter wird schräg angelegt. Dann wird mit weißer Farbe frei Hand gesprüht, ein Kringel, eine Zickzacklinie, doch noch ist das Motiv nicht zu erkennen. Die

Farbdosen werden achtlos in die Tasche geworfen, eine Hand ergreift deren Henkel, und der Film verlangsamt wieder auf normale Geschwindigkeit. Die Beine des Manns verschwinden aus dem Bildausschnitt, die Kamera schwenkt zum Garagentor zurück und fährt über eine Ratte, die hinter einer Art Kanone steht. Der Blick wandert längs des schräg nach oben gerichteten Rohrs weiter, streicht über unberührte Bretter und erfasst endlich einen Helikopter. Nein, es sind zwei, drei mit Raketen bestückte Kampfhubschrauber, die sich im Anflug befinden. Jetzt sieht man das ganze Graffito in der Totale. Die hinter dem Flugabwehrgeschütz verschanzte Ratte scheint fest entschlossen, einen Luftangriff abzuwehren. Rechts hängt Efeu über einer Hofmauer. Die unteren Ranken bewegen sich sacht im Wind. Das Videobild steht ein paar Sekunden, bevor die Aufnahme endet.

»Wollt ihr es noch einmal sehen?«, fragte Max.

Klara sagte nichts. Rupert fragte: »Habt ihr die Musik erkannt? Das war *In München steht ein Hofbräuhaus.* Oans, zwoa, g'suffa.«

»Frech«, sagte Klara, »und ziemlich ungeschickt, wenn man die Echtheit des Videos vortäuschen will. Ich glaube nicht, dass Banksy mit dem Oktoberfestliedgut vertraut ist.«

Max sah das genau umgekehrt. Niemand würde ein solches Lied verwenden, wenn er Banksy nur imitieren wollte. Max sagte: »Er war nicht allein unterwegs. Irgendwer muss das Video ja gedreht haben, vielleicht ein freier Mitarbeiter aus München mit speziellem Humor.«

»Und warum ist es nicht auf Banksys offiziellem Kanal veröffentlicht worden?«

Das war in der Tat rätselhaft. Max wusste momentan keine Antwort, aber das bedeutete nicht, dass es keine gab. Fakt blieb, dass das Video abgesehen vom Soundtrack absolut den anderen glich, mit denen Banksy seine Aktionen zu verifizieren pflegte. Max klickte noch einmal auf Play und stellte den Ton etwas leiser.

»Kannst du herausfinden, wer hinter dem Instagramaccount steckt?«, fragte Rupert.

»Nur, wenn du mich in irgendeine Geheimdienstzentrale einschleust«, sagte Max.

»Ich verstehe das Ganze nicht.« Klara schüttelte den Kopf. »Wieso soll das Hofbräuhaus-Lied eine Kriegsszene begleiten? Und was hat die Ratte mit dem Luftangriff zu schaffen?«

»Banksy hat ganz ähnliche Kampfhubschrauber schon öfter verwendet«, sagte Max. »Zwar eher in ursprünglich idyllischen Landschaftsbildern auf Leinwand, aber …«

Rupert unterbrach ihn. »Die Münchner Sicherheitskonferenz. In knapp drei Wochen fliegen wieder Militärs und Außenpolitiker aus aller Welt ein. Und wie jedes Jahr werden die Linken massiv dagegen protestieren. Die Polizei sperrt großflächig ab, die Demonstranten versuchen durchzubrechen, auf Sprechchöre folgen Gerangel, Schlagstockeinsätze, Platzwunden. Dazu würde eine antimilitaristische Sprayaktion gut passen.«

»Aber dann am *Bayerischen Hof,* wo die Konferenz stattfindet«, sagte Klara.

»Am Hotel war es wohl zu riskant«, sagte Max. »Da wimmelt es sicher von Kameras. Den Ersatzort erklärt vielleicht der Straßenname. Laut *Münchner Anzeiger* wurde in der Schießstättstraße gesprüht. Schieß…stätt.«

»Na ja«, sagte Klara.

Was wollte sie denn? Im Grunde war es doch egal, wo das Graffito angebracht worden war, solange Banksy dafür verantwortlich zeichnete. Max klickte auf Pause und sagte: »Immerhin haben wir ein Werk, das verdammt nach Banksy aussieht, und ein Bekennervideo. Der *Anzeiger* hält beides für echt.«

»Unser Sensationsblatt, klar«, sagte Klara. »Ich habe übrigens gestern noch die zuerst aufgetauchte Ratte in der Balanstraße besichtigt. Der Sprayer ist auch dort nicht beobachtet worden, aber von den Anwohnern habe ich trotzdem Interessantes erfahren: Die haben nämlich mitnichten die Zeitung informiert. Diese Lydia Sommer vom *Anzeiger* ist von sich aus auf sie zugekommen und hat gefragt, ob sie die Ratte an der Hausmauer für ein Banksy-Werk halten.«

»Willst du damit sagen, sie selbst hat dort gesprüht?«

»Kaum, sie wird die Ratte zufällig entdeckt haben. Aber sie und ihre Redaktion haben die Story dazu erfunden und bewusst aufgebauscht.«

»Das ist ihr Geschäftsmodell«, sagte Rupert. »Es ändert nichts daran, dass München tatsächlich voller angeblicher Banksy-Graffiti ist.«

Oder eben echter. In dem Fall würde sich Banksy schon mindestens drei Wochen da draußen herumtreiben. Im Umkreis von ein paar Kilometern. Max fragte: »Wenn ihr Robin Gunningham wärt, wo würdet ihr unterschlüpfen?«

»Du glaubst, Gunningham ist Banksy?«

»Ich bin mir sicher«, sagte Max und unterschlug dabei die fünf Prozent Zweifel, die er noch hatte. »Aber was meint ihr: Hotel, Airbnb, in einer Privatwohnung bei Künstlerkollegen?«

»Wenn du nur die Hotels abklappern willst, bist du schon ewig beschäftigt«, sagte Klara.

»Ein Hotel halte ich für unwahrscheinlich. Er wird eine Art Werkstatt brauchen.« Rupert schien Gefallen an Max' Idee zu finden. Es wäre ja auch der Hammer, wenn die Detektei den Mann aufspüren könnte, der seit Jahren erfolglos von aller Welt gesucht wurde.

»Für mich ist das verlorene Zeit«, sagte Klara.

Rupert deutete auf das Standbild im Computer und sagte: »Hier fährt er im Lieferwagen vor, aber bei den letzten bestätigten Videos ist er immer im Camper unterwegs gewesen.«

»Und?«

»Wintercamping?«

Da hatte der Chef ausnahmsweise eine gute Idee, das musste Max ihm lassen. Er googelte schnell nach den Campingmöglichkeiten in der näheren Umgebung.

»Und wir schauen uns mal das Graffito in der Schießstättstraße an«, sagte Rupert. »Oder, Klara?«

Max sah kaum vom Computer auf, als die beiden das Büro verließen. Wintercamping. Im Umland gäbe es sicher noch mehr zu finden, aber in München waren nur der Platz am Langwieder See und Camping Nord-West ganzjährig geöffnet. Dort konnte Max doch mal sein Glück versuchen.

In der Woche vor dem Dementi konnte Klara beobachten, wie sich die öffentliche Meinung überraschend schnell vereinheitlichte. Ob die skeptischen Stimmen gänzlich verstummten oder nur unbeachtet blieben, war schwer zu beurteilen, es schien aber so, als sei mit dem Auftauchen des Bekennervideos ein Schalter umgelegt worden. Was vorher gegen Banksys Tätigkeit in München gesprochen hatte, wurde nun einfach ausgeblendet, obwohl es ja keineswegs widerlegt worden war. Klara war keine Psychologin, doch sie wusste, dass Menschen einen solchen blinden Fleck in der Wahrnehmung nicht als Lücke oder Defizit begriffen, sondern ihn gern mit passenden Vorstellungen zu einem vollständigen Bild ergänzten.

Der *Münchner Anzeiger* jedenfalls konnte seine Genugtuung kaum verbergen und nahm das Video als endgültige

Bestätigung dessen, was man schon immer gewusst habe. Aber auch über die regionalen Medien hinaus waren die Worte *angeblich* und *vermeintlich* in Zusammenhang mit den Münchner Graffiti plötzlich verpönt. Selbst die vorsichtigsten Feuilletonbeiträge wagten es höchstens noch, vom *mutmaßlich* in Bayern aktiven Banksy zu sprechen.

Oben auf der Welle schwammen die lokalen Kunstkenner und Kunstmarktinteressierten mit. Sie diskutierten den ästhetischen Wert der neu entstandenen Werke und stritten darüber, ob Banksy sich damit selbst epigonalisiert habe oder eine neue, höchst interessante künstlerische Strategie verfolge. Nur seine Autorenschaft stellte keiner ernsthaft in Frage, was natürlich auch an der Eigendynamik der Fachdiskussion lag. Denn je mehr die Experten in steile Thesen und theoriegesättigte Argumente investierten, desto weniger mochten sie akzeptieren, dass sie sich womöglich an den Schmierereien eines namenlosen Vorstadtjugendlichen abarbeiteten.

Dass auch Frau Zimmermann in solchen Kreisen verkehrte und sich von ihnen nur zu gern in der erhofften Richtung bestätigen ließ, war nachvollziehbar. Dennoch kam es ein wenig überraschend, als sie schon am zweiten Tag nach der Veröffentlichung des Videos den Vertrag mit der Detektei von Schleewitz kündigte. Da sich Banksy selbst offenbart habe, sei der ursprüngliche Auftrag nun gegenstandslos. Sie danke für die bisherigen Bemühungen, sehe jedoch nicht ein, überflüssige Nachforschungen weiter zu finanzieren, zumal ja auch die Detektive eingestandenermaßen keinen Schritt vorangekommen seien. Jetzt müsse sie sich auf die angemessene Sicherung und Präsentation ihres *Love is in the Bin* konzentrieren.

Rupert nahm den finanziellen Rückschlag gelassener auf, als Klara erwartet hatte. Während er die Abschlussrechnung schrieb, ließ er sich nur ein wenig über die von ihm schon immer vermutete Unzuverlässigkeit von Frauen im Waschbärenpelz aus. Den unterstellten Zusammenhang hielt Klara für ziemlich gewagt, auch wenn ihr ebenfalls nicht einleuchtete, wieso Frau Zimmermann ihre anfänglichen Zweifel nun so entschieden über Bord warf.

Vielleicht wusste die Dame über ihre vielen Kontakte bereits von einer weiteren Nobilitierungsstufe, die der *Münchner Anzeiger* erst drei Tage später der Öffentlichkeit kundtat. Das führende Münchner Auktionshaus Schierlich&Eckel wollte beim bevorstehenden Versteigerungstermin nicht nur – wie eigentlich angekündigt – Leinwandarbeiten und Designobjekte aus Nachkriegszeit und Gegenwart an den Mann bringen. Genüsslich zitierte die Zeitung die Kurzbeschreibung des zusätzlich angebotenen Kunstwerks:

Flower Thrower, 2022, 210 x 98,5 Zentimeter, Sprayfarbe auf Kunststofftür, Künstler: Banksy (zugeschrieben), Schätzpreis: achttausend bis zehntausend Euro.

Der Einlieferer wurde nicht erwähnt, doch es konnte kein Zweifel bestehen, dass der Toni von der Au die Gelegenheit beim Schopf gepackt hatte. Eigentlich hätte das den Mitarbeitern der Detektei von Schleewitz egal sein können. Sie hatten mit der ganzen Geschichte ja nichts mehr zu tun. Nur rein interessehalber fragte sich Klara, ob es dem Toni wohl gelungen war, noch weitere Graffiti zu akquirieren, und wenn ja, wie viele. Sie war ziemlich überrascht, als Rupert sie aufforderte, mal in dieser Richtung nachzuforschen. Das sei immer noch sinnvoller, als Däumchen drehend im Büro herumzusitzen.

»Du willst auch ohne Auftrag weitermachen?«, fragte Klara.

»Schätzpreis achttausend Euro«, sagte Rupert. »Was soll das? Für einen echten Banksy ist das deutlich zu wenig, für einen falschen deutlich zu viel. Die trauen sich selbst nicht, auch wenn alle so tun, als wäre die Urheberfrage geklärt. Glaub mir, für eine zweifelsfreie Expertise gäbe es jede Menge zahlungskräftiger Interessenten. An erster Stelle das Auktionshaus.«

Brächte die Detektei eine zweifelsfreie positive Expertise an, wäre das sicher richtig. Dass irgendwer auch nur einen Cent bezahlen würde, falls die Banksy-These widerlegt würde, bezweifelte Klara dagegen. Anscheinend war aber der Medienhype nicht spurlos an Rupert vorbeigegangen. Er tendierte zur herrschenden Meinung und sah eine realistische Chance, den wahren Banksy in München aufzuspüren. Und er war der Chef. Na gut.

Noch am selben Abend erwischte Klara den Toni am Telefon. Sie fragte geradeheraus nach Art und Anzahl der angekauften Werke, doch der Toni wand sich. Das seien Betriebsgeheimnisse, er habe eine Verschwiegenheitspflicht gegenüber seinen Kunden, Integrität sei ihm heilig und der untadelige Ruf, den er sich über Jahrzehnte erworben habe, sein größtes Kapital. Ach ja? Klara verkniff sich die Bemerkung, dass er geschäftlich nicht zu beneiden wäre, wenn er nicht über Handfesteres verfügte als seinen Ruf. Sie hakte nach, der Toni wurde immer einsilbiger und wollte sie offensichtlich loswerden. Am Schluss war er sich nicht zu blöd, ein wichtiges Gespräch auf der anderen Leitung vorzutäuschen. So als ginge es in seiner Bude ab wie bei der Störungsstelle der Deutschen Telekom.

Klaras Vater hatte das Telefonat mitbekommen und bot sich an, ein Wörtchen mit seinem früheren Kumpel Toni zu reden, doch sie lehnte entschieden ab. Wann immer Ivanovic sich in ihre Arbeit eingemischt hatte, war einiges Porzellan zu Bruch gegangen, und sie hatte das Dreifache der vermeintlich eingesparten Zeit darauf verbracht, die Scherben aufzukehren. Immerhin war er diesmal einsichtig. Er habe sowieso genug zu tun. Was das war, ließ er im Ungefähren. Er treffe sich halt mit anderen Rentnern aus dem Haus. Überhaupt war er trotz seiner Krankheit so selbstständig, dass Klara fast bereute, ihn aus seinem Bauernhof zu sich geholt zu haben. Das Essen auf Rädern, das sie für ihn organisiert hatte, hatte er nach zwei Tagen wieder abbestellt und stattdessen einen mittäglichen Lieferservice mit dem Italiener um die Ecke ausgemauschelt. Zu äußerst günstigen Konditionen, wie er behauptete. Und auf jeden Fall mit Portionen, von deren Resten Klara am Abend noch satt wurde.

Die aktuellen Besitzverhältnisse bezüglich der Münchner Graffiti abzuklären, erwies sich dann als ziemlich zeitaufwendig. Nach unzähligen Telefonaten und anderthalb Tagen Rennerei hatte Klara verifiziert, dass der Toni mindestens fünf weitere Werke aufgekauft hatte, darunter die im Bekennervideo gezeigte Flugabwehrszene. Das Garagentor, auf dem sie angebracht worden war, hatte er inzwischen schon abmontieren lassen. Bei zwei anderen angeblichen, pardon, mutmaßlichen Banksys war der Abtransport ebenfalls unproblematisch gewesen. Es handelte sich um das besprühte Werbeschild eines marokkanischen Friseursalons und um einen Honda Civic, der an Seiten und Dach mit einem Zebrastreifen verziert worden war, über den ein paar Banksy-Ratten kletterten.

Die restlichen beiden Ankäufe befanden sich allerdings an einer Hauswand beziehungsweise an einer Gartenmauer. Was bei Frau Zimmermann fehlgeschlagen war, hatte der Toni bei deren Eigentümern geschafft. Sie hatten vertraglich einer Herauslösung der Graffiti aus dem Mauerwerk zugestimmt, wobei einer der beiden das Geschäft bereits bereute und anwaltliche Schritte erwog. Zumindest wollte er den vereinbarten Preis nachverhandeln. Er habe zum Zeitpunkt des Verkaufs ja nicht gewusst, welcher Wert ihm da über Nacht zugeflogen sei.

Viele Graffiti blieben aber für Toni und andere potentielle Interessenten außen vor. Wenn sie nicht bereits beseitigt worden waren, fanden sie sich an öffentlichen Gebäuden, Banken, Versicherungen oder am Immobilienbesitz großer Wohnungsbaugesellschaften. Schon allein an den Hierarchieketten in solchen Institutionen mussten Überraschungsangriffe mit dem Ziel eines schnellen Vertragsabschlusses scheitern. Was mit diesen Werken letztlich geschehen sollte, wusste bisher niemand zu sagen.

Nach Klaras Einschätzung hatte sich das Zeitfenster für Tonis Geschäftsmodell sowieso schon geschlossen. Inzwischen wusste auch der kunstfernste Dönerbudenbesitzer, was er an dem Banksy auf seiner Containertür hatte. Mit einem Trinkgeld von wenigen Hundert Euro würde sich keiner mehr abspeisen lassen. Damit würden die Verhandlungen für einen Käufer schwieriger, die Kosten höher, die erhofften Gewinnmargen erheblich geringer. Wie viel der Toni für die bisher erstandenen Werke insgesamt investiert hatte, konnte Klara nicht in Erfahrung bringen, aber große Rücklagen traute sie ihm nicht zu. Und einen Kredit würde er für solche Geschäfte auch nicht bekommen, zumindest nicht von einer seriösen Bank. Die verbliebenen Banksy-Werke schienen also vor weiteren Zugriffsversuchen Tonis relativ sicher zu sein.

Vielleicht würde der Markt aber auch von der Angebotsseite her ruiniert werden. Selbst der *Anzeiger* kam kaum mit dem Zählen nach, denn praktisch jeden Morgen wurden irgendwo in der Stadt neue Graffiti entdeckt, angefangen von einer simplen Ratte mit Atemschutzmaske bis hin zu ausgefeilten Kompositionen. Ein zweites Video wurde veröffentlicht, auf demselben Instagramaccount wie das erste, mit derselben Ästhetik, mit demselben Lieferwagen, mit derselben Schlagzeile, nur dass diesmal der anonyme Sprayer an einem anderen Tatort gezeigt wurde. Nacht für Nacht musste Banksy oder wer auch immer mit Spraydosen und Kartons unterwegs sein, unermüdlich, unsichtbar und völlig ungerührt von der öffentlichen Ankündigung der Antigraffiti-Taskforce, in Sonderschichten auf ihn Jagd zu machen.

»Schau her, unsere Polizei wird aktiv«, sagte Rupert spöttisch. Er vermöge sich ja nicht vorzustellen, dass die erfolgreich sein könnte, wenn sie nicht aus purem Zufall über den Sprayer stolperte. Seiner Meinung nach müsse man da ganz anders vorgehen.

»Nämlich?«, fragte Klara.

»Ich bin schon dran«, sagte Rupert, als sei das eine Antwort auf ihre Frage. Dann verkündete er, dass er bis auf Weiteres zu den üblichen Bürozeiten kaum zu sehen sein werde. Er müsse seinen Arbeitsrhythmus umstellen.

Max interessierte sich für all diese Entwicklungen nicht im Geringsten. Dass er auf den Wintercampingplätzen in München und Umland keinen Robin Gunningham, ja nicht einmal einen Engländer gefunden hatte, veranlasste ihn nur dazu, seine Bemühungen zu intensivieren. Und die richteten sich mehr denn je auf das Rätsel um Banksys wahre Identität. Wobei das Rätsel Max' fester Überzeugung nach keines mehr war. Bloß blieb dieser Robin Gunningham wie vom Erdboden verschluckt, und Max gelang es nicht, seine Spur aufzunehmen. Vergebens durchforschte er die sozialen Netzwerke, Adress- und Wählerverzeichnisse sowie Zeitungsarchive unter Einschluss von *The Gazette,* dem Amtsblatt des Vereinigten Königreichs. An Robin Gunninghams Eltern kam er nicht heran, zumindest nicht direkt. Dafür rief er bei den vier Gunninghams an, die im Bristoler Telefonbuch verzeichnet waren. Keiner von ihnen wollte einen Robin kennen oder gar mit ihm verwandt sein.

In einem schwachen Moment gestand er Klara, dass er sogar versucht hatte, seine zurzeit in London lebende Tochter einzuspannen. Sie könne doch nach Bristol fahren und sich einen Tag lang vor der Wohnung von Robin Gunninghams Mutter auf die Lauer legen. Die habe nämlich am nächsten Dienstag Geburtstag, was einen Besuch des einzigen Sohnes durchaus realistisch erscheinen lasse. Dann könne man ihm folgen oder zumindest ein Foto von ihm machen. Das würde ja schon eminent weiterhelfen. Und wenn Robin nicht auftauchte, wäre es wieder ein Stück wahrscheinlicher, dass er sich momentan im Ausland aufhalte. In München zum Beispiel.

Max ging nicht ins Detail, doch seine Tochter – war es Monique oder Madeleine gewesen? – hatte wohl schroff abgelehnt. Unverdrossen richtete er eine Anfrage an eine Bekannte, die beim Bodenpersonal der Lufthansa am Münchner Flughafen arbeitete. Von ihr wollte Max erstens wissen, ob ein Robin Gunningham im Vielfliegerprogramm der Star Alliance angemeldet war. Aus den dort gesammelten Daten hätte er ein internationales Bewegungsprofil des Manns erstellen können. Zweitens bat er um einen kurzen Blick in die Passagierlisten. War Robin Gunningham in den Tagen vor dem Auftauchen des ersten Graffito in München gelandet? Max' Bekannte bedauerte. Offensichtlich war sie nicht gut genug mit ihm bekannt, um sich für ihn über den vorgeschriebenen Datenschutz hinwegzusetzen.

Aber selbst wenn sie ihm hörig gewesen wäre, hätte das kaum zu befriedigenden Ergebnissen führen können. Denn dann kam das Dementi. Es wurde auf Banksys offiziellem

Instagramkanal veröffentlicht und bestand aus einem kurzen Statement einer technisch veränderten Männerstimme. Auf Englisch sagte der Mann, ihm sei zugetragen worden, dass er gerade in Munich, Germany sehr aktiv sei. Leider wisse er davon nichts. Er sei noch nie in München gewesen und beschäftige sich gerade mit anderen Projekten. Wenn er mal Zeit habe, komme er aber gern und schaue sich an, was da unter seinem Namen in die Welt gesetzt werde.

Das Bild dazu zeigte die Rückenansicht einer Gestalt, die die Kapuze ihres Hoodies über den Kopf gezogen hatte. Robin Hoodie, dachte Klara. Sehr komisch.

Manchmal musste man sich schon fragen, was in bestimmten Köpfen vorging. Rupert verstand sich keineswegs als Hardliner in puncto Recht und Ordnung, doch ob es wirklich zielführend war, einen Fuchs zur Strafe in den Hühnerstall einzusperren, bezweifelte er. Der Fuchs war in diesem Fall Adil Khafour und der Hühnerstall das Jugendzentrum in der ehemaligen Färberei. Irgendwie hatte der Junge es geschafft, in dieser Institution die sechzig ihm auferlegten Sozialstunden abbrummen zu dürfen. Also genau dort, wo er die Sprayerei gelernt hatte, die ihm die Verurteilung eingebracht hatte. Gab es denn kein Alten- oder Pflegeheim, wo er sich sinnvoll betätigen konnte?

Immerhin war es Rupert so leichtgefallen, den Jungen ausfindig zu machen. Und für die nächsten paar Tage wusste er auch, wo er die kleine Kröte antreffen konnte, wenn ihr wieder einmal einfiele, ihn mit einem überaus freundlichen »Fuck you« stehen zu lassen. Auf diese Weise ließ Rupert sich nun mal nicht gern abfertigen, das war eine Frage der Ehre. Oder der Selbstachtung, um einen weniger antiquierten Begriff zu benutzen.

Beruflich gesehen eignete sich Adil genauso gut wie jeder andere Münchner Sprayer als Türöffner, um in die Szene hineinzukommen. Denn wenn es nicht gelang, Zeugen für die nächtlichen Aktionen zu finden, musste man sich halt an die potentiellen Täter heranmachen. Die versuchten sich mit ihren Werken gegenseitig zu beeindrucken, sie beobachteten einander und wussten am besten, was ihre Kollegen gerade veranstalteten. Und sollte es nicht für einen heißen Tipp bezüglich des Münchner Banksy reichen, versprach sich Rupert zumindest einen besseren Einblick in Denkweise und Modus Operandi der Sprayer. Welche Orte waren für sie aus welchen Gründen attraktiv, wie bewegten sie sich in der Stadt, wie sicherten sie sich gegen Entdeckung ab?

Adil hatte sich allerdings nicht gerade kooperativ verhalten, als Rupert ihn gestern beim Verlassen der *Färberei* angesprochen hatte. Zwar hatte er sich im Ton zurückgehalten, doch inhaltlich hatte Rupert gar nichts aus ihm herausgebracht. Der Junge war misstrauisch, als wäre er seit mindestens einem halben Jahrhundert von Gott und der Welt betrogen worden. Und das mit gerade einmal sechzehn Jahren. Irgendwie musste Rupert an ihn herankommen, und das hatte ihn auf die Idee gebracht, sich das Graffito anzusehen, bei dessen Anfertigung Adil geschnappt worden war. Gleich nach dem Frühstück machte sich Rupert auf den Weg nach Untergiesing.

Er fand Adils Piece nicht an einer Hauswand, wie die in der *Färberei* behauptet hatten, sondern an der Seitenfront einer Garage. Im Zentrum zeigte es einen wüstengelben Kopf im Profil. Die zusammengekniffenen Lippen und das weit aufgerissene Auge bestanden aus wilden schwarzen und weißen Sprühstößen. Sie schienen aus einem anderen, nur bedingt menschlichen Wesen in das Gesicht transplantiert worden zu sein. Oben war der Kopf waagerecht abgeschnitten, die Schädeldecke fehlte.

Das Motiv erinnerte Rupert an George Grosz' Gemälde *Stützen der Gesellschaft*, das er mal in Berlin gesehen hatte. Dass Adil sich daran orientiert hatte, war allerdings unwahrscheinlich. Ein Museum dürfte er noch nie von innen gesehen haben, und dass man ihn in der Schule mit Kunstgeschichte der 1920er-Jahre gefüttert hatte, glaubte Rupert auch nicht. Außerdem waberten bei Grosz militaristisch anmutende Hirngespinste aus der Kopfhöhle eines Nazis hervor, während es hier so aussah, als wäre das Gehirn explodiert und hätte die Schädeldecke weggesprengt. Ihre Fragmente schossen nach oben Richtung Oberkante des Flachbaus, während das Gehirn selbst sich in unterschiedliche Farbströme aufgelöst zu haben schien. Die breiteten sich von der Schädelöffnung in unregelmäßigen Kurven über die Garagenwand aus und endeten jeweils in einer farbigen Hand, deren Zeigefinger die Düse einer ebenfalls aufgesprühten Spraydose betätigte. Nur bei zwei Farbströmen, dem roten und dem violetten, griff die Hand ins Leere. Offensichtlich war Adil gestört worden, bevor er sein Werk fertigstellen konnte.

»Eine ganz schöne Sauerei, was?«, sagte eine Stimme hinter Rupert. Er drehte sich um. Der ältere Mann vor ihm sah auf den ersten Blick etwas missgestaltet aus. Dann erkannte Rupert aber, dass er nur einen Wintermantel übergeworfen hatte, ohne in die Ärmel zu schlüpfen. Er musste ziemlich überstürzt aus dem Haus gelaufen sein, als er Rupert in seiner Grundstückseinfahrt bemerkt hatte.

»Sind Sie der Besitzer?«, fragte Rupert.

Der Mann nickte. Seine Füße steckten in bunten Gartenclogs, die wohl auf der Treppenstufe am Hauseingang für Notfalleinsätze bereitgestanden hatten.

»Glückwunsch«, sagte Rupert. Er deutete auf das Graffito. »Da haben Sie ja ein wahres Meisterwerk. Darf ich fragen, was Sie dafür bezahlt haben?«

»Bezahlt?«

»Ich würde den Künstler auch gern beauftragen. Für meine Gartenmauer, wissen Sie? Aber die ist halt mindestens doppelt so lang, und das wird ja dann auch eine finanzielle Frage.«

»So weit kommt es noch, dass ich dafür bezahle. Das hat mir einer hingeschmiert. So ein Bengel mit Migrationshintergrund.«

Jetzt schnell gegensteuern, bevor der Mann sich in Rage redete. Rupert versuchte, so ungläubig wie möglich zu klingen, als er sagte: »Sie haben gar nichts bezahlt? Keinen müden Euro?«

»Gott sei Dank habe ich einen leichten Schlaf. Auf einmal höre ich verdächtige Geräusche, schaue aus dem Fenster und verständige natürlich sofort die Polizei. Die haben den Kerl gleich einkassiert. Die waren auf Zack, das muss ich ihnen lassen.«

»Also wirklich, Herr ...«

»Mayer«, sagte der Mann. »Mit A, Ypsilon und E.«

»Ich glaube, Sie wissen gar nicht, was Sie da haben, Herr Mayer.«

»Einen klaren Fall von Sachbeschädigung, würde ich sagen. Aber das zahlt mir der Bengel auf Heller und Pfennig. Ich habe schon bei meiner Rechtsschutzversicherung ...«

»Herr Mayer, wenn Ihnen einer ein paar Kilo Gold an die Wand tackern würde, würden Sie den auch verklagen?« Je abwegiger der Vergleich, desto größer die Wirkung. Herr Mayer war einen Moment sprachlos, und Rupert legte nach. »Glauben Sie mir, ich bin vom Fach, ich kenne mich aus. Ihnen ist hier ein großes Kunstwerk geschenkt worden. Es ist Ihre

Garage, klar, und Sie können damit machen, was Sie wollen, aber es wäre wahrlich eine große Dummheit, das Graffito zu zerstören.«

»Das soll ein Kunstwerk sein?«

»Das soll keines sein, das *ist* eines, und zwar ein meisterhaftes. Schauen Sie sich bloß die kraftvolle Linienführung an. Die explodierenden Farben. Und wie dem Kopf mit sparsamsten Mitteln eine beeindruckende Expressivität verliehen wurde. Extreme Subjektivität vereint mit überzeitlicher Relevanz, das erinnert mich an eine Mischung aus Keith Haring und Jean-Michel Basquiat. Kennen Sie Basquiat?«

»Nein, aber …«

»Kein Aber, Herr Mayer. Ich sage Ihnen, es wäre ein Verbrechen, das Werk zu vernichten. Wenn Ihnen mein Urteil nicht genügt, kann ich Ihnen gern den Kontakt zu einer Professorin der Kunsthochschule vermitteln. Wäre Ihnen das recht?«

»Nun ja«, sagte Herr Mayer. »Ich …«

»Gut, sehr gut«, sagte Rupert. Er kramte in seiner Manteltasche. »Ich schreibe Ihnen die Nummer von Frau Ivanovic auf. Ach was, nein, ich gebe ihr direkt Bescheid. Sie kommt dann sicher in den nächsten Tagen vorbei.«

»Ich weiß ja nicht«, sagte Herr Mayer.

»Wenn die Frau Professorin das Graffito nicht für ganz außergewöhnliche Kunst hält, können Sie es ja immer noch übermalen lassen«, sagte Rupert. »Tun Sie bitte bis dahin nichts, was Sie später bitter bereuen könnten!«

»Im Moment kriege ich eh keinen Maler her«, sagte Herr Mayer.

»Zum Glück«, sagte Rupert, »und, Hand aufs Herz, Ihr Auto wird sich durch das Werk auch nicht groß gestört fühlen.«

»Nein, das steht ja drinnen.«

»Eben«, sagte Rupert und verabschiedete sich mit einem Handschlag, wie er zwischen Männern, die ein Problem einvernehmlich gelöst hatten, angemessen war. Herr Mayer schlurfte zu seiner Haustür zurück. Auf der Treppenstufe wandte er sich noch einmal um, und Rupert hielt ihm den nach oben gereckten Daumen entgegen, bevor er beschwingten Schrittes davonging. Jetzt durfte er nur nicht vergessen, Klara zu instruieren.

Rupert war ziemlich zufrieden mit sich. Das Gefühl hielt noch an, als er nachmittags Adil Khafour an der *Färberei* abpasste. Der Junge verzog das Gesicht und sagte: »Sie schon wieder.«

»Ich will dir einen Deal vorschlagen«, sagte Rupert.

»Kein Interesse.«

»Ich sorge dafür, dass der Hausbesitzer dein Piece an der Garagenwand lässt und dich nicht auf Schadenersatz verklagt. Das spart dir ein paar Tausend Euro.«

»Bei mir ist eh nichts zu holen.«

»Die zivilrechtlichen Ansprüche gelten dreißig Jahre lang. Der kann dich noch zur Kasse bitten, wenn du vielleicht schon Großvater bist.«

Adil überlegte. Dann fragte er: »Und was wollen Sie von mir?«

»Nicht viel«, sagte Rupert. »Nur ein wenig reden.«

Was war Banksys Dementi wert? Gar nichts, war Max' erster Impuls. Man kannte das ja von einschlägigen Politikern. Sobald da einer etwas entschieden dementierte, konnte man sicher sein, dass an dem Vorwurf ziemlich viel dran war. Und wer – wie Banksy – seit Jahrzehnten aus sich selbst ein Geheimnis machte, hatte allen Grund, seinen aktuellen Aufenthaltsort abzuleugnen. Andererseits ergab das nur Sinn, wenn er tatsächlich gerade in München arbeitete, und dann musste man sich fragen, wieso er seine Videodokumentationen veröffentlicht hatte. Er konnte seine Anwesenheit nicht gleichzeitig verheimlichen und offenbaren wollen, oder?

Also entsprach das Dementi doch der Wahrheit, und in München war ein Witzbold unterwegs, der Banksy mit beträchtlichem Aufwand nachahmte? Dafür sprachen die beiden unterschiedlichen Instagramaccounts. Der eine war seit vielen Jahren aktiv und als Banksys Kommunikationskanal weltweit anerkannt, der andere offensichtlich nur zur Beglaubigung der Münchner Aktionen ins Leben gerufen worden. Welcher echt und welcher falsch war, schien auf der Hand zu liegen. Bloß fühlte sich Max unwohl damit. Die Sachlage war zu eindeutig, und das Simple war der Wahrheit größter Feind. Wahrscheinlich hatte das irgendein philosophischer Schlaukopf schon mal verkündet, aber der Satz musste ja auch nicht originell sein, um stimmen zu können. Warum also nicht ein wenig tiefer graben?

Max nahm sich die Zeit, die offiziellen Banksy-Verlautbarungen genauer zu betrachten. Filmchen mit Sprayaktionen, Dokumentationen eigener Projekte, Solidaritätsadressen zu sozialen Protesten anderer. Ein paarmal wurde darauf hingewiesen, dass die Banksy-Ausstellungen, die in jeder größeren Stadt aufpoppten, allesamt unautorisiert waren. Auch in München hatte es vergangenes Jahr eine gegeben. Max hatte die Werbung dafür mitbekommen, aber damals nicht ahnen können, dass ihn Banksy mal beruflich interessieren würde. Er hatte sich die siebzehn Euro für den Besuch gespart.

Erstaunlich war, was Max nicht fand. In all den Jahren hatte Banksy kein einziges Mal dementiert, irgendein Werk geschaffen zu haben, obwohl immer wieder welche auftauchten, deren Urheberschaft umstritten war. Man konnte zwar davon ausgehen, dass all diejenigen falsch waren, zu denen er sich nicht auf Instagram bekannte, aber er hatte sich nie die Mühe gemacht, die Nachahmungen explizit zu entlarven. Bis jetzt. Was hatte sich verändert? Lag es nur daran, dass noch nie solch eine Menge an zweifelhaften Werken aufgetaucht war? Aber wieso sollte die Quantität eine Rolle spielen?

Vielleicht kam Max der Antwort näher, wenn er den Zeitpunkt des Dementis einbezog. Es waren schließlich schon Dutzende Graffiti in München bekannt gewesen, ohne dass Banksy das irgendwie gejuckt hätte. Erst als Schierlich&Eckel die Versteigerung der besprühten Containertür ankündigte, reagierte er. In dem Moment also, als klar wurde, dass mit den Werken Geschäfte gemacht würden. Wenn das Schule machte, wenn das Angebot kontinuierlich erweitert würde, beeinträchtigte das auf lange Sicht natürlich den Marktwert aller Banksys. Der Künstler war eingeschritten, als die Ereignisse in München kommerziell bedrohlich zu werden drohten.

Der Künstler oder seine Agentur. Banksy selbst signalisierte ja immer wieder, dass ihm finanzieller Erfolg ziemlich egal war und dass er die Leute, die Unsummen für seine Werke ausgaben, für bekloppt hielt. In seiner Arbeit *Morons* zeigte er zum Beispiel Bieter bei einer Auktion, ergänzt durch den expliziten Kommentar: »Ich kann nicht glauben, dass die Idioten diese Scheiße wirklich kaufen.« Diese Käuferbeschimpfung wurde dann ironischerweise bei Christie's für einen fünfstelligen Betrag an den Kunden gebracht. Doch Banksy konnte auch subtiler. Verkleidet als abgerissener Straßenkünstler verkaufte er in New York einmal Originalwerke für den lächerlichen Preis von zwanzig Dollar und dürfte damit einige Leute glücklich gemacht haben.

Aber das blieb eine Ausnahme. Trotz all der antikapitalistischen Beteuerungen brummte das Geschäft mit den direkt vermarkteten Originalleinwänden und vor allem mit den signierten Drucken, die Banksy zu den erfolgreichsten Hauswandmotiven herausbrachte. Operativ hielt er sich aus den schnöden Mammonangelegenheiten allerdings heraus. Verantwortlich dafür wie für die Zertifizierungen war die Agentur Pest Control, die er 2008 gegründet hatte. Konnten seine Geschäftsbevollmächtigten ihn dazu bewogen haben, vor die Kamera zu treten, um die inflationär auftretenden Münchner Graffiti vom Markt fernzuhalten? Und wenn ja, hatte es großer Überzeugungsarbeit bedurft?

Es war eh kaum zu glauben, dass er mit dieser Rebellenpose jahrelang durchgekommen war. Er tat allen Ernstes so, als ginge es ihn nichts an, wie die Leute von Pest Control Millionen für ihn scheffelten. Dabei ergänzten sich beide Seiten recht gut. Man musste nur an die berühmteste Guerillaaktion Banksys denken, das partielle Schreddern von *Girl with Balloon* während der Auktion im Jahr 2018. Im Nachhinein bekannte er sich auf Instagram zu seiner Zerstörungsabsicht, zeigte einen gelungenen Probedurchlauf und bedauerte, dass seine rabiate Kritik am Kunstmarkt im Auktionssaal nur zur Hälfte gelungen war. Die Bewunderung der Weltöffentlichkeit war ihm aber gewiss.

Schon damals war Max die ganze Sache nicht ganz koscher vorgekommen, und jetzt mehrten sich seine Zweifel. Allein schon das Setting: *Girl with Balloon* wurde nach einem langen Auktionstag als letztes Lot aufgerufen, so dass der vorhersehbare Aufruhr das restliche Geschäft nicht beeinflussen konnte. Dann die riskante Anwesenheit des Künstlers vor Ort. Musste er wirklich persönlich die Fernbedienung drücken, wenn nur ein Millionenwert zerstört werden sollte? In seinem Bekennervideo behauptete Banksy, den Rahmen des Drucks bereits im Jahr 2006 prophylaktisch präpariert und dann das Werk verkauft zu haben. Zu der Zeit war allerdings die enorme Wertsteigerung des Objekts nicht vorauszusehen gewesen. Und hätten die Schlitze im Rahmen nicht schon dem Vorbesitzer oder spätestens den Fachleuten von Sotheby's bei der Begutachtung auffallen können? Dass von den vielen im Umlauf befindlichen ausgerechnet das manipulierte Werk zur Versteigerung eingeliefert wurde und zu einem Rekordpreis den Besitzer wechselte, war ein sehr passender Zufall. Ebenso, dass noch zwölf Jahre nach der Manipulation nicht nur die Fernbedienung, sondern auch ein Probenvideo zur Hand war, das man eigentlich nur brauchte, wenn der Schredder sein Werk nicht vollständig tat. Da schien doch viel wahrscheinlicher, dass das Ganze erst kurz vorher eingefädelt und das partielle Versagen der Apparatur geplant worden war. Immerhin blieb so trotz der angeblichen Vernichtungsabsicht noch ein verkäufliches Objekt zurück. Und das ließ sich ein paar Jahre später für ein Vielfaches wieder versteigern, mal ganz abgesehen von dem ungeheuren Publicity-Erfolg, der den Wert der Marke Banksy weiter befeuerte.

Max' Meinung nach waren das etwas zu viele Ungereimtheiten. Statt eines kunstmarktkritischen Vandalismus lag der Entstehung von *Love is in the Bin* eine geschickte Inszenierung zugrunde, bei der möglicherweise auch Vorbesitzer und Auktionshaus eingeweiht waren. Am meisten profitierten aber Banksy und seine Agentur. Die Vermarktungsstrategen und der Kunstrebell. Nur dass Pest Control genau die Arbeit tat, für die die Firma geschaffen worden war, während von der ursprünglichen Intention des Streetartaktivisten nicht mehr als ein blasser Schein übrig geblieben war. So gesehen konnte man fast Mitleid mit Banksy haben. Fast, denn es zwang ihn ja keiner, bei dem Spiel mitzumachen.

Oder vielleicht doch? Ein Spiel konnte im Nu ernst werden, wenn es um viel Geld ging. Max schlug schnell bei *Artprice.com* nach. In den ersten zehn Monaten des vergangenen Jahres hatten Banksy-Werke allein bei Auktionen 42,8 Millionen Dollar generiert, und das war nur die Spitze des Eisbergs. Bei solchen Summen gab es garantiert den einen oder anderen, der vor Gier auf nichts mehr Rücksicht nahm. Und auf niemanden. Wenn – rein hypothetisch – Banksy doch der Alte geblieben wäre, der antikapitalistische Revoluzzer seiner frühen Jahre, und wenn er irgendwann gemerkt hätte, dass er der Kommerzialisierungswelle mit keiner noch so ausgefuchsten Gegenstrategie entkam, und wenn ihm immer unbehaglicher dabei wurde, bis er eines Tages seinen Pest-Control-Leuten verkündete, dass er jetzt die Reißleine ziehe, er beerdige den geheimnisumwitterten Banksy und fange unter anderem Namen etwas ganz anderes an, Rosen züchten zum Beispiel, und wenn seine Leute ihn fragten, wieso, es laufe doch bestens, und wenn er darauf sagte, eben darum, und sich stur zeigte, uneinsichtig für alle Argumente und geradezu erbarmungslos gegenüber seinen Mitarbeitern, die ihre berufliche Existenz schicksalhaft mit seinem Erfolg verknüpft hatten …

Banksy wollte Schluss machen, und sie hatten ihm den Gefallen getan, nur anders, als er sich das gedacht hatte. Vor seinem inneren Auge sah Max ihn mit einem Betonklotz am Hals auf den Grund der Themse sinken. Oder sie hatten ihn im Londoner Eastend in einem Kellerloch angekettet, bei zweimal täglich Wasser und Brot, während seine Leute draußen die Geschäfte weiterführten und ausweiteten. Sie hatten ja lange genug mit ihm zusammengearbeitet, um in seinem Stil neue Kunstwerke produzieren zu können, mal an einer Brandmauer in New York, mal in einem Londoner U-Bahn-

Waggon, mal an Venedigs Brücken oder an einem Pariser Club. Und schau einer an, jetzt, da der Meister nicht mehr dazwischenquatschte, lief der Laden besser als je zuvor.

So verrückt die Theorie klang, so verpufften mit ihr doch Probleme, an denen sich Max bisher die Zähne ausgebissen hatte. Natürlich konnte er keine Spur und kein einigermaßen aktuelles Foto von Robin Gunningham ausfindig machen, wenn der seit vielen Jahren aus dem Verkehr gezogen war. Natürlich konnte man kein konsistentes Bewegungsprofil von Banksy erstellen, wenn an seiner statt eine ganze Armada von Pseudo-Banksys durch die Welt reiste, um hier und dort ein neues Graffito zu hinterlassen. Natürlich widersprachen sich die Aussagen von Zeugen, wenn sie mit jeweils einem anderen dieser Banksys in Kontakt gekommen waren. Und natürlich leistete das dauernd neuen Theorien Vorschub, wer sich eigentlich hinter dem Pseudonym verbarg.

Es war kurz nach Mitternacht. Miriam schlief bereits, und selbst wenn Max sie weckte, würde sie die Tragweite seiner Überlegungen kaum nachvollziehen können. Geschweige denn wollen. Er rief Rupert an, doch dessen Handy war ausgeschaltet. Dann eben Klara. Sie ging ans Telefon und war nicht einmal besonders entrüstet wegen der doch etwas unpassenden Uhrzeit. Sie sei noch wach und habe ihrem Vater gerade eine Kanne Kamillentee aufgebrüht.

»Gut, pass mal auf!«, sagte Max und legte ihr seine Theorie dar. Wenn er sich selbst so zuhörte, fand er es ziemlich überzeugend, wie sich Stück für Stück zusammenfügte.

»Nein«, sagte Klara, als er fertig war, »wir sind nicht im Wilden Westen oder im Chicago der 1920er-Jahre. Klar, es geht um viel Geld, aber in der gesitteten Kunstwelt eignet man sich das auf anderen Wegen an. Da gelten Blutspritzer auf dem Abendkleid als unappetitlich.«

»Sie müssen Gunningham ja nicht gleich umgebracht haben.«

»Dass er seit Jahren eingesperrt ist, halte ich für genauso unwahrscheinlich«, sagte Klara. »Hast du nicht selbst recherchiert, dass seine Eltern und Freunde ihn verleugnen? Würden sie das tun, wenn er vermisst würde?«

»Trotzdem«, sagte Max, aber er musste sich eingestehen, dass sie einen wunden Punkt getroffen hatte. Klara sagte nichts weiter, doch im Hintergrund wurde es laut. Der alte Ivanovic schien sich über irgendetwas aufzuregen. Den Kamillentee, das Fernsehprogramm, das Leben an sich. Max verstand nur ein paar üble Fluchwörter.

»Wir sehen uns morgen«, sagte Klara und legte auf.

Max klappte den Laptop zu und beschloss, noch eine kurze Runde zu drehen, um das Hirn in der Nachtluft herunterzukühlen. Er stieg in die Moonboots und zog den Reißverschluss seiner wattierten Jacke zu, in der er Ruperts Meinung nach wie das Michelin-Männchen aussah. Aber um diese Zeit war sowieso niemand unterwegs. Außer vielleicht ein Sprayer, der irgendwo eine Ratte auf einer Hauswand verewigen wollte.

Es schneite nicht mehr, doch der Wind pfiff eisig um Max' Ohren, als er Richtung Ostpark ausschritt. Der Münchner Sprayer musste ein harter Hund sein, wenn er bei solchen Temperaturen Nacht für Nacht durch die Straßen zog. Oder er glühte so sehr für seine Mission, dass er die Kälte gar nicht spürte. Wenn man wie Max in einer Kunstdetektei arbeitete, vergaß man manchmal, dass nicht immer Verkaufspreise, Wertsteigerungen und Honorare im Vordergrund standen. Manche Künstler waren tatsächlich Idealisten. Die scherten sich einen Dreck um den finanziellen Erfolg, die ließen sich nicht korrumpieren.

Klara hatte recht. Pest Control musste Robin Gunningham vielleicht gar nicht aus dem Weg schaffen. Er war einfach ausgestiegen, als ihm die Angelegenheit zu kommerziell wurde, und hatte seinen Leuten gesagt, dass sie von ihm aus weiter Kasse machen könnten, wenn sie damit glücklich würden. Nur er wolle mit dem Banksy-Hype nichts mehr zu tun haben. Dann hatte er etwas ganz anderes begonnen, hatte Sandskulpturen gebaut, unaufführbare Opern komponiert oder vielleicht wirklich Rosen gezüchtet. Irgendwo in der englischen Provinz.

Jahrelang hatte er nur verächtlich die Nase hochgezogen, wenn er zufällig von einem neuen Verkaufsrekord für ein Banksy-Werk hörte. Bis vor ein paar Wochen. Da hatte ihn etwas aus der Bahn geworfen, ein Todesfall im engsten Freundeskreis, eine Krebsdiagnose bei sich selbst, irgendetwas. Max hatte keine Ahnung, wodurch die Wandlung ausgelöst worden war. Es spielte auch keine Rolle. Jedenfalls handelte es sich um ein einschneidendes Ereignis, das Gunningham auf seine Ursprünge zurückwarf. Auf das, was ihn einmal ausgemacht hatte. Er konnte nicht anders, er musste wieder nachts losziehen, leere Mauern suchen, die Polizei foppen, die Gesellschaft provozieren, blutbefleckte Ratten sprühen, er wollte wieder Banksy sein.

Max vermochte sich schwer vorzustellen, dass Gunningham seine ehemaligen Mitarbeiter von Pest Control kontaktiert hatte, aber selbst wenn, wären die wohl nicht begeistert gewesen. Sie waren längst auf einem anderen Dampfer unterwegs, der ohne ihn bestens Fahrt machte. Sie waren nun Banksy, und da sollte er sich gefälligst heraushalten. Vielleicht war das der Grund, warum Gunningham seine zweite Karriere nicht im Vereinigten Königreich starten wollte. Wie es ihn aber ausgerechnet nach München verschlagen hatte, blieb rätselhaft. Noch.

Und sonst? Max zwang sich, nach Fehlern in seinem Gedankengebäude zu suchen. Er fand keinen. Zwar fehlten ihm die Beweise, zwar blieben ein paar Fragen offen, doch nichts schien ihm an den Haaren herbeigezogen oder gar in sich widersprüchlich zu sein. Seine Theorie war nicht nur plausibel, sondern auch ästhetisch ansprechend. Man konnte es fast wunderschön nennen, wie sie das intellektuelle Hauptproblem auflöste. Denn nun war ja völlig klar, warum Banksy wie ein Verrückter in München Kunstwerke schaffen und gleichzeitig zu Recht abstreiten konnte, je hier gewesen zu sein.

Der *Münchner Anzeiger* hatte betont sachlich über das Dementi auf Banksys offiziellem Account berichtet. Allenfalls zwischen den Zeilen spürte die interessierte Leserin ein leichtes Bedauern darüber, dass die mit viel Aufwand inszenierte Kunstsensation so sang- und klanglos verpufft war. Danach schien das Wort Graffiti dem aktiven Wortschatz der Redakteure abhandengekommen zu sein. Es gab auch genug anderes zu vermelden. Ein Bauarbeiter war acht Meter tief in eine Grube gestürzt, hatte sich wundersamerweise nur leicht verletzt und war von der Feuerwehr gerettet worden. Unbekannte hatten eine neue Toilettenanlage am Goldschmiedplatz beschädigt. Die Bauarbeiten an der S-Bahn-Stammstrecke sorgten für Chaos im Berufsverkehr. Eine tapfere Münchner Tierfreundin kämpfte unerschrocken gegen die Welpen-Mafia.

Klara hätte eine Meldung ähnlicher Qualität beisteuern können, etwa unter dem Titel »Falsche Professorin rettet Garagenschmiererei«. Klara war selbst anwesend, als eine mit ihr namensgleiche Dozentin der Kunsthochschule bei einem Einfamilienhaus in Untergiesing auftauchte und dessen Besitzer, einem Herrn Mayer mit A, Ypsilon und E, allerlei

Unsinn erzählte. Das Graffito an seiner Garagenwand basierte zwar auf einer originellen Idee, war aber handwerklich eher krude ausgeführt. Als Klara es als Spitzenwerk zeitgenössischer Kunst lobte, hätte jeder, der Augen hatte, nur den Kopf schütteln müssen. Herr Mayer hatte anscheinend keine. Schwer beeindruckt ließ er sich beraten, wie er das Werk vor Wind und Wetter schützen könne.

Abstruse Geschichten überzeugend an den Mann zu bringen, hatte Klara immer schon Spaß gemacht, und so nahm sie es Rupert nicht besonders übel, dass er sie unter falscher Identität angekündigt hatte, ohne vorher nach ihrem Einverständnis zu fragen. Dem jungen Sprayer, der das Graffito illegal gesprüht hatte, würde ihr Einsatz jedenfalls helfen. Was immer Rupert sich im Gegenzug von ihm versprochen hatte, war allerdings kaum mehr relevant, denn die Banksy-Story schien inzwischen nicht nur in der Presse beerdigt zu sein.

Dass diese Einschätzung voreilig war, stellte sich drei Tage später heraus. Wohl gerade noch rechtzeitig, um das Erinnerungsvermögen des Publikums nicht zu überfordern, berichtete die Lokalredaktion des *Anzeigers,* dass der Sprayer unverändert aktiv sei. Die Liste der Straßenkunstwerke im Banksy-Style wurde in dem Artikel auf den neuesten Stand gebracht. Weitere Ratten waren in Pasing und der Maxvorstadt aufgetaucht, ein Mädchen mit Pferdeschwanz, das eine Bombe umarmt, schmückte nun eine Mauer in Freimann. Den größten Teil der Zeitungsseite nahm aber ein Interview mit einem Streetartexperten namens Jo Wischinsky ein.

»Schon mal gehört?«, fragte Klara.

Rupert verneinte, Max schaute angestrengt auf seinen Bildschirm.

Das Interview war etwas kryptisch mit »Wie ein Fisch im Wasser« betitelt und stellte in der Unterüberschrift die Frage, ob Banksy doch in München tätig sei. Der Experte schien das längst für sich bejaht zu haben. In seinen Antworten las Klara mit Erstaunen, dass die Münchner Graffiti stilkritisch sehr wohl dem britischen Undergroundkünstler zuzuordnen seien. Dass sich seine Agentur nicht zu den jüngsten Werken bekannt habe, sei wenig verwunderlich, denn Banksy sei keineswegs gleich Pest Control. Seit Jahren sei zu beobachten, wie die Agentur sich in ein gewinnorientiertes Wirtschaftsunternehmen verwandle, und zwar mit großem Erfolg. Nach Schätzungen der *Daily Mail* verdiene sie mit der Marke Banksy jährlich rund dreiundzwanzig Millionen britische Pfund, obwohl Banksy selbst immer wieder betont habe, keine kommerziellen Interessen zu verfolgen.

Er, Wischinsky, vermute, dass sich Pest Control mit dem widerspenstigen Künstler über die Vermarktungsfrage nun endgültig entzweit habe. Ihre Wege hätten sich getrennt, und das habe Banksy nicht nur ermöglicht, zu seinen Wurzeln zurückzukehren, sondern auch einen wahren Produktivitätsschub bewirkt, wie man in den Münchner Straßen erkennen könne. In echter Guerillakünstlermanier bewege er sich hier wie ein Fisch im Wasser und pfeife darauf, dass er seiner ehemaligen Agentur das Geschäft vermiese. Der Kunstmarkt habe ihn schließlich schon immer abgestoßen.

Abgesehen von dem schiefen Bild mit dem im Wasser pfeifenden Fisch kam Klara die Theorie bekannt vor. Sie fragte noch einmal: »Max, kennst du diesen Jo Wischinsky?«

»Was heißt kennen? Er hat ein paar Aufsätze über Banksy und Streetart veröffentlicht«, sagte Max. »Und ja, ich habe ihn angerufen. Ich wollte halt wissen, was er zu meiner Idee meint, nachdem ihr sie für Blödsinn erklärt habt.«

»Haben wir nicht«, sagte Klara. »Wir haben sie nur für etwas dünn bezüglich der Fakten gehalten.«

»Es passt alles«, sagte Max. »Habt ihr die Sache mit der Markenlöschung verfolgt? Pest Control hat achtzehn Banksy-Marken bei der EU registrieren lassen, unter anderem den *Flower Thrower*. Ein Postkartenunternehmen hat dagegen geklagt und recht bekommen, denn aufs Urheberrecht könne sich nur der Schöpfer selbst berufen. Banksy tut das aber nicht. Copyright is for losers, Zitat Ende. Nur Pest Control schickt seine Anwälte los, um anderen Firmen die kommerzielle Nutzung der Marken zu untersagen. Das zeigt doch sonnenklar die gegensätzlichen Interessen.«

»Das mag ja sein«, sagte Rupert. »Trotzdem bleiben deine Folgerungen ziemlich spekulativ.«

»Aha«, sagte Max patzig. »Nun, der Experte sieht das anders, und die Zeitung offensichtlich auch.«

Oh, da musste man wohl gut Wetter machen. Klara lächelte Max an. Etwas eingeschnappt hatte er bereits gewirkt, als weder Rupert noch sie die Überlegungen gebührend ernst genommen hatten, mit denen er kürzlich im Büro herausgeplatzt war. Es wäre wahrscheinlich keine gute Idee, ihm jetzt schlechten Stil vorzuwerfen, weil er eigenmächtig die Öffentlichkeit gesucht hatte. Zugegebenermaßen hatte er das schlau eingefädelt, denn einem Max Müller würde der *Anzeiger* keine halbe Seite zur Verfügung stellen. Einem Banksy-Fachmann durchaus, wenn er eine spektakuläre These vertrat, die gut zur bisherigen Linie des Blatts passte. Er musste halt erst davon überzeugt werden. Wie Max das geschafft hatte, war Klara allerdings schleierhaft. Sie fragte: »Und dieser Wischinsky hat keinen handfesten Nachweis vermisst, dass Banksy tatsächlich …?«

Max deutete auf die Zeitung. »Lies und sag mir, was daran unlogisch ist!«

»Stört es dich gar nicht, dass der Typ deine Idee verkauft,

als wäre sie auf seinem eigenen Mist gewachsen? Er nennt dich nicht einmal.«

»Ach, weißt du«, sagte Max, »mir geht es mehr um die Sache. In der Hinsicht bin ich – glaube ich – Banksy gar nicht unähnlich. Also dem echten Gunningham-Banksy, nicht dem Double seiner Agentur.«

»Natürlich«, sagte Klara und verzichtete auf die Frage, ob es auch eine Nummer kleiner gehe.

3

Die Shishabar nannte sich großspurig *Universum,* hätte aber wohl besser *Aquarium* geheißen. Die in der Decke und hinter der Bar eingelassenen blauen Leuchten verbreiteten eine Unterwasserschummrigkeit, in der Rauchschlieren träge vor sich hin wogten. Eine Entlüftungsanlage schien dem leisen Summgeräusch nach irgendwo vor sich hin zu arbeiten, nur nützte sie nichts. Vielleicht handelte es sich auch um eine Umwälzpumpe, um die hier einzusetzenden exotischen Fische nicht verrecken zu lassen. So wie damals die Guppys im Internat, die eines Morgens mit dem Bauch nach oben an der Wasseroberfläche trieben. Der Biologielehrer, der das Aquarium samt Fischen im Klassenzimmer aufgestellt hatte, vermutete Sabotage und war empört. Möglicherweise zu Recht, auch wenn bei der folgenden Untersuchung kein Täter ausfindig gemacht werden konnte. Unwillkürlich schnappte Rupert nach Luft.

An der Stirnwand des *Universum* hing ein TV-Bildschirm, auf dem irgendein Fußballspiel gezeigt wurde. Der Ton war abgedreht, und von den Gästen achtete niemand auf das leicht blaustichige Gekicke. Eine Gruppe junger Männer saß auf niedrigen Sitzbänken um einen noch niedrigeren Tisch, auf dem zwei Shishapfeifen standen. Von jeder gingen tentakelartig mehrere Schläuche ab. Einer der Jungs sog an einem

Mundstück, ein anderer sagte etwas, mutmaßlich auf Arabisch, ein dritter sah zu Rupert her und grinste.

In einer etwas abgetrennten Ecke schaute sich ein Paar tief in die Augen, sie vielleicht zwanzig, er mindestens doppelt so alt, dafür aber mit einer protzigen Goldkette um den Hals. Ganz hinten rechts war Adil. Er saß allein da, das heißt, er fläzte sich eher in dem Polster mit dem scheußlichen goldbraun gemusterten Überzug. Auch er hatte eine Wasserpfeife vor sich. Rupert zog seine Jacke aus, setzte sich ihm gegenüber und grüßte. Statt einer Antwort nahm Adil einen langen Zug. Die Kohlen im Kopf der Shisha glühten auf, das Wasser in der Glasbowl blubberte.

»Deine Stammkneipe?«, fragte Rupert mit einem Seitenblick auf den Typen hinter der Bar. Der konnte schnell arbeitslos werden, wenn irgendwer der Polizei steckte, dass hier Minderjährigen Raucherzeugnisse verkauft wurden.

»Bin ab und zu da«, sagte Adil. Wahrscheinlich hatte er das *Universum* als Treffpunkt vorgeschlagen, um erwachsener zu erscheinen, als er war. Mit sechzehn hatte man solche Sorgen, daran konnte sich Rupert noch gut erinnern.

Er deutete auf die Pfeife. »Weißt du, dass du damit eine Kohlenmonoxidvergiftung riskierst?«

»Ist doch bloß Luft mit Geschmack«, sagte Adil. »Ich rauche Lemon Chill. Was nehmen Sie?«

Rupert schüttelte den Kopf und fragte zur Bar hin, ob er einen Cocktail bekommen könne. Etwas mit Wodka? Moscow Mule? Ja, wieso nicht.

Der Typ hinterm Tresen begann, irgendwelches Zeug zusammenzuschütten. Einer der Jungs vom Tisch weiter vorn ging zur Theke, schaute kurz zu und rief dann Unverständliches zu Adil her. Der antwortete auf Arabisch.

»Was hat er gefragt?«, wollte Rupert wissen.

»Ob Sie schwul sind«, sagte Adil.

»Und was hast du gesagt?«

»Dass ich es nicht weiß.«

»Sag ihm, dass er sich keine Hoffnungen zu machen braucht. Ich steh bloß auf echte Männer.«

Adil drehte das Mundstück seiner Shisha zwischen Daumen und Zeigefinger. Dann bellte er zwei, drei Sätze zu dem Kerl an der Theke hin. Der lachte, und die anderen am Tisch stimmten ein.

»Du hast ihm etwas anderes gesagt, oder?«, fragte Rupert.

»Natürlich, ich bin ja nicht blöd«, sagte Adil. »Sind Sie jetzt schwul oder nicht?«

»Pass auf«, sagte Rupert, »ich will bloß zwei Sachen von dir. Erstens sollst du mir erzählen, wer aus der Szene die Banksy-Style-Graffiti in der Stadt gemacht haben könnte. Und zweitens würde ich gern mal mitkommen, wenn du sprayen gehst.«

»Zweitens können Sie gleich knicken.«

»Ich könnte Schmiere stehen«, sagte Rupert.

»Vergessen Sie es! Ich arbeite grundsätzlich allein.«

Rupert ließ die Sache vorläufig auf sich beruhen. Wahrscheinlich hatte der Junge allen Grund, misstrauisch zu sein. Irgendwann würde sich das schon legen, wenn er merkte, dass Rupert ihm nichts Böses wollte. Er fragte: »Und erstens?«

»Das war keiner aus der Szene«, sagte Adil. Er kenne natürlich nicht jeden, aber es gebe halt ein paar ungeschriebene Gesetze, an die sich alle hielten. Eins davon sei, dass man seine Dosen nicht kaufe, sondern klaue, ein anderes, dass man die Tags von anderen nicht crosse, außer man habe einen guten Grund, eine Fehde anzufangen. Drittens – und das sei hier wichtig – müsse jeder seinen eigenen Style entwickeln. Das sei doch gerade der Witz.

96

Der Barmann stellte den Cocktail vor Rupert ab. Sein Unterarm war bis zu den Fingerknöcheln hinab tätowiert. Der Moscow Mule kam in einem Kupferbecher und war mit einem Limettenschnitz garniert, der aussah, als hätte er schon ein paar Waschgänge in der Spülmaschine hinter sich. Rupert nippte. Ingwer, Limette, na ja, so schlecht schmeckte es gar nicht. Am Wodka hatte der Mann auch nicht gespart.

Adil stieß eine dicke Rauchwolke aus, die sich nur zögerlich entscheiden konnte, nach oben zu steigen. Dann fuhr er fort: »Da fährt eine S-Bahn vorbei, und da ist dein Piece auf dem Waggon, fünf Meter lang, zwei Meter hoch. Oder du bist in der Bahn und siehst es an einer Brücke – ist ja egal –, jedenfalls bist das du, in Farbe und unübersehbar. Scheiße, Mann, denkst du und bist stolz drauf und weißt, dass die anderen das auch sehen und dass die auch denken, Scheiße, Mann, da hat der Xdrim wieder einen rausgehauen.«

»Xdrim?«, fragte Rupert. »Bist du das?«

»Die müssen wissen, dass du das warst. Mit einem Blick müssen die deinen Style erkennen, selbst wenn du nicht signiert hast. Und deswegen ergibt es überhaupt keinen Sinn, jemand anderen zu kopieren. Nein, ich schwör, dieses Banksy-Zeug hat keiner aus der Szene gemacht.«

Rupert nahm einen gehörigen Schluck von dem Wodkagebräu. »Und wenn vor allem die Botschaft zählt? Sozialkritik, Polizeiverarschung?«

»Zuallererst geht es immer um dich«, sagte Adil.

Was ihn betraf, glaubte Rupert das sofort. Der Junge wollte zeigen, dass er am Leben und etwas wert war. Wenn schon nicht als Adil, dann zumindest als Xdrim. Ob er seinen Sprayernamen von extreme oder von X-dream abgeleitet hatte?

»Scheiße, Mann«, sagte Adil noch einmal.

»Was ist eigentlich mit deiner Familie?«, fragte Rupert. In

97

seinem Becher überragte ein Haufen gecrushtes Eis den dünnen Rest der Flüssigkeit.

»Was soll schon sein?«, fragte Adil zurück.

»Sagen deine Eltern nichts, wenn du ganze Nächte unterwegs bist? Und wenn du vor Gericht zitiert wirst?«

»Nö«, sagte Adil. »War's das jetzt?«

Im Grunde war es sein gutes Recht, nicht über seine Familie reden zu wollen. Das war vielleicht auch besser so, denn als Sozialarbeiter oder Familientherapeut sah Rupert sich definitiv nicht. Es hätte ihn nur unverbindlich interessiert, unter welchen Umständen der Junge lebte. Die waren sicher nicht mit denen seiner eigenen Jugend im adeligen Elternhaus und im katholischen Internat vergleichbar, und doch glaubte Rupert eine gewisse Verwandtschaft auszumachen. Im Lebensgefühl, in dieser trotzigen Verlorenheit, die sich immer wieder aufs Neue einstellte, egal wohin man auszubrechen versuchte.

»Noch einen?«, fragte der Barmann, als er nach dem leeren Becher griff.

Rupert schüttelte den Kopf. So gut war der Moscow Mule nun auch nicht gewesen. Außerdem spürte er schon die Wirkung des Alkohols. Oder er hatte durch diese Shishaschwaden eine Überdosis Kohlenmonoxid abbekommen. Warum kontrollierte die Gewerbeaufsicht eigentlich nicht, ob die Lüftungsanlagen in den Bars funktionierten?

»Ich muss dann eh los«, sagte Adil.

»Die Pfeife geht auf mich«, sagte Rupert. Er griff nach seiner Jacke und stand auf. Der Dampf hier drinnen war wirklich unerträglich. Höchste Zeit, an die frische Luft zu kommen. Während Rupert an der Theke zahlte, wurde Adil noch einmal von dem Typen von vorhin auf Arabisch angesprochen. Die Sätze flogen hin und her, und auch wenn Rupert keine Silbe verstand, konnte er sich denken, dass es darum ging, warum Adil sich von so einem alten Knacker abschleppen ließ. Rupert war es egal. Er steckte das Wechselgeld ein und fuhr sich mit dem Handrücken über die Stirn.

Draußen vor der Tür war es ein wenig besser. Rupert sog die kalte Luft so gierig ein, dass ihm die Nasenwände schmerzten. Am Straßenrand parkten die Autos in dichter Reihe. Dahinter fuhr ein dunkles SUV Richtung Zentrum. Das Motorengeräusch war dumpf, fast wie durch Watte gedämpft, hallte aber in Ruperts Ohren nach. Der Boden unter seinen Füßen zitterte leicht. Rupert lehnte sich an eines der geparkten Autos. Er schwitzte. Wieso schwitzte er, wenn es kalt war?

Von der Seite her fragte irgendwer irgendetwas. Die Laute klangen seltsam verzerrt, so dass Rupert ein paar Momente brauchte, bis er Adils Stimme erkannt und die Bedeutung der Worte zusammengesetzt hatte: »Alles in Ordnung?«

»Klar«, sagte Rupert. Er schluckte, räusperte sich, konzentrierte sich auf die nächsten Silben. »Alles okay.«

»Gut, dann geh ich jetzt … jetzt.«

Rupert blickte ihm hinterher. Oder ihnen. Es sah aus, als würden zwei Adils nebeneinanderlaufen. Nein, da schwebten zwei Silhouetten, die sich ein wenig überlappten. Wie wenn man die Augen halb zusammenkneift und mit Gewalt knapp neben ein Objekt stiert, so dass es aus dem Fokus gerät. Als Kind hatte Rupert das manchmal ausprobiert. Da war es lustig gewesen, jetzt war es … Den Würgereiz in seiner Kehle konnte er gerade noch unterdrücken. Er schmeckte die Magensäure im Rachen, ihm war kotzübel, und das Licht von der Straßenleuchte kam wie ein glänzendes Fallbeil auf ihn zugeschossen. Er dachte, dass er ausweichen müsse, doch es gelang ihm nicht, sich zu bewegen.

»He, Alter … Al-ter … ter«, wummerte eine Stimme neben Rupert, und dann ging irgendwie der Reißverschluss seiner

Jacke auf. Jemand griff in die Innentasche, und plötzlich waren da ein paar Hände, die eine Geldbörse öffneten. Das ist meine, dachte Rupert schwer. Das geht doch nicht, dachte er, und dass er sich wehren müsste. Die Fäuste ballen. Den Mund öffnen. Um Hilfe schreien.

Wenn ihm bloß nicht so übel wäre. Wenn die verwischten Köpfe rund um ihn nicht so auf und ab tanzen würden. Wenn nicht sowieso alles egal wäre.

»Duoankeeeee«, raunte eine verzerrte Darth-Vader-Stimme, und wie ein außerirdisches Echo kam ein mehrstimmiges Meckern von überallher. Das Straßenlicht zischte herab und schlug auf Rupert ein. Dann wurde es dunkel.

»Probier doch mal.«

Die Worte explodierten in Ruperts Kopf. In dem pochenden Matschhaufen unter seiner Schädeldecke.

»Hyaluron.«

Was? War? Das? Rupert kapierte gar nichts.

»Sanfte Bräune.«

Wo war er? Wer war er? Er stöhnte, als er den Kopf anzuheben versuchte. Mit äußerster Willenskraft drehte er ihn zur Seite, zu der Stimme hin. Die kam aus einem Fernseher. Auf dem Bildschirm waren zwei als Models verkleidete Zombies mit unnatürlich blitzenden Zähnen zu sehen. Es war Ruperts Fernseher. Der stand in seinem Wohnzimmer. Rupert lag auf seiner eigenen Couch. Er richtete sich auf, presste die Hände an die Schläfen.

Hyaluron? Was Rupert jetzt brauchte, war Ibuprofen. Und viel, viel Wasser. Er wankte ins Badezimmer und stützte sich am Rand des Waschbeckens ab. Das Gesicht im Spiegel schaute genauso beschissen aus, wie er sich fühlte. Er klappte die Spiegeltür auf und kramte die Tabletten hervor. Mit zitternden Fingern drückte er eine durch die Aluhülle. Sie fiel ins Waschbecken. Verdammt, was war bloß mit ihm geschehen? Rupert fingerte die Tablette aus dem Becken, warf sie ein, drehte das kalte Wasser an und trank gierig aus der hohlen Hand. Besser noch eine zweite Ibuprofen nachlegen!

Hoffentlich wirkte das Zeug schnell. Rupert schlich ins Wohnzimmer zurück, schaltete den Fernseher ab und zog seine Winterjacke aus. Es war 13 Uhr 12. Er hatte den Vormittag vollständig bekleidet auf seinem Sofa verschlafen, und die Nacht davor wahrscheinlich auch. Das Letzte, woran er sich erinnerte, war die Shishabar. Genauer gesagt, dass er sie verlassen hatte und dass ihm da schon ziemlich übel gewesen war. Von den Stunden danach war nichts mehr vorhanden, kein Bild, kein Ton, kein Fetzen Erinnerung. Absoluter Filmriss. Irgendwie musste er aber nach Hause gekommen sein. Offensichtlich hatte er sogar noch den Fernseher eingeschaltet. Probier doch mal Hyaluron, sanfte Bräune! Rupert schüttelte sich.

In der Bar hatte er einen Cocktail getrunken. In Worten: einen. Der hätte nicht einmal einen Dreijährigen so weggeballert, wie es Rupert passiert war. Wenn nicht außer Wodka und einem vergammelten Limettenschnitz noch anderes in dem Moscow Mule gewesen war. Etwas, das garantiert nicht zur Rezeptur gehörte. Filmriss, war das nicht eine typische Folge von K.-o.-Tropfen? Der Barmann mit den tätowierten Unterarmen? Aber wieso hätte der Rupert außer Gefecht setzen wollen?

Der Junge war auch dort gewesen, Adil gleich Xdrim. Rupert hatte ihn über die Sprayerszene ausgefragt, und dann waren sie beide aufgebrochen, oder? Soweit Rupert das noch zusammenbrachte, hatte er allein vor der Tür der Bar gestanden, und dann hatte das Straßenlicht auf ihn eingeschlagen.

Und der Junge? Der konnte ja nicht plötzlich vom Boden verschluckt worden sein. Drinnen hatten sie sich gegenübergesessen. Eigentlich hatte Rupert ihn dauernd im Blick gehabt,
so dass er kaum unbemerkt ein paar Tropfen in Ruperts Glas
kippen konnte. Und auch für ihn galt: Wieso hätte er das tun
sollen? Vielleicht, weil eine kleine kriminelle Kröte Spaß an
so einer Aktion hatte?

13 Uhr 20. Wenn Adil seine Sozialstunden nicht platzen
ließ, musste er jetzt in der *Färberei* erreichbar sein. Rupert
suchte nach seinem Handy, fand es schließlich unter dem
Sofa und tippte die Nummer an. Als er sagte, dass es wirk-
lich dringend sei, ließ sich der Typ dort dazu herab, Adil ans
Telefon zu rufen. Während Rupert wartete, schaltete er die
Espressomaschine ein. Langsam begannen die Tabletten zu
wirken. In seinem Schädel klopfte es etwas sanfter, bloß beim
Gedächtnis tat sich gar nichts. Die letzten zwölf, dreizehn
Stunden blieben verschwunden.

»Ja?«, fragte Adils Stimme.

»Warst du das mit den K.-o.-Tropfen?«, fragte Rupert und
sah zu, wie der Kaffee in die Espressotasse lief.

»Sie haben sie wohl nicht alle.«

»Erzähl, was gestern passiert ist, als wir aus der Bar raus-
gegangen sind«, sagte Rupert. Der Espresso schmeckte nach
Seife. Rupert zitterte einen Löffel Zucker hinein.

»Die Typen haben Sie halt abgezockt.«

»Schön der Reihe nach, eins nach dem anderen«, sagte Rupert.

»Sie waren schlecht drauf, haben aber gesagt, dass alles
okay wäre. Da bin ich eben gegangen. Hab mir aber schon
gedacht, dass da was stinkt, und als ich die Stimmen gehört
habe, bin ich umgekehrt. Es waren die Typen aus dem *Universum,* die Sie als schwul beschimpft haben. Als ich wieder

vor der Bar war, hatten die Ihnen schon die Kohle abgenommen. Die zischten gerade ab, aber ich hätte ja gegen fünf eh nichts machen können.«

Rupert stellte die Tasse ab. Seine Jacke hatte er im Wohnzimmer auf die Couch geworfen. Er fragte: »Du weißt, wer die Typen sind?«

»Keine Ahnung, hab sie gestern zum ersten Mal gesehen«, sagte Adil.

Rupert fand seinen Geldbeutel in der Innentasche. Die Münzen waren noch drin. Nur das Fach für die Scheine war leer. Hundertfünfzig Euro, schätzte Rupert, vielleicht auch mehr. Er fragte: »Du hast sicher gleich die Polizei angerufen?«

»Wollte ich, echt, aber Sie wollten nicht. Sie haben rumgelallt, dass die Idioten bloß arme Schweine sind und dass Sie nicht stundenlang auf einem Polizeirevier herumsitzen wollen. Ich sollte mit Ihnen lieber sprayen gehen, Sie hätten da eine Spitzenidee. Ich habe eine Weile gebraucht, bis ich Ihre Adresse aus Ihnen rausbekommen habe. Dann habe ich Sie heimgeschleift.«

Nichts, es kam gar nichts, kein bisschen Erinnerung. Adil hätte ihm genauso von einer Ufo-Landung erzählen können. Rupert sagte: »Dann muss ich dir wohl danken.«

»Passt schon.«

»Wir sehen uns«, sagte Rupert. Er legte auf, setzte sich aufs Sofa und starrte auf den dunklen Fernsehbildschirm. Sein Kopf war einigermaßen klar, bloß wuchsen darin die Zweifel. Er sollte plötzlich Mitleid mit dieser kriminellen Gang bekommen haben? Er sollte es abgelehnt haben, die Polizei zu verständigen, wenn er gerade ausgeraubt worden war? Wahrscheinlicher schien ihm doch, dass er zu betäubt gewesen war, um das rein motorisch auf die Reihe zu bekommen. Und dass Adil mit den Bullen so wenig wie möglich zu tun haben wollte, war auch klar. Das hätte er auch ruhig zugeben können, statt Rupert irgendwelche Märchen aufzutischen.

Die Tropfen hatte ihm am ehesten der Kerl ins Glas gekippt, der zum Barmann an die Theke gegangen war. Dass Adil keinen aus dessen Gruppe kannte, mochte stimmen oder auch nicht. Die hatten ihn jedenfalls auf Arabisch so unverblümt angesprochen, als gehörten sie zur gleichen Großfamilie. Ob sie mit ihm etwas ganz anderes verhandelt hatten als das, was er Rupert übersetzt hatte? Vielleicht war Adil nur zurückgekommen, um seinen Anteil an der Beute einzustreichen. Oder er hatte gleich bei der Plünderung mitgemacht. Sicher war bloß, dass kein anderer als er Rupert in diese verdammte Räuberhöhle geführt hatte.

Rupert setzte sich an den Computer und googelte nach den Auswirkungen von K.-o.-Tropfen. Wahrnehmungsstörungen, Übelkeit, Kopfschmerzen, Willenlosigkeit und so weiter. Das meiste hatte er durch, nur Flashbacks konnten noch folgen. Dann las er, dass die betäubenden Substanzen maximal zehn Stunden lang nachweisbar waren. Den Gang zur Blutentnahme konnte er sich sparen, und ohne Nachweis brauchte er wegen der K.-o.-Tropfen gar keine Strafanzeige zu stellen. Ob er wegen der hundertfünfzig Euro etwas unternahm, würde er sich überlegen. Jetzt legte er sich lieber noch ein paar Stunden hin.

Er ist sechsundvierzig Jahre alt, doch die Kacke, die er erlebt hat, würde wohl auch fürs Doppelte reichen. Oder die Kacke, die er angestellt hat. Wenn die Polizei ins Haus kommt, kann man ohne großes Risiko wetten, dass sie bei ihm im zweiten Stock läutet. Weswegen genau, weiß niemand, denn dafür müsste man sich für ihn interessieren. Aber wer sucht schon näheren Kontakt zu einem Loser? Er selbst tut ja auch keinen Schritt

*auf seine Nachbarn zu. Man kennt ihn als mürrisch und ab-
weisend. Kein Wunder, dass er allein lebt. Manchmal soll er in
seiner Wohnung ausflippen, dass die Wände wackeln.*

*Arbeit hat er nicht. Warum nicht, ist unbekannt. Ob er
Sozialhilfe und Wohngeld bekommt, ist ebenfalls unbekannt
und interessiert auch niemanden. Er lebt jedenfalls in einer
Mietwohnung, und für die muss er – wie der Name schon sagt –
Miete bezahlen. Keine Miete, kein Wohnen. Aber natürlich geht
alles seinen rechtmäßigen Weg. Wenn er nicht zahlt, wird er
vom Hausbesitzer abgemahnt, einmal, zweimal, und wenn er
immer noch nicht zahlt, muss eben das Gericht eingeschaltet
werden. Das entscheidet nach Sachlage und verfügt letztlich
die Zwangsräumung.*

*In München fehlen circa siebzigtausend Wohnungen, Ten-
denz steigend. Die Quadratmeterpreise sind astronomisch.*

*Man hätte den Mann fragen können, unter welche Isarbrü-
cke er ziehen will, doch der Gerichtsvollzieher ist nicht für solche Fragen, sondern für die Durchführung der Zwangsräumung
zuständig. Er klingelt, er sagt, was er sagen muss, er tut nur seinen Job. Der Mann öffnet nicht, brüllt durch die Tür, dass er
hier nicht rausgehen werde. Der Gerichtsvollzieher erklärt ihm
das rechtlich vorgeschriebene Prozedere, und der Mann schreit,
dass er eine Waffe besitze. Wenn jemand in seine Wohnung
eindringe, würde etwas passieren. Der Gerichtsvollzieher greift
zum Telefon.*

*Im vergangenen Jahr wurden in Bayern zweitausendacht-
hundertsiebenundsechzig Zwangsräumungen durchgeführt.*

*Aufgabe der Polizei ist es, dem Gerichtsvollzieher die Aus-
übung des Räumungsbeschlusses zu ermöglichen. Bei einem
polizeibekannten Kameraden lässt die Leitstelle natürlich besondere Vorsicht walten. Deswegen schickt sie insgesamt vierzig Beamte, darunter ein entsprechend ausgerüstetes Sonder-*

einsatzkommando. *Die Straße vor dem Haus wird weiträumig abgesperrt, das SEK versucht vergeblich, den Mann zum Einlenken zu bewegen, und bricht die Tür zur Wohnung im zweiten Stock auf. Die Beamten tun nur ihren Job.*

Eine Zwangsräumung wird oft als lebensbedrohlich empfunden, da der letzte Rückzugsort der Betroffenen verloren geht.

Nach der gewaltsamen Türöffnung sehen sich die Beamten einer sogenannten Bedrohungssituation gegenüber. Sie besteht darin, dass der Mann eine silberne Pistole in der Hand hält. Ob die Waffe geladen oder überhaupt funktionstüchtig ist, wird die routinemäßige Überprüfung des Einsatzes durch das Landeskriminalamt vielleicht später feststellen. Vor Ort wird vorsorglich losgeballert. Beziehungsweise geben – wie es die Pressestelle der Polizei formuliert – die SEK-Beamten mehrere Schüsse ab. Der Mann wird getroffen und vom Rettungsdienst abtransportiert. Nach offiziellen Angaben besteht für ihn keine Lebensgefahr. Kein Polizist kommt zu Schaden.

Die jüngste Schusswaffengebrauchsstatistik für Deutschland verzeichnet zweiundsechzig auf Menschen abgegebene Polizeischüsse. Fünfzehn Personen wurden dabei getötet, dreißig weitere verletzt.

Sobald die Spurensicherung ihre Arbeit getan hat, die Blutspuren beseitigt sind und der Kram des Manns ausgeräumt ist, kann die Wohnung neu vergeben werden. Die Staatsanwaltschaft wird gewissenhaft ihren Job tun und entscheiden, wegen welcher Delikte sie gegen den Sechsundvierzigjährigen Anklage erheben wird. Widerstand gegen die Staatsgewalt, Beleidigung, Bedrohung von Polizeibeamten, unerlaubter Waffenbesitz, da könnte einiges zusammenkommen.

Unter welcher Isarbrücke der Mann nach seiner Entlassung aus Krankenhaus und Strafvollzugsanstalt unterkommen wird, weiß er wohl selbst noch nicht. Dass er sein neues Heim mit

*Flöhen und Ratten teilen wird, ist anzunehmen. Dafür kann
keiner was, der nur ordentlich seinen Job erledigt hat.*

Das Auktionshaus Schierlich&Eckel hatte seinen Haupt-
sitz in bester Schwabinger Lage. Die Fassade zur Straße hin
war im Neorenaissance-Stil gehalten und erinnerte mit der
Bossenwerkoptik im Erdgeschoss ein wenig an den Palazzo
Strozzi in Florenz. Der Piano nobile wurde durch eine ele-
gante Balkonbrüstung akzentuiert, von der zwei Banner mit
dem Namen des Unternehmens herabhingen. Das Gittertor
stand weit offen, in der Passage dahinter kündigten Plakate
die Highlights der heutigen Versteigerung an. Auf dem Boden kennzeichneten farbige Fußspuren den Weg zum Auktionssaal. Der war in einem modernistischen Neubau untergebracht, über dem sich ein mit Blechplatten verkleideter
Turm erhob.

Am Standaschenbecher vor der Tür rauchten zwei ältere
Männer, von drinnen war die Stimme des Auktionators zu
hören, der das Lot 117 ankündigte. Klara hatte noch reichlich
Zeit. Trotzdem trat sie in den Vorraum ein und passierte die
Theke, an der sich die Saalbieter anmeldeten, um ihre jeweiligen Bieternummern in Empfang zu nehmen. In den Räu-
men links waren die angebotenen Kunstwerke ausgestellt.
Die Designobjekte aus den 1960er- und 1970er-Jahren mussten den Nummern nach schon durch sein. Dass die minima-
listischen Leuchten und die Space-Age-Sessel mit ihren bon-
bonfarbenen Beistelltischchen groß eingeschlagen hatten,
konnte sich Klara nicht vorstellen.

Schon interessanter schienen ihr die Farblithographien
und Radierungen. Max Ernst, Horst Antes, Miró, Vasarely,
da waren renommierte Namen dabei. Bei den Leinwandge-
mälden sah es dagegen eher mager aus. Den höchsten Schätz-

preis von zwanzigtausend bis dreißigtausend Euro hatte ein geometrisches Bild des Münchner Lokalmatadors Günter Fruhtrunk, bestehend aus waagerechten Streifen unterschiedlicher Dicke in Weiß, Schwarz und Orange. Ein typisches Werk, wenn auch nicht ganz so berühmt wie die vom selben Künstler gestaltete Einkaufstüte von Aldi Nord, die erst vor wenigen Jahren dem Umweltschutz zum Opfer gefallen war. Gegen die Umstellung auf Mehrwegbeutel hatte moderne Kunst halt keine Chance.

Der *Flower Thrower* fand sich ein paar Meter weiter. Die Imbissbudentür aus dem Münchner Norden lehnte an der Wand und wirkte irgendwie bemitleidenswert. Die nutzlos gewordenen Türscharniere erinnerten an einsame Zahnruinen in einem zerstörten Oberkiefer, die Klinke an ein zweckentfremdetes Prothesenteil. Ob ein potentieller Neubesitzer die Tür in seinem Haus einpassen lassen würde? Zwischen Flur und Gästetoilette? Oder stellte er sich vor, das Ding in einem Goldrahmen an der Wohnzimmerwand aufzuhängen? Wie auch immer, es konnte nur fehl am Platz sein. Da rächte es sich eben, Streetart aus ihrem Entstehungszusammenhang zu reißen. Obwohl, schon auf dem Dönerwagen hatte die Positionierung des Graffito nicht völlig überzeugt. Dort hatte der Streetfighter mit seinem Blumenstrauß auf den Straßenverkehr gezielt, jetzt schien er die Streifen von Fruhtrunk ins Visier zu nehmen. Viel unpassender konnte das in einer Villa in Grünwald auch nicht werden.

Achttausend bis zehntausend Euro Schätzpreis. Klara war gespannt, ob jemand eine solche Summe hinblättern würde. Hinten rief der Auktionator gerade das Lot 129 auf, ein Gemälde von Edo Murtić. Der *Flower Thrower* lief unter der Nummer 133. Klara warf noch einen Blick auf die farbigen Blüten, mit denen das schwarz-weiße Stencil aufgehübscht worden war, und kehrte zum Saal zurück. Am Eingang blieb sie stehen, um die gut gefüllten Stuhlreihen zu überfliegen. Den Toni von der Au würde sie auch von hinten erkennen, selbst wenn er sich heute ausnahmsweise etwas gediegener gekleidet hätte. Doch er schien nicht da zu sein. Seltsam, es musste ihn doch interessieren, ob sich sein Schnäppchen im Wert vervielfachte. Vielleicht tauchte er erst im letzten Moment auf oder verfolgte die Veranstaltung online. Anwesend war allerdings Frau Zimmermann. Sie saß in der ersten Reihe, mit dem Waschbärenpelz über den Knien. Die war anscheinend voll auf dem Banksy-Trip. Und den Typen schräg hinter ihr kannte Klara doch auch. Sie brauchte einen Moment, um ihn einzuordnen, doch das war eindeutig der Kilian Moser, in dessen Flur sie sich als Wellensittichjägerin versucht hatte. Er hatte sich den Vollbart abrasiert. Wenn sich nachher die Gelegenheit ergab, würde Klara ihm zu dieser absolut glücklichen Entscheidung gratulieren. Nachdem sie ihn gefragt hatte, was er hier eigentlich zu suchen hatte.

»Und zum Dritten«, sagte der Auktionator ins Mikrophon und klopfte mit seinem Hämmerchen auf das Stehpult, hinter dem er sich verschanzt hatte. »Zuschlag allerdings unter Vorbehalt.«

Während er das Ergebnis notierte, tauchten auf den beiden Bildschirmen schräg über ihm Lotnummer und Foto des nächsten Versteigerungsobjekts auf. Ein weiterer Murtić, der für einen Limitpreis von dreitausend Euro angeboten wurde. Beim Saalpublikum war das innerliche Gähnen zu spüren, und das änderte sich nicht, als der Auktionator auf zweitausendsiebenhundert reduzierte. Auch die Telefonbieter schienen kein Interesse zu haben. Um deren Gebote weiterzuleiten, saßen rechts sechs Angestellte des Hauses hinter einer

Art Richterbank, nur quer zum Publikum, und ihnen gegenüber noch einmal drei, die wahrscheinlich für die Onlinekunden zuständig waren.

Als Klara die Reihe der Telefonistinnen musterte, kam ihr ein weiteres Gesicht bekannt vor. Klar, das war Maja, mit der zusammen sie an der Uni ein paar Seminare besucht hatte. Eine Zeitlang waren sie sogar eng befreundet gewesen, doch dann hatten sie sich aus den Augen verloren. Wie das halt so ging. Dr. Maja Schuster hatte eigentlich eine akademische Karriere angestrebt, war jetzt aber anscheinend bei Schierlich&Eckel eingestiegen. Und wieso auch nicht? Klara selbst war ja ein gutes Beispiel dafür, dass man als Kunsthistorikerin schauen musste, wo man beruflich blieb. Lot 131 wurde aufgerufen. Warum nicht schnell der Kollegin Hallo sagen? Klara drückte sich an der letzten Stuhlreihe vorbei und ging an der Seite nach vorn.

Maja erkannte sie sofort und flüsterte ihr zu, dass man sich unbedingt mal treffen müsse. Jetzt sei sie allerdings gleich dran, weil sie einen Banksy-Interessenten zu betreuen habe. Es blieb gerade noch Zeit, die Telefonnummern auszutauschen, denn für die Lots 131 und 132 konnte sich kein Bieter erwärmen. Der Auktionator bot sie auch eher lustlos an und gab schnell auf, als keine unmittelbare Reaktion erfolgte. Er konnte es wohl kaum erwarten, endlich zum spannendsten Moment des Nachmittags zu kommen. Im Saal schien die Luft ein bisschen dünner zu werden, aber vielleicht bildete sich Klara das nur ein. Sie winkte Maja zu und ging hinter die letzte Sitzreihe zurück. Im Stehen hatte sie einen besseren Überblick.

»Nummer 133, *Flower Thrower*«, sagte der Auktionator, und auf den Bildschirmen tauchte das Foto der Dönerbudentür auf. »Erlauben Sie mir eine Vorbemerkung. Das

Haus Schierlich&Eckel legt größten Wert auf Transparenz bezüglich Herkunft und Authentizität der von uns betreuten Kunstwerke. Deswegen möchte ich Sie ausdrücklich darauf hinweisen, dass die Urheberschaft des unter dem Namen Banksy bekannten Künstlers für das hier vorliegende Objekt nicht zweifelsfrei nachgewiesen werden konnte. Wir haben lange mit uns gerungen, ob wir es unter diesen Umständen überhaupt anbieten sollen. Letztlich haben wir uns dafür entschieden, bitten Sie aber, den genannten Vorbehalt bei Ihren Geboten zu berücksichtigen. Vielleicht betrachten Sie das Kunstwerk einfach als solches. Unser Haus kann weder garantieren noch ausschließen, dass es Banksy zuzuschreiben ist.«

In der dritten Reihe tuschelten zwei Besucher miteinander, eine Dame ganz hinten schüttelte den Kopf. Ob sie mit dem Zweifel an der Banksy-Zuschreibung nicht einverstanden war oder mit der Entscheidung, das Werk dennoch anzubieten, blieb unklar. Klara konnte nachvollziehen, dass sich das Auktionshaus absichern wollte. Ein wenig unredlich kam ihr die Argumentation dennoch vor, denn ein Graffito eines x-beliebigen Sprayers wäre von Schierlich&Eckel nie zur Versteigerung angenommen worden. Natürlich war die Tür nur von Wert, wenn sie unter Banksys Sprühdose geraten war.

»Dann wollen wir mal. Das Angebot liegt bei achttausend ...« Der Auktionator blickte nach links, wo einer der am Computer sitzenden Angestellten die Hand hob. »Nein, ich sehe gerade, dass online schon zehntausend Euro geboten sind.«

Auf den Bildschirmen leuchtete unter der Lotnummer »current 10.000,00« auf.

»Zehntausend online. Geht im Saal jemand ...«

Frau Zimmermann hob ihr Schild mit der Bieternummer

in Kopfhöhe. Kilian Moser hinter ihr beugte sich nach vorn. Er schien Klara noch nicht bemerkt zu haben.

»Zwölftausend die Dame in der ersten Reihe, danke sehr. Haben wir nicht auch telefonische Anmeldungen?«

Zwei Telefonistinnen hingen am Hörer, darunter Maja Schuster. Sie nickte und gab dem Auktionator ein Zeichen. Der sagte: »Fünfzehntausend am Telefon. Fünfzehntausend gegen den Saal.«

Frau Zimmermann drückte den Rücken durch und hob das Schild mit der Nummer.

»Achtzehntausend im Saal«, sagte der Auktionator, »und online werden zwanzig geboten. Zwanzigtausend Euro online.«

»Dreißigtausend«, sagte Maja halblaut.

»Dreißigtausend bei Frau Dr. Schuster am Telefon.« Die Stimme des Auktionators schien einen Halbton höher geworden zu sein. Er wandte sich Frau Zimmermann zu. »Dreißigtausend am Telefon, die werte Dame.«

Frau Zimmermann zögerte, zuckte mit dem Arm, ließ das Schild aber unten. Dafür meldete sich der Angestellte am Computer.

»Vierzigtausend online«, sagte der Auktionator. Auf den Bildschirmen wurde der aktualisierte Betrag angezeigt. Maja sprach leise ins Telefon. Die Angestellte neben ihr wünschte ihrem Gesprächspartner halblaut einen schönen Tag und legte auf. Ein Mitbewerber hatte aufgegeben. Frau Zimmermann schien noch unschlüssig.

»Vierzigtausend sind für den *Flower Thrower* geboten. Vierzigtausend zum Ersten ...« Der Auktionator ließ seinen Blick über die Besucher in der ersten Reihe wandern. Frau Zimmermann schüttelte den Kopf. Maja zeigte die fünf Finger ihrer linken Hand.

»Fünfzigtausend am Telefon.« Und dann, als hätte es sich

bisher nur um die Aufwärmphase gehandelt, um ein Vorge-
plänkel, bei dem auch ein paar bemitleidenswerte Amateure
geduldet waren, wurde es ernst. Jetzt folgte Schlag auf Schlag.
»Siebzigtausend online, hunderttausend bei Frau Dr. Schuster, hundertzwanzigtausend online, hundertfünfzigtausend
am Telefon, hundertsiebzig online, zweihundert am Telefon,
zweihundertzwanzig, zweihundertfünfzig, zweihundertsieb-
zig, drei, drei zwo, drei fünf ...«

Abgesehen von den Ansagen des Auktionators herrschte
Totenstille im Saal. Kein Raunen, kein Husten, kein halb
unterdrücktes Murmeln war zu vernehmen, das Publikum
im Saal schien kollektiv den Atem anzuhalten. Auch Klara
starrte ungläubig zum Bildschirm hoch, auf dem in Buchstaben und Zahlen stand: »current 350.000,00«.

»Dreihundertundfünfzigtausend Euro am Telefon, gegen
das Onlinegebot.« Der Auktionator blickte nach links zu seinem Mitarbeiter am Computer. »Haben wir vielleicht ...?
Dreihundertfünfzigtausend. Geht online noch mehr? Nein?«

Der Angestellte am Computer wischte sich über die Stirn,
ohne die Augen vom Monitor zu wenden.

»Dreihundertundfünfzigtausend Euro bei Frau Dr. Schuster am Telefon. Dreihundertfünfzigtausend zum Ersten ...
zum Zweiten ...«

Der Auktionator hob das Hämmerchen langsam auf Kopfhöhe. Der Mann am Computer ließ seinen Arm nach oben
schießen, als stünde ein Fleißbildchen in der Grundschule
auf dem Spiel, und rief: »Stopp!«

»Dreihundertsiebzigtausend online.«

Es ging weiter. Es ging tatsächlich noch höher.

»Vierhunderttausend am Telefon.«

Irgendwo scharrte eine Schuhsohle auf dem Boden.

»Vierhundertzwanzigtausend online.«

Frau Zimmermann drehte suchend den Kopf, als wäre im Saal eine Erklärung für diesen Wahnsinn zu finden. Der Pelzmantel rutschte ihr von den Knien. Sie merkte es nicht.

»Vierhundertfünfzigtausend bei Frau Dr. Schuster.«

Maja presste das Telefon so fest ans Ohr, dass es schon beim Zusehen schmerzte.

»Vierhundertsiebzigtausend online.«

Dreihundert Euro hatte der Toni von der Au dem Dönerbudenbesitzer gezahlt. Plus eine Ersatztür. Das war …

»Fünfhunderttausend am Telefon. Eine halbe Million Euro ist geboten.«

Das war mehr als ein schlechter Witz, das war … unanständig? Das Wort kam Klara viel zu schwach vor, aber ihr fiel kein anderes ein. Sie konnte jetzt auch nicht überlegen und schon gar nicht gedanklich mit dem Kapitalismus abrechnen, denn sie musste den Auktionator, Maja und den Angestellten am Computer gleichzeitig im Auge behalten. Letzterer beugte sich ein wenig nach vorn und sagte dann laut und vernehmlich: »Wir haben hier ein Gebot von sechshunderttausend.«

»Online sechshunderttausend«, wiederholte der Auktionator.

Der Onlinebieter hatte die Steigerungsstufe von sich aus vervierfacht und eben mal hunderttausend Euro mehr in den Ring geworfen. Das sollte dem Konkurrenten wohl signalisieren, dass die eigenen Ressourcen unerschöpflich waren und dass er den Banksy auf Teufel komm raus haben wollte. Ich werde dir die Luft abdrehen, sollte das heißen, doch Klara glaubte nicht recht daran. Wenn jemand großspurig Stärke demonstrierte, war das oft ein verzweifelter Versuch, seine reale Schwäche zu kaschieren. Die Onlinepartei hatte möglicherweise ihr Limit ausgeschöpft.

»Siebenhundert«, sagte Maja.

»Siebenhunderttausend gegen das Onlinegebot«, sagte der Auktionator.

Der Telefonkonkurrent schlug entschlossen zurück, und diese Attacke saß. Ich gehe bei allem mit, bedeutete sie, und wenn es auch zwei oder drei oder fünf Millionen sind. Das musste der Knockout sein, da war sich Klara sicher. Der Auktionator kam ihr jetzt vor wie ein Ringrichter, der nicht recht glauben wollte, dass einer der Kontrahenten am Boden lag, und ihn deswegen nur zögerlich anzählte. Er wiederholte den gebotenen Betrag, versuchte Zeit zu gewinnen, indem er noch einmal Titel, Abmessungen und möglichen Urheber des Werks nannte, fragte seinen Mann am Computer, ob es Reaktionen gäbe, nannte wieder den aktuellen Betrag, griff nach dem Hämmerchen, sagte »Siebenhunderttausend Euro zum Ersten«, machte eine Pause und wartete ab, ob online eventuell doch noch ein höheres Gebot käme.

»Zum Zweiten und …« Der Auktionator hob das Hämmerchen. Der Angestellte am Computer schüttelte den Kopf.

»Und siebenhunderttausend Euro zum Dritten.« Das Hämmerchen sauste herab. Ein Schlag von Holz auf Holz, der zwar in der Stille des Saals gut zu hören war, aber angesichts der Summe, die damit den Besitzer wechselte, einigermaßen dünn und banal klang. Kein Nachhall, nichts, auch das Publikum sah nur gebannt zu, wie der Auktionator die Bieternummer und das erzielte Ergebnis in seine Liste eintrug. Erst als er den Kopf hob und zum Bildschirm aufblickte, wo schwarz auf weiß der Betrag von 700.000,00 aufleuchtete, begann eine Frau in der dritten Reihe zu klatschen. Andere fielen ein, der gesamte Saal applaudierte, und nun regten sich auch die ersten Stimmen. Plötzlich schien jedermann die Sprache wiederzufinden, und bald quatschten alle durcheinander. Kilian

Moser stand auf und wandte sich um. Er entdeckte Klara, lächelte und winkte ihr zu. Sie winkte zurück. Er wies auf seinen Mund und dann zu Klara hin, wollte offensichtlich mit ihr sprechen. Sie nickte und bedeutete ihm: später, draußen.

»Nach diesem Rekordergebnis«, sagte der Auktionator ins Mikrophon, »haben wir uns eine Pause verdient, meine sehr verehrten Damen und Herren. In zehn Minuten machen wir mit Nummer 134 weiter.«

Günter Fruhtrunk war 1982 gestorben. Wie sehr es ihn geärgert hätte, dass sich bei einer Versteigerung vierzig Jahre später kaum jemand für sein *Ohne Titel, 1970* interessierte, konnte Klara nur vermuten. Dabei hatte er nur einen unglücklichen Zeitpunkt erwischt. Auch Klara betrat nach der Pause den Auktionssaal nicht mehr, ohne sich aber ganz aus dem Haus Schierlich&Eckel zu verabschieden. Kilian Moser konnte sie unter den Besuchern, die in den Vorräumen das soeben erlebte Bietergefecht diskutierten, nicht entdecken. Ob er doch etwas Besseres vorhatte? Nun gut, Klara konnte auch noch ein paar Minuten warten. Sie nutzte die wahrscheinlich letzte Gelegenheit, das heiß umkämpfte Objekt im Original zu betrachten, bevor es in einem Tresor oder einer Privatvilla verschwand.

Die besprühte Tür lehnte noch an derselben Stelle, nur hatte sich jetzt ein Angestellter des Hauses daneben postiert. Die unverhoffte Wertsteigerung schlug sich offensichtlich in zusätzlichen Sicherheitsmaßnahmen nieder. Auch das Werk selbst wirkte irgendwie bedeutsamer, obwohl es sich in der letzten halben Stunde natürlich nicht verändert hatte. Klara versuchte, sich zu einem nüchternen Blick zu zwingen, doch sie merkte, dass ihr das nicht ganz gelang. Unwillkürlich suchten Augen und Verstand nach einer vorher übersehenen

Qualität, nach einem materiellen Niederschlag der Aura, die auf dem Wahnsinnsbetrag gründete, bei dem der Hammer gefallen war. Klara fand nichts Außergewöhnliches. Am Objekt selbst gab es nichts, was einen solchen Betrag auch nur ansatzweise rechtfertigte, und doch wollte ein Rest Zweifel nicht weichen. Vielleicht lag es nur an ihrem Unvermögen, das Besondere zu erkennen, vielleicht sah sie einfach weniger als der anonyme Bieter, der den *Flower Thrower* nun sein Eigen nannte.

Klara wollte sich gerade abwenden, als Frau Zimmermann neben sie trat. Den Pelz trug sie über dem Arm, an ihrem Hals glänzte eine Perlenkette, die aber von dem seligen Lächeln in ihrem Gesicht überstrahlt wurde.

»Sie scheinen nicht allzu traurig zu sein, dass Sie den Zuschlag nicht erhalten haben«, sagte Klara.

»Siebenhunderttausend, stellen Sie sich das vor!«, sagte Frau Zimmermann fröhlich. »Das liegt ein wenig über meinen Möglichkeiten.«

»Sie haben ja schon einen«, sagte Klara. Einen Banksy, hatte sie sagen wollen, aber das letzte Wort wollte ihr nicht über die Lippen.

»Eben«, sagte Frau Zimmermann. Sie deutete auf die Dönerbudentür. »Und finden Sie nicht, dass meiner dem hier locker das Wasser reichen kann?«

»Unbedingt.«

»Gott sei Dank habe ich ihn rechtzeitig sichern lassen. Professionell, mit Plexiglasplatte und Alarmanlage. Manch einer wollte ja nicht glauben, dass es die Mühe wert sei.«

Hörte Klara da eine Spitze gegen die Detektei von Schleewitz heraus?

»Nun ja, die Vorbehalte haben sich mit dem heutigen Tag wohl erledigt«, sagte Frau Zimmermann.

»Der Auktionator war bei der Zuschreibung sehr vorsichtig«, wandte Klara ein. Und aus dem Verlauf der Auktion durfte man keine voreiligen Schlüsse ziehen. Nur weil der Hammer bei siebenhunderttausend Euro gefallen war, bedeutete das nicht, dass das Werk zwangsläufig ein echter Banksy sein musste.

»Unsinn«, sagte Frau Zimmermann, »der *Flower Thrower* hier ist genauso von Banksy wie mein *Love is in the Bin*. Aber wenn die beiden Werke von einem anderen Künstler stammen würden, wäre mir das auch recht, solange er Auktionsergebnisse von siebenhunderttausend Euro erzielt. Dann kann er sich nennen, wie er will.«

Die kunstsinnige Frau Zimmermann zeigte ihre materialistische Seite recht unverblümt. Klara fragte: »Denken Sie daran, zu verkaufen?«

Frau Zimmermann lächelte. »Mal sehen. Erst einmal will ich meinen Banksy genießen.«

Und vor den Freundinnen damit angeben, dachte Klara, nickte aber nur.

»Schauen Sie doch mal vorbei, wenn Sie in der Nähe sind«, sagte Frau Zimmermann und rauschte ab. Auch Klara schlenderte zum Ausgang. Kilian Moser wartete zehn Meter weiter im Durchgang des Vorderhauses. Sie steuerte auf ihn zu, stoppte aber, als sie Maja Schuster mit einer Zigarette in der Hand vor der Tür stehen sah. Klara hätte zu gern erfahren, wer den *Flower Thrower* letztlich ersteigert hatte. Natürlich wäre das Auktionshaus zu diskret, um irgendwelche Informationen über seine Kunden preiszugeben, da brauchte sie gar nicht anzufragen. Aber vielleicht bekam sie unter der Hand doch die eine oder andere Information. Nach ein wenig Smalltalk kam sie auf die Auktion zu sprechen und fragte, ob Maja so ein Rekordergebnis für möglich gehalten habe.

»Für mich war schon der Schätzpreis zu ambitioniert«, sagte Maja. »Im Haus vertraten manche eine andere Meinung, und wie es aussieht, hatten die ein besseres Gespür. Aber dass es so weit geht …«

»Schwer zu glauben, dass jemand rein auf Verdacht einen solchen Betrag ausgibt«, sagte Klara.

Maja zuckte mit den Achseln.

»Du darfst natürlich keinen Namen nennen«, sagte Klara. »Ich würde nur gern wissen, ob es sich um einen einschlägig bekannten Sammler handelt. Kanntet ihr ihn schon als Kunden?«

Maja steckte sich eine neue Zigarette an. Italienische MS.

»Wenn nicht, habt ihr doch sicher eine Bonitätsprüfung gemacht, oder?«, fragte Klara.

Maja schüttelte den Kopf. »Mit solchen Summen hat ja keiner gerechnet.«

»Komm, gib mir einen Tipp!«, sagte Klara.

»Ich weiß es wirklich nicht. Der angemeldete Telefonbieter war sowieso nur ein Strohmann. Der hatte keine Ahnung von Kunst. Wahrscheinlich saß sein Auftraggeber daneben und hat ihm eingeflüstert, was er zu sagen hat.«

Maja inhalierte noch einmal und löschte dann die halb gerauchte Zigarette mit hektischen Stößen im Aschenbecher. Die MS knickte, brach und krümelte dann auseinander. Der Filterstumpf zwischen Daumen und Zeigefinger erstickte die letzten Glutreste. Klara fragte: »Stimmt etwas nicht?«

»Ich muss dann wieder rein«, sagte Maja. »Wir telefonieren mal, ja?«

Klara blickte ihr nach. Eigentlich hätte Maja nach so einem Abschluss uneingeschränkt jubeln müssen, doch davon war nichts zu spüren gewesen. Irgendetwas stimmte tatsächlich nicht. Mit dem Käufer des *Flower Thrower*? Möglich, nur war der ja nicht der einzige Verrückte in diesem Auktionsspektakel gewesen. Sein Onlinekonkurrent hätte immerhin auch sechshunderttausend Euro auf den Tisch gelegt. Zwei superreiche Spinner hatten sich wegen einer Dönerbudentür bekriegt, und Maja schien das erhebliche Sorgen zu bereiten.

»Gehen wir noch auf einen Kaffee?«, fragte eine Männerstimme von hinten.

Klara drehte sich um. Kilian Moser hatte leicht gerötete Wangen. Vielleicht, weil ihm der haarige Schutzschild gegen die Kälte abging. Oder aus irgendeinem anderen Grund. Klara sagte: »Klar, warum nicht?«

»Ich habe mir gleich gedacht, dass du dir das hier nicht entgehen lässt.«

Klara hatte ihm kein Du angeboten, doch sie wollte sich nicht zickig geben. Und außerdem fühlte es sich ziemlich selbstverständlich an. Sie fragte: »Du bist meinetwegen gekommen?«

»Na ja, du hast dich nicht mehr bei mir gemeldet, und ich wollte dir noch sagen, was mir zu dem Sprayer eingefallen ist, den ich damals in der Nacht gesehen habe.«

»Und?«

»Ich glaube, als er die Ismaninger Straße überquert hat, hat er zuerst nach rechts geschaut. So ganz automatisch, es war ja eh niemand unterwegs.«

»Du meinst, als ob er Linksverkehr gewohnt wäre?« Wenn das stimmte, könnte der Sprayer aus England stammen. Aus Bristol zum Beispiel. Aber ein flüchtiger Blick, den Kilian auch nur wahrgenommen zu haben glaubte, reichte bei Weitem nicht aus, um die Banksy-These zu belegen. Nicht bei all den stichhaltigen Gegenargumenten.

»Könnte doch sein«, sagte Kilian. Er lächelte.

Es könnte auch sein, dass er die angebliche Beobachtung

nur erfunden hatte, um einen Anlass zu haben, Klara wiederzusehen. Das wäre zwar nicht schön, aber auch nicht unbedingt verwerflich. Oder sollte sie eher denken: Es wäre vielleicht verwerflich, aber doch ganz schön?

Manchmal lohnte es sich doch, Vertrauen in die Menschheit
zu haben. Max war sich nicht sicher gewesen, ob er wirklich
gut daran getan hatte, sich an den Streetartexperten Jo Wischinsky zu wenden. Schließlich hatte Max selbst die wahr-
scheinliche Trennung Banksys von Pest Control aufgedeckt
und damit schlüssig erklärt, wieso die Münchner Graffiti entgegen aller Dementis doch Originale sein dürften. Die Meri-
ten dafür einem anderen zu überlassen, war ihm nicht leichtgefallen, zumal er nur hoffen konnte, dass sich Wischinsky an
seinen Teil der Abmachung halten und ihn auf dem Laufenden halten würde. Eine Hand wäscht die andere. Max' Entscheidung hatte sich ausgezahlt. Ein Zeuge hatte sich bei Wischinsky gemeldet, und Max war zu dessen Verabredung mit
dem Mann eingeladen worden.

Warum das Treffen im *Ella*, dem Museumscafé des Lenbachhauses, stattfand, wusste Max nicht. Vielleicht weil beide
Seiten betonen wollten, dass ihnen die Kunst am Herzen lag,
oder weil dort hauptsächlich Touristen verkehrten, die nichts
kapieren würden, selbst wenn sie das eine oder andere Wort
aufschnappten. Wischinsky saß an einem Tisch direkt an
der Glasfront, mit Blick auf Königsplatz und Propyläen. Der
Mann ihm gegenüber trug zu lange Haare, ein Ziegenbärtchen und ein knallrotes Jackett. Für Max sah er nach Kunststudent im zwanzigsten Semester aus. Bloß war er dafür nicht
lässig genug, denn kaum war Max an den Tisch herangetre-
ten, zischte der Typ zu Wischinsky hin: »Unter vier Augen,
habe ich gesagt.«

»Das ist nur mein Mitarbeiter, Herr Müller«, sagte Wischinsky.

Max lächelte.

»Und das ist Mister X«, fuhr Wischinsky fort. »Er möchte anonym bleiben.«

»Wenn Banksy von dem Treffen hier erfährt, bin ich raus«, sagte Mister X, aber er schien sich mit Max' Anwesenheit abzufinden. Jedenfalls blieb er sitzen, als Max neben ihm Platz nahm.

»Mister X arbeitet mit Banksy zusammen«, sagte Wischinsky. »Und er bestätigt, dass wir mit unserer Theorie grundsätzlich ins Schwarze getroffen haben.«

Max nickte. Das war sehr erfreulich, auch wenn man der Genauigkeit halber von *seiner* Theorie sprechen sollte. Trotzdem hatte er sich vorgenommen, misstrauisch zu bleiben. Schließlich war nicht automatisch wahr, was man für wahr halten wollte. Es galt, die Sache akribisch zu überprüfen und auszuschließen, dass Mister X sich bloß wichtigmachte, ohne von Banksy je mehr gesehen zu haben als ein paar Kunstpostkarten. Max fragte: »Wo und wann haben Sie Banksy kennengelernt?«

»Hier in München, am 22. Dezember.«

»Bei welcher Gelegenheit?«

»Ein Freund hat mich angerufen. Ich solle schnell mal bei ihm vorbeikommen. Da saß dann Banksy in der Küche und aß Lebkuchen.«

»Der Freund hat vermutlich keinen Namen?«

»Nein.«

»Wie kam Banksy zu ihm in die Küche?«

»Sie kannten sich aus gemeinsamen Londoner Zeiten, von 2002, 2003 her, ich weiß nicht genau. Sie hatten wohl ewig keinen Kontakt, bis Banksy sich unvermittelt bei ihm meldete.«

»Aus welchem Grund?«

»Banksy wollte wieder arbeiten und brauchte Unterstützung, ein neues Team, Logistik. Erst mit der Zeit habe ich erfahren, dass ihn seine Leute schon vor Jahren fallen gelassen hatten. Die haben einfach ohne ihn weitergemacht, als er in den Knast einrückte. Letzten Herbst kam er endlich raus und wollte dann seinerseits nichts mehr mit ihnen zu tun haben.«

»In den Knast? Weswegen?«, fragte Max.

»Kein Kommentar.«

Wenn Banksy mehrere Jahre eingesessen hatte, dann sicher nicht, weil er illegal gesprayt oder ein anderes Kavaliersdelikt begangen hatte. Das bot einen neuen Ansatzpunkt, um sein Inkognito endgültig zu klären. Es müsste doch herauszufinden sein, ob Robin Gunningham sich wegen eines Kapitalverbrechens vor Gericht verantworten musste.

»Und wieso wollte er ausgerechnet in München neu anfangen?«, fragte Wischinsky.

»Wollte er gar nicht unbedingt. Er wollte aus Großbritannien raus, egal wohin«, sagte Mister X und zögerte einen Moment. »Dann las er zufällig eine Meldung, dass der Zoll am Münchner Flughafen im Gepäck eines Reisenden eine gebratene Ratte gefunden hat. Das hat er irgendwie als Zeichen verstanden, dass er nach München gehen sollte, und so hat er seinen alten Freund kontaktiert.«

Wegen einer gebratenen Ratte? Für Max klang das so abstrus, dass es schon wieder stimmen konnte. Wenn Mister X sich seine Geschichte nur ausgedacht hätte, hätte er sich dann nicht auf eine etwas realistischere Motivation Banksys besonnen?

»Das nimmt uns in der Öffentlichkeit niemand ab«, sagte Wischinsky.

Mister X zuckte mit den Achseln. »Uns hat er es jedenfalls so erzählt.«

»Was heißt denn gebratene Ratte auf Englisch?«, fragte Max.

»Roasted rat«, sagte Mister X. »Sie glauben mir nicht?«

»Wir sind Ihnen sehr dankbar, dass Sie sich gemeldet haben«, sagte Max. »Aber erlauben Sie mir die Frage, welches Interesse Sie damit verfolgen.«

»Na, die Wahrheit, nur die Wahrheit und nichts als die Wahrheit. Was Banksy hier an Kunst abliefert, halte ich für großartig. Dass Pest Control ihm das streitig machen will, ist einfach eine Schweinerei.«

»Und was ist Ihr Job im Banksy-Team?«

»Dokumentation. Ich habe die Aufnahmen für die beiden Videos im Internet gemacht.«

»Und auch geschnitten?«

Mister X nickte. »Geschnitten und vertont. Wie fanden Sie das *Oans, zwoa, g'suffa*? Banksy hat sehr gelacht, als ich ihm das Hofbräuhaus-Lied vorgeschlagen habe.«

»Besitzen Sie vielleicht noch unveröffentlichtes Bildmaterial von den Sprayaktionen?«

»Wenn Sie glauben, da Banksys Gesicht sehen zu können, haben Sie sich geschnitten. Ich habe schon aufgepasst.«

»Klar«, sagte Max. »Es wäre nur ein Beweis, dass Sie wirklich dabei waren.«

Mister X holte sein Handy hervor, klickte ein paarmal und hielt Max das Display unter die Nase. Zu sehen war die Anfangseinstellung des ihm bereits bekannten Videos. Zwei Hände streiften sich Gummihandschuhe über, griffen nach Spraydosen und packten sie in eine Tasche. In der Internetfassung war an dieser Stelle geschnitten und zum Tatort in der Schießstättstraße gewechselt worden, hier aber lief die Szene weiter. Die blauen Gummihände nahmen einen Karton hoch, auf dem Max die ausgeschnittenen Umrisse der

Flugabwehrratte zu erkennen glaubte, legten ihn auf einen Stapel weiterer Kartons und hoben alles hoch. Erst damit endete die Aufnahme.

»Danke«, sagte Max. »Das ist in Ordnung.«

»Wunderbar«, sagte Wischinsky. »Dann bräuchte ich nur noch etwas Stoff, um die Presse füttern zu können.«

»Aber kein Wort über mich«, sagte Mister X. »Keine Beschreibung, keine Altersangabe, nichts zu meiner Rolle im Team. Das war so abgemacht. Sonst hätte ich ja gleich ins Fernsehstudio spazieren können.«

»Sie können sich auf mich verlassen«, sagte Wischinsky. »Also, was für ein Typ ist Banksy? Wie geht er mit seinen Mitarbeitern um? Wie arbeitet er ganz konkret? Schneidet er zum Beispiel die Kartons eigenhändig? Wieso spielen die Ratten wieder so eine prominente Rolle wie in seinen frühen Jahren? Spricht er über sein Konzept? Was haben wir noch von ihm zu erwarten?«

»Er ist cool, witzig, aber ein Maniac, wenn es um seine Projekte geht. Da will er alles kontrollieren, überlässt nichts dem Zufall. Spielerische Leichtigkeit und knallharte Fragen aufwerfen, das muss bei ihm zusammengehen, und dabei vergisst er nie, woher er kommt. Von der Straße. Deswegen auch die Ratten. Die leben in der Gosse, sind zäh, gerade weil sie verachtet und gejagt werden … «

Max hörte nur mit halbem Ohr hin. Über das Rattenmotiv hatte er genug gelesen, das war ihm nicht neu. Seine Gedanken schwirrten in ganz andere Richtungen. Warum hatte er zum Beispiel nicht daran gedacht, einen GPS-Tracker mitzubringen? So ein Ding, wie man es am Halsband eines zum Streunen neigenden Hundes befestigt. Das müsste er jetzt nur in die Manteltasche von Mister X schmuggeln und dann in der App nachverfolgen, wohin ihn der Mann führte. Zu

125

sich nach Hause, zu seinem und Banksys gemeinsamen Bekannten oder gleich zum Versteck des Graffitikünstlers. Dort würde Max auf eine Gelegenheit warten, ihn allein ansprechen zu können, und dann würde er sagen: Very pleased to meet you, Mister Gunningham.

Noch etwa zehn Minuten lang erzählte Mister X Belanglosigkeiten, die bei der Suche nach dem Meister nicht weiterhalfen. Dann stand er auf und zog sich seinen Parka übers Jackett. »Ich muss los. Die Herren bleiben sicher noch ein wenig sitzen.«

Wischinsky nickte, und Max nickte auch. Selbstverständlich würde Mister X darauf achten, dass ihm niemand folgte. Das brauchte Max gar nicht zu versuchen. Er dachte kurz daran, Klara oder Rupert wegen einer Beschattung anzurufen, doch bis die hier wären, wäre der Mann längst verschwunden.

»Ich zahle«, sagte Wischinsky. Mister X tippte sich mit zwei Fingern dankend an die Schläfe und ging Richtung Ausgang. Wischinsky blickte ihm hinterher. »Absolut glaubwürdig. Oder was meinen Sie?«

»Als Ihr Mitarbeiter würde ich mir nie eine andere Meinung erlauben«, sagte Max. Er holte sein Smartphone hervor, stellte es hochkant auf dem Tischchen ab und richtete es aus.

»Sie sind doch wegen meiner Bemerkung nicht beleidigt?«

»Ich? Niemals«, sagte Max. Er schaltete die Videoaufnahme ein und dachte, dass das *Ella* ein wirklich anständig geführtes Café war. Bei dem Schmuddelwetter draußen die Fensterfront so sauber zu halten, war schon ein Kunststück. Der Mann im grünen Parka, der gerade daran vorbeilief, war gut zu erkennen. Jetzt hielt er auf die Propyläen zu. Noch auf dem Vorplatz des Lenbachhauses sah er sich zum ersten Mal um. Das Ziegenbärtchen stand ihm eigentlich ausgezeichnet, fand Max.

Rupert war etwas spät dran, doch er hatte Glück. Als er in die Claude-Lorrain-Straße Richtung *Färberei* einbog, sah er Adil den Gehweg entlangschlendern. Er hatte den Eingang des Schyrenbads passiert und bog gerade nach links zur Wittelsbacherbrücke ab. Rupert hielt am Straßenrand, hupte ein paarmal, bis sich Adil umwandte, und ließ das Seitenfenster herunter. Adil zögerte einen Moment, näherte sich dann aber doch. Er fragte: »Verfolgen Sie mich, oder was?«

»Ich hätte gern meine zweihundert Euro wieder«, sagte Rupert.

»Ich hab sie nicht.«

»Du hast mich ins *Universum* gelotst, du hast mit den Typen gesprochen, als wären es deine Blutsbrüder, und du warst dabei, als sie mich ausgenommen haben.«

»Ich schwör, Mann, ich habe nichts damit zu tun. Ich kannte die gar nicht, hab ich doch gesagt.«

»Komm, steig ein!«, sagte Rupert.

»Hab keine Zeit.« Adil wandte sich ab.

»Ich war noch nicht bei der Polizei«, sagte Rupert. »Noch nicht. Aber wenn ich hingehe, muss ich natürlich erzählen, wie das alles gelaufen ist.«

»Das ist Erpressung.«

»Höchstens Nötigung«, sagte Rupert. »Bei Erpressung würde ich versuchen, mich durch Androhung eines Übels an dir zu bereichern. Das tu ich aber nicht, ich will bloß mit dir reden. Jetzt stell dich nicht so an!«

»Reden, reden, reden, was soll das bringen?«, fragte Adil, doch er öffnete die Autotür und stieg ein.

»Na, geht doch.« Rupert fuhr das Fenster auf der Beifahrerseite hoch und drehte den Zündschlüssel. Einen Sechzehnjährigen so unter Druck zu setzen, war sicher keine Heldentat, doch Rupert wollte ihm ja nichts Böses. Er musste daran denken, wie im Internat mit ihm selbst umgegangen worden war. Mit ihm und den anderen Jungs. Dass sich eine Menge Frömmler, Heuchler und Sadisten zum Erzieher oder Lehrer berufen fühlten, war schlimm genug gewesen. Als wirklich dramatisch hatte er empfunden, dass sie es geschafft hatten, jedwede Perversion durch ein ausgeklügeltes System von Regeln, Sanktionen, Manipulationen und moralischem Druck abzusichern. Das führte dazu, dass auch die Opfer mitspielten. Als Schüler konntest du keinem trauen, nicht einmal deinem besten Freund. Und an Gegenwehr war schon gleich gar nicht zu denken. Außer vielleicht, wenn jemand völlig verzweifelt war und durchdrehte. Aber dafür bezahlte er dann teuer.

»Was willst du eigentlich später mal machen?«, fragte Rupert, als er an der Backsteinmauer des Südfriedhofs vorbeifuhr.

»Keine Ahnung«, sagte Adil.

»Penner? Berufskrimineller? Terrorist?«

»Gute Idee.«

»Was von den dreien?«

»Ach so, das war zur Auswahl.«

»Da gibt es große Unterschiede«, sagte Rupert, »aber auch ein paar Gemeinsamkeiten, stimmt schon. Zum Beispiel rutscht man als dummer Junge in alle drei Karrieren leicht rein. Und bei keiner brauchst du dir Gedanken über eine Altersversorgung zu machen. Für einen Kriminellen übernimmt das eine Justizvollzugsanstalt, als Penner stirbst du mit vierzig an einer Lungenentzündung, und als Terrorist wirst du noch früher abgeknallt, wenn du es nicht vorziehst, dich selbst mit einem Sprengstoffgürtel …«

»Was soll 'n das, Mann?«

Okay, das war vielleicht etwas zu hart gewesen. Rupert

wusste auch gar nicht, wie er auf dieses Thema gekommen war. Eigentlich hatte er herausfinden wollen, ob der Junge an dem Überfall auf ihn beteiligt gewesen war. Auch sollte er sich in puncto Graffiti ein wenig nützlich machen. Für beides brauchte man ihn nicht unbedingt vor den Kopf zu stoßen. Rupert lenkte ein. »Vergiss es. Ich meine ja nur, keine Ahnung zu haben, das reicht nicht. Wenn dir alles egal ist, wirst du immer herumgeschubst werden und irgendwann in der Scheiße landen. Du solltest dir ein Ziel setzen.«

Adil sagte nichts.

»Und dann musst du dran arbeiten, es auch zu erreichen.«

Adil schob die Kapuze seines Hoodies nach hinten. »Wo fahren wir eigentlich hin?«

»Wir sind schon da.« Rupert bog in die Dachauer Straße ein und fand einen Parkplatz vor der *Admiral*-Spielhalle. Sie stiegen aus und querten auf die andere Straßenseite. Das Graffito mit Ratte und brennender Lunte über dem *Gifft Flagship Store* war noch unversehrt. Rupert wies darauf und fragte: »Was hältst du davon?«

Adil zuckte mit den Achseln.

»Ist nicht dein Stil, ich weiß«, sagte Rupert, »aber wie verstehst du das Piece? Soll das heißen, dass der Sprayer am liebsten den Laden in die Luft gejagt hätte?«

»Glaub ich nicht«, sagte Adil. »Dann hätte er es aufs Schaufenster gesprüht.«

Schon um den Schaden zu maximieren, klar. Das *Gifft* hatte der Mann nicht im Visier gehabt. Rupert nickte. »Da im ersten Stock ranzukommen, ist gar nicht so einfach. Wie hättest du das angestellt?«

»Gar nicht«, sagte Adil. »Wäre mir zu riskant. Du brauchst eine Leiter, hast kaum Möglichkeiten abzuhauen, und in der Gegend ist die ganze Nacht was los. Da, der Stripclub zum

Beispiel macht garantiert erst am Morgen zu. Aber wenn es schon unbedingt in der Straße hier sein müsste, hätte ich den Kinoeingang da vorn genommen.«

»Vielleicht ist es einer, der auf die besondere Herausforderung scharf ist«, sagte Rupert. »Gibt es keine solchen Typen unter deinen Kollegen?«

»Schon, aber die machen dann Writing und zeigen mit ihren Tags, dass sie das waren. Der hier hat nicht einmal signiert. Und wenn es um Fame geht, ist der Ort auch nicht spektakulär genug. Ich mein, das ist ja nicht der Olympiaturm.«

Wahrscheinlich hatte Adil recht. Die Orte, an denen die anderen Graffiti aufgetaucht waren, sprachen jedenfalls nicht für Ruperts Vermutung. Abgesehen von Frau Zimmermanns Gitterfenster hatte der Sprayer auch nirgends den Thrill des Fassadenkletterns gesucht. Sonst hatten es eine leicht zugängliche Dönerbudentür oder ein Garagentor getan, eine Friseurwerbetafel, ein geparktes Auto und diverse Haus- und Gartenmauern, die weder leichter noch schwerer zu erreichen waren als die umliegenden. Es musste einen anderen Grund geben, wieso der Mann hier im ersten Stock herumgeturnt war.

»Warum hast du eigentlich für dein Piece die Garagenwand in Untergiesing ausgesucht?«, fragte Rupert.

Adil zuckte mit den Achseln. Er blickte zu dem Rattengraffito auf der gegenüberliegenden Straßenseite und antwortete dann doch. »Die wollte es so.«

»Wer? Die Garage?«

»Das verstehen Sie nicht.«

»Dann erkläre es mir.«

»Das kommt einfach, ist eher so ein Gefühl. Ist ja auch egal, oder?«

Dass Adil nicht darüber reden wollte, war offensichtlich,

auch wenn Rupert nicht kapierte, wieso. Er hatte ja keine intimen Geheimnisse wissen wollen. Er sagte: »War ja bloß eine Frage.«

Adil nickte und nutzte die Gelegenheit, das Thema zu wechseln. Er deutete auf das Graffito und sagte: »Ich habe keine Ahnung, worum es dem Typen hier geht, aber wenn Sie mich fragen, ist der überhaupt kein richtiger Sprayer.«

»Sondern?«

»Einer, der nur so tut, als wäre er einer.«

Und wo lag bitte der Unterschied zwischen einem echten und einem Möchtegern-Sprayer, wenn beide illegalerweise irgendwelches Zeug auf irgendwelche Wände sprühten? Für Adil schien kein Weg vom einen zum anderen zu führen. Und warum? Weil er die Verhaltensweisen des Rattensprayers nicht nachvollziehen konnte. Weil ihm dessen Art zu denken, sich zu bewegen und zu arbeiten fremd war. Rupert begriff, dass es strengere Gesetze in der Szene gab, als er sich das vorgestellt hatte. Das ging weit über das Tragen eines Hoodies hinaus. Auch wenn es ungeschriebene und wahrscheinlich nicht einmal klar formulierte Gesetze waren, mussten sie strikt eingehalten werden. Wer davon abwich, gehörte eben nicht dazu.

»Okay, ich hau dann mal ab«, sagte Adil.

»Soll ich dich irgendwohin fahren?«, fragte Rupert mechanisch. Seine Gedanken kreisten um den Rattensprayer, der kein richtiger Sprayer war.

»Nö, passt schon«, sagte Adil.

Aber Banksy war ein Sprayer, der sich seine Street Credibility über Jahrzehnte hinweg bewahrt hatte. Der trotz seines Erfolgs immer noch dazugehörte. Würde er wie Adil den Kopf schütteln, wenn er neben Rupert stünde und die Bomben legende Ratte da drüben begutachtete? Würde er sich auch fragen, wieso der Typ so blöd war, sein Stencil gerade dort anzubringen? Würde Banksy sagen, hier sehe man doch überdeutlich, dass das einer gemacht hat, der nur so tut, als wäre er ich?

Rupert blickte auf die Ratte mit dem Feuerzeug in der Pfote und den roten Fleck darüber, der die Lunte entzündete. Sollte die Farbe etwas signalisieren oder war sie ein handwerklicher Fehler? Aus realen Feuerzeugen schlugen jedenfalls weißlich-gelbe Flammen, keine roten. Adil mochte ein bemitleidenswerter Sechzehnjähriger ohne Perspektive sein, vielleicht auch eine kleinkriminelle Kröte, aber hier hatte er ausnahmsweise zur Wahrheitsfindung beigetragen. Das Graffito am Haus Dachauer Straße 24 stammte nicht von Banksy, da war Rupert nun absolut sicher.

»Kunst«, sagte Adil. »Ich will mal was mit Kunst machen.«

»Hm?«, fragte Rupert. Wieso war der Junge immer noch da?

»Na, weil du vorher gefragt hast«, sagte Adil.

Rupert konnte sich nicht erinnern, ihm das Du angeboten zu haben. Aber er wollte mal nicht so sein. Das ging schon in Ordnung.

»Du arbeitest also als Detektivin?«, fragte Maja Schuster.

»Kunstdetektei von Schleewitz«, sagte Klara. »Ich habe nichts Besseres gefunden.«

»Und was macht ihr konkret?« Maja rührte in ihrem Spritz und tat so, als sei sie nicht wirklich interessiert und frage nur aus Höflichkeit nach. Dabei war es das erste Mal, dass sie selbst etwas zum Gespräch beitrug, seit sie beide im *Loretta* saßen. Klaras Fragen zu ihrer Tätigkeit bei Schierlich&Eckel war Maja wortkarg und fast verlegen ausgewichen, und auch die Reminiszenzen an vergangene Zeiten hatten ihr kaum mehr als ein gelegentliches »Ach, wirklich?«, »Ja, stimmt« oder »Dass du das alles noch weißt« entlockt.

»Alles, was irgendwie mit Kunst zu tun hat«, sagte Klara, »Provenienz-, Authentizitäts- und Kunstmarktrecherchen, auch in einem Artnapping-Fall haben wir schon mal vermittelt. Und kürzlich wollte eine Kundin wissen, ob das Graffito an ihrem Haus von Banksy ist.«

»Und? War es von Banksy?«

»Sie hat uns den Auftrag wieder entzogen, wollte wohl nicht riskieren, dass wir ihr ungelegene Ergebnisse bringen.«

Maja nickte. »Aber du bist noch dran. Deswegen warst du auch bei unserer Auktion.«

»Exakt«, sagte Klara. Maja blickte angestrengt auf das Bambusröhrchen in ihrem Glas. Ganz offensichtlich kämpfte sie mit sich. Sie wollte etwas loswerden, schaffte es aber nicht, damit herauszurücken. Vielleicht wurde sie von der ihr auferlegten Verschwiegenheitspflicht blockiert, doch Klara wurde den Verdacht nicht los, dass mehr dahintersteckte, Unmittelbareres, Bedrohlicheres. Sie wartete ab.

»Was würdest du tun, wenn …« Maja brach ab.

»Wenn?«

»Ach, nichts. Es ist wahrscheinlich sowieso alles Quatsch, und dich möchte ich auf keinen Fall mit hineinziehen.«

»An der Banksy-Auktion war etwas faul, stimmt's?«

»Das habe ich nicht gesagt.« Maja kniff die Lippen zusammen.

»Du kannst mich nicht hineinziehen, weil ich bei der Banksy-Sache eh schon mittendrin bin«, sagte Klara. »Du willst, dass ich dir helfe. Mache ich, oder ich versuche es zumindest, aber dafür brauche ich ein paar Informationen.«

Maja schüttelte den Kopf. »Wenn das herauskommt, bin ich für alle Zeiten erledigt, nicht nur bei Schierlich&Eckel, sondern in der gesamten Branche.«

»Na, dann lieber nicht«, sagte Klara.

»Ach, verdammt«, sagte Maja. Sie fingerte ihre Zigaretten aus der Handtasche, klopfte eine MS aus der Packung und kramte nach dem Feuerzeug.

»Warst du kürzlich in Italien?«, fragte Klara.

»Was?«

»Wegen der Zigaretten. Die gibt es hier ja nicht, oder? Ich habe es schon länger nicht mehr nach Bella Italia geschafft, aber als ich das letzte Mal in Urbino war, musste ich an unsere Studienfahrt denken, mit Professor ... Wie hieß er gleich? Egal, jedenfalls haben wir damals ...«

Maja stand auf. »Gehst du mit raus, eine rauchen?«

»Klar.« Klara warf sich ihren Mantel um. Draußen vor der Tür setzte sich Maja auf die Holzbank und steckte sich die Zigarette an. Sie rauchte schweigend und starrte den Autos auf der Müllerstraße nach, wahrscheinlich, ohne irgendeines wahrzunehmen. Sie traute sich einfach nicht zu reden. Und wenn Klara ihr eine Brücke baute? Sie sagte: »Wie wäre es damit: Ich recherchiere aus eigenem Antrieb über die Banksy-Geschichte. Bei der Auktion habe ich dir über die Schulter geschaut und mir die Nummer deines Telefonbieters gemerkt. Du hast kein Sterbenswörtchen verlauten lassen, wolltest nicht einmal bestätigen, dass die Telefonnummer korrekt war, die ich dir heute gezeigt habe.«

»Die Telefonnummer des Käufers?« Maja drückte die Zigarette aus.

»Auf einem Zettel, ja. Den ich dann wieder eingesteckt habe.«

»Ich weiß nicht«, sagte Maja.

»Jetzt geh schon rein«, sagte Klara. »Ich bleibe noch draußen. Fünf Minuten, nicht länger.«

Maja stand zögernd auf. Sie schien noch etwas sagen zu wollen, doch Klara wandte ihr den Rücken zu und ging ein

paar Schritte Richtung Pestalozzistraße. Als sie sich umwandte, war Maja verschwunden. Klara studierte die Auslage
des Drogeriemarkts. Überteuerte Biosäfte, Kinderreiswaffeln
und Milupa Milchbrei, Beutelchen mit irgendwelchen Super-
foodkörnern. Da konnten fünf Minuten ganz schön lang werden. Als sie ins *Loretta* zurückkehrte, lag auf dem Tisch vor
ihrem Platz ein Zettel mit einer hastig notierten Ziffernfolge.

»Der Käufer?«, fragte Klara.

»Das kann ich nicht bestätigen«, sagte Maja und lächelte
etwas gequält.

»Natürlich nicht.« Klara steckte den Zettel ein und sagte:
»Den Einlieferer kenne ich ja schon.«

Maja schaute sie fragend an.

»Der Toni von der Au. Kunstgemälde und Antiquitäten,
An- und Verkauf.«

Maja schüttelte den Kopf.

»Nein?«, fragte Klara. Sie selbst war doch Zeugin gewesen,
als der Toni die Dönerbudentür erstanden hatte. Und ihre
Recherchen hatten ergeben, dass er sich darüber hinaus mindestens vier weitere vermeintliche Banksys gesichert hatte.
Sehr seltsam. Aber Majas Reaktion hatte absolut glaubhaft
gewirkt. Bei Schierlich&Eckel war ein anderer Anbieter auf-
getreten. Klara fragte: »Du hast nicht zufällig noch ein Zettel-
chen hier liegen sehen?«

»Nein, das geht wirklich nicht, Klara«, sagte Maja. »Ich
habe eh schon zu viel verraten.«

»Na, komm schon!«

»Ich hätte dich gar nicht anrufen sollen. Vergiss es einfach!
Ja?«

Auf dem Zettel stand eine Festnetznummer, ohne Vorwahl.
Klara tippte die Ziffern ein und hörte, wie es am anderen

Ende tutete. Dreimal, viermal, fünfmal. Dann ging jemand ran. Eine Männerstimme sagte: »Häusler.«

»Herr Alexander Häusler?«, fragte Klara.

»Moritz Häusler«, sagte der Mann. »Hier gibt es keinen Alexander.«

»Oh, Entschuldigung. Dann bin ich wohl falsch informiert worden«, sagte Klara. »Spreche ich nicht mit dem Herrn Häusler, der den Banksy ersteigert hat?«

Einen Moment herrschte Stille. Dann fragte der Mann: »Wer sind Sie überhaupt?«

»Lydia Sommer vom *Münchner Anzeiger,* Lokalredaktion. Ich würde mich gern mal mit Ihnen treffen.«

»Kein Interesse.«

»Aber Sie sind doch derjenige, der …«

»Kein Kommentar.« Der Mann unterbrach die Verbindung.

Das war deutlich genug. Dieser Moritz Häusler war zweifelsohne der Richtige. Niemand anders als er hatte gestern siebenhunderttausend Euro für eine besprühte Tür geboten. Majas Überzeugung nach hatte er zwar nur als Strohmann agiert, doch zumindest verfügte Klara nun über einen Ansatzpunkt. Einen Namen, eine Telefonnummer, und bei etwas Glück stand sogar die zugehörige Adresse im Telefonbuch. Jetzt galt es eben herauszufinden, wer hinter Moritz Häusler die Fäden zog. Wäre das nicht eine lohnende Aufgabe für Max?

Dass Max sagen würde, es sei gerade ungünstig, weil er mit einer äußerst wichtigen Sache befasst sei, war zu erwarten gewesen. Dabei versuchte er nur herauszufinden, ob ein Robin Gunningham irgendwo im Vereinigten Königreich zu einer mehrjährigen Haftstrafe verurteilt worden war. Klara zweifelte die Sinnhaftigkeit dieses Unterfangens nicht offen an, blieb aber beharrlich. Sie sei auf Max angewiesen, die Sache mit Häusler sei wirklich dringend. Nein, sie selbst könne dem Herrn nicht hinterherlaufen, weil sie sich eine zweite Baustelle vornehmen müsse. Als Köder warf sie Max ein paar schmackhafte Begriffe wie Verdunkelungsgefahr und Großverschwörung hin und redete so lange auf ihn ein, bis er in die Recherche einwilligte. Dann brach sie auf.

Der Hinterhof in der Ohlmüllerstraße hatte sich gegenüber Klaras letztem Besuch kaum verändert. Vielleicht stand ein bisschen weniger Gerümpel vor der Lagerhalle, die dem Toni von der Au als Unternehmenszentrale diente. Zwischen Jugendstilgartenmöbeln warteten die Venus von Milo und ein paar andere Statuenrepliken immer noch vergeblich auf Käufer. Die Hollywoodschaukel, auf der Toni gern seine Joints rauchte, fehlte dagegen. Wahrscheinlich hatte er das rostige Ding über den Winter eingemottet.

Klara drückte die Klinke herunter. Die Lagerhallentür war nicht abgesperrt, der Toni sollte also vor Ort sein. Drinnen war die Luft genauso kalt wie draußen, roch aber ein wenig modrig. So als würde irgendwo in den vollgestopften Regalen ein Dutzend schlecht mumifizierter Ratten langsam vor sich hin schimmeln. Klara verzichtete darauf, in das Labyrinth der schmalen Gänge einzudringen, und rief der Düsternis nur ein lautes Hallo entgegen. Ein Sarotti-Mohr aus Porzellan blinzelte sie an, sonst kam keine Reaktion.

Moritz Häusler wohnte in der Freischützstraße 89. Die Adresse gehörte zwar offiziell zum Stadtteil Bogenhausen, hatte aber mit der Villengegend nahe dem Englischen Garten wenig gemein. Die Bilder auf Google zeigten eine moderne Wohnanlage, siebenstöckig, proper und ziemlich gesichtslos. Laut Immoscout kostete dort eine Eigentumswohnung pro Quadratmeter 8175 Euro. Der durchschnittliche Mietzins betrug 16,78 Euro pro Quadratmeter Wohnfläche. Völlig normale Münchner Wahnsinnspreise also. Trotzdem wohnte dort keiner, der eben mal siebenhunderttausend Euro für ein Banksy-Graffito ausgab. Aber Klara hatte ja gesagt, dass dieser Häusler höchstwahrscheinlich als Strohmann fungiert hatte. Die Frage war nur, für wen.

Max begann mit dem Standardprogramm in den sozialen Netzwerken. Fehlanzeige bei den beruflichen Seiten wie LinkedIn und Xing. Auf Facebook fand Max drei Profile mit dem gesuchten Namen, von denen er zwei aufgrund des angegebenen Wohnorts sofort ausschließen konnte. Nummer drei gab sich als Münchner zu erkennen. Der sollte der Richtige sein, auch wenn er in seinem Steckbrief keine weiteren Angaben zu seiner Person machte. Er hatte bescheidene vierunddreißig Facebookfreunde, was nicht eben dafür sprach, dass er Tag und Nacht im Internet unterwegs war. Sieben Fotos waren auf der Profilseite eingestellt, wovon die meisten denselben Mann, also wahrscheinlich Moritz Häusler, zeigten. Eins davon war im Englischen Garten aufgenommen worden, wie der Chinesische Turm im Hintergrund bewies.

Häusler war circa sechzig Jahre alt, vielleicht auch etwas älter. Graues Haar, ausgeprägte Geheimratsecken, glatt rasiertes, leicht fliehendes Kinn, aber ansonsten – wie es in den polizeilichen Fahndungsaufrufen früher gern hieß – ohne besondere Kennzeichen. Auf dem Foto trug er ein kariertes Freizeithemd und eine helle Stoffhose. Beides sah eher nach C&A aus als nach einem Maßschneider, bei dem sich Millionäre einkleideten. Nichts deutete darauf hin, dass Häusler sich dem Kunstmilieu zugehörig fühlte oder irgendwie davon beeinflusst wäre. Er wirkte so, als suche er seit vierzig Jahren jeden Morgen mit der Butterstulle in der Aktentasche irgendeine Amtsstube auf und sitze dort die Zeit ab, bis er sich endlich seinem Hobby widmen durfte.

Wie die anderen Fotos nahelegten, schien Moritz Häusler sich nämlich für Autos zu interessieren, und zwar für ältere Modelle. Man sah ihn mal am Steuer, mal an der offenen Tür eines roten Mercedes-Coupés, das den Charme der 1970er-Jahre ausstrahlte. Es kostete Max wenig Mühe, den Wagen der Baureihe R 107 zuzuordnen. Ein solcher Oldtimer war je nach Zustand und Ausstattung heute zwischen dreißig- und fünfzigtausend Euro wert, was keinen Pappenstiel darstellte, aber für einen Durchschnittsverdiener auch nicht völlig außer Reichweite lag.

Das galt allerdings kaum für den historischen Rennwagen, der auf dem letzten Foto abgebildet war. Zwar war Häusler nicht auf dem Bild zu sehen, doch irgendeinen Bezug würde er schon zu dem Wagen haben, wenn er ihn in seine Facebookauswahl aufgenommen hatte. Diesmal dauerte es etwas länger, bis Max das blau lackierte Schmuckstück als Bugatti Type 35 identifiziert hatte. Der wurde zwischen 1924 und 1930 in wenigen Hundert Exemplaren produziert. Selbst Modelle, die hauptsächlich aus nachgemachten Teilen bestanden, hatten bei diversen Versteigerungen ein paar Hunderttausend Euro erzielt. Wer sich so ein Gefährt anschaffen konnte, hatte vielleicht auch eine ähnliche Summe für einen Banksy übrig.

Moritz Häusler kam dafür kaum in Frage, aber er könnte in einem Oldtimerclub einen Gesinnungsgenossen getroffen haben, mit dem er sich blendend verstand und der ihn ruhigen Gewissens bitten konnte, für ihn bei der Schierlich&Eckel-Auktion mitzubieten. Man musste bei so einem Stellvertretergeschäft ja schon Vertrauen aufbringen, da beim Geldfluss wie beim erworbenen Besitztitel nur der Strohmann auftauchte. Hierfür eine geeignete Person zu finden, war durchaus herausfordernd, denn zu nahe durfte sie dem Auftraggeber auch nicht stehen, wenn seine Beziehung zu ihr nicht sofort offenkundig werden sollte.

Max hoffte, dass er auf dem richtigen Weg war. Er gab in die Google-Suchmaske »Bugatti Type 35 München Besitzer« ein.

»Ist jemand da?«, rief Klara in die Lagerhalle hinein. Der Sarotti-Mohr auf dem Regalbrett vor ihr maß einen knappen halben Meter, der riesige Turban eingerechnet. Er trug Pluderhosen und schaute so vorwurfsvoll aus den kugelrunden Augen, als hätte er schon in den 1960er-Jahren gewusst, wie politisch unkorrekt er einmal sein würde. Klara rief noch einmal, und endlich hörte sie in den Tiefen des Raums eine Tür schlagen, dann ein Rumpeln und ein halb unterdrücktes »Zefix«, das sehr nach Toni klang. Ein paar Sekunden später tauchte er aus einem der Gänge auf.

»Womit kann ich …?« Der Toni stutzte. »Da schau her, das Frollein Ivanovic.«

»Ich war gerade in der Gegend und dachte, ich schau mal, ob die Party noch läuft.«

»Welche Party?« Der Toni kratzte sich am Hals. Um den Oberkörper hatte er eine Art Flickenteppich geworfen. Vielleicht handelte es sich auch um einen Poncho.

»Party, Feier, rauschendes Fest, wie auch immer«, sagte Klara. »Siebenhunderttausend Euro für den Banksy, das ist doch ein paar Flaschen Champagner wert. Oder?«

»Ach so, ja … nein«, sagte der Toni. »Ich mach mir sowieso nix aus Schampus.«

»Glückwunsch jedenfalls«, sagte Klara. »Dreihundert Euro Einkaufspreis plus fünfzig für die Ersatztür macht dreihundertfünfzig. Bei einem Erlös …«

»Geh, für 'n Fuffziger kriegst doch keine neue Kunststofftür.«

»Bei einem Erlös von siebenhundert Euro wäre das ein Gewinn von hundert Prozent, und bei siebenhunderttausend komme ich auf eine Gewinnspanne von hunderttausend Prozent. Respekt!« Klara strahlte den Toni an. Der wirkte weit weniger euphorisch, als diese Rechnung vermuten lassen würde.

»So isses aber nicht«, sagte er.

»Nein?«

»Nein. Ich hab die Tür gleich weiterverkauft. Grad mal ein bisserl mehr als meine Unkosten hab ich rausgeholt.«

»Und der Käufer hat dann das große Geschäft gemacht? Sehr ärgerlich.«

»Schon irgendwie«, sagte der Toni und wirkte dabei ziemlich gelassen. Dieses Ist-eben-nicht-zu-ändern-Getue nahm ihm Klara aber nicht ab. Der Toni, den sie kannte, hätte angesichts des verpassten Gewinns vor Wut seinen Poncho aufgefressen. Wahrscheinlich war die Verkaufsgeschichte schlicht erlogen. Hatte er sie frei erfunden, um bloß niemandem ein Glas Champagner ausgeben zu müssen? Für Tonis Version sprach allerdings, dass laut Maja die Banksy-Tür von jemand anderem zur Auktion angeboten worden war. Der Einlieferer hatte seine Besitzrechte sicher dokumentieren müssen und dafür einen Kaufvertrag mit dem Toni benötigt.

»Ich glaube mich zu erinnern, dass Sie in der Dönerbude von einer Risikoinvestition gesprochen haben«, sagte Klara. »Und dann verkaufen Sie das Werk sofort für ’n Appel und ’n Ei?«

»Ja mei«, sagte der Toni, »das hat sich halt nicht anders realisieren lassen.«

Max würde nie mehr über seltsame Hobbys spotten. Zum Beispiel über das Bedürfnis, in einem zugigen Oldtimer durch halb Deutschland zu zuckeln, um seinen Wagen auf irgendeiner Wiese von irgendwelchen Leuten bestaunen zu lassen. Die für Max interessante Wiese erstreckte sich vor dem Schloss Maxlrain im Kreis Rosenheim, denn unter die dortigen Besucher hatte sich auch ein Reporter des *Münchner Anzeigers* gemischt, der bei der Berichterstattung über die Veranstaltung glücklicherweise das journalistische Prinzip der Personalisierung befolgt hatte. Er hatte den Besitzer des ältesten vor Ort befindlichen Oldtimers in den Mittelpunkt seiner Reportage gestellt. Das war der sechsundfünfzigjährige Dr. Andreas Steigenberger aus München, der einen blauen Bugatti Type 35 aus dem Jahr 1926 sein Eigen nannte. Der Wagen war abgebildet und glich dem in Häuslers Fotosammlung bis hin zur letzten Kotflügelschraube. Bingo.

Im Gegensatz zu Moritz Häusler, der kaum Spuren im Internet hinterlassen hatte, war Dr. Andreas Steigenberger omnipräsent, wie Max schon bei der Bildersuche feststellte. Dr. Steigenberger im Porträt, Dr. Steigenberger bei der Verleihung des Bayerischen Verdienstordens, Dr. Steigenberger beim *Chrysanthemenball* im Lenbachhaus, bei der Benefizgala *Tech meets Art,* beim *Maxlrainer Oldie Feeling,* bei diversen Vernissagen und Ausstellungen. Dr. Steigenberger war überall dabei, und besonders häufig, wenn das Event mit Kunst zu tun hatte. Aufschlussreich wäre, ob er sich schon für Banksy interessiert hatte. Geduldig klickte sich Max weiter durch die Steigenberger-Bilder.

Auf dem gefühlt hundertsten Foto stieg Dr. Andreas Steigenberger gerade aus einer schwarzen Limousine und winkte Richtung Kamera. Ein Chauffeur in Uniform hielt ihm die hintere Tür des Wagens auf. Das war doch … Ja, das Gesicht des Chauffeurs war gut zu sehen, und trotz der Verkleidung zweifelte Max keinen Moment, dass es sich um niemand anderen als Moritz Häusler handelte. Max hatte endlich eine Verbindung gefunden. Das Foto war vor fünf Jahren aufgenommen worden, und zumindest damals hatte Häusler als Steigenbergers Fahrer gearbeitet.

Möglicherweise hatte er aber schon Jahre oder Jahrzehnte zuvor in Steigenbergers Dienst gestanden. Immer dabei, immer im Schatten, nie mit Namen genannt und von Dritten nie über seine Funktion hinaus wahrgenommen. Nur der Arbeitgeber auf der Rückbank interessierte sich für seine Qualitäten. Als Dr. Steigenberger konnte man durchaus feststellen, ob der eigene Chauffeur zuverlässig, loyal und verschwiegen war. Ob er vielleicht im Stande war, auch delikate Aufgaben zu erledigen. Zum Beispiel mit dem Geld des Chefs auf ein Kunstwerk zu bieten, ohne ihn übers Ohr zu hauen.

»Ja mei«, sagte der Toni, »das hat sich halt nicht anders realisieren lassen.«

»Das müssen Sie mir erklären«, sagte Klara.

Der Toni kratzte sich wieder und gab sich dann einen Ruck. »Na gut, aus alter Freundschaft zu deinem Herrn Papa. Es war wegen Schierlich&Eckel. Ich kenn ja die Brüder und Schwestern vor dem Herrn. Die hätten den Banksy von jedem mit Handkuss angenommen, bloß nicht von mir. Es gab da früher mal ein paar Missverständnisse. Unklarheiten wegen ’ner Zuschreibung, wo ich ja auch nicht gewusst hab, dass das nicht ganz koscher war. Aber die ham das persönlich genommen, und so sind unsere Geschäftsbeziehungen ein bisserl abgekühlt.«

»Und deswegen mussten Sie einen Zwischenhändler einschieben«, sagte Klara.

»Die Nummer eins am Platz«, sagte der Toni. »Galerie

in der Maximilianstraße, Personal männlich mit Krawatte, weiblich im Hosenanzug. Alles topseriös.«

»Schwarzenfeld?«, fragte Klara. Die Kunsthandlung war seit mindestens hundert Jahren im Geschäft und galt als Münchner Institution.

»Das bleibt aber unter uns, Frollein.«

»Natürlich«, sagte Klara. Dass der Toni aus angeblicher Verbundenheit zu ihrem Vater seine zweifelhaften Geschäftspraktiken eingestanden hatte, machte sie misstrauisch. Und noch mehr, wie widerstandslos er mit dem Namen seines Geschäftspartners herausgerückt war. Doch würde er eine renommierte Kunsthandlung konkret nennen, wenn das völlig aus der Luft gegriffen wäre? Man konnte seine Angaben schließlich nachprüfen. Wahrscheinlicher schien, dass er ein Stück der Wahrheit preisgegeben hatte, um von einem anderen Teil abzulenken. Zum Beispiel von den Einzelheiten seines Vertrags mit dem Haus Schwarzenfeld. Der Toni konnte unmöglich so dumm gewesen sein, alle Rechte an der Banksy-Tür für ein paar Hundert Euro abzutreten. Klara vermutete, dass er eine prozentuale Beteiligung an dem möglichen Auktionsgewinn vereinbart hatte. Fünfzig Prozent vielleicht, oder vierzig? Dann wäre er jetzt immer noch ein wohlhabender Mann.

Max hatte nur noch eine Sache zu erledigen. Die war etwas gewagt, aber wenn es klappte, würde er sich viel Mühe ersparen. Er rief bei der Telefonnummer an, die er von Klara erhalten hatte. Als Moritz Häusler sich meldete, sagte Max so geschäftsmäßig wie möglich: »Guten Tag, Herr Häusler. Ich rufe im Auftrag von Dr. Steigenberger an. Ich soll nachfragen, ob er gestern vielleicht bei Ihnen sein Handy liegen lassen hat.«

»Sein Handy? Nein, ich habe keins gesehen.«

»Wäre ja möglich gewesen«, sagte Max.

»Tut mir leid«, sagte Häusler.

»Trotzdem danke. Das war's dann schon.« Max legte auf. Dr. Steigenberger hatte seinen Chauffeur zu Hause besucht, und zwar an dem Tag, als dieser einen Banksy für siebenhunderttausend Euro ersteigert hatte. Bingo, bingo, bingo.

Klara hatte Tonis Lagerhöhle verlassen und war auf dem Weg zur Straßenbahnhaltestelle am Mariahilfplatz, als ihr Handy klingelte.

»Job erledigt«, sagte Max. »Moritz Häusler ist bei der Banksy-Auktion tatsächlich als Strohmann eingesprungen, und zwar für einen gewissen Dr. Andreas Steigenberger. Sagt dir der Name etwas?«

»Kommt mir bekannt vor, aber im Moment kann ich ihn nicht einordnen«, sagte Klara.

»Der ist dir garantiert schon mal bei einer Ausstellung über den Weg gelaufen. Da treibt er sich gern herum, wenn er gerade keine Oldtimer oder Banksy-Bilder kauft. Steigenberger ist der Inhaber der Galerie Schwarzenfeld in der Maximilianstraße«, sagte Max.

»Das soll ein Scherz sein, oder?«, fragte Klara.

»Also, ich mache mir einen Haufen Arbeit, und du nimmst mich nicht ernst.«

»Nein, nein«, sagte Klara, »das geht nicht gegen dich, es ist nur ...«

Es war nur so, dass nach Stand der Dinge Verkäufer und Käufer der Banksy-Dönerbudentür dieselbe Person waren.

4

An der Stirnseite des fünfstöckigen Hauses führt spiralförmig eine Feuertreppe nach unten. Die Fenster an der Straßenfront liegen eng nebeneinander, zwölf pro Stockwerk. In einigen Fenstern hängen Gardinen, in anderen nicht, aber ausnahmslos alle sind geschlossen. Sicher, es ist kalt, doch auch im Winter braucht ein Mensch ab und zu frische Luft. Jeder Mensch, und hier wohnt eine ganze Menge davon, wie ein Blick aufs Schild neben der Tür beweist. Zu jeder Klingel gehört ein Nachname. Bei manchen steht noch die Initiale des Vornamens davor.

Sie heißt mit Vornamen Anneliese, aber das weiß niemand im Haus. Dass sie vor genau drei Monaten und zwölf Tagen neunzig Jahre alt geworden ist, weiß auch niemand. Aber man sieht ihr das Alter an, wenn sie ihr Einkaufswägelchen Stufe für Stufe in den zweiten Stock hinaufzieht. Die Chance, sie hin und wieder dabei zu beobachten, ist für die anderen Hausbewohner ziemlich groß, denn sie braucht eine Ewigkeit dafür. Auf jedem Treppenabsatz macht sie eine Pause, um durchzuschnaufen.

Ich habe ihr öfter meine Hilfe angeboten, erklärt eine Nachbarin.

Sie lehnt immer ab, sagt, es gehe schon. Vielleicht traut sie ihren Nachbarn nicht über den Weg. Sie kennt sie auch gar nicht. Obwohl sie schon über vierzig Jahre hier wohnt, war sie noch nie bei einem von ihnen in der Wohnung, genauso wenig wie umgekehrt. *Auch sonst kommt niemand zu ihr, soweit man das mitkriegt. Wahrscheinlich hat sie keine Angehörigen oder sie hat sich mit ihnen zerstritten. Erbschaftsangelegenheiten, tödliche Beleidigungen, charakterliche Differenzen, unvereinbarer Lebensstil, da gäbe es viele Möglichkeiten, aber so genau weiß das niemand im Haus.*

Man will sich ja auch nicht in das Leben anderer einmischen, sagt ein Nachbar.

Zum Nachbarhaus hin liegt eine Grünfläche, auf der die Hunde kacken. Sonst gibt es in der ganzen Wohnanlage keine Gemeinschaftsflächen. Jedes Stockwerk beherbergt ausschließlich Einzelapartments mit gleichem Grundriss, nur zum Teil spiegelverkehrt. Ein Zimmer mit Kochnische, Nasszelle extra, damit müssen hier alle auskommen. Da kann man schlecht eine große Party veranstalten, selbst wenn man wollte. Aber die Frau aus dem zweiten Stock will ja gar nicht, kann man vermuten. Sie ist nicht nur zu betagt und zu misstrauisch, sondern auch ein äußerst ruhiger Mensch. Nicht einmal von ihrem Fernseher bemerkt man etwas, obwohl alte Leute oft schlecht hören und deswegen den Ton so laut drehen, dass die Wände beben.

Hätte man sich denn beschweren sollen, weil es zu ruhig ist?, fragt ein anderer Nachbar.

Aber ruhig ist nicht gleich totenstill. Zwei Monate lang hört man weniger als nichts von ihr. Zwei Monate lang sieht man sie auch nicht mit ihrem Wägelchen die Treppe heraufkeuchen. Acht Wochen lang drückt niemand auf ihren Klingelknopf. Achtmal in acht Wochen hebt der Putzdienst der Hausmeisterfirma den Fußabstreifer vor ihrem Apartment hoch und hängt ihn übers Treppengeländer, um nass zu wischen. Dann legt er ihn wieder vor die geschlossene Wohnungstür. Einundsechzig Tage lang gehen die Nachbarn daran vorbei. Wenn sie sich etwas denken würden, dann wahrscheinlich, dass die Frau mit dem unbekannten Vornamen vielleicht doch Kinder oder Enkel hat, die sie zu sich geholt haben.

Es ist kein Verbrechen, sich nichts zu denken, tuschelt einer hinter vorgehaltener Hand. Dann fragt er mit beleidigtem Unterton, ob man denn jetzt ihnen die Schuld zuschieben wolle.

Das haben wir doch nicht riechen können, sagt keiner.

Denn zu riechen ist schon etwas. Nicht sofort, nein. Ganz allmählich wird der unangenehme Geruch spürbar, Tag für Tag wird er stärker. Man hätte sich fragen können, wovon er ausgeht, aber will man wirklich wissen, was für verfaultes Zeug so eine alte Frau in ihrer Wohnung stapelt? Da zieht man es doch vor, ein wenig schneller an der Tür vorbeizulaufen, um sich der Belästigung möglichst kurz auszusetzen. Erst als sich der Verwesungsgestank über das ganze Treppenhaus ausgebreitet hat und unerträglich wird, rufen die Nachbarn den Hausmeister. Als niemand auf sein Klingeln reagiert, ruft der Hausmeister die Polizei. Die Polizei bricht die Wohnungstür auf.

Seit zwei Monaten liegt Anneliese tot vor ihrer Küchenzeile und wird von niemandem vermisst.

Die Todesursache ist bei einer halb verwesten Leiche nicht mehr sicher festzustellen. Sonst geht alles seinen bürokratischen Gang. Anneliese wird von Amts wegen bestattet werden, in einem Erdgrab mit Holzkreuz darauf, Kostenpunkt 3200 Euro. Für ihre Wohnung wird es eine dreistellige Zahl von Interessenten geben. Bald wird jemand das Namensschild an der Tür austauschen. Dann erinnert nichts und niemand mehr an Anneliese, denn auch der Gestank im Treppenhaus wird längst verflogen sein.

Im Büro der Detektei von Schleewitz hatten schon Teambesprechungen stattgefunden, bei denen es eigentlich nichts zu besprechen gab. Geredet worden war dennoch, und wenn es nur um Max' Sorgen mit zwei sich erwachsen dünkenden Töchtern ging oder um Ruperts Appelle, endlich eine aktive Auftragsakquisition zu betreiben. Diesen Morgen jedoch saßen alle an ihren Schreibtischen und studierten schweigend den *Münchner Anzeiger*. Rupert raschelte in der Papierausgabe herum, während Max und Klara sich in die Onlineversion vertieften. Der Inhalt war identisch und ließ nur den Schluss zu, dass sich die Lokalredaktion dem Banksy-Virus widerstandslos ergeben hatte. Die Überschriften der einschlägigen Artikel lauteten:

DER STREETARTMEISTER UND DIE RATTE.
WARUM BANKSY NACH MÜNCHEN KAM
SENSATIONSERGEBNIS BEI BANKSY-AUKTION
STADTMARKETING NIMMT BANKSY-TOUR
INS PROGRAMM
KOMMENTAR: FRISCHER WIND IN MÜNCHENS
KUNSTSZENE

Dass Banksys offizielle Instagramseite jede Verbindung zu München dementiert hatte, wurde gar nicht mehr erwähnt. Schließlich hatte ein Mitarbeiter des Künstlers das Gegenteil bezeugt, wie im ersten Artikel detailreich dargelegt wurde. Diese Zeugenaussage schätzte der Streetartexperte Jo Wischinsky als absolut glaubhaft ein, da sie durch Insiderinformationen und authentisches Bildmaterial belegt worden sei. Banksy habe sich nach schweren Jahren eben München für einen künstlerischen Neuanfang auserkoren. Die passende, jetzt glorreich bestätigte Erklärung dafür habe er, Wischinsky, ja schon in seinem Interview vor wenigen Tagen geliefert. Gestützt wurde die These des Hauptartikels durch den wahnwitzigen Bieterwettstreit bei Schierlich&Eckel. Die gebotenen Summen konnten doch nur belegen, dass es sich beim Objekt der Begierde um ein echtes Banksy-Meisterwerk gehandelt hatte. Und würde die Stadt ihr Image aufs Spiel setzen, indem sie Führungen zu irgendwelchen Fake-Kunstwerken anbot?

Alles in allem ergab sich aus der Lektüre ein stimmiges Bild, das jeden überzeugen musste, der bisher noch an München als Hauptstadt der Banksy-Bewegung gezweifelt hatte. Mit Ausnahme von Klara natürlich. Während die anderen noch lasen, malte sie sich aus, welche Folgen diese Medienoffensive nach sich ziehen würde. Zum einen würde sich die Jagd auf Banksy intensivieren. Der *Münchner Anzeiger* würde sich kaum retten können vor Anrufern, deren Geschichten sich ähnelten. Es war nur eine Frage der Zeit, bis einer um drei Uhr nachts einem verdächtigen Lieferwagen begegnet sein wollte und ein anderer einen übernächtigten Mann mit Farbspritzern auf der Hose in der U-Bahn gesehen oder einem nur Englisch sprechenden Kunden ein paar Spraydosen verkauft hatte.

Zum anderen würde sich der Umgang mit den bisher entstandenen Graffiti ändern. Wer jetzt noch über Sachbeschädigung jammerte und seine Fassade neu streichen ließ, musste verrückt sein. Sicherungsmaßnahmen, wie sie Frau Zimmermann vorgemacht hatte, wären bald gang und gäbe. Dubiose Druckereien müssten ihren Fotografen Beine machen, um von den Werken noch Originalaufnahmen ohne Plexiglasabdeckung zu bekommen, die sie dann zu nicht autorisierten Poster-, Postkarten-, T-Shirt- und Kaffeetassenmotiven verarbeiten würden.

Und damit war Klara beim dritten und wichtigsten Punkt angelangt. Die Geschäftemacherei würde noch einmal befeuert werden. Banksys Autorenschaft galt als gesichert, der Kuchen war also fertig gebacken, und jeder würde nun seinen Anteil daran haben wollen. Das betraf die Altbesitzer wie die Glücklichen, die vielleicht in den kommenden Nächten mit neuen Werken bedacht würden. Freuen würden sich vor allem Vermittler wie der Toni oder Dr. Steigenberger, die – in welcher Konstellation auch immer – über mindestens vier weitere Banksys verfügten. Nicht zuletzt konnte man die Stunden zählen, bis das Haus Schierlich&Eckel eine neue Auktion ankündigen würde, um das Ergebnis der letzten möglichst noch zu toppen. Beziehungsweise das angebliche Ergebnis, denn von einer ernsthaften Versteigerung konnte man kaum sprechen, wenn Dr. Steigenberger sich das Werk selbst abgekauft hatte.

»Hm«, sagte Rupert und faltete den *Münchner Anzeiger* zusammen. »Jetzt ergibt die Sache schon mehr Sinn.«

Klara nickte. Die Show bei Schierlich&Eckel hatte dazu beigetragen, die Banksy-Werke zu authentifizieren, und sie hatte die Messlatte weit nach oben verschoben. Beim nächsten Termin dürfte der Schätzpreis kaum bei läppischen achttausend Euro liegen. Die Auktion würde dann vielleicht bei zweihundert- oder dreihunderttausend beginnen. Vor allem aber würde sie diesmal echte Interessenten weit über München hinaus anlocken. Solche mit praller Brieftasche, die jetzt wussten, mit welchen Zuschlagssummen sie zu rechnen hatten. Objektive Kriterien für den angemessenen Wert eines Kunstwerks existierten nun mal nicht, und deswegen orientierte man sich an den Preisen, die vergleichbare Werke dieses Künstlers erzielt hatten. So funktionierte der Markt eben.

Wollte ein Dr. Steigenberger seine weiteren Banksys zu Geld machen, würde sich das Scheingeschäft sehr wahrscheinlich auszahlen, selbst wenn man die Auktionsgebühren einberechnete. Da er logischerweise die Kosten sowohl für den Verkäufer wie für den Käufer berappen musste, also Einbringungsgebühr, Erfolgsprovision, Folgerechtsabgabe, Aufgeld, Umsatzsteuer und was dergleichen mehr fällig wurde, war da wohl eine sechsstellige Summe zusammengekommen. Durchaus eine ansehnliche Investition, doch das Risiko blieb überschaubar. Wenn nicht …

»Wenn Steigenbergers Manöver bekannt wird, steht er ganz schön blöd da«, sagte Rupert.

»Ich glaube nicht, dass es verboten ist, sein eigenes Kunstwerk zu ersteigern«, sagte Max.

»Verboten nicht, aber ziemlich ungewöhnlich«, sagte Klara. »Die Öffentlichkeit wird genau wie wir kapieren, worum es da ging.«

»Steigenberger wird abstreiten, der Käufer zu sein. Und Moritz Häusler wird das bestätigen«, sagte Max.

»Hören wir doch mal, was Steigenberger dazu meint«, sagte Rupert. Er suchte die Telefonnummer der Galerie Schwarzenfeld heraus und rief dort an. Während es klingelte, stellte er auf laut, so dass Max und Klara mithören konnten. Rupert verlangte den Inhaber zu sprechen. Die Angestellte bedauerte. Herr Dr. Steigenberger sei zurzeit nicht im Haus.

»Vielleicht können Sie mir seine Handynummer geben?«, fragte Rupert.

»Das darf ich leider nicht.«

»Wann ist er denn wieder erreichbar?«

»Worum geht es denn?«, fragte die Angestellte.

»Eine private Angelegenheit«, sagte Rupert, und als die Dame am anderen Ende nicht sofort darauf reagierte, schob er nach, dass er vom Bugatti Club Deutschland e. V. wäre und ein Oldtimertreffen zu organisieren habe.

»Ach so, verstehe«, sagte die Angestellte. »Herr Dr. Steigenberger kommt übermorgen Abend aus Basel zurück.«

»Könnten Sie mir freundlicherweise baldmöglichst einen Termin machen?«

»Moment bitte. Ja, das geht. Wäre es Ihnen am Donnerstag um 15 Uhr 30 recht?«

»Perfekt. Herzlichen Dank.« Rupert legte auf.

»Bugatti Club Deutschland, soso«, sagte Klara.

»E. V.«, sagte Rupert. »Ohne eingetragenen Verein im Rücken bist du ja bloß ein halber Mensch.«

Klara nickte. Natürlich war es clever von Rupert gewesen, sich weder als Kunstdetektiv vorzustellen noch das eigentliche Anliegen zu nennen. Die Sekretärin hätte andernfalls ihren Chef sofort vorgewarnt, und der hätte Zeit gehabt, eine Strategie zu entwickeln, Dokumente zu frisieren und Zeugenaussagen zu präparieren. Entschieden interessanter wäre seine Reaktion, wenn man ihn in persona mit dem Vorwurf einer fingierten Versteigerung konfrontierte. Dafür musste man halt etwas Wartezeit in Kauf nehmen.

»Inzwischen sollten wir nicht vergessen, dass Banksy in der Stadt ist«, sagte Max. »Das hat uns ja auch Klaras Zeuge bestätigt.«

»Er hat jemanden gesehen, der eventuell aus England stammt«, sagte Klara. Und ihr persönlicher Besitz war Kilian erst recht nicht. Aber das hatte Max wohl nicht so gemeint.

Jedenfalls ließ er sich nicht stören. »Banksy hat in München ein Team zusammengestellt, das ihm bei seinen Aktionen hilft. Das sind vermutlich lauter kunstaffine Leute. Einer war mit Banksy in London befreundet, ist vielleicht ein Graffitikollege. Von Mister X, der die Kunstaktionen hier dokumentiert, habe ich sogar eine Videoaufnahme. Ich meine, die Leute müssten wir doch identifizieren können. Und dann führen sie uns schwuppdiwupp zu Banksy, sprich Robin Gunningham.«

»Möglich«, sagte Klara. Sie war sich da gar nicht sicher. Sie glaubte eher, dass keiner der beiden im Umkreis von fünfhundert Kilometern zu finden sein würde.

»Darum geht es doch schließlich, oder?« Max hatte von Anfang an nur im Kopf gehabt, die Identität des geheimnisvollen Künstlers zu lüften. Gut, er hatte sich nach leichtem Druck nützlich gemacht, hatte erfolgreich zu Häusler und Steigenberger recherchiert, doch nun zeigte sich, dass ihn die seltsamen Begleitumstände der Auktion höchstens peripher interessierten. Bei Klara war das genau umgekehrt.

»Ich würde gern wissen, welche Rolle der Toni von der Au eigentlich spielt«, sagte sie.

»Eins nach dem anderen«, sagte Rupert, »aber zuerst werden wir die Schauplätze noch einmal unter die Lupe nehmen. Ich möchte von jedem einzelnen Graffito wissen, warum es gerade an diesem bestimmten Ort entstanden ist.«

Max zog die Brauen hoch. Auch Klara verspürte wenig Lust, noch einmal von einem Ende der Stadt zum anderen zu pilgern. Grundsätzlich hielt sie Ruperts Ansatz nicht für verkehrt. Schließlich hatte sie selbst festgestellt, dass Streetart auf den richtigen Ort angewiesen war, wenn sie nicht leblos wirken wollte. Aber jetzt gab es doch Wichtigeres anzupacken.

»Mich hat so eine kleine Kröte auf die Idee gebracht«, sagte Rupert, »und ich glaube fast, sie hat recht. Da stimmt etwas nicht.«

Dachauer Straße 24, erster Stock. Warum im ersten Stock? Weil der *Gifft*-Laden auf Straßenniveau nicht als Ziel der Sprayattacke gelten sollte. Warum aber hatte der Täter nicht eine leichter erreichbare Mauer in der Nachbarschaft gewählt? Weil es ihm speziell um dieses Haus ging, um diese Adresse? Was war daran so besonders? Rupert gab »Dachauer Straße 24« in Google ein. Als Erstes erschien der Lageplan, darunter kamen Links zu *Gifft*, einer Rechtsanwältin und einer Studentenverbindung. Unter den restlichen Treffern auf der ersten Seite waren drei Presseartikel, die das Wort »Brand« in der Überschrift hatten. Rupert öffnete sie nacheinander.

Vor Jahren war in dem Haus, vermutlich durch Brandstiftung, ein Feuer ausgebrochen, das drei Todesopfer gefordert hatte. Ein Tatverdächtiger war mangels Beweisen freigesprochen worden. Hausbesitzer und Hausmeister wurden dagegen in einem späteren Prozess zu Bewährungsstrafen verurteilt. Konnte das Graffito an der Fassade darauf Bezug nehmen? Vielleicht war es als Racheakt von Hinterbliebenen zu verstehen. Immerhin stellte es eine Bomben legende Ratte dar. Andererseits existierten über die Stadt verstreut ja zig andere Rattengraffiti, die mit dieser speziellen Tragödie nichts verband. Wäre der Sprayer von der Brandkatastrophe persönlich so betroffen, dass es ihn zum Handeln drängte, hätte er sich doch auf die Dachauer Straße 24 beschränkt.

Oder gab es doch einen Zusammenhang? Rupert tippte Frau Zimmermanns Adresse ein. Zuoberst erschien ein Ausschnitt aus Google Maps mit der roten Kennzeichnung des Orts in der Ismaninger Straße. Danach wurden eine architekturhistorische Seite, auf der die Fassade der Villa beschrieben wurde, und der Artikel des *Münchner Anzeigers* mit dem Lageplan der Banksy-Werke angezeigt. Es folgten Immobilieninserate und Arztpraxen, die aber schon auf eine andere Hausnummer Bezug nahmen. Auch die nächsten Seiten boten nichts von Interesse. Keinen Hinweis auf außergewöhnliche Vorkommnisse. Nichts, was zur Dachauer Straße 24 führte.

Balanstraße 97. Dort war die Ratte gesprüht worden, mit der der *Münchner Anzeiger* seine Banksy-Kampagne gestartet hatte. Das Internet verwies wieder auf Immobilienangebote und Geschäftsanzeigen, dann zur Abwechslung auf Geschäftsanzeigen, Immobilienangebote und ein paar andere Belanglosigkeiten. Anscheinend war Rupert doch auf dem Holzweg, und es existierte kein genereller Zusammenhang zwischen den Graffiti und dem Feuersturm in der Dachauer Straße. Oder musste er nur genauer suchen? Er tippte zusätzlich zur Adresse das Wort »Feuer« in die Suchmaske. In der Ergebnisliste erschienen diverse Zeitungsartikel, die über zwei unterschiedliche Ereignisse berichteten. Das erste war ein Küchenbrand, der von der Feuerwehr gelöscht worden war. Die Bilder dazu zeigten aber eindeutig, dass er nicht in dem Haus ausgebrochen war, an dem Rupert mit Klara zusammen das Graffito begutachtet hatte.

Die anderen Artikel bezogen sich auf einen Polizeieinsatz in der Balanstraße. Bei einer Zwangsräumung hatten Spezialkräfte in Notwehr mehrmals das Feuer eröffnet. Rupert schaute sich die Fotos an. Die Fassade hinter der Polizeiabsperrung und den Einsatzwagen kam ihm bekannt vor. Natürlich, das war das Haus. Auf einem Bild konnte man sogar die Hausnummer erkennen. Ein paar Meter links davon war später die Ratte aufgesprüht worden. Rupert las im Bericht, dass sich der säumige Mieter renitent gezeigt hatte und durch Schüsse verletzt worden war, als der Einsatz eskalierte. Es hatte hier keinen Brand gegeben, keine Toten, doch auch mit diesem Rattenstandort verband sich ein dramatisches Ereignis. Zufall?

Rupert rief Max an. »Wo bist du gerade?«

»Auf dem Weg«, sagte Max. »Ich komme gleich bei der Dönerbude an.«

»Frag, ob dort in den letzten Monaten oder Jahren etwas passiert ist! Ein Brand, eine Schießerei, ein tödlicher Unfall, ein Verbrechen, irgendwas in der Art.«

»Genauer geht's nicht?«, fragte Max.

»Frag nach einer verdammten Katastrophe!«, sagte Rupert.

Der Container, der den *Ali Baba Imbiss* beherbergte, sah etwas abgehalftert aus. Der Grauschleier über dem an der Seitenwand abgebildeten Dönerspieß spiegelte hoffentlich nur die Abgasbelastung durch den dichten Autoverkehr wider und deutete nicht etwa auf die Qualität des hier verwendeten Fleisches hin. Aber Max hatte sowieso keinen Appetit, er wollte nur mal mit Herrn Ali Baba reden. Der Eingang der Bude lag um die Ecke. Im Gegensatz zum Rest des Metallkastens erstrahlte er in fabrikfrischem, makellosem Weiß. Der Toni von der Au hatte sich mit seiner Ersatztür nicht lumpen lassen. Allerdings ging sie beim Öffnen ziemlich streng. Max trat ein und sah außer dem Typen hinter der Theke niemanden im Laden. Er zog die Tür mit einiger Kraftanstrengung hinter sich zu und sagte: »Die klemmt.«

»Scheißtür«, sagte Ali Baba. Er trug einen Schnurrbart und eine hellblaue Schürze mit ein paar verdächtig dunklen Spritzern darauf.

»Die hat das Teil mit dem Kunstwerk ersetzt, das Ihnen abgekauft wurde, oder?«, fragte Max.

»Scheißgeschäft«, sagte Ali Baba.

»Ja, wenn man es immer vorher wüsste«, sagte Max.

»Der Scheißtyp hat mich gelinkt«, sagte Ali Baba. Er stützte sich auf der Theke auf. »Was darf es denn bei Ihnen sein?«

Seltsam, dass er nicht gefragt hatte, welcher Scheiß es sein dürfe. Doch Max konnte seine Verbitterung nachvollziehen. Wie auch immer der Mann von dem Auktionsergebnis erfahren hatte, es musste ihm wie ein Traum vorgekommen sein. Ein Traum, der zerbrochen war, bevor man ihn überhaupt träumen konnte.

Max tat so, als studiere er die Tafel mit den Angeboten. Er legte die Stirn in Falten und sagte: »Ich überlege noch. Aber sagen Sie mal: Haben Sie eine Ahnung, warum das Scheißbild gerade bei Ihnen auf die Tür gepinselt wurde?«

Ali Baba schüttelte den Kopf.

»Ist hier oder da draußen auf der Straße mal irgendetwas los gewesen? Ein Horrorcrash, eine Messerstecherei, eine Verfolgungsjagd?« Max erntete einen Blick, als wäre er nicht ganz dicht. Sollte er sich jetzt noch nach Flugzeugabstürzen und Umsturzversuchen erkundigen? Was für eine Schnapsidee hatte Rupert da wieder gehabt!

Ali Baba sagte: »Hier ist gar nix los. Außer dass mal einer einen Döner kauft. Wollen Sie einen?«

»Äh, ja.«

»Mit scharf, mit alles?«

»Äh, ja.«

Ali Baba wetzte sein Messer mit schnellen, profikillerhaften Bewegungen. Dann schabte er an dem Fleischkegel herum, der sich langsam vor dem glühenden Grill drehte. Ob er sich dabei vorstellte, den Toni von der Au qualvoll zu enthäuten? In einer Art Kehrichtschaufel fing Ali Baba die herabfallenden Fetzen auf und kippte sie in das bereits aufgeschnittene Fladenbrot. Mit hundertfach eingeübten Bewegungen klatschte er Zwiebeln, Salat, Weißkraut, je zwei traurige Tomaten- und Gurkenscheiben sowie eine undefinierbare Sauce darüber. Eine Prise roten Pulvers aus der Dose vollendete das Werk.

Nach einer Katastrophe sollte Max sich erkundigen. Unter Katastrophe wurde gemeinhin ein schreckliches Ereignis verstanden, das unvermittelt in den Alltag einbrach, aber vielleicht existierte dieser vermeintliche Gegensatz gar nicht. Hier zum Beispiel schien der Alltag schon genug Katastrophe zu sein. Plötzlich kam Max die Idee, dass Banksy nur an diesem Imbiss gesprayt hatte, um Ali Baba und seiner Sippe etwas Besonderes zu schenken. Einen *Flower Thrower* gegen die Tristesse des Zwiebelschnibbelns. Einen Ausgleich für das ewige »Mit scharf, mit alles?«. Nur, wie war Banksy ausgerechnet auf den *Ali Baba Imbiss* gekommen? Woher wusste er, dass er hier am richtigen Platz war?

»Vier fünfzig«, sagte Ali Baba. Er klemmte den Döner in eine Drahthalterung auf der Theke. Die Sauce tropfte auf das Papier hinab, mit dem die untere Hälfte des Fladenbrots eingewickelt war.

»Stimmt so«, sagte Max und legte einen Fünf-Euro-Schein hin. Woher wusste Banksy Bescheid? Max zückte sein Smartphone und zeigte das Video vor, das er von Mister X am Lenbachhaus aufgenommen hatte. Man konnte es ja mal versuchen. »Kennen Sie zufällig diesen Mann?«

Ali Baba wischte sich die Finger an der Schürze ab und nahm das Smartphone in die Hand. Er schaute, nickte. »Ich weiß nicht, wie er heißt, aber der kommt öfter vorbei. Nimmt immer eine Extraportion Zwiebeln.«

Ein Hoch auf die Zwiebeln! Ein doppeltes Hoch auf das Erinnerungsvermögen Ali Babas! Und ein dreifaches Hoch auf die geniale Eingebung, sich hier nach Mister X zu erkundigen! Max fragte: »Dann wohnt er wohl hier in der Nähe?«

Ali Baba zuckte mit den Achseln.

»Wenn Sie die Adresse bei seinem nächsten Besuch herausbekommen könnten, würde mir das sehr helfen.« Max schob seine Visitenkarte über die Theke. »Ein schneller Anruf, und Sie sind um fünfzig Euro reicher.«

»Ist da was faul?«, fragte Ali Baba. »Ich will keinen Zoff kriegen.«

»Hundert Euro«, sagte Max, »und nein, das ist alles harmlos. So sauber wie das Dönerfleisch da.«

Ali Baba warf einen Blick auf den Drehspieß vor dem Grill. Dann steckte er die Visitenkarte in seine Schürzentasche.

»Danke«, sagte Max. Eigentlich hätte er es schon früher kapieren müssen. Banksy wusste, was er wollte, aber er kannte sich in München nicht aus. Natürlich hätte er wochenlang durch die Stadt ziehen können, um die perfekten Standorte für seine Werke zu finden. Deutlich einfacher war es, seine hiesigen Mitarbeiter zu fragen. Zum Beispiel nach einer heruntergekommenen Dönerbude in einer Scheißumgebung, deren Besitzer eine Chance auf ein besseres Leben verdient hatte. Gut, Ali Baba hatte es vermasselt, er hatte sich übers Ohr hauen lassen, aber dafür konnten weder Banksy noch sein Blumen werfender Streetfighter etwas.

Draußen zog Max den Reißverschluss seiner Jacke zu und ging die Heidemannstraße entlang, bis er eine zugängliche Mülltonne fand. Er warf den Döner hinein, kehrte um und baute sich unter einem überstehenden Dach auf, das ihn notdürftig vor dem Regen schützte. Zwei Stunden später konnte er sicher sein, dass Ali Baba noch ärmer dran war als gedacht. Genau ein Kunde hatte in dem Zeitraum seinen Laden betreten und mit einem Döner in der Hand wieder verlassen. Umsatz vier Euro fünfzig. Da kostete ja schon die Energie für den Grill mehr. Ob immer so wenig Kundschaft kam? Vielleicht lag es nur am miesen Wetter, dass kaum jemand zu Fuß unterwegs war. Max hatte gerade mal sieben Passanten abpassen können. Keinem von ihnen war Mister X auf dem Handyvideo bekannt vorgekommen. Es wäre auch zu viel des Dusels gewesen. Als der Nieselregen gegen Mittag immer noch nicht aufhören wollte, hatte Max genug. Er fuhr ins Büro zurück.

Der Toni ging Klara nicht aus dem Kopf. Und die Geschäfte, die er mit schlecht gespielter Naivität zu verbergen suchte. Deshalb hatte sie für ihren Teil der Recherche die Orte ausgewählt, an denen er erfolgreich eingekauft hatte. Ihre erste Anlaufstelle war die Schießstättstraße. Nach der Veröffentlichung des Bekennervideos waren Klara und Rupert schon mal hier gewesen, um sich das Graffito kurz anzusehen. Wo ursprünglich eine Flugabwehrratte auf Helikopterjagd gegangen war, gähnte nun allerdings ein quadratisches Loch. Offensichtlich hatte es niemand für nötig befunden, das Garagentor zu ersetzen. Von der Straße aus führte eine circa zehn Meter lange Einfahrt am Vorderhaus vorbei auf die Öffnung zu. Die Wände im Inneren waren leer, wenn man von ein paar Haken und einem aufgehängten Gartenschlauch absah. Ein Kellerabgang trennte die Garage vom Hinterhaus, das nicht nur viel kleiner als der Block zur Straße hin war, sondern auch ziemlich abgewohnt aussah.

Klara klingelte, und eine Frau etwa in ihrem Alter öffnete. Sie hatte einen staubigen Arbeitsoverall an und war wohl mit Fliesenklopfen oder anderen unangenehmen Renovierungsarbeiten beschäftigt gewesen. Eine Pause schien ihr sehr willkommen zu sein. Vielleicht half auch, dass Klara sofort auf den Verkauf des Garagentors zu sprechen kam und dabei den Toni erwähnte. Jedenfalls empörte sich die Frau sogleich über dessen Machenschaften und war dann in ihrem Redefluss nicht mehr zu bremsen. Klara brauchte nur empathisch zuzuhören, um alles zu erfahren, was sie wissen wollte. Chronologisch geordnet ergab sich eine interessante Geschichte.

Der Eigentümer von Hinterhaus und Garage war vor zwei Monaten hochbetagt gestorben und hatte seine Nichte als Erbin hinterlassen. Sie wollte den Besitz gern behalten, war aber nicht in der Lage, die dringend nötige Instandsetzung zu finanzieren. Also musste Geld her. Obwohl sie wusste, dass das nur ein Tropfen auf dem heißen Stein sein konnte, versuchte sie, alles vom Nachlass zu versilbern, was noch einigermaßen von Wert war. Dabei geriet sie an den Toni, und der kaufte ihr tatsächlich einige alte Möbel, Spiegel, Bierkrüge und anderen Krimskrams ab. Damals war sie froh gewesen, das Zeug aus dem Haus zu haben. Nie hätte sie damit gerechnet, den Toni je wiederzusehen.

Dann war eines Morgens plötzlich das Graffito an der Garage. Bis dahin hatte sie die ganze Banksy-Berichterstattung verpasst, es gab ja auch genug anderes zu tun. Von dem Bekennervideo hatte sie schon gleich gar nichts mitbekommen. Der Toni ließ natürlich auch kein Wort darüber verlauten, als er schon am nächsten Vormittag vor ihrer Tür stand. Er behauptete, er habe sich eines Besseren besonnen und sei doch an einer klapprigen Bauerntruhe interessiert, die er bei seinem ersten Besuch verschmäht hatte. Die Truhe war aber bereits entsorgt. Der Toni bedauerte zutiefst und fragte, ob er das Garagentor erwerben könne, wenn er schon mal hier sei. Er mache ja außer in Antiquitäten auch in Kunst und wüsste eventuell einen Interessenten dafür. Sie stimmte sofort zu, als er einen Tausender bot, und wunderte sich nur ein wenig, dass er im Gegensatz zum ersten Geschäft diesmal auf einen schriftlichen Kaufvertrag drängte. Erst als sie Freunden davon erzählte, wurde sie über die Banksy-Geschichte aufgeklärt. Sie informierte sich und kapierte schnell, was abgelaufen war. Voller Wut rief sie den Toni an, doch der gab sich unschuldig. Er habe das Tor mit bescheidenem Gewinn bereits weiterverkauft, und wenn es tatsächlich eine sechsstellige Summe wert sein sollte, sei er genauso ein bedauernswertes Opfer wie sie.

Das deckte sich mit dem, was der Toni Klara über den *Flower Thrower* erzählt hatte, nur zeichnete sich jetzt der wahre Grund für den sofortigen Weiterverkauf der Graffiti ab. Das gestörte Vertrauensverhältnis zum Auktionshaus Schierlich&Eckel mochte eine Rolle spielen, wichtiger war aber wohl, dass der Toni auf diese Weise die Beschwerden der ursprünglichen Besitzer abpuffern konnte. Bei den lächerlichen Beträgen, mit denen sie abgespeist worden waren, konnte man ja voraussehen, dass sie ihm die Hölle heißmachen würden.

Halt, voraussehen konnte man das nur, wenn man wusste, welches unglaubliche Ergebnis bei der Auktion erzielt würde. Das hieß aber, dass der Toni höchstwahrscheinlich in das Scheingeschäft von Dr. Steigenberger eingeweiht war. Die beiden machten gemeinsame Sache, und deswegen war Klara mehr denn je davon überzeugt, dass der Toni sich eine ordentliche Gewinnbeteiligung gesichert hatte. Egal, was in den Kaufverträgen zu lesen stand. Klara hätte ihm etwas genauer auf den Zahn fühlen sollen. Nun gut, das konnte sie nachholen. Aus Pflichtbewusstsein fragte sie noch nach Bränden oder anderen Katastrophen, die Rupert als Auslöser für die Sprayaktionen vermutete. Leicht befremdet schüttelte die Frau den Kopf. Ihres Wissens sei nichts dergleichen in der Schießstättstraße vorgefallen.

Auf dem Weg zu Tonis Lagerhalle kam Klara aber eine Gemeinsamkeit mit einem anderen Fall in den Sinn. Auch wenn der Toni bei Frau Zimmermann nicht erfolgreich gewesen war, hatte er – wie hier – die Besitzerin bereits gekannt. Lange bevor die Rattengraffiti an den jeweiligen Häusern angebracht wurden. Das musste nichts bedeuten. Vielleicht handelte es sich nur um einen seltsamen Zufall.

Die Tür zur Lagerhalle stand offen. Der Toni war da, doch er war jetzt nicht zu sprechen. Zumindest nicht für Klara, denn er war bereits in eine Diskussion verwickelt, die ihn ziemlich zu fordern schien. Oder zu überfordern. Andernfalls hätte er wohl nicht mit hochrotem Kopf gebrüllt: »Raus hier, aber sofort!«

Dicht neben Toni standen zwei jüngere Typen, einer mit vor der Brust verschränkten Armen, der andere eher in Habachtstellung. Wer raussollte, waren aber nicht sie, sondern die vier Männer ihnen gegenüber. Sie waren augenscheinlich nordafrikanischer Herkunft und wirkten ebenfalls nicht sehr entspannt. Der älteste von ihnen zischte: »Erst wenn ich mein Schild wiederhabe.«

Ein anderer wedelte mit zwei Hundert-Euro-Scheinen vor Tonis Gesicht herum. »Da hast du dein Geld zurück.«

»G'schäft ist G'schäft«, rief der Toni und stieß die Hand mit dem Geld zurück. »Vielleicht ist das auf dem Basar in Casablanca anders, aber bei uns in Europa gelten halt Verträge, und wie gesagt, hab ich ...«

»Rassistenarsch«, sagte einer der Marokkaner.

»... hab ich das Teil längst weiterverkauft. Wenn du einem die Haare g'schnitten hast, und der kommt eine Woch' später und will sie sich wieder anpappen lassen, was sagst denn dem? Hä?«

»Dem hau ich eins aufs Maul«, sagte einer der Marokkaner und machte einen Schritt nach vorn.

»Vorsicht, Freunderl«, sagte einer der zwei jungen Typen. Seit wann konnte sich der Toni Leibwächter leisten?

Der Marokkaner langte zur Seite und kippte den Sarotti-Mohren vom Regal. Die Porzellanfigur schlug auf dem Zementboden auf und zerbrach in mehrere Teile. Ein kugelrundes Auge schaute vorwurfsvoll nach oben. Der Marokkaner sagte: »Hoppla.«

»Zefix, jetzt hol ich die Bullen«, sagte der Toni und tastete nach seinem Handy.

Zwischen den Marokkaner und Tonis Leibwächter passte nun kein Blatt Papier mehr. Sie drängten die Brust gegeneinander wie auf dem Fußballplatz, wenn zwei aufgebrachte Spieler signalisieren wollten, dass der andere jederzeit eine Keilerei haben könne. Ein solches Imponiergehabe war Klara immer schon lächerlich vorgekommen.

Der Toni tippte eine Nummer ein. Der ältere Marokkaner zog seinen Begleiter an den Schultern zurück und sagte Richtung Toni: »Du hörst noch von uns.«

»Raus jetzt!«, sagte der Toni. Die Marokkaner schoben sich an Klara vorbei zum Ausgang hin. Der letzte drehte sich vor der Tür noch einmal um und spuckte auf den Boden. Dann waren sie aus der Lagerhalle verschwunden.

Klara hatte das Graffito auf dem Werbeschild des Friseursalons nicht selbst gesehen. Vielleicht taugte es nicht viel, doch was immer es wert war, die dafür bezahlten zweihundert Euro waren bei Tonis Geschäftspartnern miserabel angekommen. Sein Geschäftsmodell schien in der Praxis nicht so gut zu funktionieren, wie es die Theorie versprach. Klara fragte: »Schwierigkeiten?«

»Frollein«, sagte der Toni. »Jetzt hab ich echt grad keinen Bock.«

»Auf Wiedersehen«, sagte einer seiner Kumpels, griff Klaras Oberarm und geleitete sie zur Tür. Lächelnd nickte er Klara zu. Sein Kinnbärtchen wippte dabei.

Die Lagerhallentür ging zu, und Klara hörte, wie sich der Schlüssel im Schloss drehte. Sie starrte auf den abgestoßenen

Türrahmen. Den Mann, der sie gerade so freundlich hinausgeworfen hatte, kannte sie irgendwoher. Die langen blonden Haare, das Ziegenbärtchen. Hatte sie den nicht auf Max' Videoaufnahme gesehen? Doch, das war der Kerl, das war Mister X. Der Typ, der angeblich Banksys Münchner Kunstaktionen dokumentierte.

Das Wasser tropfte von Max' Michelin-Männchen-Jacke auf den Boden. Er hatte das Teil ostentativ auf den Schreibtisch geworfen, wahrscheinlich um zu demonstrieren, wie unerschrocken er seinen Außeneinsatz abgeleistet hatte. Klara störte sich anscheinend nicht daran, Rupert schon. Außerdem ärgerte er sich darüber, dass die beiden nicht einsehen mochten, was offensichtlich war.

Der Polizeieinsatz mit Schusswaffengebrauch in der Balanstraße. Der Großbrand in der Dachauer Straße mit drei Toten. Doch das war nicht alles. Am Rosenheimer Platz war ein junger Mann beim Streit um ein paar Gramm Drogen erstochen worden. In der Obersendlinger Schaidlerstraße hatten die Nachbarn erst am Verwesungsgestank bemerkt, dass eine alte Frau seit zwei Monaten tot in ihrer Wohnung lag. An der Kreuzung Fürstenrieder Straße und Aindorfer Straße hatte ein Raser mit hundertzwanzig Stundenkilometern einen Jungen überfahren. Am alten Rangierbahnhof in Trudering hatte ein Stromschlag drei illegale Immigranten schwer verletzt. Und an all diesen Orten war ein Rattengraffito gesprüht worden.

Eine Übereinstimmung, geschenkt! Zwei, drei, darüber hätte man kontrovers diskutieren können. Aber Rupert hatte sechs Fälle gefunden, die mit den Graffitifundorten korrelierten. Sechs Schreckensnachrichten, die in den Medien ausgebreitet worden waren. Sechs tragische Ereignisse, bei denen

Tote oder Schwerverletzte zurückgeblieben waren. Sechs Tragödien, auf die jemand da draußen künstlerisch geantwortet hatte. Er fragte: »Und da seht ihr keinen Zusammenhang?«

»Wir sollten nicht voreilig urteilen«, sagte Klara.

»Einen Großbrand, eine Zwangsräumung, eine von der Welt vergessene Rentnerin und was weiß ich noch, das kannst du nicht alles über einen Kamm scheren«, sagte Max.

»Die Ereignisse liegen zum Teil schon Jahre zurück, die Graffiti sind durchwegs in den letzten Wochen entstanden«, sagte Klara.

»Und an anderen Graffitistandorten ist definitiv gar nichts Erwähnenswertes geschehen«, sagte Max. »Aber Mister X ist in der Dönerbude bekannt, an die Banksy den *Flower Thrower* gesprüht hat, er hat sich als Mitarbeiter Banksys geoutet, und Klara hat ihn bei Toni gesehen. Denkst du nicht, dass wir Wichtigeres zu tun haben, als uns über vergangene Katastrophen den Kopf zu zerbrechen?«

»Nein«, sagte Rupert. Die Orte waren entscheidend. Das, was dort geschehen war. Aus irgendeinem Grund kam ihm Adil in den Sinn. Speziell seine kryptische Aussage, dass eine Untergiesinger Garagenwand von ihm besprüht werden wollte.

»Selbst wenn du recht hast«, sagte Max, »bleibt offen, wieso Banksy sich für längst vergangene Münchner Geschichten interessiert und wie er überhaupt davon erfahren hat. Und da kommt seine lokale Hilfstruppe ins Spiel, Mister X und sicher auch ein paar andere. Möglicherweise sind diese Leute ja irgendwie von deinen Katastrophen betroffen, jeder von einer anderen. Der eine hat mal in dem Brandhaus gewohnt, dem Zweiten ist die Oma gestorben, der Dritte hat diesen Zwangsgeräumten gekannt. Dann bräuchten wir gar keinen künstlichen Zusammenhang zu konstruieren.«

»Ich konstruiere gar nichts, ich stelle Übereinstimmungen fest«, sagte Rupert.

»Ich sage bloß, dass wir an Banksys Mitarbeiter ranmüssen. Was Mister X anbelangt, haben wir ja auch einige Ansatzpunkte.«

Max dachte eigentlich an nichts anderes, als auf Banksy Jagd zu machen und das Rätsel um seine Identität zu lösen. Doch ob sich Robin Gunningham oder sonst wer mit dem Namen tarnte, war Rupert inzwischen völlig egal. Für die Münchner Graffiti spielte das eh keine Rolle.

»Lasst uns Dr. Steigenberger nicht vergessen«, sagte Klara, »und vor allem den Toni. Ich finde es äußerst seltsam, dass er vier der Leute, bei denen die Graffiti entstanden, schon vorher kannte.«

»Vier? Du hast uns von Frau Zimmermann und von der Hausbesitzerin in der Schießstättstraße erzählt.«

»Ich habe vorhin noch einmal die Vorbesitzer von Tonis Ankäufen kontaktiert. Das Graffito auf der Gartenmauer gehörte einem Typen, mit dem der Toni drei Jahre in derselben Klasse war. Mittelschule Sendling. Und die ursprüngliche Besitzerin des Autos, auf das der Zebrastreifen gesprüht wurde, ist zufälligerweise Bedienung in Tonis Stammkneipe.«

»Und die Dönerbude, der marokkanische Friseursalon?«, fragte Max.

»Kein direkter Bezug zu Toni«, gab Klara zu. »Allerdings konnte einer, der dort vorbeikam, leicht erkennen, dass die Besitzer jeden zusätzlichen Euro gut brauchen konnten. Und außerdem war beiden die Kunstwelt so fremd wie ein Schwarzes Loch im hintersten Winkel des Universums.«

»Ja, und?«, fragte Max.

»Nur mal angenommen, jemand wollte ein Riesengeschäft mit gefälschter Banksy-Streetart aufziehen. Dann musste er einerseits alle Welt an die Authentizität der Werke glauben lassen und andererseits dafür sorgen, dass er sie möglichst problemlos und zu einem Spottpreis ankaufen konnte. Beides gleichzeitig anzustreben, halte ich für durchaus schwierig. Wenn man allerdings die Besitzer der Werke schon im Vorhinein sorgfältig auswählt ... «

»Du meinst, der Toni hat die Graffiti selbst produziert?«, fragte Rupert. Das schien ihm ziemlich weit hergeholt.

»Oder produzieren lassen. Und zwar genau dort, wo er sie sich sichern konnte«, sagte Klara. »Das wäre doch denkbar.«

Max schüttelte den Kopf. »Wie passt da Frau Zimmermann ins Bild? Die ist kunstaffin, die hat keine Geldsorgen, und sie hat Tonis Kaufangebot kalt lächelnd abgelehnt.«

»Vielleicht ging es bei ihr nur um die Authentizitätsschiene. Frau Zimmermann hat in den einschlägigen Kreisen einen Namen, sie konnte die Banksy-Story an den richtigen Stellen fördern. Oder der Toni hatte einen Misserfolg eingeplant, damit sein Vorgehen nicht zu auffällig würde.«

»In München sind Dutzende von Graffiti entstanden. Einige sind gleich übermalt worden, andere sind auf das Eigentum von Konzernen und Immobiliengesellschaften, des Freistaats Bayern oder der Stadt gesprüht worden. Die sind nicht verkäuflich, und der Toni hat es auch in den meisten Fällen gar nicht versucht«, sagte Rupert. Diesmal war Klara auf dem Holzweg. Der Toni mochte eine Chance gesehen haben, von den Graffiti zu profitieren, aber damit hatte es sich auch.

Max richtete den Rücken gerade. »Wovon sprecht ihr eigentlich, Leute? Wir haben Mister X, der mit Banksy in einer Münchner Küche geplaudert hat und der mir ein Video gezeigt hat, in dem ... «

»Vergiss endlich Banksy! Vergiss Robin Gunningham!«,

sagte Rupert. Es klang harscher, als er es gemeint hatte. Aber musste hier wirklich jede fixe Idee breitgetreten werden?

»Können wir die Banksy-Frage nicht ein wenig zurückstellen, Max?« Klara fühlte sich offensichtlich bemüßigt einzulenken. »Lass uns doch versuchen, das Motiv für die Graffitiserie zu identifizieren. Geht es um die Reaktion auf frühere Tragödien, wie Rupert meint, oder um eine gewagte Unternehmung vom Toni?«

»Was du für richtig hältst«, sagte Max. »Ja, das habe ich schon kapiert. Ich habe auch kapiert, dass ihr aus vier beziehungsweise aus sechs Einzelfällen ein Muster konstruieren wollt. Blöd ist bloß, dass die Fälle des einen nicht zum Muster des anderen passen. Und noch blöder, dass die restlichen Graffiti anscheinend keiner eurer Theorien folgen wollen.«

»Noch nicht«, sagte Rupert. Langsam ging ihm Max auf die Nerven. Rupert wusste, dass er sich besser im Griff haben sollte, aber er konnte nicht umhin, noch einen Satz anzufügen: »Vielleicht muss da jemand aus diesem Büro nacharbeiten, und dann, bitte schön, etwas genauer als bisher.«

»Wenn du meinst«, sagte Max, »aber dabei wird nicht viel herauskommen.«

»Du hältst es tatsächlich für wahrscheinlicher, dass ein Banksy aus England anreist und aus reinem Spaß an der Freude hier wahllos irgendwo Graffiti sprüht?«, fragte Rupert.

»Warum nicht?«, fragte Max zurück. »Solange ihr mir keine andere Erklärung liefert, gehe ich davon aus. Ich rede von einer schlüssigen Erklärung, die nicht nur ein paar, sondern alle Graffiti umfasst.«

So kam man nicht voran. Rupert war versucht, den Chef heraushängen zu lassen und die beiden zu verdonnern, in seinem Sinn weiterzuforschen. Doch wer ohne Überzeugung ans Werk ging, arbeitete auch dementsprechend. Und tat-

sächlich war ja die Kritik an seiner Theorie nicht ganz un-
berechtigt. Wie die an den Auffassungen von Max und Klara
auch. Es passte eben einfach nicht alles zusammen. Rupert
sagte: »Gut. Die Dienstanweisung für den Rest des Tages besteht darin, den Kopf freizubekommen. Geht nach Hause,
geht in die Sauna, macht, was ihr wollt!«

»Im Ernst?«, fragte Max. Klara reagierte nicht.

»Im Moment stehen wir vor einem gordischen Knoten«,
sagte Rupert. »Wir ziehen an unterschiedlichen Schlingen
herum und versuchen vergeblich, ihn zu lösen. Uns fehlt die
durchschlagende Idee. Sozusagen der Schwerthieb Alexan-
ders des Großen.«

»Große Worte«, sagte Max.

»Und was machst du?«, fragte Klara.

»Ich gehe Sushi essen«, sagte Rupert. Er hatte eben Lust
auf Thunfisch Maki und nicht auf einen Haufen Fleisch, auch
wenn ein Steakmesser wohl mehr dazu inspiriert hätte, sich
wie Alexander der Große zu fühlen.

Anscheinend hatte irgendwer den Fisch- und Meeresfrüch-
tetag ausgerufen. Rupert war auf Sushi scharf gewesen, und
im Hause Ivanovic gab es als Antipasto Tintenfischsalat mit
Kichererbsen, Fenchel und Parmesanschnitzen. Dem folgten Spaghetti allo scoglio in Weißweinsauce und als Haupt-
gericht ein kurz angebratenes Schwertfischsteak. Das Dessert,
eine Crema bavarese, sei auch sehr lecker gewesen, erklärte
Klaras Vater, aber das habe er mittags schon aufgegessen. Von
allem anderen war noch so viel übrig, dass Klara fragte, ob er
seinem italienischen Lieferdienst die Zugehörigkeit zu einer
hungrigen Großfamilie weisgemacht hatte.

»Der Gianni vom *Positano* hat halt Mitleid mit einem
kranken alten Mann«, sagte Ivanovic. Er saß mit hochgeleg-

ten Beinen vor dem laufenden Fernseher, und auch wenn die Fernbedienung mit seiner Hand hin und her zitterte, sah er gar nicht so bemitleidenswert aus. Klara wusste natürlich, dass Parkinson nicht heilbar war, doch seit ihr Vater bei ihr wohnte, schien sich sein Zustand verbessert zu haben. Zumindest hatte er sich nicht verschlechtert. Positiv war jedenfalls, dass er seine Krankheit jetzt akzeptierte, während er sich vor ein paar Monaten noch beweisen wollte, jede Herausforderung wie ein Dreißigjähriger bewältigen zu können. Aber musste er deswegen gleich auf die Tränendrüse drücken, um größere Essensportionen zu erpressen?

»Die Itaker haben noch Respekt vor dem Alter«, sagte Ivanovic, »und die Familie ist ihnen heilig. Ich erkläre dem Gianni immer wieder, dass du halt arbeiten musst, aber er versteht trotzdem nicht, warum eine unverheiratete Tochter sich so wenig um ihren Vater kümmert. Da will er eben mit ordentlichem Essen für etwas Ausgleich sorgen.«

»Du hast doch jede Menge Ansprache, Papa«, sagte Klara. Seinen Erzählungen nach traf er sich täglich mit irgendwelchen Leuten, schimpfte über die Idioten des Künstlerstammtischs, den er regelmäßig besuchte, und wusste genauestens über die Lebensgeschichten von Nachbarn Bescheid, die Klara selbst unbekannt geblieben waren.

»Ich schlage halt die Zeit tot, so gut es geht.« Ivanovic drückte auf die Fernbedienung und zappte durch ein paar Kanäle. »Da kommt auch bloß gequirlter Scheiß.«

Für das Fernsehprogramm konnte Klara nichts. Und überhaupt wollte sie sich keine Schuldgefühle einreden lassen, sosehr ihr Vater es auch versuchte. Irgendwie schaffte er es immer wieder, sie mit einem Halbsatz kurzzeitig aus dem inneren Gleichgewicht zu bringen. Sofort erinnerte sie sich an die Gnadenlosigkeit, mit der er ihr in ihrer Jugend vermittelt hatte, dass sie zu allem, was wirklich zähle, einfach nicht tauge, und wenn sie noch so sehr strampele. Sie hatte gestrampelt, sie hatte um seine Anerkennung gekämpft, hatte Rückschlag um Rückschlag durch noch größere Anstrengung wettzumachen versucht. Es hatte Jahre gedauert, bis sie sich ein gesundes Selbstbewusstsein erarbeitet hatte. Inzwischen kam sie mit sich klar. Und sie wusste auch, dass nicht sie versagt hatte, wenn Ivanovic an ihr und der Welt herumnörgelte. Sie sagte: »Dann mach halt aus!«

»Was?«

»Den Fernseher. Einfach den Knopf drücken.«

Ivanovic zappte weiter durchs Programm, während Klara sich die Vorspeise schmecken ließ. Ab und zu lachte er höhnisch auf, knurrte Unverständliches oder sagte, dass er so einen faschistoiden Dreck zum letzten Mal von Franz Josef Strauß gehört habe. Klara wärmte sich die Nudeln auf und öffnete eine gekühlte Flasche Verdicchio. »Willst du auch etwas Wein?«

Klara wertete Ivanovic' Brummen als Zustimmung. Sie schenkte ihm zwei Finger breit ein, damit er mit seinen zitternden Händen nicht so viel verschütten konnte. Er wackelte das Weißweinglas zu den Lippen und kippte den Inhalt in einem Zug hinab. Beim Versuch, das Glas auf dem Tischchen abzustellen, rutschte es ihm durch die Finger und fiel auf den Teppich. Klara hob es auf. Es war heil geblieben. Sie fragte: »Noch einen?«

»Du könntest ja mal mit mir reden«, sagte Ivanovic. Er schaltete den Fernseher jetzt doch aus.

Klara wertete das als Friedensangebot. Sie füllte sein Glas knapp zur Hälfte und stellte es auf das Tischchen. Dann nahm sie die Pfanne vom Herd, kippte die Nudeln in einen tiefen Teller und setzte sich.

»Wie geht es zum Beispiel mit deinem Banksy voran?«

»Komplizierte Geschichte«, sagte Klara und drehte eine Gabel Spaghetti auf.

»Hältst du mich für zu blöd, um sie zu kapieren?«, fragte Ivanovic.

»Natürlich nicht.«

»Na, dann los!«

Klara nahm einen Schluck Verdicchio und begann, vom Stand ihrer Ermittlungen zu berichten. Ivanovic hörte überraschend geduldig zu. Nur als Klara die Scheinauktion samt der Rolle Dr. Steigenbergers beschrieb, setzte er zu einem längeren Monolog an, der mit dem Wort »Verbrecherbande« begann und endete. Klara nutzte die Gelegenheit für ein paar Gabeln lauwarmer Spaghetti. Dann berichtete sie weiter bis hin zum aktuellen Dilemma der Detektei. »Wir kommen mit den Orten nicht klar, an denen die Graffiti entstanden sind. Rupert vermutet, dass sie auf blutige Ereignisse reagieren, die dort stattgefunden haben. Ich glaube, dass sie an Stellen platziert wurden, wo die Mafia um den Toni sie leicht erwerben konnte.«

»Dem Toni traue ich alles zu«, sagte Ivanovic.

»Für beide Meinungen gibt es Argumente, nur passen sie eben nicht zusammen. Wir suchen gerade nach dem Muster, das alle Graffiti erklärt.«

Ivanovic griff nach seinem Wein. Die Trinkaktion sah so halsbrecherisch aus, dass Klara sich zwingen musste, nicht helfend einzugreifen. Doch diesmal gelang es ihrem Vater, das Glas ohne Unfall wieder abzustellen. Dann fragte er: »Wieso eigentlich?«

»Wieso was?«

»Wieso muss es unbedingt ein einheitliches Schema geben?«

»Weil …« Nun, weil es sich durchwegs um Graffiti im Stil von Banksy handelte. Weil sie alle in den letzten paar Wochen entstanden waren. Weil irgendwer wie besessen München damit zusprühte. Weil er dafür einen Grund haben musste.

»Wenn zwei unterschiedliche Muster existieren, werden halt auch zwei unterschiedliche Urheber dafür verantwortlich sein«, sagte Ivanovic.

»Aber …«, sagte Klara. Warum musste ihr Vater eigentlich immer alles besser wissen? Dass zwei Leute oder Gruppen zur gleichen Zeit und in der gleichen Stadt, aber mit völlig anderen Motivationen auf die gleiche Idee kamen, nämlich einen britischen Streetartkünstler zu imitieren, war doch abwegig. Oder?

»Hast du Fotos von den Graffiti?«, fragte Ivanovic.

»Nicht von allen. Und manche nur aus der Onlineversion des *Anzeigers* abkopiert.«

»Lass mal sehen!«

Klara öffnete die Galerie auf ihrem Smartphone und setzte sich so, dass ihr Vater mitschauen konnte. Natürlich hatte sie die Bilder mehr als einmal durchgeklickt, aber, wenn sie ehrlich war, kaum mehr richtig betrachtet. Das war bei den ersten Graffiti, die sie vor Ort begutachtet hatte, noch anders gewesen. Da allerdings war sie einem genau definierten Erkenntnisinteresse gefolgt. Es ging ihr – wie allen anderen – einzig um die Frage, ob das jeweilige Graffito von Banksy stammen könnte. Sie hatte das aus guten Gründen bezweifelt und damit ihre Aufgabe als erledigt angesehen. Auf die Idee, bei den falschen Banksys unterschiedliche künstlerische Handschriften nachzuweisen, war sie nicht gekommen. Wieso auch, wenn die Werke als solche sowieso nicht relevant waren?

Wonach man nicht sucht, das wird man normalerweise nicht finden. Worauf man nicht schaut, das wird man schwer sehen. Aber kaum stellt man den eigenen Blick ein wenig anders ein, fällt es einem wie Schuppen von den Augen. Zwei plausible Theorien, zwei Gruppen von Werken, zwei verschiedene Urheber. Klara schwante plötzlich, dass an der Idee ihres Vaters doch etwas dran sein könnte. Es war der Mühe wert, sie an den Bildern zu überprüfen.

Sie nahm sich erst die sechs Graffiti vor, die Rupert mit den Münchner Tragödien in Verbindung gebracht hatte. Allesamt zeigten sie eine einzelne Ratte in unterschiedlicher, aber immer aufrechter Körperhaltung. In drei Fällen war sie ohne Attribut dargestellt, während die restlichen Tiere mit einem einfach darzustellenden Gegenstand hantierten, nämlich mit einer Bombe, einer Atemschutzmaske und einer stilisierten Pistole. Die Farbgebung stimmte bei allen frappierend überein. Wer immer diese Ratten gesprayt hatte, war mit nur drei Dosen in seinem Rucksack ausgekommen. Ins Schwarz und Weiß der Flächen und Schattierungen setzte er einen sparsamen blutroten Akzent, wie ihn Klara schon an der inzwischen übermalten Wand am Rosenheimer Platz gesehen hatte. Dort war es ein Pfotenabdruck gewesen, an der Dachauer Straße die Flamme eines Feuerzeugs. Die anderen Bilder zeigten mal einen rot gesprühten Schlagschatten, mal ein wie vom Blitz gespaltenes Herz oder eine Blutlache, in die der Schwanz der Ratte eintauchte.

»Und jetzt die anderen«, sagte Ivanovic.

Die Graffiti, um die sich der Toni bemüht hatte, waren weniger einheitlich gestaltet. Manche, wie der *Flower Thrower* oder Frau Zimmermanns *Love is in the Bin,* verzichteten ganz auf das Rattenmotiv, andere variierten es auf verschiedene Weise. Über den auf den Honda Civic gesprühten Zebrastreifen kletterten gleich vier Ratten, beim Flugabwehrgraffito aus der Schießstättstraße war die Ratte in eine komplexe Szenerie eingebaut, die wichtiger schien als das Tier selbst. Dem Stil der ersten sechs Graffiti entsprach noch am ehesten das Werk, das die Marokkaner vom Toni zurückgefordert hatten. Die Ratte dort riss einem Polizisten gerade den Bobby-Helm vom Kopf. Die darunter zum Vorschein kommenden Haare waren allerdings in einer ebenso bunten Farbpalette gesprüht wie der Blumenstrauß des *Flower Thrower*. Der falsche Banksy von Gruppe eins hätte sich da garantiert auf sein übliches Blutrot beschränkt. Die Zebrastreifenratten und die Flugabwehrszene wiederum waren ausschließlich in Schwarz-Weiß gehalten.

»Künstlerisch gesehen, kannst du alle beide vergessen«, sagte Ivanovic. »Aber der Erste wusste wenigstens, was er wollte.«

»Die von der zweiten Gruppe schon auch. Ihnen ging es eben nur ums Geschäft«, sagte Klara. Gewinnträchtig waren dekorative Werke, die möglichst nach dem echten Banksy aussahen. Der hatte ja nicht nur Ratten gesprüht. Sollte nicht dieses Motiv, sondern der Urheber im Mittelpunkt stehen, schien es nur logisch, auf dessen ganze Bandbreite zu setzen. Mal, indem man ikonische Werke schlicht kopierte, mal durch etwas kreativeres Zitieren bekannter Banksy-Themen wie des Spotts gegenüber der Polizei.

Klara klickte die Graffiti durch, die am Nachmittag weder zu Ruperts noch zu ihrer Theorie passen wollten. Nun, da sie wusste, zwischen welchen zwei Töpfen sie wählen konnte, war die Zuordnung beschämend leicht. Hier der Ratten-Banksy, hier ebenfalls, dort der kommerzielle Banksy, und Nummer vier wieder in den ersten Topf. Die Rattengruppe erwies sich als deutlich umfangreicher, doch auch bei der zweiten kamen einige Werke hinzu, die Klara bisher nicht mit dem Toni in

Verbindung gebracht hatte. Vielleicht hatten sich die Besitzer über dessen Ankaufversuche ausgeschwiegen, vielleicht würde er erst an sie herantreten, vielleicht existierten noch alternative Vermarktungskanäle. Egal, der stilkritische Befund war eindeutig.

Und wie sah es mit der zeitlichen Dimension aus? Das Entstehungsdatum der einzelnen Werke genau zu bestimmen, würde aufwendig werden. Für den Moment musste genügen, wann der *Münchner Anzeiger* über ihre Auffindung berichtet hatte. Klara notierte sich die Daten. In der jüngeren Vergangenheit ließ sich kein Muster feststellen, da waren beide falschen Banksys gleichzeitig aktiv gewesen. Anders verhielt es sich mit den älteren Arbeiten. Von allen Werken der kommerziellen Gruppe war Frau Zimmermanns *Love is in the Bin* zuerst öffentlich bekannt geworden. Das geschah aber anderthalb Wochen, nachdem der *Anzeiger* die Banksy-Geschichte lanciert hatte. Zu diesem Zeitpunkt hatten schon mindestens zehn Rattengraffiti der ersten Kategorie existiert, wahrscheinlich sogar mehr, wenn man berücksichtigte, dass vor Beginn des Hypes einige wohl schnell und bedenkenlos beseitigt wurden.

Der Ratten-Banksy war zuerst da gewesen. Lange bevor eine findige Reporterin den Namen Banksy in eine Schlagzeile gesetzt und die Story sukzessive aufgebauscht hatte. Irgendwann fiel einem interessierten Beobachter ein, dass man ja vielleicht mehr aus der Sache machen könnte. Dem Toni? Dr. Steigenberger? Jedenfalls begriff derjenige, dass die angeblichen Banksy-Werke einen Schatz darstellten, den man nur zu heben und zu verscherbeln brauchte. Dummerweise hatte der Ratten-Banksy bei der Platzierung seiner Graffiti keinen Gedanken auf deren mögliche Bergung verschwendet, doch dieses Problem ließ sich lösen. So schwer fiel es selbst mittelprächtigen Heimwerkern ja nicht, ein paar Schablonen zu schneiden und an geeigneten Stellen anzulegen. Ob sie mit dem Ratten-Banksy direkt in Kontakt standen? Wahrscheinlich nicht. Die zweite Gruppe hatte sich wohl nur von seinen Aktionen inspirieren lassen, das Medienspektakel für ihre eigenen Zwecke ausgenutzt und zur Selbsthilfe gegriffen, um das Geschäft zum Laufen zu bringen.

Klara nickte und sagte: »Danke, Papa.«

»Wofür?«, fragte ihr Vater. »Auf so eine simple Sache wären sie auch im Kindergarten gekommen.«

Warum konnte er nicht einfach »Bitte, gern geschehen« sagen? Wie jeder einigermaßen normal gestrickte Mensch.

»Wenn du schon früher mal mit mir geredet hättest ...«

»Ist gut, Papa.« Ja, er hatte Klara zu einem Durchbruch bei der Graffitieinordnung verholfen. Das war wunderbar, das war großartig, und vielleicht würde sich ihr Vater die nächsten paar Stunden gar nicht im Glanz seines Erfolgs spiegeln. Doch Klara wollte das nicht austesten. Der Groll würde sich in ihr anstauen und irgendwann würde sie explodieren. Vielleicht wäre das sogar mal ganz gut, auch wenn Ivanovic nicht im Geringsten verstehen würde, was sie umtrieb.

»Wenn du das Schwertfischsteak nicht isst, nehme ich es«, sagte er. »Ich habe plötzlich wieder Hunger gekriegt.«

»Mach das! Ich gehe noch aus«, sagte Klara.

»Jetzt?«

»Jetzt.« Klara würde Kilian anrufen. Sie würden irgendwo einen Cocktail trinken oder auch zwei. Sie würden lachen und reden. Über Herrn Karl zum Beispiel. Oder über etwas anderes. Vielleicht sogar über unterschiedliche Graffitisprayer. Und Klara würde keinen Gedanken daran verschwenden, über welche Fernsehsendung ihr Vater sich zu Hause gerade aufregte.

»Ja, ich weiß, dass es kurz vor eins ist, und nein, ich weiß nicht, wann ich nach Hause komme«, sagte Max ins Handy. Das konnte dauern. Wenn er Glück hatte, bis drei oder vier Uhr morgens. Wenn er Pech hatte, würde er morgen Mittag noch hier im Wagen herumsitzen.

»Ja, klar, geh ruhig ins Bett!«, sagte Max. Ihm fiel ein, dass Miriam sich damals neben vielen anderen Extras eine Standheizung für das neue Auto gewünscht hatte. Er hatte das als überflüssig und zu teuer abgeschmettert. Tatsächlich hatte er so eine Apparatur auch nie vermisst. Bis auf die letzten Stunden.

»Ich dich auch«, sagte Max. Er beendete das Gespräch und legte das Handy auf die Mittelkonsole. Der Schlüssel steckte im Zündschloss. Max blickte auf die Einfahrt schräg gegenüber. Nichts rührte sich. Wenigstens war es draußen trocken. Bei Schneetreiben oder Nieselregen würde selbst ein Verrückter wie Banksy sich zweimal überlegen, ob das neue Werk nicht noch eine Nacht warten konnte.

Den Kopf freibekommen, hatte Rupert als Parole ausgegeben. Dazu konnte man sich zwar von einem Nobeljapaner bewirten lassen, doch Max' Sache war das nicht. Vor allem dann nicht, wenn man auf eine heiße Spur gestoßen war. Max rieb die Hände gegeneinander und versenkte sie dann in den Taschen seiner Jacke. Dass sich Mister X in Tonis Lagerhalle aufgehalten hatte, konnte kein Zufall sein. Was machte er also dort? Auf dem Heimweg vom Büro hatte Max die einzig sinnvolle Erklärung gefunden. Er hatte sofort gewendet und hier in der Ohlmüllerstraße Stellung bezogen.

Dass der Toni eine zwielichtige Rolle spielte, hatte Klara recherchiert, ohne jedoch dabei Mister X gebührend zu beachten. Der kannte aber nicht nur den Toni, sondern arbeitete auch mit Banksy zusammen. Er dokumentierte die Aktionen und deren Vorbereitung, half vielleicht sogar mit, die Kartons für die Stencils zu schneiden und die nötigen Spraydosen einzupacken. Theoretisch könnte das in jeder Wohnküche vonstattengehen, doch wäre es nicht deutlich praktischer, dafür mehr Platz zur Verfügung zu haben? Eine geeignete Arbeitsfläche, eine Werkbank, ein Materiallager? Idealerweise sollte ein solches improvisiertes Banksy-Atelier zentral positioniert sein, um kurze Wege zu den Einsatzzielen zu ermöglichen. Andererseits musste es versteckt genug liegen, um Ruhe vor ungebetenen Gästen zu haben. Eine Lagerhalle in einem Hinterhof, wie sie der Toni von der Au sein Eigen nannte, war zum Beispiel perfekt. Schon das Labyrinth mit den vollgestopften Regalen schreckte jeden Zufallsbesucher ab, bis zu den Nebenräumen am Ende vorzudringen, und wenn dort nachts ein paar Leute vor sich hin werkelten, merkte das niemand. Vielleicht hatte sich Banksy in einem der Räume sogar häuslich eingerichtet. Jedenfalls befand sich hier die Einsatzzentrale für sein Team, und deswegen, nur deswegen, hatte Mister X sich beim Toni eingefunden. Max brauchte ihm nicht mehr hinterherzulaufen, er musste nur in seinem Wagen warten, bis ihm die endgültigen Beweise geliefert würden.

Wenn es nur nicht so verdammt kalt wäre! Eigentlich müsste die neue Jacke ein paar Minusgrade wegstecken können. Wieso fiel man nur immer wieder auf Werbeversprechen herein, obwohl man wusste, was davon zu halten war? Nun ja, jetzt bloß kein Selbstmitleid. Statt weiterhin vor sich hin zu zittern, sollte Max noch einmal aussteigen und sich bewegen. Seinen Ohren würde das allerdings gar nichts nützen. Die fühlten sich jetzt schon wie zwei Eisklumpen an. Max ließ den Motor an, drehte Heizung und Lüftung voll auf. Zumindest die Lüftung funktionierte bestens. Ein arktischer Sturm blies ihm entgegen.

Als Max vor etwa zwei Stunden an der Einfahrt vorbeigeschlendert war, hatte er am Lagerhalleneingang kein Licht entdeckt, doch das musste nichts heißen. Den größeren Teil des Gebäudes sah man von außen nicht, und in den Hof hatte Max sich nicht hineingewagt. Mister X kannte ihn schließlich und hätte garantiert Verdacht geschöpft, falls er ihn bemerkt hätte. Ob er oder irgendwer sonst sich im Moment da drinnen aufhielt, wusste Max allerdings nicht. Wenn er Glück hatte, bereiteten sie gerade die nächste Aktion vor. Wenn er noch mehr Glück hatte, würden sie mitten in der Nacht aufbrechen, um an irgendeine Wand ein Graffito zu sprühen.

Max gab im Leerlauf Gas, um der Heizung etwas Dampf zu machen. Der Wind aus den Lüftungsklappen blies unverändert heftig und arbeitete sich temperaturmäßig langsam auf das Niveau eines miesen Sylter Sommers hoch. Max hatte keine Ahnung, wieso jemand auf einer Nordseeinsel Urlaub machte. Als er samt Frau und Töchtern versehentlich mal dort gelandet war, hatte der Dauersturm nur den Vorteil gehabt, dass man kaum versucht war, sich vom Strandkorb bis zum eiskalt tosenden Meer zu wagen. Monique und Madeleine hatten von Beginn an gemault, und weil nach zwei Tagen …

Max zuckte zusammen, als es an der Autoscheibe klopfte. Ein dick vermummter Greis beugte sich zu ihm herab. Was wollte der denn um diese Uhrzeit von ihm? Widerwillig ließ Max die Scheibe eine Handbreit herab. Der Alte keifte hindurch: »Müssen Sie den Motor unbedingt im Stand laufen lassen?«

»Schon«, sagte Max, »weil sonst die Heizung …«

»CO_2-Ausstoß, Klimakrise, globale Erwärmung, schon mal was davon gehört?«

»Erwärmung?«, fragte Max zurück. Schön wäre es, dachte

er und sah gerade noch einen Lieferwagen in Tonis Hofeinfahrt einbiegen. Der war anscheinend von der Isarbrücke unten gekommen, er hatte eine helle Farbe und eine geschlossene Ladefläche, er trug keine Firmenaufschrift, er unterschied sich in nichts von dem Fahrzeug in den Banksy-Videos, und wenn der verdammte Blockwart ihn nicht abgelenkt hätte, hätte Max vielleicht sogar erkannt, wer am Steuer saß.

»Die Polkappen schmelzen, die letzten Eisbären treiben auf immer kleiner werdenden Schollen Richtung Kanarische Inseln, und Sie lassen völlig unnötig den Motor laufen?« Der Alte bekam vor Empörung kaum Luft.

Eine lange Diskussion war das Letzte, was Max jetzt brauchen konnte. Außerdem war ihm plötzlich ganz ohne Heizung warm geworden. Er drehte den Zündschlüssel nach links. Der Motor erstarb, der Lüftungssturm schlief ein. Max sagte: »Die Eisbären, natürlich. An die hatte ich gerade gar nicht gedacht. Danke für den Hinweis und einen angenehmen Nachtspaziergang noch.«

Max schloss das Autofenster. Der Alte guckte durch die Scheibe. Um seine Mundwinkel zuckte es, als könne er sich nicht damit anfreunden, seine Empörungsoffensive nur wegen einer höflichen Antwort abzubrechen. Max lächelte, hob die Hand zum Gruß, hörte nicht auf zu lächeln, und endlich machte sich der Alte davon. In der Einfahrt schräg gegenüber rührte sich nichts. Der Lieferwagen war im Hof verschwunden. Um erkennen zu können, was sich dort tat, musste Max näher ran. Er stieg aus, machte ein paar Schritte und blieb stehen. Er schüttelte den Kopf. Sie würden ja wohl kein Picknick im Freien veranstalten.

Max drehte um und setzte sich wieder hinters Steuer. Garantiert hatten sie den Wagen hineingefahren, um ihn zu be-

laden. Mit dem Material, das sie für die bevorstehende Sprühaktion brauchten. Sobald das erledigt war, würden alle daran
Beteiligten einsteigen. Banksy, Mister X und wer eben sonst
noch mitmischte. Dann würden sie aufbrechen, und Max
würde sich an ihre Stoßstange hängen und sie auf frischer Tat
überraschen. Er schaute nach dem Ladestand seines Smartphones. Achtundvierzig Prozent. Das reichte für mehr als
eine Videoaufnahme. Banksy live bei der Arbeit, und er, Max
Müller, hätte die Bilder dazu!

Max stierte zu der Einfahrt hinüber. Länger als zehn Minuten sollte es nicht dauern, bis die paar Kartons im Laderaum
verstaut waren. Max wartete fünfzehn Minuten, zwanzig Minuten. Es war jetzt 2 Uhr 54. Max' bescheidener Meinung
nach genau die richtige Zeit, um loszuziehen. Also, Jungs,
frisch ans Werk!

Um 3 Uhr 5 wurde sich Max bewusst, dass ihm doch nicht
so warm geworden war, wie er vor einer halben Stunde gedacht hatte. Im Gegenteil, er fror langsam auf dem verdammten Kunstlederschonbezug fest. Stärkten die sich in Tonis
Hallen erst einmal mit einem vorgezogenen Frühstück? Auf
Banksys speziellen Wunsch wahrscheinlich nach englischer
Art, mit Toast und Rührei, Speck und gegrillten Tomaten,
mit vor Fett glänzenden Würsten, die in einem ekligen Boh-
nenbrei schwammen. Im Hals stecken bleiben sollte es ihnen,
wenn sie nicht bald zu einem Ende kamen.

Um 3 Uhr 17 kehrte der vermummte Alte zurück. Er tappte
wie ein dressierter Eisbär auf der gegenüberliegenden Straßenseite daher und passierte die Einfahrt, ohne einen Blick
hineinzuwerfen. Glücklicherweise schien er nicht zu bemer-
ken, dass Max' Wagen samt seinem Besitzer noch an derselben Stelle stand. Das hätte garantiert zu misstrauischen
Nachfragen geführt.

Um 3 Uhr 31 war seit 3 Uhr 30 genau eine Minute vergangen. Max war gespannt, wie lange es dauern würde, bis es 3 Uhr 32 war. Und wie es danach mit der Zeit so weiterlaufen würde. Er blies sich in die Handflächen, klatschte sie gegeneinander und drückte sie an die Ohrmuscheln. Er rollte ein paarmal die Füße von der Ferse zu den Zehen ab und wieder zurück. Dann hob er abwechselnd die Knie an und simulierte einen Storchengang, so gut das im Sitzen eben ging. Normalerweise war die kälteste Stunde des Tages die vor Sonnenaufgang. Bis dahin fehlten noch einige Minütchen. Um das genau auszurechnen, müsste er wissen, wann die Sonne theoretisch erscheinen sollte, denn praktisch gesehen würde sie wohl ebenso hinter einer Wolkendecke verborgen bleiben wie an den vergangenen Tagen. Max versuchte sich zu erinnern, wie sich ein strahlender Sommertag anfühlte, doch er schaffte es nicht. Dabei hatte er schon einige erlebt, dessen war er sich sicher. Jeder Winter endete einmal, jede eiskalte Nacht ging irgendwann vorüber. Es war 3 Uhr 39.

Und endlich, zur dunkelsten Minute der dunkelsten Stunde, erschien Max das Licht. Es kroch über die Mauer von Tonis Hofeinfahrt, drang auf die Straße heraus und verdichtete sich in zwei Scheinwerfern, deren Strahlen sich langsam über den Gehsteig tasteten. Der Lieferwagen. Sie brachen auf, Herrgott, Max hatte es gewusst. Unwillkürlich zog er den Kopf ein, um nicht vom Lichtkegel der Scheinwerfer erfasst zu werden. Sie bogen nach rechts ab. Max' Hand drehte den Zündschlüssel. Der Wagen sprang sofort an, die voll aufgedrehte Lüftung fauchte Max entgegen. Geduld. Bis fünf zählen. Und noch ein wenig warten. Die brauchten ja nicht sofort zu merken, dass einer hinter ihnen her war.

Erst als der Lieferwagen ungefähr hundert Meter entfernt war, fuhr Max los und folgte den Rücklichtern. Die Ohlmüllerstraße entlang, Richtung Süden. Zum Glück war so viel Verkehr, wie man es um diese Uhrzeit erwarten konnte, nämlich keiner. Die Gefahr bestand weniger darin, das Zielobjekt aus den Augen zu verlieren, als darin, ihm zu nahe zu kommen. Max musste sich zwingen, nicht zu sehr Gas zu geben. Herrgott, die hatten es wirklich nicht eilig. Sie tuckerten über den Mariahilfplatz, an der Paulaner Brauerei vorbei und den Nockherberg hoch. Max hielt Abstand und beschleunigte erst ein wenig, als der Lieferwagen den Blinker setzte und an der Ostfriedhofsecke in die Tegernseer Landstraße abbog. Stadtauswärts. Wohin sie wohl wollten?

Wenn sie anhielten, würde er sie ganz unaufgeregt passieren, bei nächster Gelegenheit abbiegen, den Wagen stehen lassen und zu Fuß zurückschleichen. Das Handy natürlich im Anschlag. Doch erst einmal ging es gemütlich weiter durch Giesing. Ein BMW fuhr dicht auf Max auf, hupte, überholte und setzte sich zwischen ihn und das Zielobjekt. Doch kurz vor dem Edelweißplatz scherte er auf die Straßenbahngleise aus und fuhr mit hoher Geschwindigkeit auch an dem Lieferwagen vorbei. Max ließ sich wieder etwas zurückfallen.

Und wenn er die Sprayer gestellt hatte? Eigentlich hätte er Zeit genug gehabt, sein weiteres Vorgehen zu planen, doch vor lauter Frieren hatte er nicht über den Moment hinausgedacht, in dem er seine Livebilder von Banksy im Kasten haben würde. Sollte er den Mann dann ansprechen? Kompliment, Mister Banksy, saubere Arbeit. Oder soll ich Sie lieber Robin Gunningham nennen? Wie würde er darauf reagieren? Sein jahrelanges Versteckspiel widerstandslos aufgeben? Alles ableugnen? Vielleicht war es besser abzuhauen, bevor er seinen Mitarbeitern auftrug, Max das Smartphone abzunehmen und ihm die haltlosen Unterstellungen aus dem Leib zu prügeln. Die Typen waren ja durchaus zu Handgreiflichkeiten bereit. So wenigstens hatte Max Klaras Bericht über die Auseinandersetzung mit den Marokkanern verstanden.

Am sichersten wäre es wohl, die Polizei anzurufen und eine Fassadenschmiererei zu melden. Auf der Wache müssten die Täter ihre Personalien angeben, und schon wäre Banksys Identität aktenkundig. Dummerweise wären nach dem Pressezirkus der letzten Wochen auch die Beamten in der Lage, eins und eins zusammenzuzählen, selbst wenn ihnen der Name Gunningham nicht geläufig war. Gleich am Morgen würden sie stolz vermelden, Banksy auf frischer Tat ertappt und enttarnt zu haben. Das hätte Max allerdings gern selbst in die Hand genommen. Nein, die Polizei ließ er lieber aus dem Spiel. Er würde spontan entscheiden, wie er sich verhalten wollte. Ihm würde schon das Richtige einfallen.

Das Zielobjekt fuhr auf den Tegernseer Platz zu. Stadtauswärts war dort die Durchfahrt für den Autoverkehr gesperrt, und tatsächlich blinkte der Lieferwagen nach rechts. Sie wollten in die Ichostraße, die zum *Giesinger Bräustüberl* führte, wo Max vor Jahren einmal … Egal. Jetzt dranbleiben. Die Ampel an der Kreuzung zeigte Grün, Max gab Gas. Er hatte noch etwa fünfzig Meter Rückstand, als die Ampel auf Gelb sprang. Die Bremslichter des Lieferwagens leuchteten auf, doch er hielt nicht. Gerade als das Gelb einem satten, eindeutigen Rot wich, bog er um die Ecke des Woolworth-Kaufhausbunkers ab und geriet außer Sicht.

Keine Bange, dachte Max, den holst du schon wieder ein. Er blieb vor dem durchgezogenen weißen Strich stehen und starrte auf das rote Licht in drei Metern Höhe. Wieso war die Ampel mitten in der Nacht überhaupt eingeschaltet? Bei null Komma null Verkehr. Fast ein Drittel der Stadträte war von den Grünen, und da konnten die nicht einmal die simpelsten Energiesparmaßnahmen umsetzen? Max zählte die Sekunden.

Wahrscheinlich war der Lieferwagen schon am *Bräustüberl*. Wahrscheinlich nahmen sie dann die Martin-Luther-Straße, um die ursprüngliche Richtung beizubehalten. Wenn sie irgendwo abbogen, hatte er sie endgültig verloren. Und Max hatte sich nicht einmal das Kennzeichen gemerkt. Er schlug gegen das Lenkrad. Kein einziges Auto hatte die Kreuzung quer passiert, und die verfluchte Ampel begriff einfach nicht, dass sie keinerlei sinnvolle Funktion erfüllte. Die Rotphase dauerte gefühlt schon Stunden. Vielleicht war das Ding defekt. Sicher sogar. Irgendein durchgeschmortes Relais verhinderte, dass auf Grün umgeschaltet wurde. Max legte den ersten Gang ein, schaute nach links – alles frei –, schaute auf das unverdrossen leuchtende Rot, gab Gas und bog in die Ichostraße ein.

Max hatte das Woolworth-Gebäude noch nicht ganz passiert, als er das Martinshorn unmittelbar hinter sich hörte. Er blickte in den Rückspiegel und bremste automatisch. Der Polizeiwagen scherte auf die zweite Spur aus, setzte sich vor ihn und blieb stehen. Oh verdammt, das fehlte gerade noch! Max hielt das Lenkrad umkrampft und rührte sich nicht, bis einer der Uniformierten ausstieg. Nein, es war eine Polizistin, die sich näherte. Max ließ das Fenster auf der Fahrerseite herab.

»Machen Sie mal bitte den Motor aus!«

Max gehorchte.

»Führerschein und Fahrzeugpapiere, bitte!«

»Hören Sie«, sagte Max. »Ich habe es echt eilig, ein Fall von Leben und Tod sozusagen.«

»Führerschein und Fahrzeugpapiere, bitte!«

Max suchte die Dokumente heraus und reichte sie durchs Fenster. Die Polizistin warf einen Blick auf die Führerscheinkarte.

»Sie wissen, warum wir Sie angehalten haben, Herr Müller?«, fragte sie.

Zu allem Überfluss musste er an eine Pädagogin geraten, die noch das schwärzeste Schaf der Herde zur Einsicht führen wollte. Sie würde sich nicht zufriedengeben, bevor er nicht alle Verbrechen seines Lebens gestanden hätte und aus tiefster Überzeugung zu Kreuze gekrochen wäre. Es war vorbei. Wenn er hier herauskam, lag Banksy nach getaner Arbeit längst im Bett. Max sagte: »Die Ampel war kaputt.«

»Wir standen direkt hinter Ihnen. Die Ampel zeigte Rot.«

»Aber ein flackerndes Rot«, sagte Max. »So als wolle es umspringen, aber könne nicht.«

»Haben Sie getrunken?«, fragte die Polizistin.

Und weil es schon egal war und weil Max keine Lust hatte, jetzt noch im eigenen Wagen nach Hause zu fahren, und weil er wenigstens für den Spott zum Schaden selbst sorgen wollte, sagte er: »Praktisch nichts, nur zwei bis drei Liter Glühwein.«

Die Fürstenrieder Straße ist schnurgerade ins Fleisch der Stadt gehauen. Drei Fahrspuren Richtung Norden, drei Richtung Süden, getrennt von einem schmalen Grünstreifen, auf dem die Bogenlampen der Straßenbeleuchtung emporwachsen. Ihr Licht wirkt zu dieser nächtlichen Stunde geisterhaft fahl. Man könnte die Straße fast für eine Autobahn halten, wenn es da keine Kreuzungen, Ampeln, Bushaltestellen gäbe. Und Menschen. Wie die Jugendlichen, die gerade aus einem städtischen Bus steigen. Sie kommen von einer Party, sind aufgekratzt.

Der BMW-Fahrer sieht sie nicht. Er muss ja auch in den Rückspiegel schauen. Ob es ihm gelungen ist, die Polizisten abzuhängen. Die sind mit Blaulicht hinter ihm her, und er ist nur auf Bewährung draußen. Verurteilt wegen ein paar lächerlichen Gramm Kokain. Und da er sich vorhin wieder zwei

Gramm reingezogen hat, würde er diesmal in den Knast einfahren, wenn sie ihn erwischten. Wieso müssen die ihn gleich
verfolgen, nur weil er versehentlich falsch abgebogen ist? Kann
doch mal passieren, oder?

Ich lass mich doch von denen nicht kriegen, denkt er.

Deswegen drückt er das Gaspedal bis zum Anschlag durch.
Kickdown, das Automatikgetriebe schaltet einen Gang tiefer,
der Motor brüllt auf und beschleunigt den Wagen auf hundertzwanzig Stundenkilometer. Geile Maschine, und am Steuer
macht ihm keiner was vor. Geisterfahrer? Ja, er ist in der falschen Fahrtrichtung unterwegs, aber was sollte er denn machen,
wenn ein paar Idioten an der Ampel die Kreuzung blockierten?
Da ist er halt über den Grünstreifen in die Gegenfahrbahn abgebogen. Doch auch die hat drei Spuren. Er kann ausweichen,
die entgegenkommenden Autos können ausweichen, es ist sowieso nicht viel Verkehr, und irgendwie muss er die Bullen ja
abhängen.

Ich habe alles im Griff, denkt er.

Runtergerechnet entspricht ein Tempo von hundertzwanzig
Stundenkilometern einer Strecke von dreiunddreißig Metern
pro Sekunde. Eine Sekunde beträgt auch die durchschnittliche
Reaktionszeit eines Autofahrers, so dass man dreiunddreißig
Meter zurückgelegt hat, bevor ein Bremsvorgang überhaupt
eingeleitet wird. Doch der BMW-Fahrer bremst nicht. Wäre
ja kontraproduktiv, wenn er entkommen will. Und die vier Jugendlichen kann er hinter dem Bus überhaupt nicht sehen. Sie
wollen die Fürstenrieder Straße überqueren. Sie schauen nach
links, sehen kein Auto kommen. Nach rechts schauen sie nicht.
Wieso sollten sie auch? Auf den drei Fahrspuren bis zum Mittelstreifen läuft der Verkehr ja von links nach rechts. Der Bus steht
noch an der Haltestelle. Die Jugendlichen treten hinter seinem
Heck auf die Fahrbahn. Vorneweg läuft ein Junge. Das Mäd-

chen hinter ihm fragt ihn etwas. Er dreht ihr den Kopf zu. Er macht einen Schritt hinter dem Bus hervor.

Der Junge wird vierzig Meter durch die Luft geschleudert. Er ist tot, bevor er auf dem Asphalt aufschlägt.

Durch den Aufprall löst der Airbag des BMW aus. Die Kraftstoffpumpe schaltet automatisch ab, doch der Wagen rast noch mit kaum verminderter Geschwindigkeit weiter. Ein entgegenkommendes Auto weicht aus und prallt gegen eine Litfaßsäule. Erst als der BMW auszurollen droht, stoppt der Fahrer und steigt aus. Er sieht sich nicht nach hinten um, er läuft nicht zurück, er flüchtet zu Fuß in den Westpark. Dort stellt ihn die Polizei. Bei seiner Festnahme leistet er erheblichen Widerstand.

Ich habe das schließlich nicht gewollt, denkt er.

Die drei anderen Jugendlichen sitzen noch am Randstein und begreifen nicht, was geschehen ist. Die Rettungskräfte versuchen achtunddreißig Minuten lang, den toten Jungen wiederzubeleben, bevor sie aufgeben. Der Junge ist vierzehn Jahre alt geworden.

Wahrscheinlich wird man an der Bushaltestelle Blumen für ihn niederlegen. Oder ein Kreuz aufstellen. Des Amokfahrers könnte man auch gedenken, etwa mit einer chromblitzenden, von BMW gesponserten Tafel, in der die Worte »Ich, ich, ich und nach mir die Sintflut« eingraviert sind. Aber das wird wohl nicht passieren.

5

Klara war in derselben U-Bahn gewesen, doch Rupert sah sie erst, als er hinter ihr an der Station Giselastraße die Treppe hochstieg. Er legte einen Gang zu und holte sie ein. Sie war bester Laune, und im Gegensatz zu ihm hatte die Kopf-frei-Methode bei ihr offensichtlich funktioniert. Auf dem Weg ins Büro klärte sie ihn über ihre Zwei-Täter-Theorie auf. Rupert war davon sofort überzeugt. Die Arbeit würde deswegen nicht weniger werden, da man nun an beiden Fronten weiterermitteln musste. Rupert sperrte die Bürotür auf, ließ Klara den Vortritt und sah Max sich hinter seinem Schreibtisch fläzen. Rupert grüßte und sagte: »Sehr schön, dass du heute schon da bist.«

»Noch«, sagte Max und nahm die Füße von der Tischplatte. »Ich muss dringend schlafen, wollte euch nur kurz Bescheid geben.«

»Nett von dir«, sagte Rupert.

Max ging nicht auf seine Bemerkung ein, sondern erzählte mit leicht dramatisierendem Unterton, wie er die Nacht verbracht hatte. Vor allem die morgendlichen Erfahrungen mit den Ordnungshütern schienen ihn Nerven gekostet zu haben. Er habe gedacht, nach dem negativen Alkoholtest könne er mit einem Verwarnungswisch abziehen, aber nichts da, die Polizisten hätten sein Auto halb auseinandergenommen, einen nicht der DIN-Norm entsprechenden Erste-Hilfe-Kasten beanstandet und ihn selbst angeblich zur Personalienüberprüfung aufs Revier geschleift. Als ob das nicht vom Streifenwagen aus zu erledigen gewesen wäre. Hier noch ein Protokoll, da noch eine freundliche Ermahnung, und dazwischen völlig sinnfreie Warterei. Erst um acht Uhr sei er entlassen worden.

»Das einzig Positive ist«, schloss Max, »dass Banksy und Konsorten mich nicht bemerkt haben. Sie haben also keinen Grund, ihr Hauptquartier aufzugeben.«

Bis auf die Tatsache, dass Banksy gerade in Bristol oder sonst wo weilte, aber sicher nicht in München, hatte Max wohl recht.

»Wir müssen Tonis Lagerhalle rund um die Uhr überwachen«, sagte er. »Das heißt, ihr müsst. Ich gehe jetzt ins Bett.«

»Ist wohl am besten«, sagte Rupert. Mit Max war in diesem Zustand nicht viel anzufangen. Klara und er hatten allerdings wichtigere Angelegenheiten zu erledigen, als sich in der Ohlmüllerstraße die Beine in den Bauch zu stehen. Es wäre sowieso günstiger, wenn das jemand übernähme, den der Toni nicht kannte. Am besten ein paar Leute, die sich abwechseln konnten und nicht groß auffielen. Falls dafür überhaupt jemand zu finden wäre, würde das natürlich kosten. Wahrscheinlich mehr, als die finanzielle Lage der Detektei hergab. Rupert beschloss, das Problem erst einmal zurückzustellen.

»Viel Erfolg!«, sagte Max. Er klopfte dreimal auf die Schreibtischplatte und verschwand ohne weiteren Gruß.

»Das hat ihn ganz schön mitgenommen«, sagte Klara.

»Er übertreibt«, sagte Rupert. »Was ist denn schon groß passiert? Zeige mir lieber, was du hast!«

Er ließ sich von Klara die Fotos der Graffiti vorführen. Zwei klar unterscheidbare Stile, zwei Urheber, kein Zweifel.

»Fangen wir mit dem ursprünglichen Sprayer an?«, fragte Klara.

Rupert nickte. Solange Dr. Steigenberger nicht zu sprechen war, würden sie bei der Geschäftemachertruppe eh nicht entscheidend vorankommen.

»Der hat auf die Katastrophen reagiert, wie du es vermutet hattest«, sagte Klara. »Unfälle, Verbrechen, menschliche Tragödien, und zwar durchwegs mit Toten oder Verletzten. Aber es sind zu viele aus zu unterschiedlichen Welten, als dass er zu allen eine persönliche Beziehung gehabt haben konnte. Trotzdem war er aus irgendeinem Grund von den Ereignissen betroffen.«

»Das führt uns noch nicht zu ihm«, sagte Rupert.

»Wann nimmt dich ein Unglück fremder Menschen emotional mit?«

»Am ehesten, wenn ich es hautnah miterlebe«, sagte Rupert. Seinen ersten Toten hatte er im Internat gesehen. Mit Schrecken und Erleichterung zugleich, denn der Mann war ihm zu Lebzeiten verhasst gewesen. Die Todesumstände waren dubios, keiner wusste genau, was geschehen war. Rupert konnte sich vor allem daran erinnern, wie erstaunt er war, sofort und mit untrüglicher Gewissheit kapiert zu haben, dass dort im Bett kein Schlafender, sondern eine Leiche lag. Bis heute überkam ihn bei diesem Gedanken ein Schaudern.

»Genau, wenn du es miterlebst«, sagte Klara. »Und wer hat es immer miterlebt? Wer war immer vor Ort? Polizei, Rettungsdienst, Notarzt. Wenn einer von denen …«

»Unwahrscheinlich«, sagte Rupert. »In München sind Hunderte, wenn nicht Tausende solcher Einsatzkräfte unterwegs. Es wäre ein unglaublicher Zufall, wenn in allen unseren Fällen derselbe Typ Dienst gehabt hätte.«

Klara schwieg. Rupert schwieg auch.

»Katastrophentourismus«, sagte er endlich, ohne selbst von seiner Idee überzeugt zu sein. »Es gibt Leute, die nichts Besseres zu tun haben, als den Polizeifunk abzuhören und sofort zu jedem Einsatzort zu fahren.«

»Dazu braucht es keinen Polizeifunk. Twitter reicht vollkommen. Oder die Eilmeldungen irgendwelcher Nachrichtenredaktionen«, sagte Klara. »Aber würde ein notorischer Gaffer seine Beobachtungen Monate später künstlerisch verarbeiten?«

»Vielleicht treibt ihn nicht nur die Sensationsgier an«, sagte Rupert.

»Was dann?«, fragte Klara.

»Keine Ahnung. Ein privates Trauma, ein falsches Verständnis romantischer Inspirationsvorstellungen, der übermäßige Konsum von einschlägigen Netflixserien?«

»Oder schlicht berufliche Verpflichtung. Und ich spreche nicht von den Rettungskräften.«

»Du meinst …?« Rupert formulierte seine Frage nicht aus. Natürlich, Klaras Idee ergab Sinn. Viel mehr als das ganze bisherige Herumstochern im Ungefähren. Denn wer stürzte sich wie die Geier auf jeden Unglücksort, der Opfer hinterließ?

»Die Medien, die Presse«, sagte Klara.

Rupert nickte. Er war auf die Unglücksfälle aufmerksam geworden, weil er die Onlinearchive durchforstet hatte. Die Artikel musste aber jemand geschrieben haben, und so, wie sie klangen, handelte es sich nicht um den Abdruck nüchterner Pressemitteilungen der Polizei. Nein, da waren Reporter an Ort und Stelle gewesen, hatten Zeugen befragt, Fotos gemacht. Rupert sagte: »Das erledigen die Lokalredaktionen.«

»Wahrscheinlich nur ein paar wenige Tod-und-Verbrechen-Spezialisten«, sagte Klara. »In der italienischen Boulevardpresse gibt es eine eigene Rubrik dafür: Cronaca nera. Im Gegensatz zur Cronaca rosa, die sich den Liebesangelegenheiten von Stars und Sternchen widmet.«

Rupert fuhr seinen Computer hoch. Klara trat hinter ihn, als er den Ordner öffnete, in dem die Reportagen gespeichert waren. Da er sich nicht auf eine einzige Quelle verlassen wollte, hatte er sich zu jedem relevanten Fall aus mehreren Zeitungen bedient, angefangen vom *Süddeutschen Kurier* bis hin zum *Abendboten*. Immer dabei war aber der *Münchner Anzeiger,* was angesichts der Ausrichtung des Blatts nicht verwunderte.

»Notierst du mit?«, fragte Rupert. In den Papierausgaben der Zeitungen stand ja oft nur das Kürzel des Verfassers, doch das traf hier nicht zu. In der digitalen Fassung verzichtete keine Reportage auf den vollen Namen des Verantwortlichen, und oft war sogar ein Porträtfoto beigefügt. Das konnte sich noch als hilfreich erweisen.

Klara fertigte eine Liste an, aber die brauchte Rupert eigentlich nicht mehr. Schon während des Vorlesens der Namen merkten sie beide, wohin der Hase lief. Bei fast allen Zeitungen zeichneten unterschiedliche Reporter verantwortlich. Doch keiner von ihnen hatte mehr als drei der Fälle bearbeitet. Nur beim *Münchner Anzeiger* stand bei allen sechs Tragödienberichten, die Rupert mit den Graffiti in Verbindung gebracht hatte, derselbe Autorenname. Christian Lohse. Wenn sein Bild einigermaßen aktuell war, musste er zwischen fünfundzwanzig und dreißig Jahre alt sein. Die dunkelblonden Locken waren zurückgekämmt, das Gesicht unauffällig, sein Lächeln wirkte etwas verlegen.

»Schau mal, was der noch geschrieben hat!«, sagte Klara.

Rupert tippte den Namen ein. Der erste neue Artikel, den er fand, war ebenfalls im *Anzeiger* erschienen und berichtete von der Bergung einer nicht identifizierten Frauenleiche aus dem Nymphenburger Kanal.

»Das passt zum Stencil an der Gerner Brücke.« Klara zeigte das Foto auf ihrem Smartphone. Eine schwarz-weiße Ratte mit rot verweinten Augen.

»Nummer sieben«, sagte Rupert.

»Ich glaube, dabei wird es nicht bleiben.«

»Wir haben ihn«, sagte Rupert. Er suchte schon nach weiteren Reportagen von Christian Lohse.

»Zumindest sollten wir mal mit dem Mann reden«, sagte Klara.

Rupert überflog einen Artikel Lohses über einen Verwaltungsangestellten, der sich umgebracht hatte, weil er am Arbeitsplatz über Jahre gemobbt worden war. Das Gebäude der Berufsgenossenschaft, in der er beschäftigt war, fand sich mitsamt einem passenden Rattengraffito in Klaras Galerie. Rupert schaltete den Computer aus. »Dann nichts wie los zum *Münchner Anzeiger*.«

Klara wartete schon an der Tür. Als Rupert seinen Mantel vom Garderobenständer nahm, läutete das Festnetztelefon auf seinem Schreibtisch. Es war Adil. Woher hatte der denn die Büronummer?

»Ich hab ein kleines Problem«, sagte Adil.

»Ja?«

»Ich bräuchte ein bisschen Kohle.«

»Was?«

»So vierhundert Euro.«

»Hör mal«, sagte Rupert, »ich bin doch keine Bank.«

»Du kriegst es zurück. Versprochen.«

Rupert hätte es durchaus interessiert, wozu Adil Geld brauchte, doch er fragte nicht. Das ging ihn nichts an. Außerdem führte Interesse zu Verständnis, und vom Verständnis war es nicht weit zur Nachgiebigkeit. Er wollte dem Jungen aber keinesfalls vierhundert Euro in den Rachen werfen, die er höchstwahrscheinlich nie wiedersehen würde.

»Ich weiß nicht, wen ich sonst fragen könnte«, sagte Adil.

»Deine Familie?«

»Pff«, machte Adil.

»Hast du keine Freunde?«

»Keine, die Geld haben. Außer dir.«

Rupert war nicht Adils Freund, er kannte ihn ja kaum. Und um über Geld zu verfügen, musste man halt etwas dafür tun. Zum Beispiel arbeiten. Rupert hatte einen Einfall, der wahrscheinlich ziemlich schlecht war. Trotzdem fragte er: »Sind sie wenigstens zuverlässig, deine Freunde?«

»Wieso?«

»Ich hätte einen Job. Da könntet ihr euch das Geld verdienen.«

»Worum geht's?«, fragte Adil, und Rupert erläuterte, dass eine Lagerhalle in der Ohlmüllerstraße überwacht werden müsse. Tag und Nacht, vorläufig für achtundvierzig Stunden. Es gelte festzuhalten, wer dort wann verkehre, Personen, Fahrzeuge. Die Kennzeichen notieren, ein paar Fotos machen, sonst nichts, bloß keine gewagten Unternehmungen!

»Zweihundert pro Tag?«, fragte Adil.

»Wenn ich zufrieden bin«, sagte Rupert.

»Die genaue Adresse?«, fragte Adil. Rupert gab sie ihm durch, und schon hatte der Junge aufgelegt.

»Ich hoffe, du weißt, was du tust«, sagte Klara.

Wirklich sicher war sich Rupert nicht, doch ab und zu musste man mal etwas riskieren. Und was sollte schon schiefgehen, außer dass ein paar kleine Kröten kalte Füße bekamen? Rupert sagte: »Dann auf zur Lesersprechstunde bei unserer Lieblingszeitung.«

Der *Münchner Anzeiger* leistete sich nicht nur ein stattliches Redaktionsgebäude, sondern auch eine Pförtnerin, die den Zutritt mit Argusaugen überwachte. Anscheinend hatte sie den Posten noch nicht lange inne, denn ein Redakteur mit dem Namen Christian Lohse war ihr nicht bekannt. Sie klickte auf ihrem Computer herum und bedauerte. Nein, der Mann arbeite hier nicht. Worum gehe es denn?

»Um Banksy«, sagte Rupert fast wahrheitsgemäß. Klara nickte.

»Dann wenden Sie sich am besten an Frau Sommer. Ich frage mal nach, ob sie Zeit für Sie hat.« Die Pförtnerin lächelte Rupert an, während sie telefonierte. »Wenn Sie raufkommen möchten. Dritter Stock. Warten Sie bitte am Aufzug, Sie werden dort abgeholt.«

Klara und Rupert fuhren nach oben. Ein paar Minuten später folgten sie Frau Sommer durch ein Großraumbüro im dritten Stock. In einem Dreiviertelkreis um eine Säule mit Monitoren waren Bildschirmarbeitsplätze angeordnet, und zu den Fenstern hin befanden sich noch weitere. Nur etwa ein Drittel war besetzt, doch auch auf den verwaisten Plätzen zeigte sich das übliche Bürochaos. Kaffeetassen und Mineralwasserflaschen standen neben Telefonen, Computermäuse versteckten sich zwischen Postkarten und Schütten mit irgendwelchen Akten. Selbst schnöd analoge Gegenstände wie Notizblöcke, Bleistifte und Lineale fehlten nicht. Wozu brauchte ein Redakteur heutzutage noch ein Lineal?

Klara wusste nicht, wie weit Lydia Sommer die Karriereleiter hochgeklettert war. Jedenfalls gehörte sie zu den Privilegierten, die über ein eigenes Büro verfügten. Durch eine Glasfront seitwärts blickte man in einen Konferenzraum mit einem großen ovalen Tisch in der Mitte. Dort fanden wohl die Redaktionssitzungen statt. Jetzt war er menschenleer.

Klara und Rupert setzten sich, nachdem sie von Frau Sommer dazu eingeladen wurden. Sie selbst verschwand mit ihrer zierlichen Figur fast hinter dem Schreibtisch. Dafür verfügte sie über eine überraschend tiefe Stimme, die den Eindruck vermittelte, dass die Frau wusste, was sie wollte.

»Sie haben also Neuigkeiten zu Banksy?«, fragte sie. Klara blickte Rupert an. Er sollte das Gespräch führen, sie würde beobachten und sich nur einschalten, wenn sie es für unbedingt nötig hielt. Die Rollenverteilung hatte sich schon bei anderen Gelegenheiten bewährt.

»Indirekt schon«, sagte Rupert. »Aber eigentlich wollten wir mit Ihrem Kollegen, Herrn Lohse, sprechen.«

»Herr Lohse arbeitet seit etwa einem Vierteljahr nicht mehr für uns.«

»Er hat gekündigt?«

Frau Sommer zögerte einen kurzen Moment. »Wir haben uns einvernehmlich getrennt.«

Das bedeutete, dass sie ihn rausgeworfen hatten. Vor drei Monaten. Also wenige Wochen, bevor die ersten Rattengraffiti in München aufgetaucht waren. Ob da ein Zusammenhang bestand?

»Schade«, sagte Rupert. »Wir haben seine Reportagen sehr geschätzt.«

Frau Sommer lächelte. Das konnte alles bedeuten, von ehrlicher Anerkennung der journalistischen Qualität Lohses bis zur Genugtuung, den Stümper endlich losgeworden zu sein.

»Wissen Sie zufällig, wo er jetzt tätig ist?«, fragte Rupert.

»Bedaure«, sagte Frau Sommer.

»Als er noch hier gearbeitet hat, haben Sie da mal mit ihm über Banksy gesprochen?«

»Nein«, sagte Frau Sommer, »aber entschuldigen Sie, was

sollen diese Fragen? Ich dachte, Sie wollten mir etwas über Banksy mitteilen.«

Dass sie bezüglich Christian Lohse kurz angebunden war, leuchtete Klara ein. Wer redete gegenüber Fremden schon gern über einen Ex-Kollegen? Noch dazu, wenn man auf ein anderes Thema eingestellt war. Aus der Reaktion der Sommer ließ sich jedenfalls keine verdächtige Heimlichtuerei ableiten. Rupert musste die Karten jetzt aber auf den Tisch legen, sonst wäre das Gespräch schnell vorüber.

»Nun«, sagte er, »wir haben Grund zu der Annahme, dass Christian Lohse Banksy ist.«

Frau Sommer wirkte kurz verblüfft, lachte dann auf, sagte: »Sie scherzen.«

»Genauer gesagt: Banksy war nie in München, und was ihm hier zum Beispiel von Ihrer Zeitung an Werken zugeschrieben wird, stammt eigentlich von Christian Lohse.«

Der spöttische Zug in Frau Sommers Miene verschwand. Für sie hatte es sich ausgescherzt, denn sie hatte sofort kapiert, dass die Reputation des *Münchner Anzeigers* und ihrer selbst als Hauptverantwortliche für die Banksy-Berichterstattung auf dem Spiel stand. Vielleicht hatte sie den Absturz des *Stern* nach der Veröffentlichung der gefälschten Hitler-Tagebücher vor Augen. Sie fragte: »Und welche Belege haben Sie für diese vermessene Annahme?«

Klara zeigte die relevanten Fotos auf ihrem Smartphone vor, während Rupert die dazugehörigen Fakten aufzählte: »Rattengraffito in der Dachauer Straße 24, am Schauplatz eines Brandes mit drei Todesopfern, und der Reporter damals hieß Christian Lohse. Rattengraffito in der Balanstraße …«

Als das letzte Foto gezeigt und der Name Christian Lohse zum achten Mal genannt worden war, schüttelte Frau Sommer den Kopf. »Was soll das beweisen? Natürlich war Lohse vor Ort, er war ja zuständig für diese Sachen. Aber das heißt noch lange nicht, dass er später dort Graffiti gesprüht haben muss. Wie kommen Sie bloß auf eine solche Idee?«

»Weil …«, sagte Rupert.

»Also bitte«, sagte Frau Sommer, »da spricht doch wesentlich mehr für Banksy. Wir haben übrigens nie behauptet, ihn mit hundertprozentiger Sicherheit identifiziert zu haben, aber wenn ich mich zwischen ihm und Lohse entscheiden müsste, würde ich, ohne zu zögern, alles auf Banksy setzen.«

»Hat denn bei Ihnen in der Redaktion niemand bemerkt, dass die Rattengraffiti gezielt an Katastrophenschauplätzen angebracht wurden?«, fragte Rupert. Ganz so, als wäre das ein unverzeihliches Versäumnis. Dabei war er selbst erst nach Wochen auf die Idee gekommen.

»Nein«, sagte Frau Sommer.

»Zum Teil sind diese Vorfälle ja auch ziemlich alte Kamellen«, sagte sie.

Das immerhin war ihr bekannt. Vielleicht hatte sie nur ein exzellentes Gedächtnis und erinnerte sich an die Reportagen ihres Kollegen. Oder sie hatte den Zusammenhang mit den Graffiti doch längst begriffen und ihn in der Berichterstattung bis heute verschwiegen. Weil das für einen lokalen Täter gesprochen und die Banksy-Theorie erschüttert hätte?

»Wenn Sie nur lange genug zurückgehen«, sagte Frau Sommer, »finden Sie wahrscheinlich keinen Quadratmeter Münchner Bodens, auf dem sich nicht Schreckliches ereignet hätte. Für mich sind Ihre Übereinstimmungen purer Zufall.«

Klara glaubte ihr nicht. Lydia Sommer zeichnete für die Banksy-Geschichten persönlich verantwortlich, sie war die Anlaufstelle für jede neue Graffitimeldung. Die kamen eigentlich immer von Anwohnern. Und keiner dieser Anrufer sollte erwähnt haben, dass sich das neue Werk genau da befand, wo

vor ein paar Monaten oder anderthalb Jahren ein schlagzei-
lenträchtiges Verbrechen geschehen war? Nein, Frau Sommer
hatte solche Details aus ihren Artikeln konsequent herausge-
halten. Es fragte sich nur, ob ihr die nicht wichtig genug vorgekommen waren oder ob sie die Informationen aus anderen
Gründen unterschlagen hatte.

»War es das?«, fragte Frau Sommer. Sie klang nun deutlich
weniger freundlich als am Anfang des Gesprächs.

Rupert dankte, erhob sich und sagte, dass sie allein hinaus-
finden würden. Klara folgte ihm. Im Aufzug schwieg sie, weil
ein blutjunger Praktikant mit ihnen nach unten fuhr. Als sie
Rupert nach dem Aussteigen ihre Meinung zu Frau Sommer
mitteilen wollte, steuerte er schon auf die Pförtnertheke zu.
Er sagte: »Einen schönen Gruß von Frau Sommer. Sie lässt
fragen, ob Sie so nett wären, die Adresse Christian Lohses für
uns herauszusuchen. Er müsste unter den ehemaligen Mitarbeitern zu finden sein.«

Rupert setzte sein charmantestes Lächeln auf. Die Pförtnerin lächelte zurück und begann, in ihrem Computer zu suchen. Sie musste tatsächlich ziemlich frisch auf ihrem Posten
sein, um auf so einen billigen Trick hereinzufallen.

Die Frau war etwa fünfundzwanzig Jahre alt und hatte ein
hübsches, wenn auch etwas puppenhaftes Gesicht. Die Ko-
rallenohrringe passten zur Farbe des Lippenstifts. Der weiße
Schlabberpullover reichte ihr weit über die Hüften hinab.
Klaras Einschätzung nach war der genauso ein Wohlfühl-
und Lieblingsstück wie die bunten Socken, die sie über die
Leggings gezogen hatte. Die Zehen des rechten Fußes bewegten sich unter der Wolle hektisch auf und ab. Klara musste
sich zwingen, wieder nach oben zu sehen, als sie Rupert und
sich vorstellte. Sie fragte: »Frau Lohse?«

Die Frau nickte, wollte aber gern geduzt werden. Sie komme sich so alt vor, wenn jemand Frau Lohse zu ihr sage. Sie sei die Jenny. Eigentlich heiße sie Mareike Andrea, so stehe das in ihrer Geburtsurkunde. Sie wisse auch nicht, was sich ihre Eltern dabei gedacht hätten. Wahrscheinlich gar nichts. Jenny sei so ein schöner Name, der passe viel besser zu ihr, finde sie, und ihre Freundinnen fänden das auch. Es gebe ja die Redensart, dass Namen Schall und Rauch wären, sie sei aber vom Gegenteil überzeugt. Habe nicht jeder Mensch das Recht auf einen Namen, in dem er sich wiederfinde?

»Doch«, sagte Rupert. »Ist Herr Christian Lohse zu sprechen?«

»Der Christian«, sagte Jenny mit einem schwer zu deutenden Unterton. Nein, der sei nicht da, sie wüsste selbst gern, wo der sei, doch das sei eine längere Geschichte. Aber wenn sie Freunde vom Christian seien, könnten sie ruhig reinkommen. Sie seien doch Freunde, oder? In einer Stunde müsse sie allerdings los, sie habe eine neue Putzstelle, anständig bezahlt, aber bei der Frau Doktor müsse sie pünktlich sein, sonst werde die unausstehlich. Und danach schnell die Kleine vom Kindergarten abholen und zum Aldi. Das Einkaufen habe sie heute früh nicht mehr geschafft. Manchmal brauche man halt auch ein bisschen Zeit für sich selbst, nicht wahr?

»Auf jeden Fall«, sagte Klara.

Auf dem Tisch in der Küche stand noch das Frühstücksgeschirr. Eine Teetasse mit Fotomotiv, ein kleiner Teller mit einem Rest von Marmeladenbrot neben dem ausgedrückten Teebeutel und vor dem Kindersitz ein rosafarbener Plastikbecher und ein dazu passendes Schälchen. Auf der Sitzbank dahinter hatte sich eine Arche-Noah-Ladung an Stofftieren breitgemacht, am Kühlschrank hingen Magnetbuchstaben, die an einer Stelle zu zwei über Kreuz gestellten, im Buch-

staben U vereinten Worten geordnet waren. Das »GLUECK«
stand senkrecht, das »HEUTE« waagerecht. Was sich in der
Einbauküche sonst noch an Ablagemöglichkeiten bot, war
mit diversem Nippes, vor allem aber mit Schneekugeln zu-
gestellt.

»Sammelst du die?«, fragte Klara, nahm eine hoch und
schüttelte sie. Ein paar Papierfetzen schwebten um ein schlecht
nachgebildetes Schloss Neuschwanstein. Als Kind hatte sie
einmal gewagt, sich eine Schneekugel zu wünschen, was ihr
einen viertelstündigen Vortrag ihres Vaters über Kitsch ein-
getragen hatte. In der Sache mochte er ja recht gehabt haben,
aber sie war damals erst zehn oder elf Jahre alt gewesen.

»Ich finde die so schön«, sagte Jenny. Ihr gefalle, wie die
Flocken sacht nach unten sänken, und wenn der Schnee die
Landschaft eingehüllt habe, könne man frei entscheiden, wie
lange die zauberhafte Ruhe bestehen solle, und dann genüge
eine kleine Handbewegung, um es wieder schneien zu lassen,
als wäre man der heilige Petrus selbst.

»Und außerdem kann ich sie verschwinden lassen. Ich
muss nur ein Auge zuhalten und mit dem anderen knapp neben die Kugel schauen. Schwupp, sie ist weg. Dann einmal
blinzeln und noch mal hingucken, schwupp, ist sie wieder da.
Fast wie Zauberei, nicht?« Jenny lachte.

»Das liegt am blinden Fleck«, sagte Klara. »Wo der Seh-
nerv aus dem Auge führt, sind keine Rezeptoren, und deswegen …«

»Ja, klar«, sagte Jenny. Jedenfalls lasse sie sich gern eine
Schneekugel mitbringen, wenn aus ihrer Bekanntschaft jemand verreise. Sie selbst habe schon länger keinen Urlaub
machen können, wegen des Kindes, und auch, weil es finanziell nicht ginge. Alles werde immer teurer. Bisher könne sie
die Miete gerade so aufbringen, aber damit sei Schluss, wenn

der Vermieter die Renovierung abgeschlossen habe. Mit der Mieterhöhung gehe ja auch eine Wohnwertverbesserung einher, habe er ihr gesagt, aber wo bleibe bitte die Verbesserung, wenn sie sich die Wohnung nicht mehr leisten könne?

»Christian beteiligt sich nicht an den Kosten?«, fragte Rupert. Offensichtlich wollte er zur Sache kommen.

»Die erste Zeit nach unserer Trennung schon«, sagte Jenny. Da habe er auch regelmäßig vorbeigeschaut und sich um die Kleine gekümmert. Schwierig sei es geworden, als sie den Renato näher kennengelernt habe und der oft bei ihr gewesen sei. Der Renato und der Christian hätten sich nicht ausstehen können. Sie habe das Gezänke und die Brüllerei kaum ausgehalten, und als es einmal besonders schlimm zugegangen sei, habe Renato dem Christian gesagt, dass das Kind gar nicht von ihm sei, und der Christian sei durchgedreht und habe sie angeschrien, ob das stimme, und sie habe nicht gleich geantwortet, weil die Kleine geweint habe, und da habe der Christian mit vor Zorn bebender Stimme gesagt, dann wisse er ja endlich Bescheid, und sei gegangen, und sie habe ihn nicht aufgehalten und ihm auch nicht nachgerufen, dass das natürlich nicht stimme, weil sie in dem Moment nur gedacht habe, dass die Streiterei zu Ende sein würde, wenn er weg wäre. Sie habe vorgehabt, ihm beim nächsten Mal die Wahrheit zu sagen, doch ein nächstes Mal habe es nicht gegeben. Seitdem habe sie den Christian nicht mehr gesehen, nicht mehr telefonisch erreicht, und es wisse auch niemand, wo er abgeblieben sei.

Jenny erzählte das im gleichen sorglos anmutenden Plauderton, mit dem sie über Schneekugeln gesprochen hatte. Rupert starrte ihr wortlos ins Gesicht, und Klara fragte sich, was in aller Welt die Frau bewog, ihre privaten Geschichten so vor Fremden auszubreiten. Doch Jenny war noch nicht fertig.

Der Renato sei inzwischen auch weg, es habe halt nicht gepasst zwischen ihnen, wie es auch mit dem Christian auf Dauer nicht gepasst habe, obwohl sie am Anfang schon ziemlich glücklich gewesen seien. Viel verlange sie ja nicht, nur ein wenig Zuneigung und Liebe, wie jeder andere Mensch auch, aber wahrscheinlich sei das schon zu viel. Dass sie mit Männern kein Glück habe, könne natürlich auch an ihr liegen, das wisse sie schon, aber sie hoffe lieber, dass der Richtige noch käme. Was könne sie denn außer Hoffen sonst tun? Obwohl, an den Christian müsse sie immer wieder denken, und nicht nur, weil er Isabels Vater sei. Vielleicht sei es falsch gewesen, sich von ihm zu trennen, aber er sei halt immer seltsamer geworden, so düster und negativ. Sie habe irgendwann das Gefühl gehabt, dass sich in seiner Gegenwart die Sonne verdunkle, und das habe sie überhaupt nicht ausgehalten. Sie brauche einfach Licht, genau wie eine Pflanze, sonst würde sie eingehen. Mit Pflanzen habe sie übrigens auch kein Glück, wie mit Männern. Ob das vielleicht irgendwie zusammenhänge? Sie lachte auf.

»Ist etwas Bestimmtes vorgefallen, was Christian so verändert hat?«, fragte Klara.

»Das ging eher schleichend«, sagte Jenny, »wie so ein langsam wirkendes Gift.«

»Probleme in der Arbeit vielleicht?«

»Davon wollte ich gar nichts wissen. Das hat mich immer total runtergezogen. Er hat ja nur über so deprimierende Sachen geschrieben.«

Klara nickte. Rupert fragte: »Hat er sich für Kunst interessiert? Für Graffiti? Für Banksy?«

»Für wen?«

»Für Banksy, einen britischen Streetartkünstler.«

»Nicht dass ich wüsste«, sagte Jenny.

»Und für Ratten?«, fragte Rupert.

»Igitt«, sagte Jenny. »Vor Ratten graust mir am meisten. Die sind noch schlimmer als Spinnen, denn die kann man wenigstens mit dem Staubsauger wegmachen. Obwohl ich dann immer Angst habe, dass die wieder herauskrabbeln, um sich zu rächen. Aber Ratten? Ich wüsste gar nicht, was ich machen sollte, wenn ich eine in der Wohnung hätte. Ich glaube, ich würde es keine Sekunde länger hier drin aushalten.«

»Sind noch irgendwelche Aufzeichnungen von Christian da? Oder ein Computer?«, fragte Rupert.

»Am Anfang hat er mir Briefe geschrieben, und einmal sogar ein Gedicht«, sagte Jenny, »aber da weiß ich jetzt im Moment nicht, wo …«

»Ist nicht so wichtig«, sagte Klara schnell. Jenny hatte sich bereits genug entblößt. Rupert brauchte seine Nase nicht auch noch in ihre Liebeskorrespondenz zu stecken. Das wäre ungehörig, nein, schamlos. Klara sagte: »Danke, Jenny, du hast uns sehr geholfen. Jetzt müssen wir leider wieder los.«

Rupert legte seine Karte neben die Teetasse auf den Tisch. »Bitte geben Sie … äh, gib uns doch Bescheid, falls sich Christian meldet.«

»Klar, mache ich.« Jenny ging zur Küchentür voran und schlug sich dann theatralisch gegen die Stirn. »Jetzt habe ich euch nicht einmal etwas angeboten. Das nächste Mal, ja? Ihr kommt doch wieder, oder? Ich fand es richtig nett, mit euch zu plaudern.«

Als sie draußen waren, blickte Klara in den Himmel über München. Keine Sonne, keine unterscheidbaren Wolken, nur eine schmutzig graue Suppe. Aus der würden keine Schneeflocken sacht nach unten sinken, selbst wenn man hineingreifen und ein Stück davon packen könnte. Da würde alles Quetschen und Schütteln nichts helfen.

»Nun müssen wir den Lohse nur noch finden«, sagte Rupert. »Langsam abgedriftet, böse abgefertigt und spurlos abgetaucht. Das passt doch alles zu einem Rattensprayer.«

Was Jenny und ihr Leben anging, passte gar nichts. Klara sagte: »Ich glaube ihr nicht, dass sie wirklich Freundinnen hat. Sie hat sich ihre Verzweiflung endlich mal von der Seele reden wollen.«

»Welche Verzweiflung?«, fragte Rupert. »Sie fand es richtig nett, mit uns zu plaudern.«

Sollte Klara ihm zu verstehen geben, dass er von Frauen keine Ahnung hatte? Oder dass er so sensibel wie ein ausgestopftes Krokodil war? In dieser Hinsicht könnte er sich gut mit Klaras Vater zusammentun. Sie sagte: »Träum weiter, Rupert.«

Max' Begeisterung hielt sich in Grenzen, als er am Morgen erfuhr, dass Rupert eine Bande Jugendlicher für die Überwachung von Tonis Lagerhalle angeheuert hatte. Er schien ein wenig eingeschnappt zu sein, auch wenn Rupert nicht begriff, wieso. Er bot Max an, mit ihm in der Ohlmüllerstraße nach dem Rechten zu sehen, doch Max wollte nicht. Er habe genug anderes zu tun. Nun gut, dann fuhr Rupert eben allein hin.

Adil lümmelte mit einem anderen Typen zusammen an der Straßenbahnhaltestelle Eduard-Schmid-Straße herum. Sie saßen nebeneinander auf der Lehne einer Bank, mit den Füßen auf der Sitzfläche. Positiv war, dass überhaupt jemand auf Posten war. Allerdings lag die Einfahrt zu Tonis Hinterhof doch ein ganzes Stück entfernt, und die beiden machten den Eindruck, sich mehr für ihre Bluetooth-Box als für den Auftrag zu interessieren. Und wieso war Adil um diese Zeit überhaupt hier? Hätte er nicht bereits zu seinen Sozialstunden einrücken müssen?

»Hab heute Vormittag frei gekriegt«, sagte Adil. Und keine Sorge, sie hätten alles unter Kontrolle. Da vorn käme keine Maus rein oder raus, ohne dass sie das mitkriegten.

Der andere nickte. »Bloß wäre es schön, wenn Sie so was nächstes Mal im Sommer machen könnten.«

Adil stellte ihn als seinen Kumpel Yusuf vor.

»Kennen wir uns?«, fragte Rupert. Er hatte das Gesicht doch schon mal gesehen.

»Nö«, sagte Yusuf.

Hatte der nicht zu der Gruppe in der Shishabar gehört? Die Rupert erst K.-o.-Tropfen untergejubelt und ihn dann beraubt hatte. Er fragte: »Vom *Universum* her zum Beispiel?«

»Sagt mir nichts.« Yusuf zuckte mit den Achseln.

»Für dich sehen auch alle gleich aus, die nicht blond und blauäugig sind«, sagte Adil.

Rupert war sich tatsächlich nicht sicher. Kurz war er versucht, Yusuf zu fragen, wo er sich an besagtem Abend herumgetrieben habe. Klüger war jedoch, das Thema erst einmal zurückzustellen. Wenn sich die Gelegenheit ergab, würde Rupert sich die anderen Freunde Adils genau ansehen. Den Gangster, der in der Bar das große Wort geführt hatte, würde er auf jeden Fall wiedererkennen.

»Willst du jetzt wissen, was los war, oder nicht?«, fragte Adil.

Rupert wollte. Erstaunlicherweise schienen sie die Sache wirklich ernst genommen zu haben. Sie hatten den Publikumsverkehr beim Toni nicht nur beobachtet, sondern auch mit Kurzvideos dokumentiert. Vom vorhergehenden Nachmittag war wenig Spannendes zu vermelden. Ganze drei Mal hatten sich mutmaßliche Kunden zum Toni verirrt, wovon immerhin eine Partei etwas gekauft hatte, in diesem Fall einen Kerzenleuchter aus Messing. Erst am Abend kam etwas Leben in die Bude. Um 18 Uhr 30 hängte der Toni ein Schild mit der Aufschrift »geschlossen« an die Tür, blieb aber selbst im Gebäude. Kurz danach bogen zwei junge Männer in die Einfahrt ein. Der eine war zweifelsfrei Mister X, bei seinem Begleiter konnte es sich um den zweiten Mann handeln, den Klara bei der Auseinandersetzung mit den Marokkanern gesehen hatte. Sie befanden sich noch in der Lagerhalle, als ein Taxi vorfuhr und direkt vor der Einfahrt stehen blieb. Sieh mal einer an! Den Mann, der aus dem Fond stieg, kannte Rupert von Max' Recherchen. Das war niemand Geringerer als Dr. Steigenberger, der Inhaber der Galerie Schwarzenfeld. Sollte der gestern nicht noch in Basel gewesen sein?

»Der hat hier nicht hergepasst«, sagte Adil. »Wäre wahrscheinlich interessant gewesen, den mal aus der Nähe anzuschauen, aber wir konnten nicht ran.«

Steigenberger hatte das Taxi eine Viertelstunde mit eingeschalteter Warnblinkanlage warten lassen und war dann wieder eingestiegen. Eine halbe Stunde später, genau um 20 Uhr 12, hatten die anderen beiden Typen den Hof zusammen mit dem Toni verlassen. Sie waren zur Haltestelle gegangen und in die 18er Richtung Sendlinger Tor eingestiegen.

»Das war's dann für die Nacht«, sagte Yusuf.

»Kein heller Lieferwagen um drei Uhr morgens?«

»Nicht um drei, nicht um vier, nicht um fünf«, sagte Yusuf.

»Erst heute um acht hat der Besitzer seinen Laden aufgesperrt«, sagte Adil, »und um 8 Uhr 22 kam der Labosch wieder daher, aber diesmal ohne seinen Freund.«

»Der Labosch?«, fragte Rupert.

»Na der.« Adil zeigte ein Video, auf dem Mister X sich vor der Hofeinfahrt kurz umblickte.

»Woher weißt du seinen Namen?«

»Weil er kurz darauf ein paar Croissants geholt hat«, sagte Yusuf.

»Und auf dem Rückweg hat er seine Brieftasche verloren«, sagte Adil.

»Mit Personalausweis, Führerschein und … wie hieß das gleich?«

Adil holte eine abgewetzte Geldbörse aus der Hosentasche und zog eine Karte hervor. »Und mit einem Studierendenausweis der Akademie der Bildenden Künste.«

Sieh mal einer an, Mister X war ein Kunststudent, und er ging beim Toni ein und aus! Beim selben Toni, der die Graffiti aufgekauft hatte, die laut Klaras Theorie speziell zu diesem Zweck angefertigt wurden. Lag da nicht die Vermutung nahe, dass die beiden diese Unternehmungen gemeinsam umsetzten? Der Toni machte die geeigneten Örtlichkeiten ausfindig, der Kunststudent kümmerte sich um die praktische Ausführung. Rupert nahm Adil die Brieftasche aus der Hand. Vom Personalausweis blickte ihm Mister X entgegen, beziehungsweise Gabriel Labosch. Geburtsdatum, Augenfarbe, Größe, Adresse, alles war da. Oder vielleicht doch nicht alles? Rupert fragte: »Und Geld war nicht drin? Keine Giro-, keine Kreditkarte?«

»Nö«, sagte Yusuf.

»Das Ding ist dem Mann einfach so aus der Jacke gefallen, gerade als er bei euch vorbeiging?«

»Genau.«

»Ihr habt es aufgehoben und sonst gar nichts getan?«

»Na ja, vielleicht haben wir ihn vorher um einen Euro angeschnorrt.«

»Herrgott«, sagte Rupert. »Habe ich nicht gesagt, keine Extratouren? Ihr solltet nur die verdammte Einfahrt beobachten. Ihr solltet keinem hinterherlaufen und keinen ansprechen. Und schon gar nicht solltet ihr irgendwem die Brieftasche klauen.«

»Komm, dich interessiert doch auch, wer das ist«, sagte Adil.

»Wo hat er die Croissants gekauft?«, fragte Rupert.

»Da vorn, bei *Sevil's Backshop*.«

»Wann?«

»Vor einer halben Stunde vielleicht.«

Das konnte gerade noch einmal gut gehen. Rupert sagte: »Ihr steckt jetzt alles wieder zurück, was ihr herausgenommen habt, und zwar bis auf den letzten Cent. Dann gebt ihr die Brieftasche im Backshop ab und sagt, ihr hättet sie draußen vor der Tür gefunden.«

»Aber …«, sagte Yusuf.

»Und zwar sofort«, zischte Rupert. Wenn Yusuf am Überfall vor der Shishabar nicht sowieso beteiligt war, dann hätte er zumindest gut zu den Brüdern gepasst.

»Ist ja gut, Mann, bleib cool«, sagte Adil und hob beschwichtigend die Hände. Yusuf zuckte mit den Achseln. Dann packte er einen Zehn-Euro-Schein in das Geldfach der Brieftasche.

»Alles!«, sagte Rupert.

Yusuf legte eine Maestro-Karte und ein paar Münzen drauf.

»Der hatte nicht mehr, ich schwör.«

Rupert bezweifelte, dass das stimmte, doch er klappte die Brieftasche zu und reichte sie Adil. Der Junge hatte schon ein paar Schritte Richtung Backshop getan, als Rupert einfiel, dass er vergessen hatte, die Dokumente dieses Gabriel Labosch abzufotografieren. Wenn er schon mal die Gelegenheit dazu hatte. Die Fotos konnten als Gedächtnisstütze dienen. Und vielleicht als Behelfslügendetektor, falls der Kerl behaupten sollte, jemand anderer zu sein. Rupert rief Adil nach: »Moment. Gib mir die Brieftasche noch einmal!«

Adil wandte sich um. Er lächelte spöttisch und sagte: »War vielleicht doch nicht so schlecht, dass der Typ das Ding verloren hat.«

In den Schauräumen der Galerie Schwarzenfeld erinnerte nichts an Banksy. Sie beherbergten Werke einer jungen deutsch-kongolesischen Künstlerin, deren Namen Rupert nie gehört hatte. Klara meinte, dass seine Unkenntnis im Moment noch verzeihlich sei, doch wahrscheinlich nicht mehr lange, denn einige einflussreiche Leute bemühten sich gerade, die Frau zum kommenden Star der nationalen Kunstszene hochzujubeln. Die ausgestellten Arbeiten bestanden aus eingefärbtem Schilfrohr, das mit Eisenketten zu entfernt anthropomorph anmutenden Bündeln zusammengeschnürt worden war.

»Soll ich es dir erklären?«, fragte Klara.

Rupert verzog den Mundwinkel. Einen zeitgenössisch klingenden Kunstdiskurs würde er selbst auch hinkriegen, wenn er sich Mühe gab. Als notwendige Versatzstücke bräuchte man in diesem Fall die starke weibliche Stimme, den postkolonialen Blickwinkel und irgendeine subtile, aber kraftvolle Dialektik, mit der die Alltagswahrnehmung transzendiert wurde. Vor allem aber durfte man nie von Kunstwerken oder Skulpturen oder gar von bunten Schilfbündeln sprechen, sondern ausschließlich von aufregenden künstlerischen Positionen.

Das Interesse des Münchner Publikums hielt sich in Grenzen. Während der Viertelstunde, die Rupert und Klara warteten, blieben sie jedenfalls die einzigen Bewunderer der Schaustücke. Um 15 Uhr 40 ließ dann Herr Dr. Steigenberger in sein Büro bitten. Das befand sich im ersten Stock und war so geräumig, dass jemand mit mittelprächtiger Kondition auf dem Weg von der Tür zum Schreibtisch schon mal eine Verschnaufpause einlegen würde. Ruperts Schritte klackten laut auf dem Parkett. Hier hatte jemand Wert auf die perfekte Schallisolierung der Fenster gelegt, damit der Straßenlärm dort blieb, wo er hingehörte, nämlich draußen. Auch sonst störte nichts den schönen Schein. Die ausgewählten Kunstwerke, die herumhingen oder -standen, sollten wohl demonstrieren, wie souverän sich der Hausherr durch die letzten drei Jahrtausende Kulturgeschichte bewegte. Die Spannbreite reichte von einem antiken Steinrelief, das gut von einer durch den IS geplünderten Ausgrabungsstätte in Syrien stammen konnte, über eine byzantinische Ikone und ein niederländisches Obststillleben bis zu augenscheinlich zeitgenössischen künstlerischen Positionen, die durch eine subtile und gleichzeitig kraftvolle Dialektik überzeugten.

Auf dem Schreibtisch, hinter dem sich Steigenberger gerade erhob, herrschte gähnende Leere. Kein Katalog, kein Schriftstück, kein Fetzen Papier lagen darauf, so dass die ehrwürdige Schreibgarnitur mit Tintenfass und Füllfederhalter fehl am Platz wirkte. Womit sich Steigenberger beschäftigt hatte, während er seine Besucher warten ließ, erschloss sich nicht. Vielleicht hatte er in der glänzend polierten Oberfläche den perfekten Sitz seiner Fliege überprüft. Er reichte erst Klara, dann Rupert die Hand und fragte: »Herr von Schleewitz vom Bugatti Club? Wir hatten, glaube ich, noch nicht das Vergnügen.«

»Die Bugatti-Sache war leider gelogen«, sagte Rupert fröhlich, »aber wir haben trotzdem Wichtiges zu besprechen. Dürfen wir uns setzen?«

Wenn Steigenberger überrascht war, ließ er es sich nicht anmerken. Er wies auf eine Sitzgruppe mit floralem Stoffmuster. Biedermeier oder Jugendstil? War ja auch egal. Rupert

215

setzte sich und schlug die Beine übereinander. In Absprache mit Klara hatte er sich für eine brachiale Taktik entschieden, wollte Steigenberger mit allem konfrontieren, was sie vorzuweisen hatten, um wie mit einer Dampfwalze die zu erwartenden Ausflüchte und Relativierungen plattzumachen, bevor sie sich an irgendeinem Detail festkrallen konnten.

Also legte Rupert los: »Wie Sie sicher wissen, spricht ganz München von Banksy. Wir auch, und was wir zu sagen haben, könnte man eine nur bedingt lustige Posse in drei Akten nennen. Der erste Akt betrifft den Erwerb einer Reihe von neu entstandenen Banksy-Werken. Die hat ein Ramschwarenhändler namens Toni von der Au ihren unbedarften Besitzern abgeschwatzt und umgehend weiterverkauft. Das ging so schnell und geräuschlos, dass wir uns fragen, ob der Toni nicht von vornherein im Auftrag seines Geschäftspartners gehandelt hat. Dieser wollte offensichtlich nicht direkt mit diesen etwas dubiosen Ankäufen in Verbindung gebracht werden. Kein Wunder, denn es handelt sich dabei um den Inhaber der renommierten Galerie Schwarzenfeld, also um Sie, Herr Dr. Steigenberger. Sie besitzen inzwischen also alle vom Toni erworbenen Graffiti.

Im zweiten Akt kommt es zu deren wundersamen Marktwertsteigerung. Ausschlaggebend dafür war das sensationelle Ergebnis, das der *Flower Thrower* bei der Auktion von Schierlich&Eckel erzielte. Und auch dabei hatten Sie, Herr Dr. Steigenberger, nicht nur als Anbieter Ihre Finger im Spiel. Das Werk wurde ja von einem gewissen Moritz Häusler ersteigert. Sie kennen ihn, er ist zufälligerweise Ihr Chauffeur. Dass er in seinem Hauptberuf so gut verdient, um siebenhunderttausend Euro für eine besprühte Containertür auf den Tisch legen zu können, glauben wir nicht. Eher schon, dass er als Strohmann einsprang und für seinen Chef ein Werk ersteigerte, das dieser selbst zur Auktion eingeliefert hatte. Nun war es plötzlich ein Vermögen wert, und mit ihm auch Ihre anderen Werke aus derselben Quelle. Grund genug für uns von der Kunstdetektei von Schleewitz, genauer nachzuforschen.

Im Zuge dessen landeten wir im dritten Akt der Posse. Es stellte sich nämlich heraus, dass die Banksy-Werke, mit denen Sie Ihren Reibach machen wollen, gar nicht von Banksy stammen, sondern von einer Gruppe um den Münchner Kunststudenten Gabriel Labosch. Das ist der begabte junge Mann, der auch die Fake-Videos produziert, mit denen Banksys Tätigkeit in München vorgetäuscht wird. Und bevor Sie jetzt fragen, was Sie damit zu tun hätten, es ist derselbe Mann, den Sie zum Beispiel gestern Abend in Tonis Lagerhalle getroffen haben. Der Mann, den der Toni und Sie damit beauftragt haben, für Nachschub an verwertbaren Graffiti zu sorgen.«

Rupert lehnte sich zurück und wartete auf Steigenbergers Reaktion. Die Biedermeier-oder-was-auch-immer-Stühle waren ziemlich unbequem. Kein Wunder, dass die 48er-Revolution die gesamte Epoche hinweggefegt hatte.

Steigenberger zupfte an seiner Fliege. »Sie unterstellen mir, ich hätte falsche Banksys produzieren lassen, sie heimlich aufgekauft und ihren Marktwert manipuliert, um Profit zu machen?«

»Genau.«

»Ziemlich unverschämt, wenn Sie mir die Bemerkung erlauben«, sagte Steigenberger. »Und was wollen Sie jetzt von mir?«

»Eine Stellungnahme«, sagte Klara.

»Bevor wir damit an die Öffentlichkeit gehen«, ergänzte Rupert.

Steigenberger lachte. »Na, dann beten Sie, dass Ihr Anwalt besser ist als meiner.«

»Sie wollen inhaltlich nicht Stellung nehmen?«, fragte Klara.

»Zu diesen halbgaren Vermutungen?« Steigenberger schüttelte den Kopf.

»Gut, das wäre es dann schon.« Rupert rutschte auf dem Blumenmuster bis zur Stuhlkante vor.

»Wissen Sie«, sagte Steigenberger, »irgendwie mag ich Sie und Ihre, na ja, unbekümmerte Art, Probleme anzugehen, auch wenn Sie dabei arg voreilig Schlussfolgerungen gezogen haben. Und deswegen mache ich Ihnen einen Vorschlag. Recherchieren Sie in meinem Auftrag weiter über diese kuriose Banksy-Geschichte. Korrigieren Sie Ihre Fehleinschätzungen, decken Sie die Hintergründe auf. Am Honorar soll es nicht scheitern.«

»Berichterstattung über die Ergebnisse exklusiv an Sie?«, fragte Klara.

»Das ist wohl so üblich«, sagte Steigenberger.

Er wollte sie bestechen. Er bot ein als Honorar getarntes Schweigegeld an, wenn sie ihre Erkenntnisse noch ein wenig unter Verschluss hielten. Sie müssten einfach nur Däumchen drehen, bis Steigenberger seine falschen Banksys bei den nächsten Auktionen an den Mann gebracht hatte. Das bedeutete erstens, dass Rupert mit seiner Darstellung völlig richtiggelegen hatte, und zweitens, dass jede Woche ein gedeckter Scheck in der Detektei eingehen könnte. Interessant wäre, in welcher Höhe der sich bewegte.

Rupert sagte: »Ein solcher Auftrag würde unsere vollen Kapazitäten beanspruchen. Wir müssten andere Aufträge kündigen oder zurückstellen, hätten Vertragsstrafen zu befürchten.«

»Nennen Sie mir einfach einen Betrag«, sagte Steigenberger.

»Dass Sie uns kaufen wollen, lässt die Angelegenheit nicht besser für Sie aussehen«, sagte Klara.

»Überlegen Sie es sich«, sagte Steigenberger.

»Worauf willst du denn warten?«, fragte Klara, als sie im spätnachmittäglichen Stau auf dem Altstadtring standen. Steigenberger hatte nicht einmal versucht, seine Aktivitäten zu beschönigen, er hatte die Vorwürfe nur pauschal bestritten, ohne auf irgendeinen einzugehen, geschweige denn ein Argument vorzubringen. Warum sollte das morgen oder übermorgen anders aussehen?

»Wir haben zu wenig Handfestes«, sagte Rupert.

»Wir gehen zum *Anzeiger*. Die bringen die Geschichte groß raus, und dann muss er Stellung beziehen.«

»Muss er nicht«, sagte Rupert. »Und der *Anzeiger* wird vorher bei Steigenberger rückfragen. Wenn er mit Anwalt, Unterlassungsklage und Schadensersatz wegen Rufschädigung droht, bringen die erst einmal gar nichts. Wir haben zu wenige Beweise.«

Sie hatten genug Indizien, und sie hatten eine Story, nach der sich jeder Sensationsjournalist die Finger lecken würde. Klara verstand Ruperts Bedenken nicht. Sie konnten Steigenberger mit seiner dreisten Abzocke doch nicht durchkommen lassen. Rupert legte den ersten Gang ein und ließ den Wagen ein paar Meter weiterkriechen. Vor ihnen leuchteten schon wieder Bremslichter auf. Rupert sagte: »Ich überlege mir ernsthaft, sein Angebot anzunehmen.«

»Das soll ein Witz sein, oder?«

»Wieso? Er hat gesagt, dass wir die Hintergründe aufdecken sollen, und das werden wir tun. Wenn er unbedingt dafür blechen will, dass wir ihn bloßstellen, soll er seinen Spaß haben.«

»Du weißt genau, dass er uns vertraglich zur Geheimhaltung verpflichten würde.«

»Das werden wir unterschreiben und auch einhalten, solange …«

»Solange er zahlt?«

»… solange wir nicht hieb- und stichfest beweisen können, was er treibt. Dann gehe ich an die Öffentlichkeit und lasse mir notfalls vor Gericht bestätigen, dass die Verschwiegenheitsklausel sittenwidrig und damit nichtig ist.«

Auf der Nebenspur ging es im Schritttempo voran. Ein Kleintransporter schob sich an Klaras Seitenfenster vorbei. Vor Ruperts Wagen tat sich gar nichts. Es brauchte schon eine spezielle Begabung, immer die falsche Spur zu wählen. Und es brauchte auch eine Eselsgeduld, andauernd bei so jemandem mitzufahren. Klara fragte sich, wieso sie das eigentlich tat. Wer zwang sie denn, bei jedem üblen Spiel mitzuspielen? Was hielt sie davon ab, sich einen neuen Job zu suchen? Sie sagte: »Ohne mich. Ich lasse mich nicht kaufen, auch nicht temporär.«

»Jetzt sei nicht so verbissen«, sagte Rupert und scherte aus, um sich in die Nebenspur zu zwängen. Von hinten hupte jemand anhaltend. Rupert reagierte nicht darauf. Sein Wagen rollte zwei Autolängen hinter dem Transporter her, dann stand der Verkehr auch auf dieser Spur. Rupert wandte sich Klara zu und versuchte einzulenken. »Okay, ich denke darüber nach. Versprochen.«

Klara sagte nichts. Dann sollte er ruhig mal nachdenken und hoffentlich zum richtigen Ergebnis kommen. Sie hatte sich jedenfalls klar genug geäußert.

»Jetzt lass uns erst einmal dem Gabriel Labosch einen Besuch abstatten«, sagte Rupert.

Der Kunststudent wohnte in Milbertshofen und war nicht

zu Hause. Jedenfalls rührte sich nichts, selbst als Rupert Sturm läutete. In der guten halben Stunde, die sie bis hierher unterwegs gewesen waren, hätte Steigenberger seinen Handlanger natürlich vorwarnen können. Vielleicht hatte er ihm geraten, für eine Weile aus München zu verschwinden oder zumindest jeden Kontakt mit Mitarbeitern der Detektei von Schleewitz zu vermeiden.

Sie könnten nun Laboschs Nachbarn abklappern und fragen, ob er Kartons für die Schablonen in seine Wohnung geschleppt hatte. Ob er in den letzten Wochen öfter im Morgengrauen nach Hause gekommen war. Ob jemand auffällig viele leere Spraydosen in der Mülltonne bemerkt hatte. Aber all das wären doch nur weitere Indizien gewesen, keine Beweise, wie Rupert sie sich ausmalte. Klara konnte sich sowieso nicht vorstellen, wie die aussehen sollten. Gut, wahrscheinlich existierten schriftliche Verträge zumindest zwischen Steigenberger und dem Toni, wahrscheinlich gab es Überweisungen von Steigenberger an Labosch, aber da kamen Rupert und sie nun mal nicht ran. Wenn nicht einer der Beteiligten auspackte und die Beweise auf den Tisch legte, konnte man das vergessen.

Rupert blickte auf sein Handy. »Halb sechs. Keine Ahnung, wann die in der Kunstakademie Feierabend machen, doch wir können es ja versuchen und uns nach Labosch erkundigen. Möglicherweise ist dort auch der Typ eingeschrieben, der ihn zu Tonis Lagerhalle begleitet hat. Und ob in der Akademie noch andere mit Stenciltechniken experimentieren, würde mich ebenfalls interessieren.«

»Mach du mal, und lass mich an der U-Bahn raus«, sagte Klara.

»Wie du willst«, sagte Rupert und sperrte den Wagen auf. Klara stieg ein.

Was Rupert vorhatte, klang nach der Art von Beschäftigungstherapie, die ein Dr. Steigenberger großzügig honorieren würde. In der Stadt herumhetzen, Hunderte von Leuten befragen, Protokolle und Berichte schreiben, die kaum etwas aussagten und von niemandem gelesen wurden, und das tage- und wochenlang, bis der Mann seine falschen Banksys meistbietend verhökert hatte. Es wirkte fast so, als hätte Rupert Steigenbergers unmoralisches Angebot für sich bereits akzeptiert.

Sie schwiegen, bis Klara an der U-Bahn-Station Am Hart ausstieg. Sie verabschiedete sich knapp und nahm die U2 Richtung Stadtmitte. Sollte sie auf eigene Faust Lydia Sommer vom *Anzeiger* informieren, bevor Rupert sich für die falsche Option entscheiden konnte? Das wäre allerdings höchst illoyal ihm gegenüber. Und was die Zeitung aus der Geschichte machen würde, war schwer vorherzusehen. Klara glaubte zwar nicht, dass rechtliche Gründe einer Veröffentlichung im Wege stünden. Man musste eben vorsichtig formulieren, von Verdachtsmomenten und bisher nicht überprüfbaren Hinweisen sprechen. Die Frage war eher, ob man Lydia Sommer über den Weg trauen konnte. Denn es war nicht auszuschließen, dass sie ihre eigene Agenda verfolgte. Sie hatte die Banksy-Theorie erfunden und gepusht, sie war verdächtig einsilbig geworden, als die Rede auf ihren ehemaligen Kollegen Lohse kam.

Christian Lohse, der die Banksy-Lawine unbeabsichtigt losgetreten hatte. Der Verschollene, der sich nicht von den Schauplätzen seiner Unglücksreportagen lösen konnte. Der Nacht für Nacht blutrote Signale in seine Rattenstencils kleckste, während seine Ex-Partnerin ein imaginäres Glück aus Schneekugeln zu schütteln versuchte. Irgendwie ging Klara diese Jenny nicht aus dem Kopf. Dass es mit ihr böse enden würde, war sonnenklar, nur das Wann und das Wie blieben noch offen. Vielleicht würde sie aus ihrer Wohnung fliegen und auf der Straße verelenden. Vielleicht würde sie schon vorher durchdrehen und in der Psychiatrie landen, nachdem ihr das Jugendamt ihr Kind weggenommen hatte. Vielleicht würde sie sich einem Zuhälter an den Hals werfen, der sie dann auf den Strich schickte.

Einem spontanen Impuls folgend, stieg Klara am Scheidplatz um und fuhr zu Jennys Wohnung hinaus. Hinter dem Küchenfenster im zweiten Stock brannte Licht. Klara hatte schon den Finger am Klingelknopf, doch dann zögerte sie. Was sollte sie sagen? So tun, als brauche sie mehr Informationen über Christian Lohse? Als wolle sie nur die entzückende kleine Isabel bewundern? Oder wahrheitsgemäß verkünden, dass Jennys Leben ihrer Meinung nach den Bach runtergehe? Dazu hatte sie kein Recht, genauso wenig, wie sich als Freundin zu gerieren, die sie nun mal nicht war.

Klara stand noch unentschlossen da, als sich die Haustür öffnete. Ein älterer Mann im Arbeitskittel erschien im Türspalt. Er musterte Klara und fragte: »Suchen Sie jemanden?«

»Nein, nein«, sagte Klara. Als der Mann in der Tür stehen blieb und Klara weiter anglotzte, fragte sie: »Sind Sie der Hausmeister?«

Der Mann nickte, und plötzlich kam Klara eine Idee.

»Dann wissen Sie vielleicht Bescheid«, sagte sie. »Ist hier am Haus in letzter Zeit mal eine Wandschmiererei aufgetaucht?«

»Ja, da drüben war was.« Der Hausmeister wies nach links auf die Mauer. »Ist aber schon zwei, drei Monate her. Ich habe gleich drübergestrichen, als ich es am Morgen entdeckt habe.«

»Es war eine Ratte, oder?«

»Woher wissen Sie das?«

Weil Lohse auf Katastrophen fixiert war. Und wenn er eine

am eigenen Leib erfuhr, musste er die genauso bewältigen. Wahrscheinlich war an dieser Mauer sogar das erste Ratten-graffito entstanden. Hier hatte die ganze Geschichte angefan-gen. Klara sagte: »Na ja, die Zeitungen sind doch voll mit die-sen Rattenbildern.«

»Ein Mords-Tamtam«, sagte der Mann. »Ich habe es jeden-falls gleich weggemacht. Das ging ja gar nicht.«

»Haben Sie zufällig ein Foto davon?«

Der Hausmeister schüttelte den Kopf. »Es war halt so eine Ratte mit einem roten Strick um den Hals.«

»Erhängt?«

»Sah so aus, ja.«

»Grässlich«, sagte Klara.

»Das können Sie laut sagen. Ich meine, hier gehen ja auch Kinder vorbei. Und überhaupt.« Der Mann zog die Haustür hinter sich zu, vergewisserte sich, dass sie ins Schloss gefal-len war, und steuerte auf einen alten Ford Fiesta am Straßen-rand zu.

Klara blickte noch einmal auf das Klingelschild mit dem Namen Lohse. Jetzt hätte sie einen Anlass, um mit Jenny zu sprechen. Aber sie zu fragen, ob ihr die erhängte Ratte am Hauseingang aufgefallen war? Nein, das brächte Klara nicht über die Lippen. Sie machte sich auf den Heimweg.

Zu Hause wurde sie von einer fröhlichen Runde willkom-men geheißen. Um den Tisch saßen neben Klaras Vater drei Männer und eine Frau. Alle waren im fortgeschrittenen Al-ter, was sie nicht daran gehindert hatte, zwei Flaschen Weiß-wein zu leeren und mit der dritten auf dem besten Weg dahin zu sein. Das seien Freunde und Genossen, erklärte Ivanovic, die sich eingefunden hätten, um den hundertsten Jahrestag der mexikanischen Revolution gebührend zu feiern. Viva Za-pata, Pancho Villa und all die anderen verfluchten hijos de la chingada, sie wisse schon. Der Rest vom mittäglichen Saltimbocca sei leider der Revolutionsfeier zum Opfer gefallen, aber vielleicht finde Klara ja noch etwas Essbares im Kühlschrank.

Klara zog sich in ihr Schlafzimmer zurück. Auf ihrem Smartphone sah sie, dass Maja Schuster sie zu erreichen versucht hatte. Klara rief zurück. Ob es denn etwas Neues gebe, wollte Maja wissen. Klara sah keinen Grund, ihr zu verheimlichen, was sie über die Auktion bei Schierlich&Eckel und die Rolle Steigenbergers ermittelt hatten. Maja hörte zu und schwieg auch noch, als Klara geendet hatte.

»Ist bei dir alles in Ordnung?«, fragte Klara.

»Was soll's«, sagte Maja, »ich sage es dir einfach. Heute Nachmittag wurde die Banksy-Tür aus unserem Auktionshaus abgeholt. Ich war nicht dabei, habe mir aber erzählen lassen, dass zwei Männer sie in einen Lieferwagen gepackt haben. Einfach so, ohne Schutzmaßnahmen. Nicht einmal in eine Folie haben sie das Ding eingeschlagen.«

Anscheinend musste es schnell gehen. Dr. Steigenberger hatte nach ihrem Gespräch wohl nicht nur den Labosch zum Abtauchen bewegt, sondern auch ein paar andere Leute in Marsch gesetzt. Solange noch Zeit blieb, wollte er aufräumen, was aufzuräumen war.

»Seltsam ist aber vor allem, dass das Geld noch nicht eingegangen ist«, sagte Maja. »Die siebenhunderttausend plus Aufgeld. Wir liefern sonst nie aus, bevor nicht bezahlt wurde. Das ist ein ehernes Prinzip.«

»Du meinst …?«

»Ich konnte es mir nicht erklären, doch es passt zu dem, was du erzählt hast. Der Käufer ist der Verkäufer, es fließen keine siebenhunderttausend, es gibt keine Provision, kein Aufgeld, gar nichts. Die Auktion war bloß eine Veräppelung des Publikums, eine Luftnummer.«

Die allerdings erhebliche Auswirkungen in der Realität haben würde, sobald weitere falsche Banksys versteigert würden. Klara sagte: »Das ist doch nur denkbar, wenn jemand aus eurem Haus mitgespielt hat.«

Maja sagte nichts.

»Jemand von ganz oben«, sagte Klara.

»Verdammt«, sagte Maja. »Was soll ich jetzt bloß machen?«

»Erst einmal abwarten«, sagte Klara. Ihr fiel ein, wie ablehnend sie vor ein paar Stunden auf Ruperts Zauderei reagiert hatte. Aber bei Maja lag der Fall eben anders. »Und falls dir irgendetwas Schriftliches unter die Finger kommt, sei so lieb und mach mir ein Foto davon.«

»Du tust dir leicht«, sagte Maja und verabschiedete sich.

Nebenan skandierten die Altrevolutionäre »El pueblo unido jamás será vencido«. Da Klara bei dem Geschrei sowieso keinen klaren Gedanken fassen konnte, schlug sie in Wikipedia nach. Die mexikanische Revolution hatte 1910 begonnen, also vor deutlich mehr als hundert Jahren, und der dazugehörige Feiertag fiel keineswegs in den Februar, sondern wurde am 20. November begangen. So etwas hatte Klara fast erwartet, doch nun war es genug. Das war immer noch ihre Wohnung, ihr Zuhause. Sie ging in die Küche hinüber, räumte den Rest des Weißweins in den Kühlschrank und erklärte den Anwesenden, dass jetzt Schluss sei. Zumindest hier. Wenn sie bis zum November weiterfeiern wollten, sollten sie sich einen anderen Ort suchen.

»Das meinst du nicht ernst«, sagte Ivanovic.

»Oh doch. Bitterernst.«

»Und wo bitte sollen wir hin?«, fragte Ivanovic. Er wies auf einen der weißhaarigen Gäste. »Etwa zum Erwin ins Altersheim?«

»Ist mir egal«, sagte Klara. Um noch etwas Konstruktives

beizutragen, fügte sie an: »Wie wäre es mit Mexico City, Guadalajara oder Tijuana?«

Seit einem Motorradunfall ist M. zu sechzig Prozent schwerbehindert. Das Knie schmerzt immer wieder, er wird mehrmals nachoperiert, kann trotzdem oft nicht laufen und wird deswegen krankgeschrieben. Er arbeitet als Verwaltungsangestellter in einer Berufsgenossenschaft. Sie hat die Aufgabe, Arbeitsunfälle, Berufskrankheiten und arbeitsbedingte Gesundheitsgefahren zu verhüten, für die Wiederherstellung von Gesundheit und Arbeitskraft verletzter Berufstätiger einzutreten und die Verletzten oder gegebenenfalls ihre Hinterbliebenen finanziell zu entschädigen.

Das klingt nach verantwortungsvoller Schreibtischarbeit, doch in der Praxis hat M. oft unspektakulärere Tätigkeiten durchzuführen. Vor allem nach seinen krankheitsbedingten Fehlzeiten. So muss er zum Beispiel dreihundert alte Aktenordner von einer Kellerwand zu einer anderen umsortieren, an der sie dann weiter verstauben können. Das sei natürlich keine Bestrafung und habe auch mit Mobbing nichts zu tun, hört man von seinen Vorgesetzten. Genauso wenig wie die Tatsache, dass S. mit der Vernichtung längst verjährter Röntgenbilder betraut worden sei. Auch solche Aufgaben müssten eben von irgendjemandem erledigt werden.

An alle!, lautet der erste, unvollständige Satz in M.'s Abschiedsbrief.

Von Vorwürfen gegen Mitarbeiter und Vorgesetzte M.'s ist dem Geschäftsführer der Berufsgenossenschaft nichts bekannt. Wenn er von konkreten arbeitsrechtlichen Konflikten Kenntnis erlange, kläre er sie auf, doch so etwas komme in seinem Haus extrem selten vor. Wahrscheinlich handelt es sich bei dem unter den Angestellten kursierenden Gerücht, M. gehöre zu einer

»lederschwulen Motorradgruppe«, nicht um einen arbeitsrechtlichen Konflikt im engeren Sinn.

Die vielen Fehlzeiten M.'s sind aber durchaus ein Problem.
Man fragt sich in dieser Körperschaft des öffentlichen Rechts,
ob M.'s Arzt mit den Krankschreibungen nicht etwas schnell bei
der Hand sei. Das fragt man des Öfteren auch M. selbst, doch
dass es sich bei diesen Gesprächen um Unverschämtheiten und
»Verhörmethoden wie bei der Stasi« handelt, muss als subjektive Empfindung M.'s gewertet werden. Ebenso existiert außer
seiner eigenen Aussage kein Beweis dafür, dass M. von einem
Vorgesetzten geraten wird, sich einen anderen Arzt zu suchen,
da gegen den Gefälligkeitskrankschreiber bereits die Staatsanwaltschaft ermittle.

Gewiss ist allerdings der zweite Satz in M.'s Abschiedsbrief:
Es tut mir leid.

M. leidet inzwischen unter Schlaf- und Antriebsstörungen, er
ist dauerhaft unruhig und angespannt. Sein Arzt verweist ihn
an einen Psychiater, der M. einer chronisch belastenden beruflichen Situation ausgesetzt sieht und ein deutlich ausgeprägtes
depressives Syndrom diagnostiziert. Er empfiehlt dringend eine
stationäre psychotherapeutische Behandlung. M. tritt diese
auch an, doch als er zurückkehrt, geht alles von vorne los. Ihm
scheinen die Schikanen unerträglicher als je zuvor. Der Arzt
wird später von psychischem Terror am Arbeitsplatz sprechen.

Als M. wegen seiner chronischen Knieschmerzen wieder einmal kaum gehen kann, will sein Arzt ihn krankschreiben. M.
wehrt panisch ab. Lieber nehme er seinen Urlaub, damit er
nicht noch mehr gemobbt würde.

Ich kann nicht mehr, lautet der dritte und letzte Satz in M.'s
Abschiedsbrief.

Vier Tage nach seinem letzten Arztbesuch nimmt M. ein-
hundertzehn Schlaftabletten. Er stirbt in seinem Bett. Der

Geschäftsführer der Berufsgenossenschaft zeigt sich davon menschlich sehr betroffen.

Mit der verantwortungsvollen Aufgabe seines Hauses hat das nichts zu tun. Es soll immer noch arbeitsbedingte Gesundheitsgefahren verhüten und Beschäftigte medizinisch, beruflich und sozial rehabilitieren. Irgendeiner, der die Aktenordner an die ursprüngliche Wand zurückstellt, wird sich wohl auch wieder finden.

Außer einem Strafzettel wegen Falschparkens hatte der Besuch bei der Kunstakademie nichts eingebracht. Zwar war das Gebäude noch geöffnet gewesen, doch die paar Leute, die Rupert angetroffen hatte, zuckten nur mit den Achseln, als er sich nach Gabriel Labosch erkundigte. Die Frage nach Graffitispezialisten rief dagegen mitleidige bis abschätzige Reaktionen hervor. Man setze sich eher mit den künstlerischen Möglichkeiten von augmented reality auseinander, und wenn es unbedingt etwas Analoges sein müsse, dann doch bitte Originelleres, als Hausmauern zu bemalen. Rupert hatte schnell aufgegeben.

Zu Hause überlegte er, ob es wirklich eine gute Idee gewesen war, Steigenberger mit den bisherigen Erkenntnissen zu konfrontieren. Dass einer seines Kalibers nur wegen ein paar Fakten seine Mauscheleien gestehen würde, war eine ziemlich naive Vorstellung. Wahrscheinlich hatte der Mann nie in Erwägung gezogen, dass es seinen Besuchern um die Wahrheit gehen könnte, und sich während Ruperts Vortrag nur gefragt, was sie eigentlich im Schilde führten. Am nächsten lag für ihn der Beweggrund, der ihn auch selbst antrieb: möglichst viel Geld zu scheffeln. Also machte er der Detektei ein entsprechendes Angebot. Aus seiner Sicht verhielt er sich damit völlig rational.

Warum Klara sich darüber so empörte, verstand Rupert nur bedingt. Wenn sie auf Steigenbergers Vorschlag eingingen, würden sie doch niemandem schaden, außer vielleicht ein paar Superreichen, die trotz aller Warnungen einen falschen Banksy ersteigerten. Die würden deswegen nicht ins Elend stürzen. Außerdem war es keineswegs Aufgabe der Detektei, leichtsinnige Millionenerben zu beschützen, zumal ja keiner von denen sie beauftragt hatte. Sie waren niemandem verpflichtet, sie hatten kein Mandat, dem sie untreu werden könnten. Sie hatten gar nichts, nur ein Betriebskonto, das Tag für Tag tiefer in die roten Zahlen geriet. Das dürfte auch Klara nicht egal sein.

Wenigstens sollte Rupert eruieren, welche Summen man Steigenberger aus der Tasche leiern könnte. Dann wüsste man, ob sich die Sache überhaupt lohnte, und hätte eine solide Basis für die Entscheidungsfindung. Rupert blickte auf sein Handy, zögerte. Wie Klara ihn jetzt anblitzen würde, konnte er sich vorstellen. Er schob das Handy beiseite. Vielleicht morgen. Die Galerie war zu dieser Zeit garantiert geschlossen, und Steigenbergers Mobilnummer hatte er sowieso nicht.

Was der Mann wohl gerade machte? Ob er eine Krisensitzung mit dem Toni abhielt? Möglich, doch sicher nicht von Angesicht zu Angesicht. Seit Rupert heute Nachmittag Namen genannt hatte, würde Steigenberger sich hüten, zusammen mit einem seiner Handlanger gesehen zu werden.

Oh nein, Adil und seine Kumpel! Die hatte Rupert völlig vergessen. Sie observierten immer noch Tonis Lagerhalle, obwohl dort nach menschlichem Ermessen nichts mehr passieren würde. Dafür hatte Steigenberger sicher gesorgt. An seiner Stelle hätte Rupert die Produktion neuer Banksys ganz einstellen lassen, mindestens aber den aufgeflogenen Stützpunkt sofort geräumt.

Rupert rief Adil an und fragte: »Seid ihr in der Ohlmüller-straße?«

»Klar«, sagte Adil.

»Ihr könnt jetzt abbrechen«, sagte Rupert. »Geht nach Hause und schlaft euch aus.«

»Jetzt, wo der Labosch gerade gekommen ist?«

»Was?«

»Mit dem anderen Typen zusammen. In einem Lieferwagen.«

Das war kaum zu glauben. Steigenberger würde die doch nicht einfach weitermachen lassen, als wäre nichts geschehen. Rupert fragte: »Bist du sicher, dass es die zwei von gestern sind?«

»Nee, hab mich getäuscht. Es sind Kanye West und seine Stiefmutter.« Im Hintergrund lachte jemand. Adil sagte: »Ich glaub, die laden da im Hof was ein.«

»Die Leiche von Kim Kardashian wahrscheinlich«, sagte die Stimme im Hintergrund.

»Macht keinen Blödsinn«, sagte Rupert. »Ich komme so schnell wie möglich.«

Im Laufschritt machte er sich auf den Weg zum Auto. Sehr lange würden Labosch und sein Freund nicht brauchen, um ihre behelfsmäßige Graffitiwerkstatt aufzulösen. Ob der Toni dabei mithalf, hatte Rupert zu fragen vergessen. Egal, den Labosch musste er zu fassen bekommen. Er gab Gas und überlegte, wie er ihn zum Reden bringen konnte. Dem Mann musste klar werden, dass die ganze Sache aufgeflogen war und er auf Absprachen nicht mehr zählen durfte. Die Ratten verließen das sinkende Schiff, das war quasi ein Naturgesetz. Für Labosch ging es nur darum, möglichst viel Verantwortung auf andere abzuwälzen, bevor die es ihm gegenüber taten. Und deshalb sollte er gefälligst alles auf den Tisch legen, was er über die Geschäfte zum Beispiel von Herrn Steigenberger wusste. Klang das nicht überzeugend?

In der Ohlmüllerstraße angekommen, hielt Rupert ein paar Meter vor der Zufahrt zum Toni in der zweiten Reihe an. Weder an der Haltestelle noch sonst wo waren Adil und die Jungs zu sehen. Hinter Rupert hupte einer, dann noch einer. Ja, schon gut. Rupert fuhr an und bog in die Einfahrt ein. Die Lagerhalle lag in völliger Dunkelheit, der Hof war bis auf Tonis ausgelagerten Sperrmüll leer. Kein Lieferwagen, kein Gabriel Labosch, niemand. Hatten die kleinen Kröten wieder mal gelogen? Wahrscheinlich pafften sie in ihrer Shishahöhle irgendwelches Zeug und lachten sich über Rupert krumm. Er rief Adil an, hörte zuerst nur Verkehrslärm. »Wo seid ihr denn, verdammt noch mal?«

»Erhardtstraße, auf Höhe vom Deutschen Museum.«

»Ich habe euch doch gesagt …«

»Kurz vor der Ludwigsbrücke«, sagte Adil.

»Ihr seid hinter dem Lieferwagen her?«, fragte Rupert. »Habt ihr ein Auto aufgebrochen?«

»Ne, Yusuf ist heute mit dem Moped da.«

Rupert hörte nun durch das Geknatter des Zweitakters eine zweite Stimme. Wahrscheinlich die von Yusuf. Rupert fragte: »Was hat er gesagt?«

»Dass du das Kilometergeld aber extra zahlen musst.«

Rupert stellte das Telefon laut und legte es auf die Mittelkonsole, um die Hände für sein Wendemanöver frei zu haben. »Adil, bleib jetzt dran und gib mir regelmäßig durch, wo ihr gerade fahrt. Ich bin schon unterwegs.«

»Kein Problem, Chef. Eilig haben die es nicht.«

Rupert steuerte aus der Hofeinfahrt. Er ließ den Wagen so weit in die Fahrbahn hineinrollen, dass der Fahrer des von links kommenden Škoda gezwungen war, ihn passieren zu lassen. Rupert dankte mit erhobener Hand und beschleunigte Richtung Reichenbachbrücke. Der Lieferwagen hatte höchstens zehn Minuten Vorsprung, bei etwas Ampelglück konnte Rupert schnell aufholen. Aber bloß keine Hektik! Geschwindigkeitsbegrenzung einhalten, bei Rot stoppen. Rupert hatte keine Lust, sich morgen mit Max über negative Erfahrungen mit der Polizei auszutauschen. Er bog hinter der Brücke rechts ein. »Adil?«

»Immer geradeaus an der Isar lang.«

22 Uhr 14. Auf der Erhardtstraße ging es zügig voran. Wenig Verkehr, kein Idiot, der am Steuer vor sich hin schlief, keine dahinzockelnden Lastenfahrräder mit Dreifachkindersitz. »Adil?«

»Jetzt blinken sie links. Da, wo es rechts zu der großen Weihnachtsfigur geht.«

»Meinst du den Friedensengel?«

»Das goldene Ding auf der Säule halt«, sagte Adil. »Ja, sie biegen links ab.«

In die Prinzregentenstraße also. An der lagen Ministerien, Ämter, das Nationalmuseum. Rupert fragte sich, wo Labosch und Konsorten da ihr Banksy-Material entsorgen wollten. Oder würden sie über den Altstadtring zur Galerie Schwarzenfeld weiterfahren? Um ihrem Auftraggeber eine Ladung leerer Spraydosen vor die Tür zu kippen? Rupert schüttelte den Kopf. Spekulieren brachte nichts, er würde schon sehen, welches Ziel die Typen ansteuerten. Immerhin hatte er eine grüne Welle erwischt und den Abstand garantiert verringert. »Adil?«

Rechts kam bereits die Praterinsel in Sicht, und bis zur Kreuzung Prinzregentenstraße waren es nur noch ein paar Hundert Meter. »Adil?«

Herrgott, konnte der Junge nicht ein einziges Mal tun, was

man ihm sagte? Rupert nahm das Handy hoch. Das Mopedgeräusch hatte aufgehört. Da würde doch nichts passiert sein, oder? Rupert rief: »Jetzt melde dich endlich, Adil!«

»Die haben angehalten, Chef. Nach der Eisbachwelle sind sie rechts auf den Fußweg hochgefahren.«

»Beim Haus der Kunst? Und ihr?«

»Direkt am Eisbach. Wir haben sie voll im Blick.«

»Rührt euch bloß nicht von der Stelle!«, warnte Rupert. Die Ampel zeigte Dunkelgelb, als er in die Prinzregentenstraße abbog. Ein schneller Blick in den Rückspiegel. Kein Streifenwagen in Sicht. Rupert fuhr auf der rechten Spur weiter, überquerte die Straßenbahngleise an der Lerchenfeldstraße und bremste. Rechts führte ein Gehweg in den Englischen Garten. Rupert lenkte hinein und stellte den Wagen unter den ersten Bäumen ab. Adil und Yusuf fand er an der Ostseite der Eisbachbrücke. Sie duckten sich hinter den Obelisken am Ende der Balustrade. Unten rauschte schwarzes Wasser über die Surferwelle und verwandelte sich in gleißende Gischt. Hinter den kahlen Bäumen auf der anderen Seite schimmerte die Seitenfront vom Haus der Kunst durch, obwohl sie im Gegensatz zum Fassadenportikus nicht direkt beleuchtet wurde. Am Gebäuderücksprung der Südostecke stand der helle Lieferwagen.

»Und?«, fragte Rupert.

»Die sitzen noch drin. Vielleicht wollen sie warten, bis hier nichts mehr los ist«, sagte Adil. Über die Brücke schlenderte ein junges Paar. Die beiden waren sichtlich mit sich selbst beschäftigt.

»Dann sind sie ein paar Stunden zu früh dran«, sagte Yusuf.

»Amateure«, sagte Adil geringschätzig.

Yusuf nickte. »Die Mauer wäre ja nicht schlecht, aber dass sie ihren Wagen direkt davorfahren …«

»… und gut sichtbar auf der Parkplatzausfahrt stehen bleiben, ist echt idiotisch«, ergänzte Adil. »Da kriegt doch jeder Hobbypolizist Schnappatmung.«

Auf der Prinzregentenstraße herrschte nicht gerade dichter Feierabendverkehr, doch ein paar Autos kamen durchaus vorbei. Das Risiko, erwischt zu werden, war beträchtlich. Abgesehen davon konnte Rupert immer noch nicht glauben, dass Labosch und sein Kumpan tatsächlich sprühen wollten. Und ausgerechnet auf die Fassade eines weltberühmten Kunsttempels. Zu welchem Zweck denn? Selbst Tonis Verhandlungskünste würden nicht ausreichen, das Graffito dem Staat – oder wem auch immer das Haus der Kunst gehörte – abzuluchsen.

Das eng umschlungene Paar hatte den Lieferwagen kaum passiert, als sich Fahrer- und Beifahrertür fast gleichzeitig öffneten. Zwei Figuren stiegen aus, und folgte da nicht noch eine dritte? Sie hatten die Kapuzen ihrer Hoodies über den Kopf gezogen. Auf die Entfernung war niemand zu identifizieren, man konnte nicht einmal sicher sein, dass es sich um drei Männer handelte. Adil schob sich eng an der Brückenbalustrade entlang nach vorn. Rupert machte zwei schnelle Schritte und zog ihn zurück. »Wir warten, bis sie angefangen haben.«

Einer der Typen zog die Hecktür des Lieferwagens auf. Die beiden anderen trugen in aller Seelenruhe ein paar Kartons zur Hauswand, kehrten zurück, holten einen Rucksack und eine kleine Kiste. Die Stelle, an der sie alles deponierten, wurde von der Straßenbeleuchtung erfasst, so dass Rupert recht genau sehen konnte, was sie taten. Nur machten sie nicht viel. Der eine kramte kurz im Rucksack, dann standen sie beide wieder herum. Der Dritte hatte sich etwas entfernt, weg von der Straße, und setzte sich auf die Mauer, die das Plateau zum Englischen Garten hin begrenzte.

»Wollen die erst ausdiskutieren, wer sprühen soll?«, sagte Rupert mehr zu sich selbst.

»Dauert ein wenig, bis man die Gummihandschuhe anhat«, sagte Adil.

»Dann müssen sie noch die Vorlagen ankleben«, sagte Yusuf. Tatsächlich machten sich die beiden Typen nun an der Außenwand zu schaffen. Der dritte half nicht dabei. Vielleicht sollte er die Aktion dokumentieren, doch ob er tatsächlich Videoaufnahmen machte, war von hinten nicht zu erkennen.

Auf dem Gehweg wankte ein offensichtlich schwer angetrunkener Mann heran. Er stolperte über einen dort abgestellten Elektroroller. Das Ding fiel um, der Mann hielt sich mit Mühe auf den Beinen. Er brabbelte irgendetwas, bemerkte dann die beiden vor der Fassade und schaute ihnen leicht schwankend eine Weile zu. Dann rief er: »He, ihr da, habt ihr mal eine Kippe für mich?«

»Sorry, wir sind Nichtraucher«, rief es zurück.

»Ach so«, sagte der Mann und setzte sich wieder in Bewegung. Was zuerst nach unkontrollierter Schlangenlinie aussah, entpuppte sich als beherzter Versuch, die Prinzregentenstraße zu überqueren. Ein Taxi bremste abrupt, der Mann umkurvte seine Vorderfront, schlingerte zum Mittelstreifen weiter und gelangte irgendwie auf die andere Straßenseite. Dort setzte er sich umständlich auf den Randstein und schien Sekunden später eingeschlafen zu sein. Jedenfalls reagierte er nicht auf das überraschend laute Klacken, das vom Haus der Kunst her durch die Nacht klang. Einer der Vermummten schüttelte eine Spraydose. Dann begann er zu sprühen. Auch das Zischen des Farbstrahls war zu hören, wenn man die Ohren spitzte.

»Jetzt«, sagte Rupert und drückte sich am Brückengeländer entlang. Adil und Yusuf folgten ihm auf dem Fuß. Hinter einem dicken Stamm auf der anderen Seite des Eisbachs blieben sie stehen. Der Mann an der Fassade hatte seine Arbeit unterbrochen, war ein paar Schritte zurückgetreten und stand jetzt neben dem zweiten. Beide kehrten Rupert den Rücken zu und sprachen leise miteinander, ohne dass ein Wort zu verstehen war. Allenfalls der dritte, der etwas erhöht auf der Mauer saß, konnte Rupert und die beiden Jungs entdecken, falls er den Kopf umwandte. Besser noch ein wenig in Deckung bleiben.

Der Typ mit der Dose trat vor, schüttelte sie, tat einen langen Sprühstoß, einen zweiten kurzen. Schwarz, er benutzte schwarzen Lack. Seiner Sache schien er sich nicht recht sicher zu sein, denn er machte wieder zwei Schritte zurück. Offenbar, um sein Werk zu begutachten.

»Die lassen sich echt Zeit«, flüsterte Yusuf.

»Amateure«, hauchte Adils Stimme von hinten.

Mit welchem Motiv die Steinplatten verziert wurden, wäre wohl erst zu erkennen, wenn die Schablonen entfernt würden. Im Moment konnte Rupert schon deswegen nichts ausmachen, weil die beiden Sprayer in seiner Sichtachse standen. Jetzt ging zur Abwechslung der zweite nach vorn, bückte sich, sprühte eine Fläche zwischen Knie- und Hüfthöhe ein, richtete sich wieder auf. Gerade noch hörbar fragte er zu seinem Kumpel hin: »Uhrzeit?«

»Alles okay«, sagte der. »Mach rechts weiter!«

Der an der Mauer schüttelte die Dose, sprühte eine bogenförmige Linie von oben nach unten und wieder zurück. Ein paar schnelle Querspritzer, eine Umrandung, und drunter eine größere Fläche, die es zu füllen galt. Dann stoppte das Zischgeräusch. Der Typ sagte: »Ich mach da mal den Karton weg.«

»Warte noch«, sagte der andere.

Der erste ging zu ihm zurück und fragte: »Haste mal 'ne Kippe für mich?«

»Sorry, Nichtraucher«, sagte der andere. Beide schienen leise zu lachen, doch wahrscheinlich bildete Rupert sich das nur ein. Vielleicht war es das Geräusch des Winds, der an den kahlen Zweigen rüttelte. Oder das Rauschen des Eisbachs. Oder etwas ganz anderes. Zum Beispiel der eigentlich unhörbare Ton, der in dem blauen Licht mitschwang. Dessen Widerschein lief schnell über die Steinplatten am Haus der Kunst hinweg, verlor sich in den Bäumen, tauchte vorn am Eck der Fassade wieder auf, verlieh dem fleckigen Schwarz der Graffitoschablonen im Darübergleiten einen geheimnisvollen bläulichen Schimmer und …

»Verdammt, die Bullen«, zischte Adil.

Ein Streifenwagen kam mit eingeschaltetem Blaulicht die Prinzregentenstraße daher. Ohne Martinshorn, nur mit Blaulicht, und dicht dahinter folgte ein zweiter.

»Die Bullen!«, rief einer der Sprayer. Er ließ die Dose fallen. Der andere begann hektisch, die Schablonen von den Steinplatten zu reißen.

Ein Polizeieinsatz kann jede Menge Gründe haben, dachte Rupert. Vielleicht hatte es vorn auf dem Altstadtring gekracht, vielleicht versuchte ein abservierter Ex-Minister, in die Staatskanzlei einzudringen, vielleicht …

Der erste Einsatzwagen kurvte über den Fahrradweg und hielt mit rotierendem Blaulicht neben dem Lieferwagen, gerade als einer der Sprayer dessen Fahrertür öffnete. Der andere warf sich vorn an der Mauer den Rucksack über die Schulter. Die Türen des vorderen Polizeiautos flogen auf, der Wagen der Kollegen kam dahinter zum Stehen, und die beiden ersten Uniformierten waren schon auf dem Sprung. Der Sprayer im Lieferwagen knallte ihnen die Tür vor der Nase zu, der andere schien vor Schreck erstarrt zu sein. Erst als die zweite Funkstreifenbesatzung auf ihn zusprintete, entschloss er sich zu einem Fluchtversuch. Idiotischerweise lief er mit Rucksack und ein paar Schablonen unter dem Arm auf die hell erleuchtete Prinzregentenstraße hinaus.

»Stehen bleiben, Polizei!«

Der Mann gehorchte augenblicklich. Er ließ die Schablonen auf die Fahrbahn fallen und hob die Hände, als befürchte er einen unmittelbar bevorstehenden finalen Rettungsschuss. Sein Kumpel hatte in der Aufregung wohl den Zündschlüssel nicht gefunden. Jedenfalls hatte er den Motor des Lieferwagens noch gar nicht angelassen. Nun machte er die Fahrertür langsam wieder auf und zeigte ebenfalls seine ausgestreckten Hände vor. Ein Polizeibeamter hieß ihn aussteigen, zwei andere holten den mit dem Rucksack von der Straße. Die wilde Verfolgungsjagd fiel aus, die beiden Sprayer waren einkassiert.

Rupert blickte sich um. Adil und Yusuf waren verschwunden. Und auch dort, wo der dritte Mann gesessen hatte, befand sich niemand mehr. Er musste von der Mauer gesprungen und in deren Schatten abgetaucht sein. Nur düsteres Grau waberte zwischen den Stämmen, mit denen ein paar Quadratkilometer Englischer Garten begannen. Der dritte Mann joggte wahrscheinlich schon auf den Monopteros zu, während seine Komplizen sich mit dem Gesicht zum Lieferwagen aufstellen mussten. Wie in einer billigen amerikanischen Serie wurden sie von den Polizisten abgeklopft. Als klar war, dass keiner ein Maschinengewehr in der Hosentasche mitführte, entspannte sich die Lage. Ein Beamter begann, die Personalien der Sprayer aufzunehmen, ein anderer wandte sich dem Tatort zu. Im Scheinwerferlicht des Streifenwagens war das Motiv des Stencils nun gut zu erkennen, obwohl es nur zu etwa drei Vierteln fertiggestellt war. Es handelte sich um eine klassische und mehrfach realisierte Banksy-Komposition, nämlich die *Kissing Coppers*. Zwei englische Polizisten in Uniform küssten sich auf dem Graffito leidenschaftlich. Sie ließen sich nicht davon stören, dass einem von ihnen der Unterleib fehlte und beim anderen die Umrisse teilweise verwischt waren. Einer ihrer Münchner Kollegen aus Fleisch und Blut fotografierte eifrig.

Dass inzwischen noch ein dritter Streifenwagen eingetroffen sein musste, wurde Rupert erst bewusst, als ein Beamter ihn von hinten ansprach. Was er hier mache? Nichts Besonderes. Nein, er sei keineswegs Teil der Sprayergruppe, sondern habe die Ereignisse nur zufällig beobachtet. Ja, der verbotswidrig abgestellte Wagen jenseits der Brücke gehöre ihm. Natürlich könne er erklären, wieso er zum Zeitpunkt der Sachbeschädigung dort angehalten habe, doch das sei eine längere Geschichte.

»Da bin ich aber gespannt«, sagte der Polizist und nötigte Rupert, ihn nach vorn zu begleiten. Am Haus der Kunst hatte sich inzwischen ein kleinerer Auflauf entwickelt. Ein paar Passanten waren stehen geblieben, der Besoffene hatte es noch einmal über die Fahrspuren geschafft und lallte gerade auf einen Polizisten ein, während ein anderer versuchte, die Gaffer in den Autos zum Weiterfahren zu bewegen. Die Sprayer lehnten recht entspannt am Lieferwagen. Einen von ihnen konnte Rupert wenig überraschend als Gabriel Labosch identifizieren.

Der Beamte schob Rupert zwischen seine Kollegen und sagte: »Ich habe noch einen erwischt.«

Rupert protestierte. Ganz im Gegenteil sei einer entwischt. Statt harmlose Bürger zu belästigen, sollten die Ordnungshüter lieber dem dritten Täter nachsetzen.

»Viel Spaß!«, sagte Labosch.

»Banksy ist längst über alle Berge«, sagte der andere Sprayer.

»Der ist viel zu clever«, sagte Labosch.

»Gehört der da zu euch?« Einer der Polizisten deutete auf Rupert.

»Nee.« Labosch schüttelte den Kopf. »Wie oft soll ich es noch sagen? Außer uns war bloß Banksy dabei.«

»Das waren vier oder fünf, mindestens«, grölte der Besoffene dazwischen.

»Sie waren zu dritt«, sagte Rupert. »So weit ist das schon richtig.«

»Ich hab's aber genau gesehen«, japste der Besoffene, bevor ihn ein Hustenanfall durchschüttelte.

»Ist ja gut«, sagte der Beamte, »jetzt gehen Sie ein paar Meter zurück. Und der Herr hier weist sich bitte mal aus.«

Die Angelegenheit konnte sich noch eine Weile hinziehen, und wahrscheinlich würde Rupert nicht umhinkönnen, den Polizisten zumindest einen Teil der Wahrheit anzuvertrauen. Steigenberger würde er vorläufig aus dem Spiel lassen, doch dass er Labosch gefolgt war, weil er eine Sprühaktion vermutet hatte, konnte er zugeben. Er hatte halt einen anonymen Tipp erhalten, und dass ihn als Kunstdetektiv diese Banksy-Sache interessierte, verstand sich doch von selbst. Rupert holte neben dem Ausweis auch seine Visitenkarte hervor.

Während der Beamte seine Personalien überprüfte, entdeckte Rupert ein weiteres bekanntes Gesicht. Aus einem Renault, der hinter den Streifenwagen geparkt worden war, stieg Lydia Sommer vom *Anzeiger*. Sie steuerte auf den Einsatzleiter zu. Resolut umkurvte sie den Besoffenen, der sich ihr in den Weg zu stellen suchte. Mit anfangs empörter, aber schnell kläglicher klingender Stimme rief er ihr nach: »Es waren fünf oder sechs, mindestens. Das wollen die nicht

241

glauben. Stecken alle unter einer Decke, die Brüder, die elendiglichen.«

Dann schwankte er auf Rupert zu und murmelte: »Hast du
vielleicht eine Kippe für mich?«

6

Das Haus der Kunst war gegenüber seinen Anfängen um ein großgeschriebenes Adjektiv amputiert worden, denn ursprünglich hatte es unter dem Namen Haus der Deutschen Kunst firmiert. Hitler persönlich hatte mit der Planung den Architekten Paul Ludwig Troost beauftragt, der sich schon beim Umbau der NS-Parteizentrale im Braunen Haus durch monumentale Geschmacklosigkeiten ausgezeichnet hatte. Für München als Hauptstadt der Bewegung und zukünftige Hauptstadt der deutschen Kunst sollte nun ein Tempel geschaffen werden, der nicht nur dem heroischen Kitsch à la Arno Breker eine Heimstatt bot, sondern auch der Selbstinszenierung des Regimes diente. Konsequenterweise wurden Prinzregenten- und Von-der-Tann-Straße verbreitert und zu Aufmarschalleen umgebaut. Finanziert wurde der Bau hauptsächlich durch deutsche Industrielle, die der entsprechenden Bitte des NSDAP-Gauleiters Adolf Wagner gern nachkamen. Nicht wenige von ihnen wurden ein gutes Jahrzehnt später in Nürnberg als Kriegsverbrecher verurteilt.

Ein solches Gebäude ästhetisch zu verunstalten, war schlicht unmöglich. Im Gegenteil, jeder einigermaßen sensible Mensch müsste sich eine künstlerische Auseinandersetzung mit dieser Geschichte wünschen, und was konnte sich dafür besser eignen als ein Graffito, das den Ort entschieden umdefinierte? Leider war zu erwarten gewesen, dass die bayerische Polizei das anders sehen und sich unter der absurden Rechtfertigung, ein Naziheiligtum zu schützen, in eine unheilvolle Tradition der Verfolgung kritischer Geister einreihen würde. Deswegen hatte Banksy seine *Kissing Coppers* als Motiv für die Fassade ausgesucht. Man konnte nur hoffen, dass die im Übrigen übertrieben rüde einschreitenden Einsatzkräfte die Botschaft verstanden hätten: Cops all over the world, make love, not war!

So ungefähr rechtfertigten sich Gabriel L. und Paul Z. in einem Interview mit dem *Münchner Anzeiger*. Es stand schon online, als Klara morgens den Bürocomputer einschaltete. Das sprach dafür, dass die beiden Sprayer noch am Tatort ausgiebig von Frau Sommer befragt worden waren, der rüden Polizei zum Trotz. Die Täter waren anscheinend genauso wenig festgesetzt worden wie Rupert. Dafür bestand auch wenig Anlass, wenn sie geständig waren und einen festen Wohnsitz vorzuweisen hatten.

»Banksy! Dass ich nicht lache«, sagte Rupert.

»Wieso? Das ist doch ganz sein Stil«, sagte Max.

»Der dritte Mann hat sich an der Sprüherei gar nicht beteiligt. Der hat nur zugeschaut.«

»Als renommierter Künstler kann man die Drecksarbeit auch mal andere erledigen lassen. Du lieferst halt die Idee«, sagte Max.

Klara stimmte durchaus mit ihm überein, dass die Idee hinter der ganzen Sache entscheidend war. Nur war sie natürlich nicht in Banksys Kopf entstanden.

»Labosch und der andere irrten beim Eintreffen der Polizei wie aufgescheuchte Hühner umher, die eingefangen werden wollten. Der Dritte war lautlos und blitzschnell verschwunden«, sagte Rupert.

»Banksy hat jahrzehntelange Straßenerfahrung«, sagte Max.

»Und vorher haben die Typen getrödelt, als gäbe es in München keine Polizei«, sagte Rupert.

Klara sagte: »Sieht so aus, als hätten sie nur darauf gewartet, festgenommen zu werden.«

Um ihre Geschichte vom Nazibau und Banksys Polizeikritik unters Volk zu bringen. Um überhaupt der Banksy-Hypothese neuen Schwung zu verleihen. Um als Zeugen für seine angeblichen Münchner Aktionen an die Öffentlichkeit treten zu können und gleichzeitig den Mythos des ungreifbaren Künstlers zu befeuern.

»Na ja«, sagte Max. »Ob die wirklich freiwillig vor Gericht landen wollen?«

»Warum nicht, wenn sich das finanziell für sie lohnt?«, sagte Rupert.

Klara nickte. Der ehrenwerte Dr. Steigenberger hatte eine Gegenoffensive gestartet. Er hatte Rupert mit einem Bestechungsangebot hingehalten und die Zeit genutzt, um den schwerwiegendsten Vorwurf ihm gegenüber zu entkräften, bevor er überhaupt publik wurde. Von wegen Fälschungen, Banksy selbst war am Haus der Kunst fast geschnappt worden! Auf frischer Tat. So lautete Steigenbergers Botschaft.

Gut ins Bild passte, dass die Polizei sofort mit drei Fahrzeugen angerückt war und die Presse fast zeitgleich mit ihr eintraf. Klara würde wetten, dass beide durch einen anonymen Telefonanruf vor Ort gelotst worden waren. Hätte das nicht geklappt, würden Labosch und sein Kollege wahrscheinlich immer noch am Haus der Kunst herumsprühen und den versprochenen Polizeieinsatz herbeisehnen. Hundert schwule Polizistenpaare über die gesamte Fassade hinweg, die Vorstellung hatte etwas Apartes. Doch selbstverständlich hatte Steigenberger das Manöver ordentlich organisiert.

245

Der *Anzeiger* schwieg sich darüber aus, wie und von wem die Aktivitäten der Sprayer gemeldet worden waren. Ihre Aussagen, speziell was die Beteiligung Banksys anbelangte, wurden mit keinem Wort in Zweifel gezogen. Ohne seinen Namen zu nennen, wurde sogar Rupert für die Verifizierung eingespannt. Ein Augenzeuge habe beobachtet, wie der Untergrundkünstler aus Bristol sehr passend im Englischen Garten untergetaucht sei. Großes Bedauern über die gelungene Flucht war dabei nicht zu spüren. Frau Sommer und ihre Redaktion erhofften sich wohl ein paar weitere Folgen bis zum endgültigen Showdown.

»Dass Rupert den Typen folgte, wussten sie doch nicht.« Max war noch nicht überzeugt. »Wärst du nicht dort gewesen, gäbe es außer ihren eigenen Aussagen keinen Beleg für einen dritten Mann. Für mich spricht das gegen eine Inszenierung.«

»Du vergisst die Videoaufnahmen«, sagte Rupert. »Warte noch ein paar Stunden, dann siehst du die Bilder auf *@banksygoesmunich*. Zusammen mit der Selbstbezichtigung Banksys und einem flammenden Appell, seine Mitarbeiter nicht der deutschen Justiz vorzuwerfen.«

»Labosch und Co. sind für weitere Aktionen jedenfalls verbrannt. Bei jedem neu auftauchenden Graffito donnert jetzt morgens die Polizei bei denen gegen die Tür, vielleicht auch mitten in der Nacht. Ich glaube einfach nicht, dass die sich das selbst einbrocken wollten. Und wenn doch …«

»Und wenn doch?«

»Dann bleibt immer noch der dritte Mann«, sagte Max. »Und warum zum Teufel soll das nicht Banksy sein? Vielleicht hat er keine Ahnung, was Steigenberger mit seinen Werken anstellt und …«

Das Telefon klingelte.

»Das wird er sein«, sagte Rupert.

»Banksy?«

»Steigenberger. Er wird fragen, ob wir sein Angebot annehmen, und eigentlich wissen wollen, was wir von der Komödie am Haus der Kunst halten.« Rupert nahm ab. Er nannte seinen Namen und verdrehte gleich darauf die Augen. »Ach, Jenny, wie schön. Ich habe gerade zu tun, aber ich gebe dich gern weiter.«

Er reichte Klara das Telefon über den Schreibtisch. Sie sagte: »Hallo, Jenny.«

»Hallo, ja, entschuldigt, es ist ... Ich sollte euch doch anrufen, wenn der Christian ...«

»Hat er sich bei dir gemeldet?«

»Nein.« Jenny stieß das Wort heraus, als wolle sie es für immer loswerden. Sie schwieg ein paar Sekunden und sagte: »Ich wollte dich bitten, ob du vielleicht mitkommst.«

»Mitkommen, wohin?«

»Ich schaffe das nicht allein, glaube ich. Eigentlich will ich ihn auch gar nicht sehen, aber die Polizei meint, dass es halt irgendwer machen muss. Sie haben zwar seinen Ausweis bei ihm gefunden, aber anscheinend reicht das nicht.«

»Was ist passiert, Jenny?« Klara stellte das Telefon laut.

»Er ist wohl ziemlich ... Er ist unter einen Lastwagen gekommen, und ich soll ihn identifizieren.«

»Oh Gott«, sagte Klara.

»Vielleicht ist er es ja auch gar nicht«, sagte Jenny. »Ich meine, es wäre doch möglich, dass er seinen Ausweis einem anderen gegeben hat, weil ... weil der ihn darum gebeten hat oder so. Der Christian kann ja keinem was abschlagen, das hat er noch nie gekonnt, und deswegen bin ich fast sicher, dass ...«

»Klar, ich komme mit«, sagte Klara. Eine Verwechslung

schien ihr sehr unwahrscheinlich, doch es war nachvollziehbar, dass sich Jenny an jede noch so vage Hoffnung klammerte. Was sie jetzt brauchte, war ein wenig fester Boden unter den Füßen. Jemand, der darauf achtete, dass sie nicht völlig aus der Spur geriet, dass sie essen, schlafen und sich um ihr Kind kümmern würde. Wie hieß das gleich noch? Klara fragte: »Hast du jemanden für die Kleine?«

»Die ist im Kindergarten.«

»Gut«, sagte Klara. »Bleib, wo du bist. Ich komme zu dir.«

»Danke. Das ist echt so lieb von dir.«

»In einer halben Stunde bin ich da.« Klara legte auf.

»Ein Unfall?«, fragte Rupert.

Klara zog ihren Mantel an und sagte: »Wir werden sehen.«

Max hatte genug gesehen. Das Video auf Instagram verkündete im Kern das, was Rupert vorhergesagt hatte. Auf Musikuntermalung hatten die Macher diesmal genauso verzichtet wie auf einen ansprechenden Schnitt. Die Kamera fuhr zuerst die Säulenkolonnade am Haus der Kunst entlang und zoomte am Eck auf zwei vermummte Gestalten, die sich an der Fassade zu schaffen machten. Als der rotierende Schein des Polizeiblaulichts an der Außenwand zu erkennen war, wackelte das Bild, wischte über eine Mauerbrüstung hinweg auf etwas zu, was Baumwurzeln und Waldboden sein konnte, und brach dann ab. Aus dem Off sagte eine künstlich verzerrte Stimme: »All cops are bastards.« Dann wurde eine Aufnahme der *Kissing Coppers* eingeblendet, die aus einem Archiv entnommen sein musste, denn das Graffito war vollständig und zeigte unten das Banksy-Logo. »Unless they kiss each other passionately«, sagte die Stimme dazu und schloss mit dem schon im Interview zitierten Motto: »Make love, not war.«

Wahrscheinlich hatten Rupert und Klara ja recht. Steigenberger hatte am Haus der Kunst eine Show aufführen lassen, Banksy weilte in Großbritannien, und wenn Max den dritten Mann finden sollte, würde der sich nicht als Robin Gunningham erweisen, sondern als irgendein Hänschen Huber. Eigentlich sollte Max aufhören, einer Chimäre hinterherzulaufen. Das würde er auch tun, ganz sicher sogar. Gleich nachdem er Gabriel Labosch einen Besuch abgestattet hatte.

Max fuhr nach Milbertshofen hinaus. Labosch öffnete nicht, hinter den Fenstern seiner Wohnung rührte sich nichts, und die Nachbarin, die von Max herausgeklingelt wurde, gab an, Labosch so lange nicht gesehen zu haben, dass sie gar nicht sagen könne, ob er noch hier wohne. Gut, dann eben nicht.

Nur weil Max sowieso schon im Wagen saß, schaute er noch auf einen Sprung in der Ohlmüllerstraße vorbei. Tonis Lagerhalle war abgesperrt. An der Tür hing ein mit der Hand bekrakelter Zettel: *Wegen Krankheit bis auf Weiteres geschlossen.* Die Krankheit bestand wahrscheinlich aus einer schweren Allergie gegen Nachfragen bezüglich Banksy. In Gedanken wünschte Max schnelle Besserung, schon im eigenen Interesse. Er hatte keine Ahnung, wo der Toni untergetaucht sein könnte, um sich auszukurieren.

Das war es dann wohl endgültig. Wenn man am Ende einer Sackgasse angelangt war, konnte man natürlich wieder und wieder gegen die Mauer anrennen. Sinnvoller wäre es, die Sache sein zu lassen und umzukehren. Vielleicht würde Max bei einem Spaziergang den Kopf freibekommen. Im Englischen Garten war an diesem diesigen Spätwintertag sicher nicht viel los. Max stieg ins Auto.

Es gab keinen speziellen Grund, warum er den Eingang zwischen Eisbachbrücke und Haus der Kunst ansteuerte. Der war so gut wie jeder andere, wieso also nicht? Doch wenn er schon mal vor Ort war, konnte er sich auch das Graffito ansehen. Ein paar Passanten standen hinter dem Absperrband und diskutierten über das unvollendete Kunstwerk. Max hatte keine Lust auf Volkes Stimme und hielt sich ein wenig abseits. Von schräg rechts blickte er auf die Steinfassade. Noch ein paar Schritte zurück bis zur Begrenzungsmauer, ja, das war ungefähr der Blickwinkel aus dem Video. Max wandte sich zum Englischen Garten hin und blickte über die Brüstung. Entlang der Mauer fiel das Bodenniveau beständig weiter ab. Der dritte Mann musste hier oder weiter vorn hinabgesprungen sein, um sich nicht die Beine zu brechen. Max umrundete den Kopf der Mauer und ging an der Gartenseite entlang. Da, war das nicht ein Sohlenabdruck in der Erde? Max musterte den Boden um ihn herum in größer werdenden Halbkreisen. Er machte ein paar Schritte bis zu den ersten Bäumen hin. Nichts. Nirgends war eine Fußspur zu entdecken, der man folgen könnte.

Max schaute Richtung Norden. Wenn er Banksy gewesen wäre, hätte er sich im Schatten der Bäume bewegt, bis er aus der unmittelbaren Gefahrenzone gelangt wäre. Dann wäre er auf den Gehweg entlang des Eisbachufers eingebogen, um schneller voranzukommen. Max schritt aus und ließ den Blick über den Boden schweifen. Wer hastig flüchtete, verlor leicht einmal etwas. Es musste ja nicht gleich ein britischer Ausweis auf den Namen Gunningham sein. Bücken würde sich Max allerdings schon, wenn ihm so einer vor die Füße geriete.

Illusionen, dachte Max, du machst dir bloß Illusionen. Nach allem, was sie wussten, war die Chance, dass tatsächlich Banksy sich hier davongestohlen hatte, minimal. Etwa so groß wie die auf einen Sechser mit Superzahl beim Lotto.

Die statistische Aussichtslosigkeit hielt allerdings Millionen von Deutschen nicht davon ab, wöchentlich ihr Glück zu versuchen. So war halt der Mensch, dagegen kam der Realitätssinn nicht an. Wieso sollte sich ausgerechnet Max schämen, gegen alle Wahrscheinlichkeit auf den großen Coup zu hoffen?

Christian Lohse war bereits in den frühen Morgenstunden des vergangenen Tags gestorben. Um sechs Uhr morgens war die Nachricht von zwei Polizisten überbracht worden. Begleitet wurden sie von einer Mitarbeiterin des Kriseninterventionsteams, die Jenny noch den gestrigen Tag und die ganze Nacht über beigestanden hatte. Sie war erst nach Hause gegangen, nachdem beide die kleine Isabel im Kindergarten abgeliefert hatten.

»Die war vom Roten Kreuz«, sagte Jenny. »Eine ganz liebe Person. Die hat so Sachen gesagt wie, dass ich ruhig weinen darf, aber ich konnte gar nicht weinen. Als Kind konnte ich es – glaube ich –, wenn ich mir das Knie aufgeschlagen habe oder so, später dann nicht mehr. Das heißt, manchmal schon, wenn ich im Fernsehen was Romantisches anschaue. Aber sonst kommt bei mir einfach kein Wasser aus den Augen. Jedenfalls, die hat mir schon geholfen, die Christel. So heißt sie, doch für den Namen kann sie ja nichts, und sie ist wirklich eine Nette. Als sie weg war, habe ich mich plötzlich wieder so allein gefühlt, und deswegen bin ich todfroh, dass du gleich gekommen bist.«

»Natürlich«, sagte Klara und überlegte, ob sie den Ausdruck »todfroh« schon mal gehört hatte.

»Ich muss mich bloß noch schminken, dann können wir fahren«, sagte Jenny und verschwand im Badezimmer.

Im Institut für Rechtsmedizin stellte sich schnell heraus, dass Jenny mitnichten zur Identifizierung einer Leiche herbestellt worden war. Das wurde nur in sehr seltenen Fällen veranlasst, aber niemals, wenn es für die Polizeibeamten gar keine Zweifel gab. Und so verhielt es sich bei Christian Lohse. Die Dokumente, die er bei sich trug, lauteten nicht nur auf seinen Namen, sondern zeigten auch das Gesicht des Toten. Zur Sicherheit hatten sich die Beamten in Jennys Wohnung noch Fotos aus – wie Jenny es formulierte – glücklicheren Tagen angesehen. Keine Zwangsverpflichtung also, die Rechtsmedizin in der Nußbaumstraße hatte Jenny nur die Möglichkeit eingeräumt, von ihrem früheren Mann Abschied zu nehmen. Im Widerspruch zu ihrer Behauptung am Telefon hatte sie anscheinend durchaus verlangt, ihn noch einmal zu sehen, und sich kaum bis zum heutigen Vormittag vertrösten lassen.

»Aber wir müssen die Leiche halt erst herrichten. Blut und Gedärme wollen wir den Angehörigen nicht zumuten«, flüsterte die Mitarbeiterin des Instituts Klara zu. »Den Reißverschluss bitte trotzdem nicht weiter öffnen. Unterhalb des Halses sieht es ziemlich übel aus.«

Jenny schien das nicht hören zu wollen. Sie war auf der Herfahrt immer einsilbiger geworden, hatte Klara an der Pforte noch als ihre beste Freundin vorgestellt und seitdem nichts mehr gesagt. Jetzt stolperte sie hinterher und presste ihr Handtäschchen gegen die Brust. Die Frau vom Institut tuschelte weiter. Der Abschiedsraum sei zwar nicht so eingerichtet, wie man es sich wünschen würde, aber immerhin hätten sie hier einen separaten Raum, während in anderen Städten der Leichensack in Anwesenheit der Trauernden direkt aus dem Kühlregal gezogen werde. Und wenn sie noch eine Bitte äußern dürfe: Natürlich wolle niemand die Hinterbliebene drängen, aber vielleicht könne Klara darauf achten, dass es nicht länger als eine halbe Stunde dauere, denn dann seien die Nächsten angemeldet. Sie zog die Tür auf.

Der Leichensack lag auf einer Bahre. Das obere Ende war

geöffnet und so weit zurückgeschlagen, dass der Kopf des Toten frei lag. Seine Augen waren geschlossen, sein Gesicht und die wächserne Haut wirkten irgendwie puppenhaft, wobei schwer zu entscheiden war, ob das dem Tod oder den Bemühungen der Rechtsmedizin zuzuschreiben war. Verletzungen waren nicht zu erkennen. Allenfalls die zusammengekniffenen Lippen mochten auf ein qualvolles Ende hindeuten.

»Er sieht ganz anders aus«, sagte Jenny. Sie war in etwa zwei Metern Entfernung stehen geblieben.

»Du erkennst ihn nicht?«, fragte Klara.

»Doch, doch, er sieht nur anders aus.« Jenny lächelte. »Vielleicht, weil sie ihm die Haare zurückgekämmt haben. Ihm fiel ja immer so eine Locke in die Stirn. Dauernd hat er sie mit der Hand zurückgestrichen, das konnte mich manchmal ganz wahnsinnig machen, aber dass er sie abschneiden ließ, wollte ich auch nicht.«

Jenny wandte den Blick von der Bahre ab und begann, in ihrer Handtasche zu kramen. »Weißt du, was seltsam ist? Ich habe jetzt seinen Ehering. Die Polizisten haben ihn mir gebracht, ob ich ihn wiedererkenne und so. Der Christian hat ihn noch am Finger gehabt, obwohl wir ja schon lange getrennt waren. Hier, schau! Schön, nicht? Meinen habe ich vor ein paar Wochen verkaufen müssen, wegen der Stromrechnung, und jetzt habe ich seinen.«

Klara wusste nicht, was sie sagen sollte, doch Jenny erwartete wohl gar keine Antwort. Sie musterte die kahlen Wände, sagte: »Komm, lass uns gehen!«

Sie hatten den Raum vor höchstens drei Minuten betreten, und die Hälfte der Zeit hatte Jenny in ihrer Handtasche gewühlt. Zu dem Toten auf der Bahre hatte sie peinlich Abstand gehalten, so als befürchte sie, er würde sie packen und mit ins Schattenreich ziehen. Klara war noch nie in einer vergleichbaren Situation gewesen. Sie wollte sich nicht anmaßen, über die Trauerarbeit anderer Menschen zu richten, doch Abschied zu nehmen, stellte sie sich anders vor. Als ob es nun auf sie ankäme, prägte sie sich die bleichen Züge Christian Lohses ein. Sie hatte den Mann nie vorher gesehen, hatte nie ein Wort mit ihm gesprochen, wusste nur, dass er eine Weile beim *Anzeiger* gearbeitet hatte und in den letzten Wochen wie ein Besessener durch München gestreift war, um Rattengraffiti zu sprühen. Und dass er vorgestern Nacht von einem Lastwagen überrollt worden war.

»Kommst du?«, fragte Jenny. Sie hatte bereits die Hand an der Türklinke.

Nein, kein Vorwurf. Mit dem Tod umzugehen, fiel niemandem leicht, und Jenny schien schon von weit geringeren Dingen überfordert. Was nicht zu bewältigen war, vor dem floh man besser. Ließ es hinter sich zurück und schloss die Tür. Klara sagte: »Wenn du meinst.«

Jenny hastete durch die Gänge und schwieg, bis sie das Institut verlassen hatten. Erst draußen unter dem ersten Baum hielt sie inne. Sie atmete tief durch und sagte: »Es nützt ja niemandem, wenn man ausflippt. Dem Christian schon gar nicht. Das Leben muss doch weitergehen, nicht? Es kommen auch schönere Tage. Irgendwann.«

»Da bin ich mir sicher«, sagte Klara.

»Trotzdem war es gut, dass ich ihn noch einmal gesehen habe.«

»Ja«, sagte Klara.

»Weißt du«, sagte Jenny, »für die Beerdigung habe ich überhaupt nichts anzuziehen. Die Isabel auch nicht, doch bei der Kleinen ist es nicht so schlimm. Da verzeihen es die Leute, wenn sie im roten Anorak kommt. Aber ich muss doch Schwarz tragen, oder?«

»Nein, musst du nicht. Darauf kommt es nicht an.«

»Ich habe mir nie was Schwarzes gekauft«, sagte Jenny, »weil mir die Farbe überhaupt nicht steht, und ich mag sie auch nicht. Eigentlich ist das gar keine richtige Farbe, oder? Ich habe einiges in Rottönen und anderes Buntes. Am ehesten ginge noch das lila Kostüm, doch das hat Pailletten und schimmert wie eine Sternennacht. Nein, das ist auch unmöglich.«

»Ich kann dir etwas leihen«, sagte Klara. Nur mit halbem Ohr hörte sie hin, während Jenny sich wortreich bedankte. Klara fragte sich, wer überhaupt zur Beerdigung erscheinen würde. Lebten Christian Lohses Eltern noch, hatte er andere Verwandte, Freunde? Wahrscheinlich würden ein paar ehemalige Kollegen vom *Anzeiger* auftauchen, angeführt von Lydia Sommer. Und wenn sie wüssten, dass dort der wahre Banksy von München zu Grabe getragen wurde, würden sich vielleicht sogar Steigenberger und seine Leute einfinden, um insgeheim zu feiern, dass es einen weniger gab, der ihrem Lügengebäude gefährlich werden konnte.

»Jetzt fahre ich dich erst einmal heim«, sagte Klara. Dann würde sie sich verabschieden. Der Banksy von München war tot, und auf einmal schien es Klara dringend geboten, herauszufinden, wie und unter welchen Umständen er gestorben war.

Wahrscheinlich war gerade Unterrichtsschluss gewesen. Vor dem Luisengymnasium lösten sich die letzten Grüppchen von Schülern langsam auf. Den Platz gegenüber beherrschte der rote, zwölf Meter hohe Stahlbetonring des Künstlers Mauro Staccioli. Auf einer Bank am Rand der Freifläche suchte ein alter Mann die bescheidene Wärme der Mittagssonne einzufangen. Ein Bus der Linie 58 hielt an der Haltestelle. Die Ampel für die Luisenstraße sprang auf Grün, und ein paar Schüler schlenderten auf Klaras Straßenseite herüber. Sie stand neben einer Litfaßsäule, die großflächig Werbung für einen Supermarkt im Hauptbahnhof machte.

Laut Polizeibericht war der Lastwagen auf der Elisenstraße aus westlicher Richtung gekommen und wollte die Kreuzung in Richtung Lenbachplatz überqueren, als ein dreiunddreißigjähriger Münchner, offensichtlich ohne auf den Verkehr zu achten, auf die Fahrbahn trat. Eine Vollbremsung verhinderte nicht, dass der Mann vom LKW erfasst wurde und unter die Räder geriet. Er erlag seinen Verletzungen noch am Unfallort.

Die Blutspuren auf dem Asphalt waren nur notdürftig beseitigt worden. Ein dunkler Fleck zeigte an, wo Christian Lohse sein Leben ausgehaucht hatte. Unwillkürlich kam Klara das wächserne Gesicht unter den sorgsam zurückgekämmten Haaren in den Sinn. Den Reißverschluss des Leichensacks hatten weder sie noch Jenny zu öffnen gewagt, so dass die tödlichen Verletzungen gnädig verborgen geblieben waren. Klara verscheuchte die Gedanken und versuchte, sich auf die Rekonstruktion des Geschehens zu konzentrieren.

Der Fleck befand sich in der ersten Fahrspur zur Mitte der Kreuzung hin, doch der Wagen musste Lohse ein ganzes Stück weiter links erfasst haben. Die Elisenstraße wies hier drei Fahrstreifen auf. Die konnten in der Nacht durchaus zu überhöhter Geschwindigkeit verleiten. Andererseits wurden sie von einem großzügigen Gehweg und einer breiten Fahrradspur begrenzt, die eigentlich ein freies Sichtfeld ermöglichten. Selbst wenn Lohse unvermutet hinter der Litfaßsäule hervorgetreten war, hatte er bis zur Unfallstelle noch geschätzte sechs, sieben Meter zurückgelegt, ohne dass er den Lastwagen bemerkt hatte oder der Lastwagenfahrer rechtzeitig auf ihn reagieren konnte.

Es musste schnell gegangen sein. Lohse war nicht gedankenverloren über die Straße gebummelt. Für viel wahrscheinlicher hielt Klara, dass er gelaufen war. Gerannt. Und dabei nicht auf das geachtet hatte, was vor ihm passierte. Vielleicht hatte er sich umgesehen. Weil jemand hinter ihm her war? Der Unfall hatte gegen drei Uhr nachts stattgefunden, also zu einer Zeit, die sich für eine Sprühaktion bestens eignete. War der Banksy von München dabei überrascht und auf der Flucht verfolgt worden?

Wenn Klara richtiglag, war er auf der westlichen Seite der Luisenstraße auf die Kreuzung zugehastet. Klara schlug die entgegengesetzte Richtung ein. Sie passierte eine Apotheke, eine Touristeninformation, einen mexikanischen Imbiss. An den Hauswänden bis hin zur Arnulfstraße war keine Spur eines unvollendeten Graffito zu erkennen. Klara blieb stehen. Hinter den Fahrspuren und zwei Straßenbahntrassen lag die Großbaustelle des Bahnhofsvorplatzes. Rechts ging es unter den Arkaden lang, nach links zur Prielmayer- und Schützenstraße. Direkt vor Klara führte eine Treppe nach unten. Fußgängerunterführung, Zugang zu S-Bahn und DB-Bahnsteigen, vor allem aber zur weit verzweigten unterirdischen Ebene des Einkaufszentrums. Lohse konnte von überallher gekommen sein.

Klara überquerte die Straße und setzte sich ins *Segafredo*-Café am Elisenhof. Bei einem Cappuccino googelte sie nach den Stichworten »München Hauptbahnhof Polizeieinsatz« und ergänzte die Sucheingabe dann nacheinander mit »Katastrophe Verbrechen tot verletzt tragisch«. Eine halbe Stunde später wusste sie, dass im Bahnhofsbereich durchschnittlich elf Straftaten pro Tag verübt wurden und dass neben den Routinekontrollen im letzten Jahr achthundertachtzig Polizeieinsätze verschiedener Einheiten stattgefunden hatten. Die große Mehrzahl passte allerdings nicht in das Muster, dem Christian Lohse bei seinen Rattengraffiti gefolgt war. Und in seiner Eigenschaft als Reporter hatte er nur über vier Vorfälle am Bahnhof berichtet.

Ein 22-Jähriger hatte einem Polizisten ein Messer mit solcher Gewalt in den Rücken gerammt, dass die Klinge abbrach und im Körper des Opfers stecken blieb. Ein Mann hatte eine Frau vor eine einfahrende S-Bahn gestoßen, die gerade noch rechtzeitig zum Stehen kam. Ein 43-Jähriger Junkie wurde tot in einer Toilettenanlage im Untergeschoss aufgefunden. Und auf einer Sitzbank am S-Bahnsteig hatten zwei Jugendliche Poserfotos mit einem schlafenden Obdachlosen gemacht, bevor sie dessen Sachen in Brand steckten. Die Tat war von einer Überwachungskamera gefilmt und ein Standbild daraus zu Fahndungszwecken veröffentlicht worden. Es illustrierte auch Lohses Bericht im *Anzeiger*. Einer der Täter hatte den Arm um die Schulter des Penners gelegt und grinste dem anderen entgegen, der mit dem Handy fotografierte. Im Hintergrund war ein Rolltreppenabgang zu erkennen.

Klara wusste nicht genau, warum, doch sie glaubte, dass gerade diese Tat Lohse angespornt haben könnte. Und irgendwo musste sie ja sowieso beginnen. Sie zahlte, nahm draußen die Rolltreppe hinab in die Einkaufspassage und folgte den Hinweisschildern zur S-Bahn im zweiten Untergeschoss. Auf dem Bahnsteig drückte sie sich durch die wartende Menge. Es gelang ihr zuerst nicht, den Tatort genau zu lokalisieren, da die Sitzbänke anscheinend versetzt und erneuert worden waren. Doch nur an einer Stelle führte eine Rolltreppe zur U-Bahn-Ebene hinab. Dahinter, vor der Mittelsäule, musste die fragliche Bank gestanden haben. Die Überwachungskamera hing noch an ihrem Platz. Klara blickte sich um. Ein Graffito hätte man hier allenfalls auf der

Säule anbringen können, doch da war nichts. Außerdem war sie knallrot lackiert, so dass vielleicht ein Stencil sichtbar gewesen wäre, kaum jedoch ein rotes Detail, wie es für Lohses Ratten charakteristisch war. Ohne große Hoffnung beugte sich Klara über den Abfallbehälter neben der Säule. Mit spitzen Fingern griff sie einen Kaffeebecher und wühlte damit in den darunterliegenden Schichten. Nein, keine Spraydose zu entdecken.

»Da, junge Frau, kaufen Sie sich mal eine Brotzeit.« Ein älterer Herr streckte Klara einen Fünf-Euro-Schein entgegen.

Klara richtete sich auf. »Nein, es ist nur …«

»Aber nicht sinnlos versaufen«, sagte der Mann und drückte Klara den Schein in die Hand. Dann wandte er sich der S-Bahn zu, deren Türen gerade aufsprangen.

Klara steckte den Schein in die Manteltasche. Sah sie so schlimm aus, dass man sie für eine Pennerin halten konnte, die den Müll nach Essbarem durchsuchte? Ihr kam in den Sinn, dass Kilian sie bei ihrer ersten Begegnung zur Vogelscheuche erklärt hatte. Wie peinlich ihm das gewesen war, als er sich dessen bewusst wurde. Sehr nett! Überhaupt wäre es durchaus verlockend, etwas mit ihm zu unternehmen, statt im S-Bahn-Dreck zu wühlen. Vielleicht später. Klara war hier noch nicht fertig.

Sie stand neben dem Mülleimer, und keiner der Umstehenden schien sie zu beachten. Oder blickten sie nur geflissentlich zur Seite, um die Situation nicht noch peinlicher werden zu lassen, als sie sowieso schon war? Klara strich sich die Haare zurecht und ging zur Treppe, die ein paar Meter weiter nach oben führte.

Und dort, auf Höhe des ersten Treppenabsatzes, direkt über dem Handlauf des Geländers, so als balancierten sie darauf, waren zwei vierzehige Pfoten aufgesprüht, die nach oben in einen gekrümmten, etwas ausgefransten Fellunterleib über-gingen. Oberkörper, Vorderpfoten, Kopf und Schwanz fehl-ten, so dass bei einem beiläufigen Blick vielleicht gar nicht klar wurde, um welches Motiv es sich handelte. Doch Klara hatte nicht den geringsten Zweifel. Hier sollte eine Ratte ent-stehen, hier war Christian Lohse am Werk gewesen, hier hatte er seine Arbeit unterbrochen und war Hals über Kopf geflüchtet, weil ihn irgendwer überrascht hatte.

Die Treppe war sauber gefegt. Lohse hatte sicher keine Zeit gefunden, seine Schablonen einzupacken, doch seither wa-ren auch schon anderthalb Tage vergangen. Wahrscheinlich war sein Arbeitsmaterial von den Reinigungskräften entsorgt worden. Vielleicht könnte Klara die Leute ausfindig machen, um sich das bestätigen zu lassen, doch eigentlich war das un-nötig. Das Graffitofragment sprach für sich. Klara stieg die Stufen zur Einkaufsebene hinauf. Der nächste Aufgang zur Straßenebene war keine zehn Meter entfernt. Und es war ge-nau der, der an der Ecke Arnulfstraße – Luisenstraße he-rauskam.

Diese Treppe war Lohse in der vorgestrigen Nacht hochge-stürmt, und oben hatte er nicht etwa innegehalten, sondern war weitergerannt, weil seine Verfolger ihm auf den Fersen waren. Doch wer jagte in den frühen Morgenstunden hin-ter einem Sprayer her? Irgendwelche Jugendlichen, die aus einem Club kamen, hätten ihm höchstens Beifall geklatscht. Gesetztere Passanten, selbst wenn sie für Sauberkeit und Ord-nung brannten, hätten eher die Polizei verständigt, als dem Mann selbst nachzusetzen. Dann vielleicht Mitarbeiter der Verkehrsbetriebe? Eine Polizeistreife? Dagegen sprach, dass im Unfallbericht kein entsprechender Hinweis zu finden war. Nein, die offiziellen Stellen ahnten nicht, dass zwischen der unvollendeten Ratte auf der S-Bahn-Treppe und dem tödlichen Unfall ein paar Hundert Meter entfernt ein Zusammenhang bestand. Und deswegen konnten sie auch nicht wissen, dass Christian Lohse in den Tod getrieben worden war.

Klara überquerte die Dachauer Straße. Unter den Arkaden saß ein Bettler, den Rücken gegen die Wand gelehnt, die Hand auf dem Nacken eines Schäferhunds, der wie tot neben ihm lag. Ein bekritzelter Karton verkündete, dass Mann wie Hund Hunger hätten. Klara warf den Fünf-Euro-Schein zu den paar Münzen in die Pappschachtel. Sie war fast froh, dass der Mann sich nicht bedankte, und ging weiter zur Bahnpolizei am Nordausgang des Hauptbahnhofs.

Sie hatte ihr Anliegen noch nicht vollständig erläutert, als sich die Beamten für nicht zuständig erklärten und sie an die Polizeiinspektion 16 auf der anderen Seite des Bahnhofs verwiesen. Die dortigen Kollegen erwiesen sich als kaum zugänglicher. Klara wolle zu dem Verkehrsunfall an der Elisenstraße aussagen? Ob sie denn den Unfall selbst beobachtet habe? Verstehe man das richtig, dass sie in der fraglichen Nacht gar nicht in der Gegend gewesen sei? Sie habe also Indizien, dass das spätere Opfer ein Sprayer gewesen sei, den Unbekannte gejagt hätten? Und diese Indizien bestünden aus einem nicht fertiggestellten Graffito, das ein gutes Stück vom Unfallort entfernt liege?

»Nun ja«, sagte der Beamte. »Jedenfalls vielen Dank für Ihre Aussage.«

»Verstehen Sie nicht?«, fragte Klara. »Irgendwer hat den Mann vor den Lastwagen gehetzt. Wäre es nicht Aufgabe der Polizei, diese Leute zu identifizieren?«

»Wir werden dem natürlich nachgehen«, sagte der Uniformierte. Er hatte sich nicht einmal Notizen gemacht. Nicht einen einzigen Bleistiftstrich.

»Es war ein Unfall, ja«, sagte Klara, »aber er wäre nicht passiert, wenn sie ihn nicht gejagt hätten.«

Äußerlich wirkte sie ruhig, doch Rupert kannte sie lange genug, um zu merken, wie es in ihr brodelte. Er sagte: »Ich traue Steigenberger viel zu, aber ich kann mir nur schwer vorstellen, dass er seine Leute auf Menschenhatz schickt.«

»Wer sonst hätte ein Motiv? Wenn Lohse sich als der ursprüngliche Rattensprayer zu erkennen gegeben hätte, wäre Steigenbergers Inszenierung in sich zusammengebrochen. Banksy kommt doch nicht nach München, um die Aktionen eines namenlosen jungen Manns zu plagiieren. Lohse durfte nicht reden, er durfte nicht von der Polizei gefasst werden, er musste weg. Vielleicht wollten sie ihn nicht gleich umbringen, aber dass er von der Bildfläche verschwinden sollte, wollten sie ihm eindringlich klarmachen.«

»Und wie sind sie auf ihn gekommen?«, fragte Rupert.

»Ich … weiß … es … nicht«, zischte Klara.

»Ich frage ja bloß«, sagte Rupert. Natürlich war es schrecklich, wenn ein Mensch auf solche Weise ums Leben kam. Doch man durfte das nicht so an sich heranlassen. Ab einem bestimmten Punkt musste man innerlich dichtmachen, an sich selbst denken, an das, was sonst wichtig war, und, ja, auch an den nächsten Kinobesuch und den fälligen Toilettenpapiereinkauf. Wer Tote auferwecken oder die Welt retten wollte, war schon verloren, bevor er zum ersten Mal daran scheiterte. Und überhaupt, Klara hatte den Toten nicht einmal persönlich gekannt. Wieso regte sie sich da so auf?

»Ich rufe jetzt den Steigenberger an«, sagte Klara.

»Und fragst ihn, wie viel er für den Mord an Lohse bezahlt hat?«

»Wieso nicht?«

»Ich weiß nicht, ob das eine gute Idee ist«, sagte Rupert vorsichtig. Oder vielleicht doch? Steigenberger hatte sich keine Blöße gegeben, als sie ihn zur Rede gestellt hatten. Auf Ruperts Vorwürfe war er eingestellt gewesen, er wusste ja, was er getan hatte. Aber ob er genauso souverän reagierte, wenn man ihm die Schuld an einem Todesfall unterstellte, mit dem er nichts zu schaffen hatte? Denkbar war, dass er dann mit der weniger schlimmen Wahrheit herausrückte. Zumindest konnte man den Druck auf ihn erhöhen.

Klara griff zum Telefon. Rupert legte seine Hand auf ihre und sagte: »Wir rufen an, okay, aber du beruhigst dich jetzt erst einmal. Lass mich das machen.«

»Ich bin absolut ruhig«, sagte Klara, doch sie ließ zu, dass Rupert die Nummer der Galerie Schwarzenfeld wählte. Die Sekretärin stellte ihn diesmal durch, ohne nach seinem Anliegen zu fragen. Anscheinend hatte sie entsprechende Anweisungen erhalten.

»Herr von Schleewitz, wie schön«, sagte Steigenberger. »Haben Sie über meinen Vorschlag nachgedacht?«

»Der Auftrag ist in der Tat verlockend«, sagte Rupert, »und nach dem Vorfall vorgestern Nacht gibt es ja auch einiges zu ermitteln.«

»Sie meinen den Polizeieinsatz am Haus der Kunst? Wer hätte gedacht, dass Banksys Anwesenheit in München so schnell bestätigt würde!«

Ja, wer hätte das gedacht? Rupert sagte: »Das war gestern, ich spreche von vorgestern.«

»Vorgestern?«

»Herr Steigenberger, wenn es blutig wird, wenn jemand tot und mit zerquetschten Gedärmen auf der Straße liegt, hört für uns der Spaß auf. Auch für sehr viel Geld werden wir da die Augen nicht zudrücken.«

Steigenberger brauchte ein paar Sekunden, bis er antwortete. Es war schwer zu entscheiden, ob er tatsächlich verblüfft war oder nur so tat, als er fragte: »Wovon sprechen Sie eigentlich?«

»Davon, dass Ihre Leute am Hauptbahnhof einen jungen Mann in den Tod jagten. Sie versetzten ihn so in Panik, dass er blindlings auf die Straße rannte und von einem Lastwagen überfahren wurde.«

»Das ist absurd«, sagte Steigenberger.

»Es war nicht irgendein Mann, sondern der Sprayer, der die Stadt mit Rattengraffiti übersät hat. Der den Stein ins Rollen gebracht hat. Derselbe, dem Sie überhaupt die Möglichkeit verdanken, mit ein paar zusätzlichen falschen Banksys Kasse zu machen.«

»Tot, sagen Sie?«, fragte Steigenberger.

»Er war von Anfang an eine latente Gefahr für Sie. Und er wurde immer bedrohlicher, je mehr Sie in Ihre Banksy-Masche investierten. Hätte er sich der Polizei gestellt, wären Sie erledigt gewesen.«

»Ich habe nichts damit zu tun.«

»Das werden wir sehen«, sagte Rupert. »Ich verspreche Ihnen, wir finden die Leute, die hinter dem Mann her waren, und wenn einer von denen ...«

»Am Hauptbahnhof war das?«, fragte Steigenberger. »Ich kenne zufällig den Chef der DB-Sicherheit in München ganz gut. Vielleicht kann der Ihnen bei der Suche behilflich sein. Wenn Sie wollen, rufe ich ihn gleich mal an.«

Der Schreck schien Steigenberger gehörig in die Glieder gefahren zu sein. Sein Vorschlag sollte natürlich demonstrieren, dass er für die tödliche Verfolgung tatsächlich nicht verantwortlich war. Das bedeutete immerhin, dass er den Vorwurf ernst nahm. Rupert hatte ihn wohl glaubwürdig vermitteln können. Er blickte zu Klara hinüber, die den Kopf schüttelte und etwas von Bluff murmelte. Nun ja, das konnte man austesten. Er sagte: »Das wäre sehr freundlich von Ihnen.«

»Wann genau und wo genau ist das passiert?«, fragte Steigenberger.

Rupert reichte an Klara weiter, die ziemlich unterkühlt berichtete, was sie zu der fraglichen Nacht rekonstruiert hatte. Dann gab sie Rupert das Telefon zurück, fast als ekle sie sich davor, es noch länger ans Ohr zu drücken.

»Ich melde mich wieder, sobald ich mehr weiß«, sagte Steigenberger.

Rupert verabschiedete sich, doch Steigenberger war noch nicht fertig. »Und dieser Sprayer, was für ein Typ ist … war das? Haben Sie eine Ahnung, was den angetrieben hat?«

»Durchaus«, sagte Rupert. »Ihm ging es jedenfalls nicht um geschäftliche Interessen. Ich kann mir gut vorstellen, was er von Ihren Machenschaften gehalten hat.«

»Herr von Schleewitz, ich helfe Ihnen, weil ich am Schicksal dieses Künstlers Anteil nehme. Das hat nichts, aber auch nicht das Geringste damit zu tun, dass ich meinem Beruf nachgehe. Der besteht darin, Kunstwerke zu vermarkten, und wenn ich dafür ein paar vielversprechende Banksys angeboten bekomme, greife ich eben zu. Gegen alle anderen Anschuldigungen verwahre ich mich entschieden. Und nun auf Wiederhören.«

Steigenberger legte auf. Klara sagte: »Hast du gemerkt, wie sehr er selbst jetzt noch daran interessiert ist, etwas über Lohse zu erfahren? Das ist vor zwei Tagen sicher nicht anders gewesen.«

»Und wieso hetzt er sich dann die Bahnpolizei auf den Hals?«

»Schauen wir mal, ob er das wirklich tut. Ich würde mich nicht wundern, wenn er in einer Stunde anruft und mitteilt, dass leider nichts zu erreichen gewesen sei.«

Klara hatte Unrecht. Es dauerte fast drei Stunden, und Steigenberger rief nicht an, sondern schickte eine Videoaufnahme, die er – wie der Begleittext erläuterte – über seine Kontakte gerade noch rechtzeitig sicherstellen lassen konnte, da die Aufzeichnungen der Überwachungskameras an den S-Bahn-Stationen der Stammstrecke nach achtundvierzig Stunden gelöscht würden.

Auf dem Bildmaterial war die Sprühaktion selbst nicht zu sehen. Lohse hatte darauf geachtet, außerhalb des von den Kameras erfassten Bereichs zu arbeiten. Man sah ihn erst, als er aus dem Treppenschacht heraufhastete und im ersten Untergeschoss Richtung Ausgang rannte. Zweifelsfrei identifizierbar war er allerdings nicht, da er die Kapuze tief in die Stirn gezogen hatte. Die Kameraperspektive von schräg oben ließ nur einen Blick auf das untere Drittel seines Gesichts zu. Auch Klara, die den Toten ja gesehen hatte, vermochte nicht mit Bestimmtheit zu sagen, ob es sich um Lohses Kinn und Mund handelte.

»Aber wer soll es sonst sein?«, fragte sie und spulte zum Anfang zurück. »Schau, noch auf den Stufen lässt er die Spraydose fallen. Sein Weg führt direkt zu dem Ausgang, der in die Luisenstraße mündet, und auch der Zeitpunkt passt perfekt.«

Unten im Bild lief die Aufnahmezeit mit. 03:15:32 bis 03:15:49. Der vermummte Sprayer tauchte um 03:15:34 auf. Er hatte genau drei Sekunden Vorsprung vor seinem ersten Verfolger, einem etwa dreißigjährigen Mann mit Lederjacke und dunkler Beanie auf dem Kopf. Ein zweiter, deutlich älterer folgte ihm auf dem Fuß. Der trug einen kurzen Wintermantel, den er beim Laufen mit einer Hand in Brusthöhe zusammenhielt. Der Mundbewegung nach zu schließen, rief er Lohse etwas hinterher. Der Ton war natürlich nicht aufgezeichnet worden, aber wenn es nottat, könnte man die Worte vielleicht

266

über einen Lippenleser rekonstruieren. Auch der zweite Typ hatte es eilig, doch er schien bis zum Luisenstraßenausgang etwas zurückzufallen, während der erste Verfolger Lohse eng auf den Fersen blieb. Um 03:15:46 waren alle über die Stufen in die Nacht hinaus verschwunden. Während Lohse draußen der Kreuzung entgegenkeuchte, der sich von links schon ein Lastwagen näherte, zeigte das Kamerabild für drei weitere Sekunden das verlassene Einkaufsgeschoss und brach dann ab.

Rupert hatte beide Verfolger noch nie gesehen. Um Gabriel Labosch und den anderen Typen, der am Haus der Kunst festgenommen worden war, handelte es sich jedenfalls nicht. Das musste nicht bedeuten, dass Steigenberger aus dem Schneider war. Er konnte es sich locker leisten, noch andere Handlanger zu beschäftigen. Vielleicht solche, die auf brachiale Aufträge spezialisiert waren. Doch dass er dann Bilder schickte, auf denen diese Leute ziemlich klar zu erkennen waren, wollte Rupert nicht in den Kopf.

Klara schien nun ebenfalls an ihrer Theorie zu zweifeln. Sie ließ die Aufzeichnung noch einmal von vorne laufen und stoppte in einem Moment, als die Gesichter beider Verfolger zu sehen waren. Sie fragte: »Wer sind die dann? Und wer hat sie losgeschickt?«

Auch Max konnte diese Fragen nicht umfassend beantworten, als er endlich im Büro erschien. Allerdings behauptete er, den jüngeren Mann schon gesehen zu haben. Ihm falle nur im Moment nicht ein, wo und bei welcher Gelegenheit.

»Jetzt überlege halt noch mal!«, sagte Rupert.

Was glaubte er eigentlich, worüber Max sich gerade das Hirn zermarterte?

»Ist er dir vielleicht bei Tonis Lagerhalle aufgefallen?« Nun fing Klara auch noch an.

»Nein«, sagte Max. Wenn er etwas hasste, dann, unter Druck gesetzt zu werden. Es würde auch nichts nützen. Sie sollten ihn einfach in Ruhe lassen. Früher oder später würde er sich schon erinnern.

»Achte nicht nur aufs Gesicht«, sagte Klara und ließ die Videosequenz wieder anlaufen. »Schau dir seine Statur an, seine Art sich zu bewegen.«

»Mache ich ja«, sagte Max, obwohl Klaras Vorschlag überflüssig wie sonst etwas war. Er hatte nicht irgendeine Art sich zu bewegen erkannt, sondern die Visage des Typen.

»Und du bist sicher, dass du ihn kennst?«, fragte Rupert.

»Herrgott, ich kenne ihn nicht, ich habe ihn schon mal gesehen«, sagte Max. Das war doch ein gewaltiger Unterschied, oder? »Und bevor du zum hundertsten Mal fragst, nein, ich kann mich gerade nicht erinnern, wo das war.«

Jedenfalls nicht während seiner Observierung der Lagerhalle. Wahrscheinlich war ihm der Typ auch nicht im Zuge seiner anderen Recherchen untergekommen, sonst könnte Max ihn garantiert einordnen. Vielleicht waren sie sich bloß in der U-Bahn gegenübergesessen.

»Und der andere sagt dir nichts?«

»Gar nichts.« Andernfalls hätte Max das doch längst mitgeteilt. Wie konnte man nur so hirnlose Fragen stellen?

»Sieh ihn dir noch einmal genau an!«, sagte Rupert.

Max schüttelte den Kopf. Rupert beugte sich zum Bildschirm vor, als könne er Max damit zu größerer Aufmerksamkeit zwingen. Dann fragte er: »Wieso hält der sich eigentlich den Mantel zu? Das hilft doch nicht beim Rennen.«

»Ja, seltsam«, sagte Klara. »Ich glaube, er hält etwas unter dem Mantel fest.«

»Ein Ding, das man nicht sehen soll? Eine Waffe?«, fragte Rupert.

»Oder etwas, was nicht umherschlagen soll«, sagte Klara.

»Weil es zu Bruch gehen könnte«, sagte Rupert.

»Ein Fotoapparat«, sagte Klara, und fast im selben Moment stimmte Rupert mit ein: »Er hat einen Fotoapparat um den Hals hängen.«

Und als wäre ein Schleier weggezogen worden, wusste Max plötzlich, woher er den anderen Verfolger kannte. Er wäre auch ohne Rupert und Klara draufgekommen. Wahrscheinlich sogar schon vor einiger Zeit, wenn sie ihn nicht dauernd genervt und abgelenkt hätten. Von wegen Statur und typische Bewegungen! Max hatte den Mann nie laufen sehen, er hatte ihn überhaupt nicht in Fleisch und Blut gesehen, und selbst auf dem Foto, an das sich Max nun so deutlich erinnerte, als habe er es vor sich, war nur das Gesicht abgebildet gewesen.

»Wer läuft heutzutage noch mit einem Fotoapparat herum, wenn es Smartphones gibt?«, fragte Klara.

»Der Bildreporter einer Zeitung zum Beispiel«, sagte Rupert.

»Ja«, sagte Max. Selbstverständlich ärgerte es ihn, dass sie ihm die Pointe geklaut hatten, aber er versuchte, sich nichts anmerken zu lassen. »Und auch der Jüngere arbeitet in der Lokalredaktion des *Münchner Anzeigers*. Ich habe sein Porträtfoto unter einem Onlineartikel gesehen.«

Die Namen der beiden Reporter ausfindig zu machen, war eine leichte Übung. Als ungleich schwieriger erwies es sich, sie direkt zu kontaktieren. Der Fotograf hatte sich krankgemeldet. Angeblich lag er mit einer schweren Grippe darnieder und war nach Auskunft seiner Ehefrau nicht in der Lage, ans Telefon zu gehen oder gar Besuch zu empfangen. Auch der andere war in der Redaktion nicht anzutreffen. Er befinde sich auf einem Außeneinsatz, über dessen Ziel und Dauer man leider nichts mitteilen könne. Man solle doch mit Herrn Vogler per Mail einen Gesprächstermin vereinbaren.

Glücklicherweise konnten Klara und Rupert an der Pforte des Redaktionsgebäudes einen Praktikanten abpassen, der ihnen bereitwillig mitteilte, dass die Lokalredakteure gern zur Happy Hour ins *Sausalitos* einfielen. Einen Versuch war es wert, zumal die Cocktailbar nicht weit entfernt lag. Dort warteten sie einen Mojito lang, bis Vogler tatsächlich hereingeschneit kam. Er war problemlos zu erkennen, trug sogar dieselbe Mütze wie auf der Aufzeichnung der Überwachungskamera. Und wieso auch nicht? Klara konnte nicht erwarten, dass er seine Garderobe in den Müll warf, nur weil sie ihn vielleicht an die Nacht von Lohses Tod erinnerte.

Sie erwartete allerdings, dass man von einem solchen Vorfall nicht völlig unberührt blieb. Genauso wirkte es aber, als Vogler beim Barmann lässig »das Übliche« bestellte und dann mit seinen Kollegen im hinteren Eck zu scherzen begann. Möglicherweise war es nur Show, doch Klara merkte, wie ihr der Mann von Sekunde zu Sekunde unsympathischer wurde. Als Rupert ihn ansprach und um eine Unterredung bat, brummte er erst etwas von Feierabend, willigte dann aber ein, mit an die Theke zu kommen und sich anzuhören, was zwei Kunstdetektive zum Fall Banksy zu sagen hätten.

Rupert begann unverfänglich, indem er vorsichtige Zweifel an Banksys Anwesenheit in München äußerte. Vogler widersprach und verwies auf dessen angebliche Flucht am Haus der Kunst, über die der *Anzeiger* breit berichtet hatte. Er plapperte routiniert daher und ahnte wohl nicht, worum es eigentlich ging. Doch als ihn Rupert unvermittelt auf seinen ehemaligen Kollegen Christian Lohse ansprach, änderte sich sein Verhalten. Der Körper schien sich zu versteifen, die Antworten fielen nun einsilbig aus. Lohse? Nein, der Name sage ihm nichts.

Aber sie seien doch in derselben Redaktion gewesen, und er habe nach Lohses Ausscheiden dessen Aufgabenbereich übernommen.

»Ach so, der. Wir hatten wenig miteinander zu tun.« Vogler nippte an seinem Whisky Sour. Er sah sich nach seinen Kollegen um. Die waren an einem Tisch weiter hinten mit sich selbst beschäftigt.

»Sie haben ihn nicht vorgestern Nacht um 3 Uhr 15 am Hauptbahnhof gesehen?«, fragte Rupert.

»Wie kommen Sie denn darauf?«

»Sie haben ihn nicht vom S-Bahnsteig weg verfolgt?«

»Keine Ahnung, wovon Sie sprechen«, sagte Vogler, »und ich muss jetzt auch wieder ...«

»Für den Drink wird Ihre Zeit noch reichen.« Rupert wies auf das Cocktailglas auf dem Tresen. Klara hatte sich bis jetzt zurückgehalten, doch nun schaltete sie ihr Smartphone ein. So billig würde ihnen der Mann nicht davonkommen.

»Die Überwachungskameras liefern heutzutage ziemlich gute Bilder«, sagte sie und führte Vogler die Aufnahme aus der vorletzten Nacht vor.

Er schaute die Bilder schweigend an, zupfte am Stiel der Cocktailkirsche in seinem Glas und sagte dann: »Ja, jetzt erinnere ich mich. Aber was heißt hier verfolgen? Mein Kollege und ich sahen einen Typen die Wand besprühen und sind ihm halt nachgelaufen.«

»Mit welcher Absicht?«

»Na ja, solche Schmierereien sind illegal.«

»Sie wollten ihn stellen?«

»Verjagen«, sagte Vogler. »Damit er nicht gleich weitermacht.«

»Sie wussten nicht, dass es Christian Lohse war?«

»Nein.«

»Sie sind ihm nicht schon länger gefolgt?«

»Nein.«

»Sie hatten auch keinen Auftrag, den Mann zu überwachen und seine Aktivitäten zu dokumentieren?«

»Natürlich nicht.«

»Gehen Sie und Ihr Fotograf regelmäßig um drei Uhr nachts dort spazieren?«

»Selbst wenn, das ist doch nicht verboten, oder?«

»Das nicht«, sagte Rupert.

»Und dann?«, fragte Klara. »Was ist dann passiert?«

»Wie, dann?«

»Als Sie oben an der Luisenstraße herauskamen.«

»Nichts«, sagte Vogler. Er schob das halbvolle Glas von sich weg.

»Nichts?« Klara konnte es nicht glauben. Vogler hatte einen Menschen in den Tod gejagt, und dann behauptete er, es sei nichts passiert?

»Der Typ war verschwunden, und wir gingen Richtung Stachus weiter.«

Rupert zeigte auf Klaras Smartphone. »Am Schluss der Aufnahme waren Sie fast zum Greifen nah an ihm dran. Und wenige Meter weiter oben soll er sich plötzlich in Luft aufgelöst haben?«

Vogler zuckte mit den Achseln.

»Was mich ganz privat interessieren würde«, sagte Klara, »haben Sie eigentlich noch das Geräusch des Lastwagens im Ohr? Das Kreischen der Bremsen? Den dumpfen Schlag, als die Vorderfront den Mann von den Beinen holte? Wachen Sie in der Nacht auf, weil Sie ihn da auf dem Asphalt liegen sehen und wie in Zeitlupe mitverfolgen müssen, wie ihn die Vorderräder überrollen, wie ein paar Tonnen Stahl und Chrom und was weiß ich was seinen Leib zerquetschen? Und dann steht der Laster endlich, und unter ihm ist nur noch eine unförmige Masse zu erkennen, aus der eine dunkle Flüssigkeit hervorläuft, immer mehr, ein Strom, der nicht aufzuhören scheint, so dass Sie sich schaudernd fragen, wie viel Blut eigentlich in so einem Menschen drin ist.«

»Hören Sie auf!«, sagte Vogler.

»Wenn Sie so aufschrecken und wach im Bett liegen und an Einschlafen nicht mehr zu denken ist, fragen Sie sich dann, welchen Anteil an Schuld Sie tragen? Fünfzig Prozent, siebzig, achtzig? Gelingt es Ihnen, sich einzureden, dass er vielleicht auch überfahren worden wäre, wenn ihn niemand in die Kreuzung hineingehetzt hätte? Oder welche Ausrede legen Sie sich am liebsten zurecht? Dass er ja nicht flüchten musste? Dass er halt hätte schauen sollen? Links, rechts und wieder links, wie man es den Kindergartenkindern beibringt. Ach ja, wissen Sie, dass er eine kleine Tochter hat? Isabel heißt sie, und wahrscheinlich wird sie heute nicht lernen, wie man eine Straße überquert, weil sie mit ihrer Mutter einen schwarzen Mantel für die Beerdigung kaufen muss.«

»Ich habe damit nichts zu tun«, sagte Vogler. Es klang trotzig, aber in keiner Weise glaubhaft.

»Natürlich nicht«, sagte Klara. »Lohse war ja plötzlich wie vom Erdboden verschluckt. Bis auf die Blutlache und die zerquetschten Gedärme auf der Fahrbahn. Was immer Sie von ihm wollten, war es das wirklich wert?«

»Das muss ich mir nicht länger anhören«, sagte Vogler. Mit zitternden Fingern nestelte er einen Zehn-Euro-Schein aus dem Geldbeutel und legte ihn auf den Tresen.

Rupert schob ihm eine Karte mit seiner Telefonnummer zu. »Falls Sie doch etwas Substantielles sagen wollen.«

Vogler steckte die Karte ein und zog grußlos ab. Klara blickte ihm nach. Irgendwie konnte sie besser atmen, als sich die Tür hinter ihm geschlossen hatte. Sie fragte zu Rupert hin: »Und, was denkst du?«

»Dich möchte ich nicht als Feindin haben«, sagte er.

Klara mochte sich auch nicht als Feindin haben, doch darum ging es jetzt überhaupt nicht. Sie sagte: »Vogler und sein Kollege haben alles mitgekriegt, das ist sonnenklar. Sie wissen, dass sie Lohse in den Tod gehetzt haben. Sie müssen es nur noch zugeben.«

»Und ich habe auch schon eine Idee, wie wir das hinbekommen«, sagte Rupert.

Offensichtlich floh die schwarze Ratte vor irgendwem. Sie lief auf zwei Beinen, mit nach vorn gestrecktem, in einem Fünfundvierzig-Grad-Winkel geneigtem Oberkörper. Ihr Kopf war nach hinten, zum Betrachter hin, gewandt, die Augen waren weit aufgerissen und überdimensioniert. Wen sie fixierten, blieb unklar. Die angedeutete Front des Lastwagens, die von links über die Ratte hereinbrach, war es jedenfalls nicht. Der für Lohses Stencils typische blutrote Fleck fehlte diesmal. Vielleicht sollten die Adressaten ihn sich selbst imaginieren, vielleicht hatte Adil auch nur die entsprechende Spraydose vergessen.

Ansonsten hatte er beziehungsweise Xdrim ausgezeichnete Arbeit geliefert, wenn man bedachte, wie wenig Zeit er zur Verfügung gehabt hatte. Schließlich musste er in einer Nacht das Motiv entwerfen, die Schablonen schneiden und zwei Graffiti an weit auseinanderliegenden Orten realisieren, ohne sich erwischen zu lassen. Rupert hatte erst das Reihenhaus des Bildreporters in Lochhausen besucht. Dort war das Rattenmotiv so an die Fassade gesprüht worden, dass die Lastwagenfront direkt aus der Eingangstür zu kommen schien.

Hier in Echarding, wo Vogler in einer Mietwohnung lebte, zierte das gleiche Graffito die Front des gegenüberliegenden Hauses. Als der Journalist am Morgen aus der Haustür getreten war, musste sein Blick direkt darauf gefallen sein. Was er sich dabei im Stillen gedacht hatte, wusste Rupert nicht. Er war noch zu Hause gewesen, als Vogler ihn angerufen und empört gefragt hatte, ob Rupert hinter der Schmiererei stecke.

»Wie kommen Sie darauf?«, hatte Rupert zurückgefragt. Und dann hatte er gesagt, dass das Graffito wohl nur der Anfang sei. Das habe er irgendwie im Gefühl. Die nächsten Bilder würden vermutlich drastischer ausfallen. Blutiger. So, wie es halt in der Realität ausgesehen habe. Möglicherweise würden sie auch am Redaktionsgebäude auftauchen, am *Sausalitos* und wo immer Vogler sich regelmäßig einfinde. Denkbar sei ebenfalls, dass die Graffiti explizit Fragen stellen und Namen nennen würden, so dass sich Nachbarn, Kollegen und Passanten überlegen müssten, was ein gewisser Herr Vogler mit einem tödlichen Unfall zu tun gehabt habe.

Vogler hatte wortlos aufgelegt, und Rupert war aufgebrochen, um sich Adils nächtliche Arbeiten persönlich anzusehen. Dass Vogler sich verweigerte und der angeblich grippekranke Bildreporter bisher gar nicht reagiert hatte, störte Rupert nicht. Die Saat war gelegt, sie würde aufgehen, dessen war er sich sicher. Er machte noch einige Aufnahmen von dem Rattengraffito in Echarding und fuhr zurück ins Büro. Es dauerte ein paar Stunden, bis ein Anruf vom *Münchner Anzeiger* einging. Dass Lydia Sommer, die Leiterin der Lokalredaktion, dran war, erfüllte Rupert mit einiger Befriedigung, denn es bedeutete, dass sie die Angelegenheit ernst nahmen.

In Frau Sommers Büro hatte wohl eine längere Krisensitzung stattgefunden.

»Herr von Schleewitz«, sagte die Sommer, »Psychoterror gegenüber meinen Mitarbeitern, das ist wohl nicht der richtige Weg.«

»Tja«, sagte Rupert.

»Da Sie gedroht haben, das fortzusetzen ...«

»Habe ich das?«, fragte Rupert dazwischen.

»... behalten wir uns vor, Sie wegen Stalking anzuzeigen.«

»Wenn Sie meinen«, sagte Rupert. Frau Sommer produzierte nur heiße Luft. Sie wusste genauso gut wie er, dass eine solche Anzeige zu nichts führen würde. Ihre Drohung damit war nur die Ouvertüre, die sie ihren Kollegen schuldig war. Gut, das war abgehakt, und jetzt konnte sie zur Sache kommen. Rupert wartete ab.

»Wäre es nicht besser für alle Beteiligten und speziell für Sie, wenn wir zu einer einvernehmlichen Lösung des Problems gelangen könnten?«, fragte Frau Sommer.

»Eine Lösung des Problems, dass Ihre Leute Christian Lohse vor sich hergehetzt und in den Tod getrieben haben? Dass sie vom Unfallort einfach abgehauen sind? Dass sie jede Verantwortung von sich weisen?«

»Wir können über alles reden, und das sollten wir auch«, sagte die Sommer, ohne einen Moment aus der Fassung zu geraten. »Ich habe mir erlaubt, für heute Abend ein Treffen zu arrangieren. Wenn Sie darauf bestehen, wird auch Herr Vogler anwesend sein. Ich würde allerdings den engsten Kreis bevorzugen: Sie, meine Wenigkeit sowie die Herren Steigenberger von der Galerie Schwarzenfeld und Schierlich vom gleichnamigen Auktionshaus.«

Was hatten die beiden mit dem Tod Lohses zu schaffen? Wie hatte Frau Sommer sie so kurzfristig für ein Treffen gewinnen können? Und woher kannte sie die Herren überhaupt? Rupert war so verblüfft, dass er nur fragte: »Wann und wo?«

»Um zwanzig Uhr. Herr Steigenberger war so freundlich, in seine Galerie einzuladen.«

»In Ordnung«, sagte Rupert, »aber wenn Vogler und der Fotograf nicht dabei sind, bin ich sofort wieder weg.«

Am Abend zuvor war es spät geworden, sehr spät. Klara war mit Kilian bei einem Italiener gewesen, wo sie eine passable Pizza gegessen und überteuerten Weißwein aus dem Veneto getrunken hatten. Bei der zweiten Flasche kam das Gespräch irgendwie auf die emotionale Beziehung zwischen Mensch und Haustier. Sie waren sich einig, dass Herrchen oder Frauchen ihrem Hund gegenüber meist mehr Zuneigung zeigten als gegenüber der eigenen Verwandtschaft und dem Rest der Menschheit. Ob das Tier solche Gefühle erwiderte oder seinen Zweibeiner nur als verlässliche Futterquelle schätzte, schien Klara schon eher zweifelhaft. Als Kilian dann behauptete, dass selbst Wellensittiche ihrem Besitzer in Liebe verbunden sein könnten, war endgültig klar, worauf das hinauslaufen würde. Und Klara spielte mit.

Sie bestritt Kilians Behauptung vehement. Er lenkte ein und sagte, dass er natürlich nicht für alle Vögel sprechen könne, wohl aber für seinen. Auch wenn Herr Karl charakterlich manchmal etwas schwierig sei, so würde er Kilian doch aufrichtig vermissen, wenn er außer Haus sei. Pflichtschuldigst fragte Klara, woran er das denn zu erkennen glaube. An Herrn Karls Reaktion, sagte Kilian, an seinem zärtlichen Brabbeln und Gurren und Brummen. Und damit das Brabbeln und Gurren langsam zum Ziel käme, sagte Klara, dass sie das erst glaube, wenn sie es selbst gehört habe.

»Jetzt?«, hatte Kilian gefragt.

»Jetzt«, hatte sie gesagt. Dann waren sie aufgebrochen. Herr Karl hatte natürlich nicht zärtlich gebrabbelt, Kilian dagegen umso mehr. Klara hatte die Nacht genossen. Keine Sekunde hatte sie an ihren Vater gedacht, an irgendwelche Rattengraffiti, an Ruperts Neigung zur Prinzipienlosigkeit, und auch, dass sie Jenny versprochen hatte, am Morgen vorbeizukommen, war ihr erst beim gemeinsamen Frühstück wieder eingefallen. Sie hatte sich etwas überstürzt von Kilian verabschiedet, hatte einen Abstecher zu sich nach Hause gemacht, um ihren schwarzen Mantel zu holen, und traf mit fast zweistündiger Verspätung bei Jenny ein.

Jenny verlor darüber kein Wort. Wie vorauszusehen war, fand sie aber Klaras Mantel total schön. Er passte ihr auch einigermaßen. Nun brauche sie nur noch ein schwarzes Kostüm, am besten knielang, und dann natürlich die Sachen für Isabel. Sie habe sich schon ein paar Kleidchen auf eBay vorgemerkt, aber sie wolle sich erst entscheiden, wenn ihre Tochter aus dem Kindergarten zurück sei. Isabel müsse es ja schließlich tragen. Sie solle sich in ihren Sachen wohlfühlen. Wenigstens das.

»Was hast du ihr gesagt?«, fragte Klara.

»Dass der Papa auf Reisen war, wusste sie ja schon. Jetzt ist er eben im Himmel angekommen und schaut von oben auf uns herab.«

»Wie hat sie es aufgenommen?«, fragte Klara.

»Sie hat es geglaubt. Und hat genickt, als ich gesagt habe, dass sie deswegen auf dem Friedhof hübsch aussehen soll.« Dass Jenny sich an irgendwelchen Kleiderfragen festkrallte, konnte man als oberflächlich, hilflos oder pervers empfinden, doch Klara verzichtete darauf, ihr Verhalten auch nur andeutungsweise zu kommentieren. Es war eben Jennys Weg, mit

der Situation umzugehen. Warum sie keinen anderen eingeschlagen hatte oder einschlagen konnte, wollte Klara gar
nicht wissen. Um das zu beantworten, müssten wahrscheinlich Jahre oder Jahrzehnte aufgearbeitet werden.

Wesentlicher schien ihr im Moment, dass die Beerdigung,
für die Jenny sich und ihre Tochter herausputzen wollte, vielleicht gar nicht stattfinden würde, wenn sie nicht selbst ein-
schritt. Jenny hatte noch nicht einmal ein Bestattungsun-
ternehmen kontaktiert, geschweige denn über Feuer- oder
Erdbestattung, Friedhof, Grabnutzungsrechte, Grabstein,
Trauerfeier und Todesanzeige nachgedacht. Sie hatte sich
noch nicht erkundigt, ob der Leichnam schon freigegeben
war, hatte weder Standesamt noch Nachlassgericht informiert
und wusste nicht, wie Christian Lohse krankenversichert war
und ob er eine Lebensversicherung abgeschlossen hatte.

Klara rief als Erstes einen Bestatter an, der im Internet damit warb, ins Haus zu kommen. Sie machte es dringend und
konnte einen schnellen Termin vereinbaren. Dann stellte sie
eine To-do-Liste auf und brachte Jenny mit sanftem Druck
dazu, zusammen mit ihr einen Punkt nach dem anderen anzugehen.

Als erschwerend erwies sich, dass Jenny keine Unterlagen
fand, kein Familienstammbuch, keine Heiratsurkunde, keine
Geburtsurkunde ihres Manns, keinen Schriftverkehr mit einer Kasse oder Versicherung. Nein, Christian habe gar nichts
mitgenommen, als er verschwunden sei, da sei sie sich sicher.
Niemand, weder er noch sie, hätte an so etwas gedacht, das
sei ja ein fürchterlicher Tag gewesen damals, und die Kleine
habe geweint wie ein Schlosshund, und der Renato habe gesagt, dass sie froh sein könne, den Christian los zu sein, und
weil sie da noch geglaubt habe, den Renato zu lieben, habe sie
genickt und bloß ein wenig geschnieft und …

»Schau doch noch einmal wegen der Dokumente nach!«, sagte Klara.

Jenny durchstöberte eine Kommode, öffnete zwei Küchenschränke und schlug sich dann gegen die Stirn. »Im Keller. Dort habe ich mal ein paar Kisten abgestellt. Vielleicht ist da was dabei.«

Klara begleitete sie nach unten. Immerhin hatte Jenny den Schlüssel für das Kellerabteil gefunden. Sie sperrte auf, tastete nach dem Schalter. Eine nackte Energiesparlampe sprang mit Verzögerung an und erleuchtete einen rechteckigen Raum. Er war hauptsächlich mit Zeug gefüllt, das in die Kategorien »Kann man unter Umständen noch einmal brauchen« und »Muss bis zur nächsten Sperrmüllsammlung aus dem Weg« passte. Klara ließ ihren Blick entlang der Wände wandern. Links, zwischen einer messingfarbenen Stehlampe und einem Korbstuhl mit zerrissener Lehne, lagerten ein paar Umzugskartons der Größe, wie man sie für den Transport von Büchern verwendete.

Jenny hatte inzwischen einen Picknickkoffer geöffnet und verlor sich sofort in Erinnerungen. Den Koffer habe sie schon lange vermisst, er sei ein Hochzeitsgeschenk gewesen, und sie hätten ihn auch einmal benutzen wollen, Christian und sie, im Englischen Garten vor ein paar Jahren, aber dann sei ein schreckliches Gewitter aufgezogen, und da sie Angst vor Blitzen habe, seien sie Hals über Kopf …

Klara klappte den Koffer zu und zog Jenny zu den Kartons hin. Die ersten beiden waren mit Büchern gefüllt. *Harry Potter,* die *Eragon*-Reihe und andere Titel, die nach Fantasy und Jugendliteratur rochen. Im dritten waren Aktenordner gestapelt. Klara zog einen hervor, blätterte durch Nebenkostenabrechnungen, eine Quittung für die übergebene Mietkaution, den Mietvertrag selbst. Auf dem Rücken des nächsten Ordners stand KV, wahrscheinlich für Krankenversicherung, dann kamen »Telefon/Internet« und zwei weitere mit der Aufschrift »Archiv«. Klara legte sie in den Karton zurück und sagte Jenny, dass sie am besten alles mit nach oben nehmen sollten.

In der Wohnung packten sie aus, was vom Leben Christian Lohses zurückgeblieben war. Glücklicherweise fanden sich die wichtigen Dokumente. Klara sammelte zusammen, was für die Bürokratie gebraucht werden würde, und hörte sich dabei geduldig die Geschichten an, die Jenny aus nicht immer nachvollziehbaren Gründen in den Sinn kamen. Meist handelte es sich um belanglose Erlebnisse, die sie aber erzählte, als hätte sich durch sie der Lauf der Welt verändert. Erst als der Mitarbeiter des Bestattungsinstituts erschien und es mit seiner ruhigen Art schaffte, Jenny durch die anstehenden Entscheidungen zu führen, konnte sich Klara eine Auszeit gönnen. Sie setzte sich in die Küche und nahm sich die beiden »Archiv«-Ordner aus dem Keller vor.

Der eine enthielt die Artikel und Reportagen Lohses, die im *Münchner Anzeiger* erschienen waren. Sie waren aus der Zeitung ausgeschnitten und – soweit das nicht aus der Kopfzeile ersichtlich war – handschriftlich mit dem jeweiligen Datum versehen worden. Im anderen Ordner waren dagegen Computerausdrucke abgeheftet. Auch hierbei schien es sich um journalistische Arbeiten zu handeln. Vielleicht Entwürfe, die vom Autor verworfen worden waren oder es aus anderen Gründen nicht bis zur Veröffentlichung gebracht hatten. Klara nahm das oberste Blatt zur Hand und begann zu lesen: *Am unterirdischen Bahnsteig der S-Bahn-Station steht eine Wartebank. Sitzfläche und Rückenlehne bestehen aus leicht gebogenem, alufarbenem Metallgeflecht …*

»Weiße Rosen«, rief Jenny herüber. »Was hältst du von weißen Rosen?«

»Finde ich gut«, sagte Klara.

»Ein Eichenholzsarg unter einem Meer von weißen Rosen«, sagte Jenny. »Wie eine Winterlandschaft soll es aussehen.«

»Denk auch an die Kosten«, sagte Klara. Ihr fiel ein, dass Rupert sie des Öfteren als ekelhaft vernünftig bezeichnet hatte. Doch sollte sie Jenny ungebremst in den finanziellen Ruin laufen lassen?

»Wie in einer Schneekugel, wenn sich die Flocken gesenkt haben«, sagte Jenny.

»Warte einen Moment, wir schauen uns das gemeinsam an«, sagte Klara. Sie wollte nur noch schnell Lohses Artikel zu Ende lesen.

Am unterirdischen Bahnsteig der S-Bahn-Station steht eine Wartebank. Sitzfläche und Rückenlehne bestehen aus leicht gebogenem, alufarbenem Metallgeflecht. Eigentlich ist es gar keine Bank, sondern eine Reihe von sechs miteinander verbundenen Sitzen, die durch dünne Armstützen getrennt werden. Nur der dritte Sitz von links ist besetzt. Der Mann darauf hat die Hände in den Taschen seiner abgewetzten Jacke vergraben. Die Beine hat er weit ausgestreckt, die Füße nach außen gedreht. Zwischen den zu kurzen Hosenbeinen und den Socken scheint ein Streifen blasser Haut hervor.

Vielleicht sieht das für manche komisch aus.

Der Kopf des Manns ist auf die Brust gesunken. Sein Gesicht bleibt durch den Schirm seiner Baseballkappe verborgen, während am Hinterkopf wirre graue Haare hervorquellen, die sich über dem Nacken kräuseln. Der Mann scheint zu schlafen. Wenn man nahe genug an ihn herangeht, kann man ihn sogar leise schnarchen hören. Nein, eher als Schnarchen ist es eine Mischung aus Röcheln und Pfeifen. Und wenn man sich noch mehr nähert, kann man auch den Alkoholdunst und den kalten Schweiß riechen, die aus seiner Kleidung aufsteigen.

Vielleicht kommt das manchem, der über ein eigenes Badezimmer verfügt, ekelhaft vor.

Rechts neben dem Mann steht eine orangefarbene Plastiktüte mit der Aufschrift SportScheck. Sie ist mit irgendwelchem Zeug gefüllt und an den Griffen mit einem Stück Schnur zugebunden. Die Sitzfläche links von dem Mann ist dagegen frei. Bis sich ein junger Typ dorthin setzt. Wie er aussieht, spielt keine Rolle. Er könnte auch ganz anders aussehen, das würde nichts ändern. Wichtig ist nur, dass er seinen Arm um die Schulter des Schlafenden legt. Er deutet mit Daumen und Zeigefinger der anderen Hand eine Pistole an, mit der er auf die Brust seines Nebenmanns zielt. Er grinst dabei.

Vielleicht hält er das für lustig.

Oder er grinst nur, weil ihn sein Kumpel gerade mit dem Handy fotografiert. Man grinst eben, wenn man bei etwas fotografiert wird, was vielleicht lustig ist. Und man kann immer eins draufsetzen, wenn die Nummer nicht lustig genug erscheint. Der Kumpel des ersten Typen nimmt die SportScheck-Tüte vom Sitz und lässt sie zwischen den Füßen des Schlafenden auf den Bahnsteig fallen. Dann setzt er sich ebenfalls, streckt seinem Nebenmann den Mittelfinger entgegen und macht ein Selfie. Die beiden jungen Typen grinsend, mit dem Penner in der Mitte. Der schläft weiter, schnarcht, stinkt.

Vielleicht würde nichts weiter passieren, wenn jetzt die S-Bahn einfahren würde.

Aber nach Mitternacht ist der S-Bahn-Takt reduziert. Es wird noch knapp zehn Minuten dauern, bis die nächste Bahn kommt. Lächerliche zehn Minuten, aber die beiden Spaßvögel langweilen sich eben. Der erste junge Typ zündet sich eine Zigarette an. Er bläst dem Penner den Rauch unter die Base-

ballkappe. Der reagiert nicht. Die beiden wollen nicht glauben, dass der Asi wirklich schläft. Von so einem wollen sie sich nicht bieten lassen, dass er so tut, als wären sie nicht da. Dass er sie ignorieren will. »He, du Ratte«, sagt der eine. »Du stinkst«, sagt der andere.

Der mit der Zigarette nimmt einen Zug, klopft die Asche über der Jacke des Schlafenden ab und blickt auf die Glut. Dann lässt er die Kippe in die SportScheck-Tüte zu Füßen des Penners fallen. Ein dünner Rauchfaden steigt aus dem Spalt empor und zerfasert in der Luft. Dann kommt nichts mehr. Der Typ löst den Knoten an den Griffen und öffnet die Plastiktüte. Die Zigarette ist ausgegangen. In der Tüte sind Klamotten, Tablettenröhrchen, eine Schneekugel, ein zusammengeknüllter Schlafsack, ein paar leere Flaschen und eine noch fast volle. Wodka. Der mit dem Handy schraubt sie auf, riecht daran und verzieht das Gesicht. »Fuck, was für ein Fusel!« Er kippt die Flasche, lässt die Flüssigkeit in die SportScheck-Tüte rinnen, und weil noch so viel übrig ist, auch über die Schuhe und die Socken und die Hose des Penners. Sein Kumpel knipst das Feuerzeug an.

Eine meterhohe Stichflamme schlägt aus dem Kunststoffschlafsack. Die Kleidung des Obdachlosen fängt Feuer. Schnell noch einen Schnappschuss mit dem Handy, dann hauen die beiden Hals über Kopf ab. Jeder Spaß, und sei er auch noch so lustig, muss halt mal ein Ende haben. Aber morgen ist ja wieder ein Tag, an dem man unheimlichen Spaß haben kann.

Die Sitzgruppe in Dr. Steigenbergers Büro war gegenüber Ruperts letztem Besuch um ein zweisitziges Sofa und zwei Sessel im Stil der Wiener Werkstätten erweitert worden. Die funktionalen Möbel unterschieden sich beträchtlich vom Altbestand mit seinen geschwungenen Lehnen und dem Blumenstoffbezug. Von den anwesenden Fachleuten würde das vermutlich als spannungsreicher Eklektizismus gewürdigt werden. Rupert hatte allerdings nicht die Absicht, jemanden auf Stilfragen anzusprechen. Er wollte nur versuchen, sich nachher eine der neuen, bequemer aussehenden Sitzgelegenheiten zu sichern.

Im Moment stand man noch ums kalte Buffet herum. Es war auf einer länglichen Platte aufgebaut, die mit einem bis zum Boden reichenden weißen Tuch verdeckt war. Darunter konnte sich ein Tapeziertisch aus Sperrholz wie ein Eichenholzmonster aus Wikingerzeiten verbergen. Man hätte schon die Decke zurückschlagen müssen, um das herauszufinden. Das Catering stammte natürlich von *Feinkost Käfer,* wie Steigenberger beiläufig einfließen ließ. Es bestand aus hübsch dekorierten Nichtigkeiten hauptsächlich vegetarischer Art, auch wenn Hummerröllchen und Lachssushi nicht fehlten.

Dazu wurde ein Sprudelgetränk in vorgekühlten Sektflöten gereicht. Dass es sich dabei um eine renommierte Champagnermarke handeln musste, verstand sich von selbst. Ein junger Mann im schwarzen Anzug balancierte die Gläser auf einem Silbertablett von Gast zu Gast. Er bemühte sich um einen dezenten Gesichtsausdruck, aber es war klar, dass man sich auf Smalltalk beschränken würde, solange er im Raum weilte. Der routinierten Ablenkung von den wichtigen Fragen nahm sich vor allem Herr Schierlich an. Ausgehend von den herumstehenden Kunstgegenständen, plauderte der Seniorchef des Auktionshauses über eigenbrötlerische Sammler in Hongkong und die mutmaßliche Preisentwicklung auf dem Fayencenmarkt.

Dr. Steigenberger warf ab und zu eine kenntnisreich klingende Bemerkung ein, während Frau Sommer sich aufs Nicken und ein gelegentliches »Nein, wirklich?« beschränkte. Stumm an ihrer Seite stand Vogler von der Lokalredaktion.

Er hielt sich an seinem Glas fest und fühlte sich sichtlich unwohl in seiner Haut. Das konnte Rupert gut nachvollziehen. Der Fotoreporter war erst gar nicht erschienen. Krankheitsbedingt, wie Frau Sommer erklärt hatte. Ihm gehe es wirklich schlecht. Vielleicht als Ersatz für ihn hatte irgendwer den Toni von der Au eingeladen. Der hatte sich für seine Verhältnisse hochanständig gekleidet, mit einem einigermaßen sauber wirkenden Jackett über einer dunklen Hose. Nur die Lederstiefel passten nicht dazu. Und das Veilchen, das rund um sein linkes Auge erblühte.

»Was ist denn da passiert?«, fragte Rupert.

»Türkante«, sagte der Toni und stopfte ein Hummerröllchen in sich hinein.

»Ziemlich zielgenau«, sagte Rupert.

Der Toni griff nach einem zweiten Hummerröllchen. Bei seinen Geschäftspraktiken konnte es immer wieder mal zu Handgreiflichkeiten kommen, doch die Wahrscheinlichkeit war groß, dass diesmal seine Graffitiaufkäufe den Anlass geliefert hatten. Bei Klaras letztem Besuch in seiner Lagerhalle war es ja fast schon so weit gewesen. Rupert fragte mitfühlend: »Marokkanisches Hartholz?«

»Die Brüder, die elendiglichen«, sagte der Toni. »Aber was willst machen?«

»Hoffentlich stimmt wenigstens das Schmerzensgeld«, sagte Rupert.

Der Toni grummelte und wandte sich ab, dem Tablett mit den Sushikreationen zu.

Schierlich fühlte sich augenscheinlich bemüßigt, alle Anwesenden ins Gespräch einzubeziehen. Er fragte, was Rupert von der jungen Künstlerin halte, die sein Freund Steigenberger unten in der Galerie ausstelle. Zu diesem Thema hätte Rupert einiges beitragen können, doch gerade jetzt fehlte es ihm an Begeisterung dafür. Man hatte sich hier ja nicht zum Spaß verabredet. Er sagte: »Ich meine, dass wir langsam zur Sache kommen sollten.«

Frau Sommer nickte.

Schierlich sagte: »Natürlich.«

Steigenberger bedeutete dem jungen Kellner, sich zurückzuziehen.

Der Toni griff sich noch schnell ein volles Glas vom Silbertablett.

Vogler stellte sein halbleeres ab und wusste dann nicht, wohin mit seinen Händen.

Steigenberger wies auf die Sitzgruppe und sagte: »Werte Dame, meine Herren, bitte schön.«

Rupert setzte sich auf den Lederfauteuil. Er wartete, bis auch die anderen ihren Platz gefunden hatten, und wandte sich an Frau Sommer. »Ich muss irgendwie übersehen haben, was der *Münchner Anzeiger* zu Christian Lohses Tod geschrieben hat.«

»Wir sind uns unserer gesellschaftlichen Verantwortung bewusst«, entgegnete die Sommer. »Um keine möglichen Nachahmungstäter zu ermutigen, haben wir uns schon vor Jahren entschieden, über Selbstmorde generell nicht zu berichten.«

»Selbstmord? Von Lohse?«, fragte Rupert.

»Das ist zumindest nicht auszuschließen«, sagte die Sommer kühl.

»Unsinn. Der Mann war zum Graffitisprayen unterwegs. Und mittendrin soll ihm plötzlich eingefallen sein, dass er sich lieber vor einen Lastwagen werfen will? Super Idee, muss er sich gedacht haben, da er augenblicklich seine Dose fallen ließ und losgespurtet ist.«

»Niemand, auch Sie nicht, Herr von Schleewitz, kann sicher wissen ...«

»Und Ihre Leute haben seinen spontanen Selbstmordentschluss natürlich gleich erkannt. Sie wollten die Tat wahrscheinlich verhindern und sind ihm deswegen hinterhergelaufen, oder?« Rupert hatte von Anfang an befürchtet, dass sie ihn einwickeln wollten. Er hätte sich die Veranstaltung hier sparen sollen. Sushi, Sekt und superschlaue Ausflüchte, welch erbärmliche Strategie! Für wie naiv hielten sie ihn eigentlich? Er brauchte seinen Zorn nicht zu spielen, als er sagte: »Lassen wir das Theater. Es gibt ja zum Glück noch andere Zeitungen als den *Anzeiger*.«

»Nun beruhigen Sie sich«, sagte Schierlich.

»Ich müsste lügen, wenn ich sagen würde, dass es mich gefreut hat.« Rupert stand auf.

»Ich verstehe Sie, Herr von Schleewitz, so kommen wir nicht weiter«, sagte Steigenberger. »Gehe ich recht in der Annahme, Frau Sommer, dass Sie nur die offizielle Haltung Ihrer Zeitung darstellen wollten?«

Frau Sommer lächelte dünn, und Steigenberger fuhr fort: »Aber natürlich hat Herr von Schleewitz jedes Recht, die Wahrheit über den tragischen Vorfall zu erfahren, der uns – und ich glaube, ich spreche im Namen aller Anwesenden – zutiefst erschüttert hat. Wir alle würden ihn gern ungeschehen machen, doch das geht nun leider nicht. Es enthebt uns aber nicht der Frage, wie wir damit umgehen wollen und welche Konsequenzen wir zu ziehen gedenken.«

»Absolut richtig«, sagte Schierlich. »Also, Frau Sommer?«

Sie zögerte einen Moment und gab sich dann einen Ruck. »Eigentlich haben Sie mich auf Christian Lohse gebracht, Herr von Schleewitz. Ich hatte ihn fast vergessen, und als Sie erwähnten, dass die Rattengraffiti an den Schauplätzen seiner Reportagen zu finden seien, hielt ich das zuerst für sehr weit hergeholt.«

Rupert setzte sich wieder. Die Sommer sprach weiter. »Aber bald ist mir eingefallen, dass wir einige seiner Arbeiten zurückgewiesen haben, weil sie die Standards des *Anzeigers* einfach nicht erfüllten. Selbst als er sie auf unser Verlangen entschärft oder ganz neu geschrieben hat, musste noch einmal jemand drübergehen. Das hat letztlich auch dazu geführt, dass wir uns von Lohse getrennt haben, man kann ja nicht hinter jeden Redakteur einen zweiten setzen.«

»Was hat Ihnen denn an seinen Reportagen nicht gepasst?«, fragte Rupert.

»Ich habe nichts gegen Subjektivität einzuwenden, die besten Federn pflegen schließlich auch ihren unverwechselbaren Stil. Doch willkürliche Unterstellungen sind damit nicht gedeckt, und ohne ein wenig Zielgruppenorientierung auf der Human-touch-Schiene geht es eben auch nicht. Lohse schien jedoch die Leser mit voller Absicht vor den Kopf stoßen zu wollen. Zumindest gegen Ende seiner Zeit beim *Anzeiger* schrieb er so anklagend, bloßstellend, zynisch und unbarmherzig, dass man das niemandem als Morgenlektüre zumuten konnte. Mal ganz abgesehen von seinen radikalen politischen Überzeugungen, die uns auf Dauer garantiert gute Anzeigenkunden gekostet hätten. Egal, jedenfalls habe ich die damals beanstandeten Artikelentwürfe herausgesucht und festgestellt, dass sie dem von Ihnen genannten Muster entsprachen. Bis auf einen, aber dazu komme ich gleich. Ich fragte mich, ob Lohse unsere auf strikten Qualitätskriterien basierende Reaktion damals als Zensur empfunden haben könnte und nach anderen Ausdrucksformen für seine, nun ja, Sichtweisen suchte. Ob er also tatsächlich der Banksy von München sein könnte. Ich versuchte, ihn zu erreichen, doch seine Frau teilte mir mit, dass er untergetaucht sei. Das hat meinen Verdacht erhärtet, aber natürlich wollten wir Gewissheit haben, bevor wir unsere Banksy-Berichterstattung mit einem Hundertachtzig-Grad-Twist abwürgten. Und falls wir das aus Gründen der Wahrhaftigkeit wirklich tun müssten, sollte es wenigstens mit einem großen Knall geschehen.«

Angesichts des tödlichen Unfalls war diese Wortwahl zumindest unglücklich, doch Frau Sommer schien das nicht aufgefallen zu sein. Sie fuhr fort: »Da kommt der vorher angesprochene Artikel über den in Brand gesetzten Obdachlosen am Hauptbahnhof ins Spiel. Nur an diesem Tatort gab es kein Graffito oder – wie ich hoffte – noch keines. Ich fragte Herrn Vogler, ob er sich ein paar Nächte zwischen zwei Uhr und fünf Uhr morgens auf die Lauer legen würde. Er nahm einen Kollegen mit, und tatsächlich hatten sie Erfolg. Aber das berichtet Ihnen besser Herr Vogler selbst.«

Rupert hatte durchaus noch einige Fragen, doch zuerst wollte er Voglers Geständnis hören. Der Mann wirkte ziemlich zerknirscht, kein Vergleich zu der Nonchalance, mit der er im *Sausalitos* behauptet hatte, von nichts eine Ahnung zu haben. Er trug einen schwarzen Anzug, als rechne er damit, gleich im Anschluss zu Lohses Beerdigung aufbrechen zu müssen. Wohl fühlte er sich in seinen Klamotten sichtlich nicht.

»Herr Vogler?«, fragte Steigenberger.

»Es war ein Unglück. Wir konnten doch nicht ahnen …«

»Von Anfang an, bitte«, sagte Steigenberger.

»Nun«, sagte Vogler, »wir saßen unten am S-Bahnsteig und haben ihn zuerst gar nicht bemerkt. Wir wurden erst aufmerksam, als wir von der Treppe her das Zischen der Spraydose hörten. Wir näherten uns vorsichtig, und mein Kollege konnte auch ein paar Fotos machen, aber da war Lohse nur von hinten zu sehen. Also habe ich ihn mit Namen gerufen, damit er sich zu uns umdreht und wir ihn wirklich sauber draufbekommen könnten. Bloß hat er sich nicht umgedreht, sondern ist wie der Blitz die Treppe hoch. Bleib stehen, schrei ich, und dann haben wir ihm nachgesetzt. Seine Reaktion war sowieso völlig irrational. Wir wussten, wer er war, wir hatten ihn auf frischer Tat erwischt, da brauchte er doch nicht mehr abzuhauen. Wir wollten ja bloß, dass er uns erzählt, wie er auf diese Banksy-Graffiti gekommen ist, was das mit den Ratten bedeuten sollte und so weiter. Die Story war er uns als ehemaliger Kollege irgendwie schuldig, oder? Gut, ich gebe zu, ich wollte ihn nicht einfach entkommen lassen. Schließlich schlugen wir uns seinetwegen die Nacht um die Ohren, und er rannte einfach davon? Wir sind ihm in die Luisenstraße nachgelaufen, und ich habe noch einmal gerufen, dass er verdammt noch mal stehen bleiben soll, aber er hat es nicht getan, und er ist auch nicht auf dem Gehweg geblieben, sondern schnurstracks in die Kreuzung hineingelaufen, und dann krachte es schon, und wir waren einfach nur total geschockt. Bloß weg hier, dachten wir, oder eigentlich dachten wir gar nichts und sind nur unseren Beinen gefolgt.«

»Danke, Herr Vogler, das ist Ihnen sicher nicht leichtgefallen«, sagte Steigenberger. Er klang wie ein Beichtvater, der gerade die Absolution erteilte.

»Und wann steht das so im *Anzeiger*?«, fragte Rupert.

»Gar nicht«, sagte Frau Sommer. »Treiben Sie es nicht zu weit, Herr von Schleewitz!«

»Was mir noch nicht ganz klar ist«, sagte Rupert, »wieso treffen wir uns eigentlich in diesem illustren Kreis? Was haben die Herren aus dem Kunstbusiness mit dem Tod Lohses zu tun? Woher wissen die überhaupt Bescheid?«

Der Toni schielte zu den Resten des Buffets hinüber, Schierlich lächelte, Steigenberger nickte der Sommer zu. Die sagte: »Ich hielt es für opportun, die Herren in Kenntnis zu setzen.«

»Und warum, wenn ich fragen darf?« Rupert sah keinen Sinn darin, Hinz und Kunz einzuweihen, wenn sie die Wahrheit vertuschen und den Ruf ihrer Reporter wie ihres Blatts schützen wollte. Es sei denn ...

»Es hängt ja doch alles zusammen«, sagte Steigenberger.

Es sei denn, die Sommer hatte über seine Machenschaften Bescheid gewusst. Sie war alles andere als ahnungslos gewesen, sie steckte mit drin, profitierte vielleicht selbst von den Geschäften mit den falschen Banksys, die durch Ruperts Aktivitäten bedroht wurden. Diese Gefahr sollte durch die Krisensitzung hier abgewendet werden. Um Christian Lohse ging es nur am Rande, wenn überhaupt.

»Wir sollten wie vernünftige Menschen mit der Sache umgehen«, sagte Schierlich.

»Eh klar«, sagte der Toni. »Hundertpro meine Meinung.«

Steigenberger räusperte sich und sagte: »Wer mit Kunst zu tun hat wie Sie, Herr von Schleewitz, weiß natürlich, dass sich ernstzunehmende Werke einer eindeutigen Aussage verweigern. Als Betrachter wird man angeregt, unterschiedliche Sichtweisen zu erproben, muss interpretieren und kommt im besten Fall zu Einsichten, die neue Horizonte erahnen lassen. Wenden wir dieses Prinzip doch mal auf die vergangenen Ereignisse an. Die könnte man zum Beispiel folgendermaßen darstellen: Ein junger Mann kommt mit dem Elend, das er als Reporter zu dokumentieren hat, nicht klar. Als er nicht aufhört, die von ihm empfundenen Ungeheuerlichkeiten anzuprangern, wird er gekündigt und entscheidet sich, seine sozialen Anklagen auf andere, nämlich künstlerische Weise fortzuführen. Er sprayt Rattengraffiti im Stil von Banksy. Als immer mehr davon auftauchen, wittert der *Münchner Anzeiger* eine auflagensteigernde Story und setzt die Theorie in die Welt, dass Banksy selbst in München tätig sei. Dies wiederum bringt einen Galeristen auf die Idee, dass man die Graffiti auch vermarkten könnte. Da die vorhandenen Werke dafür schon wegen ihrer Standorte nicht geeignet sind, beschließt er, es dem unbekannten Banksy-Imitator einfach gleichzutun. Er beauftragt ein paar Studenten mit der Produktion neuer Graffiti und einen Antiquitätenhändler aus der Au mit deren Erwerb. Ein befreundeter Auktionator stellt sein Haus für eine Scheinauktion zur Verfügung, die den Marktpreis der angeblichen Banksys nach oben treibt. Die Versteigerung von vier weiteren Werken sorgt für prächtige Erlöse, von denen alle Beteiligten profitieren.«

»Das klingt plausibel«, sagte Rupert, »weist allerdings zwei kleine Schönheitsfehler auf. Christian Lohse profitiert keineswegs, sondern liegt tot in der Rechtsmedizin. Außerdem fehlen die Mitarbeiter einer Münchner Kunstdetektei, die den Betrug auffliegen lassen. Und schon sind die prächtigen Erlöse genauso futsch wie die Reputation der daran Beteiligten.«

»Korrekt«, sagte Schierlich. »Es wäre unverzeihlich, diese beiden Punkte zu vergessen.«

Steigenberger machte unbeirrt weiter. »Die Sache könnte sich aber auch ganz anders abgespielt haben. Der berühmte englische Künstler Banksy hat genug von seinem Geschäftsimperium und will zurück zu seinen Streetartwurzeln. Eher zufällig landet er dabei in München, was sich als Segen für die Stadt herausstellt. Kunstfreunde, Stadtmarketing, Tourismus, Medien, alle begeistern sich für die Graffiti, mit denen er die Straßen übersät. Selbst die paar Superreichen, denen es gelingt, eines der wenigen auf den Markt kommenden Werke zu ersteigern, sind mehr als zufrieden. Erst als Banksy am Haus der Kunst fast erwischt wird, bricht er seine Unternehmungen ab und verschwindet genauso unvermittelt, wie er aufgetaucht ist. Zurück bleiben seine Werke, die aus München die weltweit wichtigste Graffitifreilichtgalerie machen, wenn sie denn ordentlich gehütet werden. Aber darauf werden unsere Presse und kunstaffine Persönlichkeiten schon ein Auge haben.«

Frau Sommer nickte. Herr Schierlich nickte. Der Toni sagte: »Zefix, wenn sich das nicht gut anhört!«

»Und Lohse?«, fragte Rupert.

»Ein junger Mann, der mit den Graffiti gar nichts zu tun hatte. Er kam bei einem Autounfall ums Leben, den leider niemand beobachtet hat. Auch die beiden Reporter nicht, die sich zufällig in der Nähe befanden«, sagte Steigenberger.

»Alternative Fakten also«, sagte Rupert. »Warum sollten wir Ihnen das durchgehen lassen?«

»Weil der tragische Tod des jungen Manns einige Leute so betroffen gemacht hat, dass sie seinen Hinterbliebenen den halben Nettoerlös eines Banksy-Werks zur Verfügung stellen werden. Wie man so hört, kann die Witwe das gut brauchen. Die andere Hälfte kommt als Anerkennungsprämie der Detektei zugute, die sich um die Wahrheitsfindung in Sachen Banksy verdient gemacht hat. Wir sprechen insgesamt von einem Betrag im hohen sechsstelligen, wenn nicht siebenstelligen Bereich.«

»Das meinen Sie nicht ernst, oder?«

»Doch«, sagte Steigenberger.

Schierlich übernahm. »Die Wahrheit muss auf den Tisch, das sagt sich leicht. Aber welche Wahrheit? Und was ist, wenn der Tisch darunter zusammenkracht? Man muss auch an die Folgen denken. Falls sich die Version durchsetzt, die Herr Steigenberger zuerst vorgestellt hat, gibt es nur Verlierer, bei der zweiten nur Gewinner. Da sollte die Wahl doch nicht schwerfallen.«

»Mal ehrlich, die erste Version klingt auch ziemlich unglaubwürdig«, sagte Steigenberger.

»Ohne Beweise haben Sie wenig Chancen«, sagte Schierlich.

»Gegen die Medien, gegen eine Horde von Anwälten«, sagte Frau Sommer.

»Es war ein Unfall, mit dem ich absolut nichts zu tun hatte«, sagte Vogler.

»Für mich wär's auch nicht der erste Meineid«, sagte der Toni.

Sie meinten es tatsächlich ernst. Im Grunde hatten sie auch keine Alternative. Ihnen war klar, dass sie diese Banksy-Geschichte durchziehen mussten oder mit fliegenden Fahnen untergehen würden. Geboren aus der Not und zusammengeschweißt durch gleichlaufende Interessen, hatte sich eine entschlossene Zweckgemeinschaft gebildet. Um die Mauer, die sie aufgebaut hatten, einstürzen zu lassen, müsste man ein paar tragende Elemente herausbrechen können. Bei den Anwesenden sah Rupert da schwarz, aber es gab ja noch andere Ansatzpunkte. Vielleicht würde Klaras Bekannte, die im Auktionshaus arbeitete, sich mit belastenden Interna hervorwagen. Vielleicht würde der Fotograf des *Anzeigers* reden. Seine Krankmeldung mochte ein Indiz dafür sein, dass er sich mit der Vertuschungsstrategie unwohl fühlte. Und schließlich könnte man die psychologische Kriegsführung ausweiten, wie Rupert es Vogler gegenüber schon angedroht hatte. Adil würde sich sicher überreden lassen, ein paar anklagende Graffiti auch auf den Gebäuden des Auktionshauses und der Galerie Steigenbergers anzubringen.

»Sie können uns durchaus ein wenig ärgern, Herr von Schleewitz«, sagte Schierlich, »aber letztlich wird das am Lauf der Dinge nichts ändern. Wozu also? Nur um recht haben zu wollen?«

Ohne Geständnisse würde es tatsächlich schwierig werden. Das Problem war und blieb, dass Rupert über zu wenig Handfestes verfügte. Kontoauszüge, schriftliche Aufträge und Abmachungen, ein paar solcher Dokumente würden der Lügengeschichte von Steigenberger und Co. schnell die Luft auslassen. Rupert fragte: »Wer garantiert mir, dass die Kompensation für Frau Lohse und meine Detektei substantiell ausfällt? Was ist, wenn der angebliche Banksy nicht verkauft wird oder nur schnöde fünfhundert Euro einbringt?«

»Das lassen Sie meine Sorge sein«, sagte Schierlich.

Rupert schüttelte den Kopf. »Nein, eine Garantiesumme muss vertraglich fixiert werden. Sie haben da sicher schon ein Schriftstück vorbereitet.«

»Ich fürchte, unser Wort muss Ihnen genügen«, sagte Steigenberger.

»Stellen Sie sich vor, so ein Papier käme in die falschen Hände«, sagte Schierlich.

»Man würde sich fragen, wieso wir Frau Lohse unterstützen«, sagte Steigenberger. »Sie glauben gar nicht, wie gern an altruistischen Motiven gezweifelt wird. Da ist es doch besser, wenn der Wohltäter anonym bleibt.«

»Tue Gutes und rede nicht darüber«, sagte Schierlich.

Rupert nickte. Sie würden ihm kein Beweisstück in die Hand geben. Dass sie ihre Zusage nicht einhalten würden, befürchtete er aber nicht. Sie waren Geschäftsleute, sie hatten neu kalkuliert und festgestellt, dass sich der Deal auch bei gestiegenen Unkosten noch satt rechnete. Ihre Devise konnte nur sein, den Gewinn schnellstmöglich zu realisieren. Warum sollten sie riskieren, dass Ruperts Detektei ihnen Knüppel zwischen die Beine warf?

»Es gibt bereits potente Interessenten für die nächsten Banksys«, sagte Schierlich. »Ich versichere Ihnen, dass wir das Ergebnis des *Flower Thrower* übertreffen werden.«

Siebenhunderttausend Euro. Dreihundertfünfzigtausend für die Detektei und die gleiche Summe für Jenny Lohse und ihr Kind. Ob der Tote in der Rechtsmedizin das Angebot ablehnen würde, wenn man ihn noch befragen könnte? Wahrscheinlich ja. Ihm ging es nicht ums Geld. Ihm ging es auch nicht um seine Anerkennung als Künstler. Nicht einmal seine Botschaft war ihm wirklich wichtig gewesen, sonst hätte er ja wohl irgendwann versucht, die Fehlinterpretationen in der Öffentlichkeit richtigzustellen. Es schien fast, als habe er aus einem inneren Zwang heraus seine Ratten gesprüht. Am richtigen Ort musste es geschehen, sonst hatte ihn nichts interessiert. Und jetzt war er tot.

»Also, Herr von Schleewitz?«

Tote hatten keine Meinung. Nur ein Recht auf Erinnerung. Und eine Würde. Aber die hatten die Lebenden auch, samt einiger Bedürfnisse mehr. Verlierer, Gewinner, Wahrheiten im Plural, blutige Flecken auf sauberen Westen. Ratten überall. Und siebenhunderttausend Euro. Wozu recht haben wollen? Wegen der Moral? Wegen der angeberischen Hummerröllchen? Um Vogler und den *Anzeiger* bloßzustellen? Um Steigenberger das siegessichere Lächeln aus der Fresse zu kratzen? Und dann?

Verdammt, Ruperts Gedanken irrten durcheinander und bewegten sich langsam in eine Richtung, die er nicht einschlagen wollte. Er ahnte, dass er sich falsch entscheiden würde, wenn das so weiterging. Und dann entschied er sich falsch. Er sagte: »Falls Sie Ihr Versprechen nicht einhalten, mache ich Sie alle fertig. Das schwöre ich.«

»Wir haben einen Deal?«, fragte Steigenberger.

»Ja«, sagte Rupert. Wahrscheinlich würde er dieses kleine, harmlos anmutende, aber vergiftete Wort noch schwer bereuen. Ganz sicher sogar.

»Super«, sagte der Toni und fragte dann: »Ist eigentlich noch was von dem Schampus da?«

Als Klara am Abend nach Hause kam, traf sie im Treppenhaus auf Frau Pupeter aus dem dritten Stock. Klara grüßte und wollte so schnell nach oben huschen wie sonst auch immer, doch diesmal klappte das nicht. Die Pupeter baute sich vor ihr auf und sagte: »Zu schade, dass Ihr Herr Papa weg ist. Er hat wirklich Leben in die Bude gebracht.«

»Wie, weg?«, fragte Klara.

»Mit dem Taxi. Aber er hat uns alle eingeladen. Sobald das Wetter schön ist und wir draußen feiern können. Wir haben schon überlegt, dass wir uns einen Bus mieten, weil ja doch die ganze Nachbarschaft mitkommen wird. Das will sich niemand entgehen lassen.«

»Natürlich nicht«, sagte Klara und drückte sich an Frau Pupeter vorbei. In ihrer Wohnung fand sie auf dem Küchentisch einen Blumenstrauß, neben dem ein Zettel lag. Darauf dankte ihr Vater für die zeitweilige Beherbergung. Eine Dauerlösung könne das aber nicht sein. Sie hätten wohl beide kapiert, dass ihnen sechzig Kilometer Abstand ganz guttäten. Deswegen habe er nach Polen telefoniert und Agnieszka überreden können, als Haushälterin zu ihm zurückzukehren. Sie träfe übermorgen ein, und die zwei Tage würde er in Berbling schon allein zurechtkommen. So zerbrechlich sei er nun auch wieder nicht. Gruß, I.

Der flüssigen Handschrift nach zu schließen, hatte ihr Vater den Abschiedsbrief einem seiner Bekannten diktiert und nur die Initiale selbst hingekrakelt. Wahrscheinlich wusste inzwischen ganz Haidhausen, wie herzlos Klara ihn hinausgeekelt hatte. Nun gut, das würde sie verkraften. Ein einziges Mal hatte sie den Mund aufgemacht, und auch da hatte sie nicht ihren Vater kritisiert, sondern nur seine Saufkumpanen hinausgeworfen. Klara war sich keiner Schuld bewusst, und doch fühlte sich seine Flucht wie eine persönliche Niederlage an. Sie rief in Berbling an, aber niemand ging ans Telefon.

Nein, sie würde sich jetzt nicht ins Auto setzen und ihm hinterherfahren. So zerbrechlich war er nun auch wieder nicht. Klara setzte sich auf die Couch und las noch einmal die Artikel, die sie in Christian Lohses privatem Archiv gefunden hatte. Allesamt thematisierten sie Ereignisse, über die Lohse auch im *Münchner Anzeiger* berichtet hatte, dort allerdings in einer deutlich entschärften Version. Das hier waren die Originale, lauter bittere Geschichten über Menschen, die zu Opfern wurden. Vereinsamte, Lebensuntüchtige, Ausgestoßene oder sich selbst Ausschließende, manchmal auch nur Leute, die zur falschen Zeit am falschen Ort waren. Und es waren Geschichten über Täter, die nichts mit den Mördern in Kriminalromanen gemein hatten. Sie hatten keine handfesten Motive, sie planten nicht heimtückisch ihre Taten, sie verschleierten nicht trickreich ihre Spuren, sie waren nicht einmal böse, sondern im entscheidenden Moment gedankenlos, nachlässig, desinteressiert, angetrunken, übermütig, rechthaberisch oder übertrieben pflichtbewusst. So wie es jedem anderen auch geschehen konnte, Klara eingeschlossen. Sie rief noch einmal bei ihrem Vater an. Ohne Erfolg.

Vor allem aber handelten die Geschichten von Christian Lohse. Sie zeugten von einem, der sich vom Schicksal anderer anfassen ließ, der nicht nur »Wie schrecklich!« sagte und im selben Moment begann, den Schrecken zu verdrängen. Ihm ging der blinde Fleck ab, in den man gemeinhin Tod und Elend abschob, um fröhlich weiterleben zu können. Er vergaß nicht, er verzieh weder Gedankenlosigkeit noch sonst etwas, und er schrie das auch laut heraus. Als seiner Zeitung das Geschrei zu laut wurde und sie ihm kündigte, als auch privat alles schiefging, stieg er aus. Er wollte mit denen, die vergaßen und fröhlich weiterlebten, nichts mehr zu tun haben. Es sei denn als ihr schlechtes Gewissen, als eine eklige Ratte, die sich bei Dunkelheit aus den hintersten Ecken der adretten Häuschen und der zensierten Gedächtnisse hervorwagte, um blutrote Flecken zu sprühen. Es war ein lächerlich hilfloser Versuch, der von Anfang an zum Scheitern verurteilt war, und wahrscheinlich hatte Lohse das auch genau gewusst. Er konnte nur nicht anders.

Klara schaffte es nicht, weiterzulesen. Sie holte sich ein Glas Weißwein. Die Blumen auf dem Küchentisch ließen auch schon ihre Köpfe hängen. Wahrscheinlich ein sagenhaft reduziertes Sonderangebot bei Aldi. Die letzte Chance, ein paar Euro einzunehmen, bevor das Grünzeug auf dem Müll landete. Zu allem Überfluss hatte ihr Vater vergessen, Wasser in die Vase zu füllen. Klara holte das nach und rief dann bei Kilian an. Sie erwischte nur seine Mailbox. Während die Ansage lief, überlegte Klara, was sie draufsprechen sollte. Ihr fiel nichts Passendes ein, und sie legte wortlos auf.

Stattdessen probierte sie es bei Maja. Eigentlich wollte sie nur ein wenig quatschen, zum Beispiel über väterliche Gesten, die so aussehen sollten, als wären sie nett gemeint. Oder über hilflose Weltverbesserungsaktionen, die unter einem Lastwagen endeten. Doch Maja ließ sofort spüren, dass sie an einem Gespräch nicht interessiert war. Ungefragt erklärte sie, dass ihr im Auktionshaus keine belastenden Unterlagen untergekommen seien. Sie suche auch nicht danach. Wahrscheinlich habe sie eh nur Gespenster gesehen, und alles sei in bester Ordnung. Egal. Jedenfalls müssten Klara und sie unbedingt mal wieder etwas gemeinsam unternehmen.

»Klar, wir bleiben in Kontakt.« Kaum hatte Klara das Gespräch beendet, klingelte Rupert an. Er verkündete, dass das Treffen in Steigenbergers Galerie unentschieden ausgegangen sei. Einerseits habe er die Anwesenden zu Geständnissen zwingen können, andererseits einem Geschäft zugestimmt, das Klara wohl genauso wenig behagen würde wie ihm selbst. Doch man müsse realistisch bleiben. Die Alternativen, wenn es denn welche gebe, seien noch schlechter.

Klara ließ sich die Einzelheiten erläutern. Es überraschte sie selbst, wie ruhig sie dabei blieb. Insgeheim hatte sie wohl damit gerechnet, dass Rupert sich kaufen lassen würde. Aber vermutlich hatte er das Optimale herausgeholt. Und welchen Sinn hatte es, gegen Windmühlen zu kämpfen? Sie selbst würde das auch nicht lange durchhalten, selbst wenn sie besser drauf wäre als im Moment. Sie sagte: »Okay. Ich gebe dir Bescheid.«

»Bescheid? Worüber?«

»Ob ich kündige.«

»Spinn jetzt nicht herum, Klara! Was hätte ich denn machen sollen?«

»Ciao.« Klara legte auf.

Zwei Gläser Weißwein später meldete sich noch Max. Er war von Rupert auf den neuesten Stand gebracht worden und wollte Klara offensichtlich gut zureden. Ihm gehe das auch alles gegen den Strich, aber er sehe nicht, was die Detektei noch tun könne, um das Komplott auffliegen zu lassen. Eine Chance bestünde höchstens, wenn es gelänge, den echten Banksy ausfindig zu machen. Man müsste ihn überreden, nicht bloß zu dementieren, sondern öffentlich und schlüssig zu belegen, wo er sich in den letzten Monaten aufgehalten habe.

»Tja«, sagte Klara. Dann viel Glück, Max! Wie hartnäckig sich doch Vorstellungen hielten, an die man sich einmal geklammert hatte. Zwar hatte Max zähneknirschend akzeptieren müssen, dass die Münchner Graffiti zum Teil von Lohse und zum Teil von Steigenbergers Leuten stammten, doch das hinderte ihn nicht daran, immer noch Banksy hinterherzulaufen und ihn enttarnen zu wollen. Er verfolgte seine fixe Idee einfach weiter, nur die Begründung hatte sich geändert.

Klara fühlte sich plötzlich absolut leer. Ausgebrannt. Sie sagte Max, dass sie ein wenig müde sei, und er heuchelte netterweise Verständnis. Natürlich, es sei ja auch schon ziemlich spät.

7

Rupert stieg aus dem Schacht der U-Bahn-Station Nordfriedhof hoch und lief an der Mauer entlang zum Eingang der
Aussegnungshalle. Er war etwas spät dran, doch offensichtlich hatte die Zeremonie noch nicht begonnen. Die Trauergäste standen auf dem Vorplatz herum und schienen darauf
zu hoffen, dass irgendein Wunder die ganze Veranstaltung im
letzten Moment ausfallen ließe. Jenny und ihre Tochter waren genauso wenig zu entdecken wie Klara. Vielleicht hatten
sie sich schon nach drinnen begeben. Max lehnte dagegen an
einem Mäuerchen neben der Freitreppe. Er war beileibe nicht
das einzige bekannte Gesicht. Steigenberger und Schierlich
waren wohl da, um sicherzugehen, dass über Lohse und seiner Geschichte tatsächlich zwei Meter Erde angehäuft würden. Lydia Sommer konnte ebenfalls nicht fehlen. Um sie
scharte sich eine Gruppe, die mutmaßlich die Delegation des
Münchner Anzeigers darstellte. Vogler war allerdings nicht zu
entdecken.

Rupert steuerte auf Max zu, doch Schierlich hielt ihn auf.
Er trug einen gediegenen schwarzen Anzug unter dem grauen
Mantel und stellte eine Miene zur Schau, die er dazu passend
aus der Schublade gekramt haben musste. Nun ja, etwas anderes war auch nicht zu erwarten gewesen. Sie wechselten
ein paar Belanglosigkeiten, und als das Gespräch zu stocken

drohte, erklärte Schierlich, wie froh er sei, dass man Lohse hier am Nordfriedhof zu Grabe trage. Er wies auf die Kuppel und sagte: »Das byzantinische Bauwerk der Aussegnungshalle lag schweigend im Abglanz des scheidenden Tages.«

Es war neun Uhr vormittags, weder schied der Tag, noch glänzte unter der dichten Wolkendecke irgendetwas auf oder gar ab. Die Aussegnungshalle war allenfalls neobyzantinisch, und dass das Gemäuer keine Volksreden hielt, verstand sich von selbst. Rupert sagte: »Aha.«

»Das ist aus der Anfangsszene von *Tod in Venedig*«, sagte Schierlich. »Genau hier lässt der große Thomas Mann in seinem Gustav Aschenbach den Entschluss zur Reise nach Venedig reifen. Sie wissen natürlich, wie die Novelle endet?«

»Helfen Sie mir auf die Sprünge.«

»Und noch desselben Tages empfing eine respektvoll erschütterte Welt die Nachricht von seinem Tode. So lautet der letzte Satz. Ich habe das Werk gestern noch einmal gelesen und musste immer wieder an den traurigen Anlass denken, der uns heute hier zusammenführt.«

Rupert war sich sicher, dass Schierlichs Erschütterung nicht so weit gehen würde, am offenen Grab die Werke Christian Lohses zu würdigen. Er sagte: »Ersparen wir uns die großen Worte. Mir genügt, wenn Sie sich an die Abmachung halten.«

Schierlich lächelte dünn und wandte sich ab. Immerhin hatten er oder Steigenberger bereits einen Vorschuss von zehntausend Euro an Jenny Lohse ausgezahlt. Wie Rupert von Klara erfahren hatte, war das Geld von einem Boten mit der Erklärung überbracht worden, es handle sich um den Gewinn bei einem Preisausschreiben. Jenny hatte diesen Schwachsinn keine Sekunde lang in Frage gestellt und die gesamte Summe für die Ausgestaltung der Beerdigung verpulvert.

Wie auf einen geheimen Befehl hin stiegen die ersten

Trauergäste nun zum Portikus der Aussegnungshalle hoch, und auch Rupert setzte sich in Bewegung. Max wartete am Fuß der Treppe auf ihn. Auf deren Begrenzungsmauer thronte eine steinerne Sphinx, die zwischen den Vordertatzen eine Art Kenotaph präsentierte und seltsamerweise den Kopf eines Hahns hatte. Vielleicht deshalb fiel Rupert die Bibelstelle ein, in der Jesus dem Petrus vorhersagt, dass er ihn dreimal verleugnen wird, ehe der Hahn zweimal kräht.

Jenny hatte Klara eindringlich gebeten, sich zu ihr und Isabel in die erste Reihe zu setzen. Nur mit Mühe hatte sie sich davon überzeugen lassen, dass diese Plätze den engsten Angehörigen vorbehalten waren. Klara hatte versichern müssen, in ihrer Nähe zu bleiben, und so saß sie in der zweiten Reihe ganz am Rand, während sich der Rest der Trauergäste auf die hinteren Bänke verteilt hatte. Vorn war der Sarg aufgebahrt, ein Monstrum aus glänzend weiß lackiertem Holz, auf den ein riesiger Kranz mit weißen und gelben Rosen drapiert war. Auch der Steinboden davor war mit Unmengen von Blüten übersät, die Jenny und Isabel eigenhändig verstreut hatten. Hinter dem Sarg erstrahlte eine Batterie von elektrischen Kerzen, ganz links waren die von Jenny engagierten Musiker postiert, und halbrechts stand das Pult, hinter dem der professionelle Trauerredner sein Bestes gab.

Nur war das Beste nicht gut genug. Ein paar biographische Daten, ein paar Anekdoten aus Kindheit und Jugend des Verstorbenen, ein Lob seiner angeblich allseits anerkannten journalistischen Tätigkeit, eine hemmungslos geschönte Sequenz über die märchenhafte Liebesbeziehung zu Jenny, und dann kam schon der tragische Unfall, der Christian Lohse aus der Mitte seiner Liebsten gerissen habe. Der Rest bestand aus Floskeln: den Schmerz zulassen, das Unfassbare anneh-

men, lebendig in unseren Herzen, letzte Ruhe, Frieden, un-
vergessen. Kein Wort über Lohses selbstgewählte Isolation,
kein Wort über Ratten, blutrote Flecken und Graffiti.

Klara war versucht, aufzustehen, nach vorne zu gehen
und in die Welt hinauszuschreien, dass niemand anderer als
Christian Lohse der wahre Banksy von München sei. Authen-
tischer als der berühmte Engländer, der aus seiner Anonymität eine Geschäftsidee gemacht hatte. Lohse hingegen hatte
der Profit genauso wenig gejuckt wie seine künstlerische Reputation, ihm war sogar egal gewesen, dass andere sich sein
Werk aneigneten und es zu eigenen Zwecken verfälschten.
Doch als der Trauerredner zum Ende kam und Jenny in die
Stille hinein aufschluchzte, blieb Klara sitzen. Und dann war
es zu spät, denn schon stimmte das Streichquartett Schuberts
Ave Maria an.

Klara ließ ihren Blick längs der Pfeiler und Rundbögen
nach oben wandern, über die geflügelten Engelsskulpturen
hinweg, über die Fresken an der Kuppelbasis. Dann schloss
sie die Augen und überlegte, was sie antworten sollte, wenn
Jenny sie nachher fragen würde, ob sie die Feier nicht auch
total schön gefunden habe.

Der Priester und die Sargträger gingen vorneweg, durch den
hinteren Ausgang der Aussegnungshalle. Sie überquerten die
Freifläche, schritten die rechte Rampe zu den Grabfeldern hinab, passierten die Nummern 46, 45 und 44. Vor der Urnen-
halle bogen sie nach rechts ab und wieder nach links, sobald
ein Durchgang in der Ziegelmauer das ermöglichte. An deren Rückseite führte der Weg des Trauerzugs entlang eines
Grasstreifens, der nur zwei Reihen von Gräbern Platz bot.
Der Erdaushub und die frischen Blumengestecke weiter vorn
verrieten, dass man sich Lohses letzter Ruhestätte näherte.

Die Grabstelle befand sich fast am Ende des Felds, nicht weit vom Friedhofseingang am Isarring entfernt.

Max hatte sich am Ende des Trauerzugs eingereiht. So kam es, dass er zuerst das kurze Stocken und das unwillige Zögern der vor ihm Gehenden bemerkte, bevor sich ihm dessen Anlass offenbarte. Auf die Ziegelmauer über dem Kopfende des Grabes waren ein weißer, oben gerundeter Grabstein und daneben eine etwa anderthalb Meter große Ratte aufgesprüht worden. Sie stand auf ihren Hinterbeinen, drehte den Kopf von der Wand weg und hielt in ihrer Vorderpfote eine Spraydose. Mit der schien sie gerade die Inschrift auf dem Grabstein vollendet zu haben. In blutroten Buchstaben stand dort geschrieben: *R. I. P. Banksy.*

Max spürte, wie ihm heiß wurde. *R. I. P.* konnte zwar auch für das lateinische *requiescat in pace* stehen, aber er war sich hundertprozentig sicher, dass hier die englische Version gemeint war. *Rest in peace.* Der Ort, das Rattenstencil, der letzte Gruß an einen Kollegen und vor allem die Signatur sprachen für sich. Bisher war keines der Münchner Werke signiert worden, nicht von Lohse, nicht von den Steigenberger-Handlangern, und dieses Graffito konnte sowieso nicht von ihnen stammen. Der eine war tot, die Letzteren würden sich hüten, an seinem Grab zu provozieren. Verdammt noch mal, es hatte geklappt, Banksy selbst war hier gewesen. Wahrscheinlich war es gerade mal sechs, sieben Stunden her, dass er über die Friedhofsmauer geklettert war und zu arbeiten begonnen hatte.

Gut, es hatte nicht so geklappt, wie Max sich das erhofft hatte, als er seinen Bericht über die Münchner Ereignisse verfasst hatte. Banksy hatte sich nicht enttarnt, er hatte nicht öffentlich nachgewiesen, dass er weder für Lohses Guerillakunst noch für die einträglichen Fälschungen verantwortlich sein konnte. Stattdessen hatte er auf seine Weise reagiert. Mit einem Kunstwerk. Und nur, weil Max ihn aufgeklärt hatte. Ob Banksy den Kommentar auf seinem Instagramkanal oder die gleichlautende Mail an das Pest-Control-Office oder den DHL-Express-Brief an Robin Gunninghams Mutter in Bristol gelesen hatte, war im Moment zweitrangig. Wenn sich die Gelegenheit ergab, konnte Max ja nachfragen.

Vorn am Grab hatte sich die Aufregung gelegt, bevor sie richtig in Schwung gekommen war. Offensichtlich stimmte man stillschweigend überein, das Graffito zu ignorieren und die Zeremonie wie geplant fortzuführen. Die Träger stellten den Sarg auf zwei quer über dem Loch liegenden Brettern ab. Während sie die Seile anlegten, mit denen sie den Toten hinablassen würden, begann der Pfarrer zu sprechen. Ein Gebet wahrscheinlich. Das Rauschen des Verkehrs vom Mittleren Ring und die relativ große Entfernung ließen Max nur Bruchstücke verstehen, doch er war – Christian Lohse möge ihm verzeihen – sowieso an anderem interessiert.

Max versuchte, sich das Foto aus der *Daily Mail* zu vergegenwärtigen. Es war das einzige, das mutmaßlich Banksys Gesicht zeigte, und obwohl es viele Jahre zurückdatierte, traute sich Max durchaus zu, die physiognomischen Kennzeichen des Manns bis in die Gegenwart fortzuschreiben. Er wich ein wenig zur Seite aus, um möglichst alle Gesichter wenigstens im Profil zu sehen, und musterte Reihe für Reihe. Er sortierte die ihm bekannten Personen und die anwesenden Frauen aus, auch die wenigen Männer, die eindeutig zu jung oder zu alt waren, sowie diejenigen, die während der Warterei vor der Aussegnungshalle zweifelsfrei mit bayerischem Zungenschlag gesprochen hatten. Übrig blieben genau fünf Kandidaten.

Auf den ersten Blick glich keiner von ihnen dem Mann auf dem *Daily-Mail*-Foto. Auch auf den zweiten Blick wirkte keiner wie ein britischer Streetartveteran. Trotzdem konnte Max eigentlich nicht falschliegen. Banksy hatte hier in der Nacht vor der Beerdigung eine seiner Ratten gesprüht. Er war extra angereist, um dem toten Kollegen seine Reverenz zu erweisen. Er würde doch nicht gerade dann fehlen, wenn der letzte Abschied anstand.

Rupert hatte Adil klar und deutlich zu verstehen gegeben, dass die Aktionen gegen den *Münchner Anzeiger* abgeblasen seien. Keine psychologische Kriegsführung, kein anklagendes Graffito, gar nichts mehr, denn man habe sich zum Wohl aller geeinigt. Adil solle runterbremsen und versuchen, langsam in ein normales Leben hineinzufinden. Oder besser schnell. Bei der Gelegenheit könne er vielleicht auch seine Freunde dazu bewegen, Ruperts Eigentum zurückzugeben, das sie vor der Shishabar geraubt hatten.

Das hatte wohl etwas härter geklungen, als es gemeint war. Rupert hätte wissen können, dass der Junge trotzig reagieren würde, aber er hatte nicht damit gerechnet, dass Adil alias Xdrim hier am Friedhof sprühen würde. Woher wusste er überhaupt von der Beerdigung? Und dass er die Bedeutung des Akronyms *R. I. P.* kannte, überraschte ebenfalls. Andererseits, wer sonst sollte die Ratte an der Mauer verbrochen haben?

Hinter dem Erdhaufen fiedelte das Streichquartett eine süßlich klingende Instrumentalversion von *Yesterday* herunter, die Sargträger ließen den Sarg langsam ins Loch hinab, Jenny drückte ihre Tochter an sich, vom Mittleren Ring her brummte der Verkehr, und Rupert musterte das Graffito an der Ziegelmauer. Trotz der Stilisierung wirkte die Ratte lebensecht, ausdrucksstark und wie im Moment des Umdrehens ertappt. Nicht schlecht gemacht, absolut nicht. Zweifelsohne war Adil künstlerisch begabt.

Rupert würde mal schauen, ob er ihn nicht irgendwie fördern konnte. Vielleicht ließ sich Steigenberger überreden, ihm in seiner Galerie eine Chance zu geben. Vielleicht fand sich ein Akademieprofessor oder ein Kunstlehrer, der den Jungen unter seine Fittiche nahm. Es musste ja nicht gerade so ein Perverser sein wie der, dem Rupert im Internat ausgesetzt war. Doch gegen so einen würde sich Adil schon zur Wehr zu setzen wissen. Und im Notfall konnte er immer auf Rupert zählen.

Jenny schob Isabel ans offene Grab und bückte sich zu ihr hinab. Die Kleine nickte, sagte laut »Tschüss, Papa« und warf eine weiße Lilie auf den Sarg. Jenny selbst hatte es sich nicht ausreden lassen, eine Schneekugel aus ihrer Sammlung als letzte Liebesgabe zu opfern. Zu Hause hatte sie wahrscheinlich Stunden damit verbracht, die richtige auszusuchen, und sich schließlich für eine winterliche Phantasielandschaft entschieden. Ohne ihr Wissen hatte Klara vorab die Totengräber informiert. Sie hatten versprochen, nicht gleich einzuschreiten, obwohl nicht zersetzbare Gegenstände laut Friedhofsordnung keinesfalls unter die Erde gelangen durften. Das verbotene Objekt würde herausgeholt werden, bevor man das Grab zuschaufelte, und Jenny würde nie davon erfahren. Nun aber richtete sie sich auf, holte die Schneekugel hervor und hielt sie eine gefühlte Ewigkeit in beiden Händen vor ihrer Brust. Niemand sagte etwas, bis die kleine Isabel zu ungeduldig wurde.

»Du musst sie hineinwerfen, Mama«, sagte sie vorwurfsvoll, und im selben Moment zupfte jemand an Klaras Ärmel. Sie wandte den Kopf, sah Max schräg hinter sich stehen. Er beugte sich vor, um ihr etwas ins Ohr zu flüstern. Hatte das nicht noch ein paar Minuten Zeit?

»Banksy ist hier«, hauchte Max ihr zu. Klara zuckte unwillkürlich zusammen, als ein dumpfer Knall vom Sargdeckel heraufschallte. Jenny hatte das verfluchte Ding endlich fallen lassen.

»Dort hinten«, flüsterte Max und deutete in Richtung des nördlich gelegenen Gräberfelds. »Er hat sich etwas abseitsgehalten.«

»Du spinnst«, flüsterte Klara zurück. Dann reihte sie sich in die Schlange ein, um am Grab vorbeizudefilieren und Jenny ihr Beileid auszusprechen.

Banksy stand jenseits des Wegs im Gräberfeld 253. Halb verborgen hinter einem Marmorgrabstein, blickte er zu Lohses Beerdigung herüber. Max näherte sich ihm. Mäßig hochgewachsen, mager, bartlos und auffallend stumpfnäsig, gehörte der Mann zum rothaarigen Typ und besaß dessen milchige, sommersprossige Haut. Offenbar war er nicht bajuwarischen Schlags. Auch der lächerliche Altmännerhut und der unförmige Trenchcoat verliehen seinem Aussehen ein Gepräge des Fremden und Aus-der-Zeit-Gefallenen. Um die Schultern hatte er einen Rucksack geschnallt, in dem gut und gern ein paar Spraydosen Platz fänden. Der Mann war Banksy. Er musste es sein, er konnte es auch nach Alter und Gesichtszügen sein. Alles stimmte, doch Max wollte sichergehen.

»A schöne Leich, nicht?«, fragte er, als er neben dem Mann stand.

»Excuse me?«

Bingo, der Mann war Engländer.

»Mister Gunningham«, sagte Max und wies zu der Trauerversammlung hinüber. »I'm sure the late Christian Lohse would have appreciated your visit very much.«

»Oh, it's only … I like funerals.«

»Can I introduce you to some friends of mine, Mister Gunningham? They are very interested in ...«

»I'm sorry, you must mistake me for someone else. Anyway, I'm in a bit of a hurry. The Hofbrauhaus, the Pinakothek, you know?«

»Just a few minutes, Mister Gunningham!«

»It was a pleasure meeting you«, sagte Banksy. Er grinste mit weit zurückgezogenen Lippen, tippte an seine Hutkrempe, schob Max zur Seite und ging gemächlichen Schritts auf den Friedhofsausgang am Isarring zu.

8

Onlinemeldung des *Münchner Anzeigers* am 2. 3.

BANKSY-KUNSTWERK VOM NORDFRIEDHOF GESTOHLEN

In der Nacht zum Sonntag wurde am Nordfriedhof ein Graffito samt der Ziegelmauer, auf der es sich befand, gewaltsam entwendet. Das Kunstwerk stellte eine Ratte dar, die eine Trauerinschrift auf einen Grabstein sprüht. Es handelte sich um die jüngste Arbeit des geheimnisumwitterten britischen Streetartkünstlers Banksy (siehe unseren Bericht: Neuer Banksy auf dem Nordfriedhof entdeckt). Er ist seit Monaten in München aktiv.

Die unbekannten Täter waren offensichtlich mit schwerem Gerät bewaffnet. Sie durchtrennten die Ziegelmauer um das Graffito und hinterließen eine zwei Meter breite Bresche. Das aufgebrochene Friedhofstor und Reifenspuren lassen darauf schließen, dass das Mauerstück mit einem Lastwagen abtransportiert wurde. Ob das Graffito bei dem brachialen Vorgehen unbeschädigt blieb, ist nach Auskunft eines Polizeisprechers äußerst fraglich. Trotzdem schließen die Behörden nicht aus, dass ein Kunstliebhaber die Tat in Auftrag gegeben hat. Banksys Münchner Werke sind auf dem Markt äußerst begehrt, wie eine Auktion kürzlich gezeigt hat (siehe unseren Bericht: Rekordergebnis für Banksys Flower Thrower).

Die Polizei bittet um sachdienliche Hinweise. Wer hat in der fraglichen Nacht am Nordfriedhof verdächtige Beobachtungen gemacht? Wer hat einen Lastwagen mit Hebevorrichtung an- oder abfahren sehen? Wer kann mit Angaben zum Verbleib des Mauergraffito dienen?

Klara klappte den Laptop zu. Die Kunstdetektei von Schleewitz könnte der Polizei vermutlich schon den einen oder anderen Tipp geben, doch da würde sich Klara nicht mehr einmischen. Auch wenn Rupert versichert hatte, dass die Tür für sie jederzeit offen stünde, hatte sie nicht vor, ihre Kündigung zurückzunehmen. Zumindest nicht, solange er bei den krummen Geschäften der Münchner Kunstmafia wegsehen würde.

Klara zahlte ihren Bellini und stand auf. Es war eine gute Entscheidung gewesen, nach Venedig zu fahren. Die hier ansässige Kunstmafia ging sie nichts an, das Wetter war schön, die Touristenzahlen hielten sich noch in Grenzen, und die Stadt weigerte sich weiterhin, mitsamt ihrer Schätze in der Lagune zu versinken. Vielleicht sollte Klara versuchen, in Venedig einen neuen Job zu finden. Sie rief Kilian an und fragte ihn, was er von ihrer Idee halte.

»Herr Karl wäre zu Tode betrübt«, sagte er.

»Herr Karl?«

»Weil er natürlich merkt, wenn sein Herrchen leidet.«

»Na, das klingt schon etwas besser.«

»Wann kommst du zurück?«, fragte Kilian.

»Mal sehen«, sagte Klara. Sie steckte das Handy weg und schlenderte über den Campo Santa Margherita. Nur aus Spaß hielt sie vor den Schaufenstern von Engel & Völkers an und überflog die dort ausgestellten Immobilienangebote. Objekte von luxusrenoviert bis abbruchreif, Preise natürlich auf Anfrage. Und dann sah sie den Steckbrief eines zum Verkauf stehenden Palazzo, der sicher mal eine venezianische Patrizierfamilie beherbergt hatte, aber schamlos als *Banksy Palace* angepriesen wurde: vierhundert Quadratmeter, Dachterrasse, Innenhof mit original venezianischem Brunnen, und zum Kanal hin eine Wassertür, neben der Banksy ein Graffito aufgesprüht hatte. Das Gebäude lag ganz in der Nähe.

Klara ging bis zum Rio de Ca' Foscari vor. Von der Brücke zum Campo San Pantalon hatte sie einen guten Blick auf Banksys Werk. Es zeigte einen Jungen, der mit den Füßen im Kanalwasser zu stehen scheint. Er trägt eine Rettungsweste und hält in der hochgereckten rechten Hand eine Seenotfackel, von der fuchsienroter Rauch über seinen Kopf hinweg nach unten wallt. Nichts deutet darauf hin, dass irgendwer seinen Hilferuf wahrnimmt.

Kunstdetektei von Schleewitz ermittelt
Band 1

336 Seiten, 11 €

Ein packender Krimi um eines der legendärsten Gemälde der Kunstgeschichte: *Der Turm der blauen Pferde* von Franz Marc.

»Der mysteriöse Verbleib von Marcs Werk bietet die fantastische Gelegenheit, herumzuspintisieren, ein paar Spitzen gegenüber dem ›verrückten Kunstzirkus‹ loszuwerden und klug zu unterhalten.«
Florian Welle, Süddeutsche Zeitung

»Ein richtig spannender Krimi.«   *Oliver Steuck, WDR2*

Leseproben und mehr unter www.kiwi-verlag.de

Ein Gemälde, zwei Verbrechen – und ein dunkles Geheimnis aus der Vergangenheit

304 Seiten, 15 €

»Gebildete, raffiniert konstruierte Unterhaltung.« *NDR*

Ein Gemälde von Caravaggio wird im Beisein von Kunstdetektiv Rupert von Schleewitz von einem alten Schulfreund durch einen Messerangriff zerstört und beim anschließenden Transport zur Reparatur gestohlen. Rupert selbst gerät unter Verdacht, in die Straftat verwickelt zu sein. Das Ermittlerteam seiner Kunstdetektei geht mit vereinten Kräften verschiedenen Spuren nach und gerät in ein spannungsvolles Katz-und-Maus-Spiel ...

www.galiani.de

True Crime auf dem Kunstmarkt: Es ist viel schlimmer, als Sie es sich vorstellen können …

328 Seiten, 25 €

»Koldehoff und Timm liefern kuriose und dramatische Geschichten, um den Kunstmarkt der Gegenwart besser zu verstehen.« *Jens Bisky, SZ*

»Ein Werk, das Licht auf die dunklen Seiten einer wenig regulierten Branche wirft, in der mit immer absurderen Summen jongliert wird.« *Katharina Rudolph, FAZ*

»Fantastisch recherchiert.« *monopol*

www.galiani.de